Laconte deutete ein Lächeln an. Er besah sich die Fuchsstute, die Josane kaufen wollte.

«Was habe ich mir da bloß eingebrockt! Ich werde Glück haben, wenn diese Frau im nächsten Frühjahr noch am Leben ist»

Laconte
war vieles,
aber
ein Glückspilz
war er
nicht.

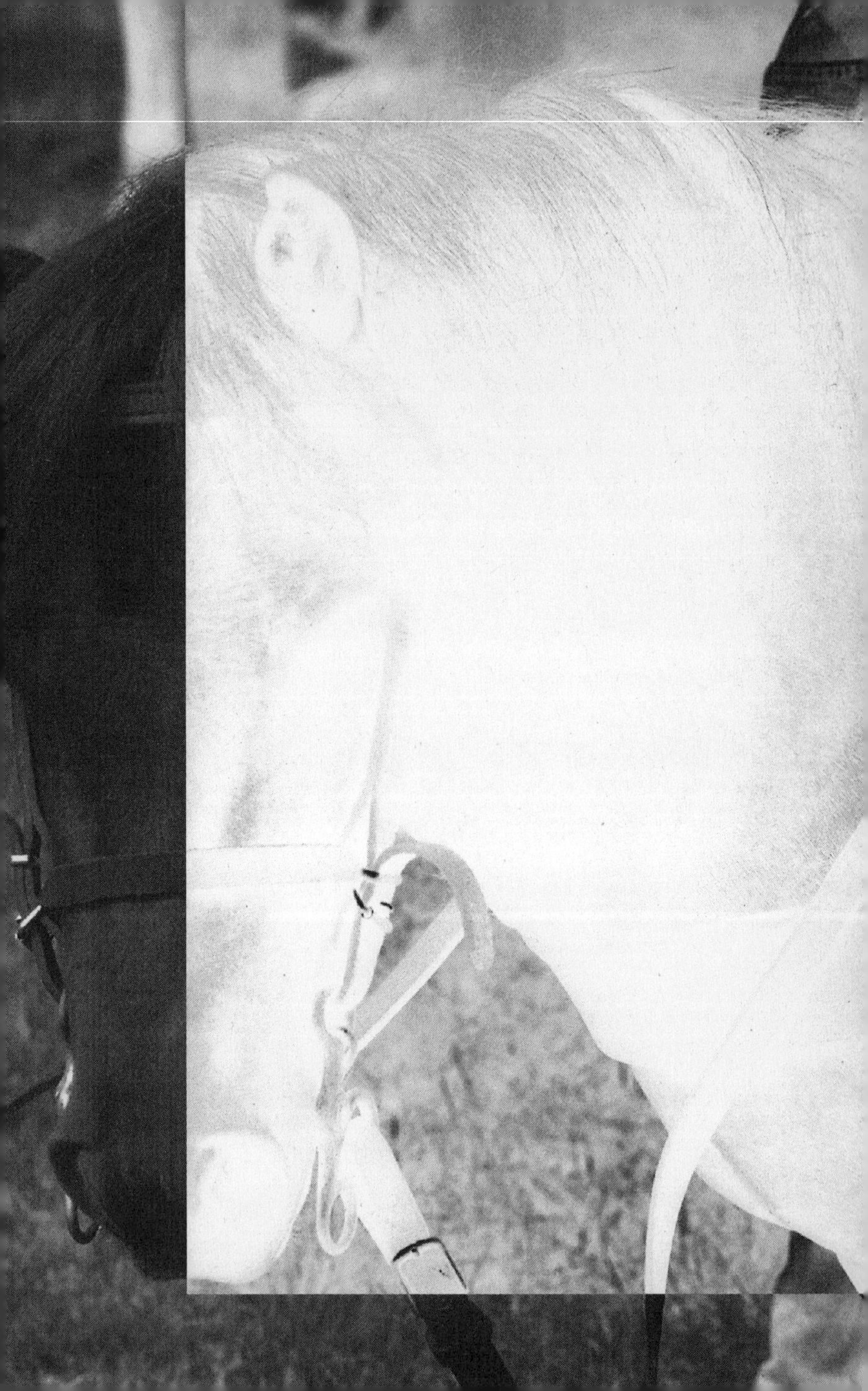

JODY JAFFE
Wie der Teufel

Roman

Deutsch von
Jobst-Christian Rojahn

WUNDERLICH
TASCHENBUCH

Deutsche Erstausgabe
Veröffentlicht im Rowohlt Taschenbuch
Verlag GmbH, Reinbek bei Hamburg,
November 1999

Die Originalausgabe erschien 1996 bei Ballantine Books,
Random House, Inc., New York, unter dem Titel
«Chestnut Mare, Beware»

Lektorat Heiner Höfener
Umschlaggestaltung Barbara Hanke
(Foto: The Image Bank / Harald Sund)

Satz Minion PostScript (PageOne)
Gesamtherstellung Clausen & Bosse, Leck
Printed in Germany
ISBN 3 499 26209 6

Meiner Mutter Anne Isaac
und meinem Vater Phil Jaffe zugeeignet.

«Wie kommt es eigentlich, daß eine Frau gern bereit ist, einem Pferd auch noch das mörderischste Verhalten zu verzeihen, einem Mann jedoch verübelt, wenn er den Toilettensitz nicht wieder runterklappt?»

Dave Barry

PROLOG

Vor Fuchsstuten muß man sich hüten! So sagt man in der Pferdewelt. Und Nobody's Fool bildete da keine Ausnahme.

Sie hatte ein Fell von der Farbe der Kupferrohre. Es war glänzend, glatt und zeigte vierzehn verschiedene Schattierungen von Braun, Gelb und Orange, die je nach Einfall des Sonnenlichts miteinander wechselten. Der Körper der Stute war sehnig und geschmeidig, die Biegung ihres Halses von vollendeter Schönheit. Im Stall nannten sie sie Rita – nach Rita Hayworth.

Dieses Pferd konnte einen ängstlichen Zehnjährigen über einen Parcours mit Hindernissen hinwegtragen, die über einen Meter hoch waren, und das mit spielerischer Leichtigkeit. Wenn es wollte. Was allerdings nicht allzuoft der Fall war. Weil es sich um eine Fuchsstute handelte.

Vor Fuchsstuten muß man sich hüten. So sagt man in der Pferdewelt.

Aber Josane Leigh Ashmore hatte nicht darauf gehört. Und das hätte sie tun sollen.

«Okay, Josane, galoppieren Sie mit ihr die Gerade runter. Leicht und locker. Denken Sie dran, dieses Pferd hat einen starken Vorwärtsdrang, und Sie brauchen keine Angst zu haben, daß Sie nicht rechtzeitig zum Absprung kommen. Seien Sie auf sanfte Weise bestimmt ...» Was dann folgte, murmelte Charlie Laconte nur noch leise vor sich hin: «... und beten Sie zu Gott, daß Rita nicht ausbricht und Sie mit Ihrem Ärschchen in die äußere Slowakei fliegen.»

Laconte sah zu, wie Josane Ashmore mit dem großen

braunen Pferd in jeweils sechs gleichmäßigen Galoppsprüngen an die beiden Hindernisse auf der Außenbahn heranritt und über sie hinwegsetzte, als gelte es, die National Horse Show zu gewinnen.

«Jetzt die Diagonale. Und wenn das klappt, dann die gegenüberliegende Außenbahn runter, über die Diagonale zurück und zum Schluß über das einzelne Hindernis.»

Es war deutlich zu sehen, daß Rita gut drauf war. Sie war es eigentlich schon seit zwei Wochen. Laconte hatte sie täglich geritten und sie vorwärts geprügelt, wenn sie auch nur ans Verweigern dachte. Bei diesem Pferd hielt das Training manchmal einen Monat lang vor, manchmal aber auch kaum eine Stunde. Man konnte nie sagen, was Rita zu tun gedachte, weshalb sie ja auch in Lacontes Stall (es war der fünfte in ebenso vielen Monaten) gelandet war, um verkauft zu werden.

Das Pferd absolvierte den Springkurs mit einer solchen Leichtigkeit, daß der besorgte Laconte schon nach der Hälfte aufhörte, den Atem anzuhalten. Das ist es, dachte er bei sich. Man muß nur einen Grünschnabel auf dieses Pferd setzen, das schon drei Profis ins Krankenhaus geschickt hat, und schon geht's!

Laconte hatte Josane die Fuchsstute gar nicht zeigen wollen. Er hatte ihr einen alten grauen Wallach vorgeführt, aber sie war eisern geblieben und hatte darauf bestanden, Rita zu reiten. Und nach den zwei Jahren, die er Josane Leigh Ashmore nun schon unterrichtete, hatte er gewußt, daß der Versuch, sie in den Sattel des Grauen zu kriegen, reine Zeitverschwendung gewesen wäre.

Josane Ashmore lernte schnell – sie war zielstrebig, konzentriert, selbstsicher und hartnäckig.

Sie hatte nur einen flüchtigen Blick auf den Grauen geworfen und war an seiner Box vorbei direkt zu der Ritas weitergegangen. «Charlie, Schätzchen, Gott weiß, daß ich keine Margie Goldstein bin, aber ich möchte nun mal dieses Pferd ausprobieren und kein anderes. Es ist der schönste Gaul, den ich je gesehen habe. Hören Sie endlich mit Ihrer Sorgenmacherei auf, und lassen Sie uns die Stute satteln, ja?»

Er hatte es getan, aber widerstrebend.

«Und jetzt nehmen Sie diesen kummervollen Blick aus Ihrem herrlichen Gesicht, und helfen Sie mir in den Sattel.»

Laconte hatte seine verschränkten Hände unter die linke Stiefelsohle der jungen Frau gehalten. «Okay, also los. Eins, zwei, drei ... Ich hoffe nur, daß Sie wenigstens ein bißchen was von Margies Kleister in sich haben.» Margie Goldstein, das eins sechzig große Phänomen aus Florida. Seit Rodney Jenkins hatte es keinen Reiter und keine Reiterin mehr gegeben, die die Zuschauer so begeistern konnten wie sie. Wenn sie auf ein Pferd stieg, dann schien es Flügel zu bekommen und davonzufliegen.

«... Sagen Sie, wenn Sie doch lieber den Grauen probieren möchten.»

«Also Charlie, Schätzchen, jetzt haben Sie doch mal ein ganz klein bißchen Zutrauen.»

Aber er hatte nur Fracksausen gehabt. Was ihm jetzt gerade noch fehlte, war ein weiterer Unfall in seinem Stall! Ihm graute, wenn er nur an den Vater dachte, der ihm die Schuld am Tod seiner kleinen Tochter gab, nur weil er, Charlie, ihm ebenjenes Pferd verkauft hatte, von dem das Kind später heruntergefallen war. Noch ein Unfall, und er würde einen ganzen Stall voller Pferde verkaufen müssen, um die Versicherungsrechnungen bezahlen zu können. Aber gleichzeitig war er auch nicht geneigt, eine potentielle Kundin mit dickem Bankkonto abzuweisen. Und ein solches schien Josane Ashmore zu haben. Sie war vor zwei Jahren als blutige Anfängerin zu ihm gekommen, und die Reitausrüstung, die sie mitgebracht hatte, war annähernd viertausend Dollar wert gewesen.

«Wie ich höre, sind Sie der beste Trainer weit und breit, und ich möchte an dem großen Turnier teilnehmen, das immer dort in Washington stattfindet», hatte sie zu ihm gesagt.

Er hatte gelacht, und sie auch. Aber dann hatte sie noch hinzugefügt: «Genug gelacht, ich weiß, daß Sie mich für ein bißchen komisch halten. Mir ist es jedoch so ernst wie ein Herzinfarkt. Ich kann sehr hart arbeiten. Wie lange braucht's?»

Zwei Jahre später konnte sie mit einem Pferd über einen Parcours galoppieren, dessen Hindernisse bis zu einem Meter acht hoch waren. Das vielleicht nicht gerade mit einem sehr komplizierten Pferd, aber ein strapazierfähiges Lasttier konnte sie hingelangen lassen, wo immer sie hingelangen wollte. Das Problem war jetzt nur noch, das richtige Lasttier für sie zu finden. Sie hatte schon einen ganzen Stall durchprobiert und keines der Pferde gemocht. Da es nun offensichtlich Rita sein sollte, sagte er sich schließlich: Warum nicht?

«Das war großartig, Josane», sagte Laconte, als sie das Pferd an langem Zügel im Schritt zu ihm zurückbrachte. «Sie und Margie müssen siamesische Zwillinge gewesen sein.»

«Wohl kaum. Es ist allein dieses Pferd, das es mir so leicht macht.» Sie klopfte Ritas Hals und lächelte. Sie hatte ein hinreißendes Schönheitsköniginnenlächeln, bei dem eine Menge ebenmäßiger Zähne sichtbar wurden.

«Da haben Sie's, Charlie. Ihre Besorgnis war ganz umsonst. Ich wußte, daß Rita und ich füreinander bestimmt sind.»

Rein physisch gesehen, war das gar keine Frage. Seine Schülerin war, was das betraf, so bemerkenswert wie das

Pferd. Josane maß nahezu eins achtzig und hatte die langen, schlanken Beine der vollkommenen Reiterin. Obwohl ihre Gesichtszüge im einzelnen durchaus Mängel aufwiesen (ihre Nase war am Ansatz ein wenig zu stark gebogen, und ihre Augen lagen sehr tief), harmonierten sie insgesamt doch so gut, daß sich auf der Straße fast jeder Mann nach ihr umdrehte.

Sie glitt vom Pferd und lockerte den Sattelgurt. «Wenn wir jetzt mit der Turnierreiterei anfangen, können wir uns dann noch für die Hallensaison qualifizieren?»

«Jetzt wollen wir mal nicht total abheben», erwiderte Laconte. «Es liegt im Bereich des Möglichen.» Vorausgesetzt, dieses Pferd bringt dich bis dahin nicht um, hätte er gern hinzugesetzt, wäre da nicht ein Scheck mit fünfstelliger Zahl vor seinem inneren Auge erschienen. An Rita hing ein Preisschildchen, auf dem 75000 Dollar stand. Das war der Traumpreis der Besitzer und all der Trainer in der Nahrungskette, die einen Gewinnanteil von zehn Prozent einzustecken gedachten. Wohl ein bißchen realitätsfern.

«Ich denke, die Besitzer sind auch mit sechzig zufrieden.»

«Ich zahle ihnen vierzig. Der Tierarzt kommt in einer Stunde zur Ankaufuntersuchung. Sagen Sie mir nur noch, auf wen ich den Scheck ausstellen soll.»

«Sie möchten es tatsächlich tun? Sie haben Rita doch an ihren schlechten Tagen erlebt und wissen, wie schwierig sie sein kann. Der Graue, der hat drei Jahre hintereinander das Junior Hunter Championat von Virginia gewon...»

«Charlie, der Graue ist älter als Mrs. Alma May Cummins, die Dame, die in der Kirche meiner Mutter die Orgel spielt. Ich müßte mir ja einen ganzen Arzneimittelkonzern dazukaufen, um das Pferd auf den Beinen zu halten. Außerdem haben Sie doch selbst gesehen, wie gut Rita gerade eben war. Und Sie haben mir immer wieder gesagt, daß Pferde keine Maschinen sind. Ich weiß, daß sie schwierig sein kann.»

«Ich hoffe nur, der Herrgott segnet diese Verbindung, denn bei dieser Stute könnte es gut sein, daß Sie einen brauchen, der über Sie wacht.»

Sie gab ihm die Zügel und lachte. «Über uns alle wacht einer, Charlie. Nur wissen wir das manchmal nicht. Bin gleich wieder da. Ich hole nur meine Handtasche.»

Laconte deutete ein Lächeln an. Er besah sich die Fuchsstute, die er am Zügel hielt. «Ach Gottchen, was habe ich mir da bloß eingebrockt! Ich werde Glück haben, wenn diese Frau im nächsten Frühling noch am Leben ist.»

Laconte war vieles, aber ein Glückspilz war er nicht.

1

Ich hackte gerade den letzten Teil meiner Sonntagskolumne, die ich diesmal einer ausführlichen Darlegung der Geschichte des BHs mit Bügel, des Korsetts und des Hüftgürtels gewidmet hatte, in den Computer, als oben auf dem Bildschirm die kleinen grünen Buchstaben aufleuchteten:

NATTIE, IN MEIN BÜRO, SOFORT – CANDACE

Der Erfinder der E-Mail sollte gezwungen werden, dauernd alle oben genannten Kleidungsstücke und dazu noch Pfennigabsätze zu tragen.

Ich tippte zurück: BIN GLEICH DA, MACHE NUR SCHNELL NOCH KOLUMNE FERTIG – NATTIE. Aber ich hatte noch nicht wieder ausgeatmet, da explodierte auf dem Bildschirm schon ein JETZT!

«Okay, okay», murmelte ich, «immer mit der Ruhe, sonst schreie ich laut los.»

Ich fuhr in meine Schuhe und eilte zum Büro der Chefin. Ich klopfte an die Tür – knapp unterhalb des roten Plastikschildchens, das auf ihren Herrschaftsbereich hinwies:

CANDACE FITZGERALD
FEATURE-REDAKTION
THE CHARLOTTE COMMERCIAL APPEAL

Alle anderen Manager im Haus hatten ein schwarzes Schild mit weißen Buchstaben. Nicht so Candace. Sie mußte ein rotes haben. Sie hatte ihrer Kundenberaterin bei Dillards (die es mir gar nicht schnell genug weitererzählen konnte) anvertraut, daß Rot die Farbe der Autorität sei. Was erklärt, warum sie mindestens sieben Jacken in unterschiedlichen

Autoritätstönen besitzt. Heute war ihr Preiselbeeren-Bolero dran.

«Was gibt's denn?» erkundigte ich mich.

Candace lächelte. Sie hatte so ein hintergründiges Lächeln.

«Haben Sie gestern abend meine Nachricht nicht bekommen?»

«Nachricht?» sagte ich. «Mein Anrufbeantworter zeichnet nur auf, wenn ihm danach zumute ist. Als ich gestern vom Reiten zurückkam, war nichts drauf.»

«Dann kaufen Sie sich einen neuen», schlug sie vor. «Was ich Ihnen sagen wollte: Ich habe da eine große Story für Sie.»

Ich war Candace in den zurückliegenden Monaten auf Gedeih und Verderb ausgeliefert gewesen – es war die Strafe dafür, daß sie mich freigestellt hatte, damit ich zusammen mit einem Kollegen von der Nachrichtenredaktion in einem Mordfall ermitteln konnte. Obwohl unser Bericht darüber gute Aussichten hatte, den Pulitzer zu kriegen, spuckte Candace immer noch Gift und Galle, weil alle vier Folgen auf Seite eins erschienen waren – und nicht auf den Seiten 14 C, 11 B oder 8 A oder welche Seite an dem jeweiligen Tag halt für Features vorgesehen gewesen war.

«Wie Sie wissen», fing Candace an, «hat uns der Sparetat daran gehindert, offene Stellen wieder zu besetzen. Dadurch sind wir bei Features nur noch sehr wenige, und da Sie so lange im Untergrund gesteckt haben, mußten wir viel zuviel Agenturzeug bringen. Jetzt, wo Sie wieder da sind, rechne ich mit Ihnen als mit einer wertvollen Beiträgerin zum Erfolg von Features.»

Ich nickte. Sie dachte, mein Nicken bedeute Zustimmung, aber ich nickte eigentlich nur, weil ich wußte, daß das Managergerede war und nichts anderes bedeutete als:

Sie werden sich die Finger wund schreiben – und das ohne Überstundenausgleich! North Carolina ist ein Recht-auf-Arbeit-Staat – ein verhüllendes Wort für nackte Ausbeutung.

«Und wie Sie auch wissen, ist dies für unser Blatt die beste Zeit des Jahres. Weihnachten, viele Anzeigen, mehr Seiten und für uns vielleicht täglich eine Titelseite im Themen-Teil. Ich wünsche mir für Features eine starke Präsenz. Ich möchte, daß Sie mich dabei unterstützen, Nattie.»

Oje, noch mehr Ärger. In dem Augenblick, in dem ein Redakteur des *Appeal* das Wort «unterstützen» benutzt und den Namen des Reporters anhängt, weiß man, daß der Redakteur in seinem Kopf den erwarteten Artikel des Reporters bereits fest eingeplant, geschrieben, redigiert und schon bei der gestrigen Redaktionskonferenz für die heutige Ausgabe zugesagt hat. Da ich die – nicht sehr begeisterte – Modeberichterstattung der Zeitung verkörperte, ging es wahrscheinlich um die Wiederbelebung der Seidenturbane, abzuliefern in zwanzig Minuten.

«Gern, Candace. Ich habe eine ganze Liste toller Themen. Erinnern Sie sich noch, daß ich Ihnen mal von diesem Pflegeheim berichtet habe, wo …»

Candace schnitt mir mit einer schwungvollen Handbewegung das Wort ab. «Ein andermal, Nattie. Notieren Sie's und legen Sie's mir hin, dann können wir uns in der nächsten Woche darüber unterhalten. Ich habe etwas anderes im Sinn und denke, Sie werden es mögen … es geht dabei nicht um Mode.»

Das ließ mich aufhorchen. Ich schrieb nun schon seit fast drei Jahren für den *Appeal* über Mode, von denen ich zwei auf den Versuch verwandt hatte, davon wieder los und zu der für Allgemeines zuständigen Redaktion zu kommen. «Wirklich? Worüber soll ich denn berichten?»

«Was verkauft Zeitungen, Nattie?»

«Kinder und Hunde, vorzugsweise beides», antwortete ich.

«Richtig», sagte sie. «Aber das sind olle Kamellen. Wir brauchen etwas Neues. Etwas Frisches. Etwas, dem die Leser entnehmen können, daß Features die Hand am Puls des Geschehens hat. Und da kam mir eine Idee. Es ist die Weihnachtszeit, die Zeit der Familie, des guten Willens, der lieben Erinnerungen. Kinder und liebe Erinnerungen.»

O nein! Abgesehen von Berichten über Bürgerpark-Festivals oder öde, leider jährlich wiederkehrende Kunsthandwerksmärkte waren Artikel zum Thema Festtagsglück die schlimmsten. «Ich soll eine neue Weihnachtswundergeschichte suchen? Im vergangenen Jahr war es das Baby, das nur ein Pfund wog.»

Candace blies die Backen auf. «Toll, wirklich. Außer von der Mutter keinerlei Reaktion. In diesem Jahr brauchen wir einen echten Knüller. Ich hab drüber nachgedacht, und da ist's mir gekommen. Tote Kinder. Das ist es!»

Ich blickte zu dem Foto auf ihrem Schreibtisch hin. Ein vierjähriges Mädchen mit Hab-mich-lieb-Blick. Ihre Tochter Christie, die täglich dreizehn Stunden im Myers Park Childhood Development Center zubrachte. Candace ließ sich niemals durch persönliche Gefühle – so sie überhaupt welche hatte – beirren.

Ich holte tief Luft, denn jetzt wußte ich, was ihr vorschwebte, worauf ich mich aber nicht einlassen wollte. Nicht schon wieder das! Ich hatte es schon einmal gemacht, und da hatte es mich ziemlich schwer mitgenommen.

Damals hatte ich Candace die Erlaubnis abgetrotzt, den Bericht schreiben zu dürfen, und hinterher hatten wir körbeweise Post und so viele Anrufe bekommen, daß die Leitungen total überlastet waren. Ich hatte ein paar Tage zuvor im hinteren Teil der Zeitung eine kleine Notiz gelesen: «Die Compassionate Friends, die allen Eltern Beistand leisten, welche Kinder verloren haben, treffen sich an jedem ersten Donnerstag des Monats um 19 Uhr ...»

Candace hatte mich da zunächst nicht ranlassen wollen, weil es mit der großen Schau von Bill Bass bei Dillard kollidierte, aber ich hatte sie davon zu überzeugen versucht, daß es besser sei, den Designer telefonisch zu interviewen und dann den Artikel gleich am Tag der Show zu bringen (wodurch ich an jenem speziellen Donnerstagabend freie Hand gehabt hätte). Und Candace war darauf eingegangen. Ich hatte das Telefoninterview mit Bass gemacht, der Artikel war erschienen, und dann hatte ich die Compassionate Friends besucht. Mich hat während meiner zwölfjährigen journalistischen Tätigkeit noch nichts so mitgenommen wie dieser Abend. Ich hatte in einem Raum voller hohläugiger Menschen gesessen, die sich gegenseitig ihr Leid klagten. Als ich am folgenden Tag meinen Artikel geschrieben hatte, hatte ich wegen der Tränen den Monitor kaum sehen können.

«Die Compassionate Friends?» fragte ich zurück. «Aber die Geschichte habe ich doch schon geschrieben.»

«Genau. Und was für eine Reaktion! Rutger sagt, beim Lunch im Queen City Crown Club würde mindestens einmal in der Woche über die Story gesprochen.»

Rutger ist Rutger Pearson, der weißhaarige Herausgeber des *Appeal*. Er sieht aus wie ein alternder griechischer Gott und führt sich meistens auch so auf. Der Privatklub, kurz Crown Club genannt, hat sich erst vor drei Jahren entschließen können, auch Mitglieder aufzunehmen, die nicht weiß, protestantisch und männlichen Geschlechts sind.

«Das war vor neun Monaten», sagte Candace. «Und wir bekommen immer noch Post dazu. Außerdem hat Fred mir gesagt, daß Miami den Artikel als Musterbeispiel eines vorbildlichen Dienstes an der Gesellschaft im Jahresbericht nachdrucken wird.»

Da wurde alles so klar wie die Glaswände der Redaktionsbüros. Fred. Fred Richards, der Chefredakteur des *Appeal*, den sowohl die Reporter dieses Blattes als auch ihre Kollegen von den anderen Blättern des Konzerns den Schuhverkäufer nennen. In Ermangelung jeglicher eigener origineller Einfälle mußte Fred Candace geraten haben, sie solle mich damit beauftragen, einen weiteren Bericht über die Compassionate Friends zu schreiben – weil Miami den ersten zur Kenntnis genommen hatte. Und es war nun mal das Herzensanliegen aller aufstrebenden Redakteure, um die Aufmerksamkeit Miamis, der Zentrale unserer Kette, zu buhlen.

«Ich weiß nicht, Candace», sagte ich. «Wie oft kann ich die Höllenqualen beschreiben, die diese Leute Tag für Tag durchleiden müssen? Was kann ich noch mehr schreiben, als ich schon geschrieben habe?»

«‹Jingle Bells›.»

«Wie bitte?»

«‹Jingle Bells›, ‹O Tannenbaum›, ‹Stille Nacht, heilige Nacht›, ‹Little Drummer Boy›. Ich muß Sie wohl nicht daran erinnern, daß Weihnachten ist. Und die Friends veranstalten eine Weihnachtsfeier. Sehen Sie mal hier.»

Sie nahm einen Bogen Papier von einem Stapel saisonal bedingt roter und grüner Prospekte und schob ihn mir zu.

In todernster, schnörkelloser Schrift stand darauf zu lesen: «Die Festtage sind für uns die bitterste Zeit … wir wollen uns treffen und gegenseitig über sie hinweghelfen … am 24. Dezember um 16 Uhr.»

«Das ist nicht gerade eine Weihnachtsfeier», bemerkte ich.

«Was auch immer», erwiderte Candace, «ich will, daß Sie hingehen und der Artikel am folgenden Tag erscheint. Nehmen Sie Torkesquist mit. Sagen Sie ihm, er soll Nahaufnahmen machen, wenn die Leute zu weinen anfangen.»

«Es ist der Heilige Abend.»

«Na und? Sie sind doch Jüdin.»

«Ich wollte meine Mutter in Greensboro besuchen.»

«Ja was, die ist doch auch Jüdin, oder etwa nicht?»

«Natürlich ist sie Jüdin, aber diese Festtage sind auch für sie hart. Ich weiß nicht, ob Sie sich noch daran erinnern können, aber mein Stiefvater ist Anfang des Jahres gestorben, und es war für sie nicht ganz leicht …»

«Wie war das doch gleich, Nattie, haben Sie nicht immer wieder darum gebeten, auch Stories schreiben zu dürfen, bei denen es nicht um Mode geht? Wenn Sie in Allgemeines reinkommen wollen, dann scheint es mir das Sinnvollste zu sein, Artikel für die Sparte Allgemeines zu schreiben. Zeigen Sie uns, was Sie draufhaben.»

«Ich dachte, das hätte ich mit der Serie über die Reitturniermorde schon getan?»

«Das war im Juli, jetzt haben wir Dezember. Nattie, ich muß in fünf Minuten zu einer Besprechung bei Fred. Kann ich ihm sagen, daß wir mit Ihnen rechnen können? Ich brauche Ihnen wohl nicht ins Gedächtnis zu rufen, daß in Ihrer letzten Beurteilung in puncto Teamgeist Schwächen vermerkt wor…»

Teamgeist! Was, zum Teufel, war diese Zeitung ihrer Meinung nach eigentlich? Ein Footballteam wie die Boston Red Sox? Wir wußten beide, daß ich nicht ablehnen konnte, jedenfalls dann nicht, wenn ich noch in diesem Jahrhundert von der Modeberichterstattung wegkommen wollte.

«Ich werde gehen, vor Freude singend», sagte ich zu Candaces Rücken, denn sie hatte sich schon auf ihrem Bürostuhl dem Aktenschrank und etwas Neuem zugedreht.

Als ich ihr Büro verließ, hätte ich nur zu gern die Tür laut zugeschlagen oder – noch besser – ihr vorher eins auf die Rübe gegeben. Aber ich versuche nach wie vor, an die friedliche Lösung von Problemen zu glauben, und deshalb ging ich in die Cafeteria, um mir eine Schachtel Twizzlers zu holen.

Ich warf zwei Münzen in den Automaten, aber der ignorierte sie. Bevor ich mich noch an meine Entschlossenheit hatte erinnern können, friedliche Lösungen anzustreben, hatte ich schon der silberglänzenden Vorderfront der Maschine einen kräftigen Tritt versetzt. Mit meinem rechten Fuß! Ein scharfer Schmerz fuhr durch meinen Knöchel, wo Tibia und Fibula durch eine lange Aluminiumschraube zusammengehalten wurden.

«Scheiße!» schrie ich auf.

«Nattie, hältst du es für eine gute Idee, mit einem erst kürzlich gebrochenen Bein gegen Metall zu treten?»

Der das sagte, war Henry. Henry Goode, der investigative Reporter, mit dem ich bei der Reitturniermordgeschichte zusammengearbeitet hatte.

«Ja, Dr. Schicksal hat mir gesagt, das gehöre zu meinem Therapieplan. Ich soll dreimal täglich Süßwarenautomaten treten und zum Abschluß dann noch einen weit über eins achtzig großen Reporter.»

«Nattie, ich erkundige mich doch nur nach dem Bein, das du dir, wenn ich dich daran erinnern darf, in zwei Wochen zweimal gebrochen hast. Was ist denn heute mit dir los? Stimmt irgendwas nicht?»

«Candace! Was ist wohl mit mir los, he? Candace. Dieser Roboter, den sie Redakteurin nennen. Tut mir leid, Henry, ich wollte dir nicht an die Gurgel. Es ist bloß Candace mit ihren bescheuerten Miami-wird-das-mögen-Ideen.»

«Laß mich raten», sagte Henry. «Eine Modenschau in Gastonia.» Und dann tänzelte er wie ein New Yorker Topmodel an dem streitlustigen Süßigkeitenautomaten vorbei.

«Okay, Vendella, das reicht», sagte ich. «Mir ist gar nicht nach Lachen zumute, dazu bin ich zu sauer. Es ist was viel Schlimmeres als eine Modenschau, und ich hätte nie gedacht, daß ich so etwas je sagen könnte. Aber ich mag jetzt nicht darüber reden. Gibt's bei dir was Neues? Vielleicht ein neuer Knaller, der dir den dritten Pulitzer einbringt, vorausgesetzt natürlich, daß wir für unsere Serie einen kriegen?»

Henry lächelte. Er war ein gutaussehender Mann, perfektes Endresultat eines Zuchtprogramms, das Generationen von Uramerikanern bis zur Makellosigkeit weiterentwickelt hatten. Ich konnte nicht anders als sein Aussehen bewundern – natürlich nur in seiner Eigenschaft als Muster ohne Wert. Wenn wir zusammentrafen, endete das immer mit Streit. Zumeist war es irgend etwas absolut Törichtes – wie etwa die Frage, wo wir parken sollten.

Aber Henry sah nicht nur gut aus. Bei ihm verband sich in ungewöhnlicher Weise jungenhafte Unbeholfenheit mit einem soliden Kern aus Verantwortungsbewußtsein und Integrität sowie gelegentlichen Anflügen von Schusseligkeit. Henry war der Ansicht, das Leben sollte fair sein, Pfarrer sollten ihre Gemeinden nicht bestehlen und Kongreßabgeordnete keine Frauen belästigen. Und er schien es sich zur Lebensaufgabe gemacht zu haben, dafür Sorge zu tragen, daß sich die Welt der Vorstellung, die er von ihr hatte, annäherte.

«Ich überblicke das noch nicht so ganz, aber ich arbeite da an etwas, was interessant sein könnte», sagte Henry. Zielgerichtet, präzise und genau heißt es in den Durchführungsbestimmungen, die für Henrys Handeln maßgeblich sind, sein Sprechen eingeschlossen. Für alle Welt ist «interessant» ein Wort mit drei Silben, aber für Henry sind es vier. «Ich bekomme seit etwa zwei Wochen Kopien ziemlich bizarrer Drohbriefe, was an sich noch nichts Neues ist. Aber was diese Briefe so interessant macht, das ist die jedem Umschlag erneut beigefügte Kopie einer alphabetischen Namensliste. Der Brief scheint an alle zu gehen, die in den beiden Carolinas und in Virginia Rang und Namen haben, angefangen bei A und durch bis zum Z.»

Er zog ein Stück Papier aus seiner zerknitterten Joppe. Henrys Sorgfalt endete bei seiner Garderobe. Obwohl ebenfalls zerknittert, war der Brief ordentlich dreifach gefaltet. Er enthielt keine Unterschrift, kein Datum – es waren einfach Wörter, die irgendwo an einem unbekannten Ort in irgendeinen Computer eingegeben worden waren. Das Schreiben lautete:

Erst hustest Du. Dann stirbst Du, aber nicht sofort. Das wäre zu barmherzig. Es wäre ein göttlicher Gnadenakt. Aber Gott sind die Hände gebunden. Von Dir und Deinesgleichen.

Und Du wirst bezahlen.

2

Henry und ich wählten einen Tisch hinter der großen, schlierigen Fensterscheibe, durch die man auf den Firestone-Reifendienst an der Stonewall Street hinausblickte. Schlierig, weil die Fensterputzer wegen unbefriedigender Gewinnentwicklung gestoppt worden waren, bis sich unsere Lage wieder verbessert haben würde. Da der *Appeal* die

Milchkuh der gesamten Kette war, wurden die Bosse in Miami geradezu hysterisch, als kürzlich unser Gewinn auf 29,5 Prozent absackte, und sie hatten unseren Gürtel so eng gezogen, daß wir schon fast erstickten. Wobei die anderen Blätter nicht mal an fünfzehn Prozent herankamen.

«Das ist ja ein nettes Briefchen», sagte ich. «Mit alphabetischer Abschußliste, wirklich toll durchorganisiert. Wie gut, daß da draußen kein Mangel an Bekloppten herrscht, denn sonst würden wir arbeitslos. Ist einer der Leute auf dieser Liste schon handfest bedroht worden?»

«Nein, und niemand nimmt die Sache sonderlich ernst. Die anderen Briefe sind ähnlich, alle Variationen zum Thema ‹Der Herr hat's gegeben, der Herr hat's genommen›. Ich habe mal mit Duffy Ritter, dem IBM-Chef von North und South Carolina, gesprochen. Er meint, so etwas gehöre nun mal zum Alltag der Führungskräfte größerer Konzerne. Er hat den Brief einfach an die Sicherheitsleute weitergeleitet. Bisher gibt es außer den Briefen keine weitere Kontaktaufnahme.»

«Jedenfalls noch nicht», sagte ich. «Ich weiß, daß du mir eine Schwäche fürs Dramatische unterstellst, aber wenn mein Familienname mit A anfinge und auf dieser Liste stünde, dann wäre ich sehr wohl beunruhigt.»

«Wie war denn das», meinte Henry, «warst du es nicht, die mir mal gesagt hat, das sei für sie der Normalzustand?»

«Es gibt so eine Beunruhigung und so eine. Die erstere ist nur eine allgemeine Besorgnis, daß die Welt in Stücke gehen könnte, daß all deine Lieben vom Blitz getroffen, überfahren und / oder Opfer übler Terrorakte werden könnten. Mit der muß man als Jude leben. Die andere Beunruhigung ist eine echte, weil begründete. So, wenn einem jemand Drohbriefe schickt. Dieser Brief hat irgendwas an sich … ich bin nicht sicher, was es ist, aber ich wette, daß die Leute die Sache irgendwann sehr viel ernster nehmen werden. Vielleicht bin ich aber auch nur so erregt über Candace …»

Oder ich war eifersüchtig auf Henry. Der Glückliche! Er durfte Morddrohungen bearbeiten, während ich Gelegenheit haben würde, mich durch den Weihnachtsabend hindurchzuschluchzen.

«Ich muß los, Henry, und Mutter Bescheid sagen, daß sie sich, Candace sei's gedankt, in diesem Jahr *Das Wunder der 34. Straße* allein ansehen muß.»

Ich trank meinen Kaffee aus und wollte zur Rolltreppe gehen. Nach drei gehumpelten Schritten (mein Knöchel schmerzte noch von der Attacke gegen den Süßwarenautomaten) drehte ich um und kehrte an unseren Tisch zurück.

«Henry», sagte ich, «worin liegt das Verbindende? Was ist allen von Mr. A bis Mr. Z gemeinsam? Bist du Mr. G?»

Er nahm seinen Notizblock auf und begleitete mich auf meinem Weg zur Redaktion.

«Nein, das G der Liste gehört Booker Greene, einem New Yorker Kongreßabgeordneten, der im östlichen North Carolina in der Gegend von Fuquay Varina zur Welt gekommen und aufgewachsen ist. Ich werde nicht bedroht. Wer immer diese Briefe abschickt, erhofft sich Publicity, und da komme ich ins Spiel. Ich habe gerade erst begonnen, mich intensiver mit der Sache zu befassen, und weiß deshalb noch nicht viel. Das einzige, was mir aufgefallen ist, ist die Tatsache, daß alle Angeschriebenen ziemlich wohlhabend sind. Ich werde Nachforschungen anstellen, um mehr über sie herauszufinden und festzustellen, was außer dem Geld sonst noch gemeinsamer Nenner sein könnte. Ich kann mir nicht vorstellen, daß es dem Briefeschreiber nur um Reichtum geht.»

«Vielleicht hast du recht», sagte ich. «Aber Geld läßt die Leute durchdrehen. Erinnerst du dich noch an Wally, unseren toten Pferdetrainerfreund, der all diese Gäule nur wegen der Versicherungsgelder getötet hat? Und er steht mit so etwas ja nicht allein. Geld ist das Fürchterlichste, was wir Menschen je erfunden haben. Also, halt mich auf dem laufenden. Da fällt mir noch ein: Wo kommen die Briefe eigentlich her?»

Henry hielt mir die schwere Feuertür zwischen Cafeteria und Treppenhaus auf. «Ich habe in der linken oberen Ecke der Briefe keinen Absender finden können», sagte er.

Ich schob mich unter dem Bogen seines Arms hindurch und knuffte ihn dabei leicht in den Bauch. «Sehr komisch», sagte ich. «Aber du weißt schon, was ich meine. Was sagen die Poststempel?»

«Eine investigative Story geschrieben, und schon fragt sie nach den Poststempeln. Beachtlich! Als nächstes wirst du darum ersuchen, von der Damenwäsche wegversetzt zu werden, was, Gold?» So nannten die Nachrichtenfritzen die Feature-Abteilung.

«Und wenn ich Glück habe, lassen mich die Großkopfeten im Glasbüro den Carl Bernstein an deiner Seite spielen, du Bob Woodward. Also sag schon, wo wurden die Briefe abgestempelt?»

«Der erste in Greensboro, die anderen kamen aus verschiedenen Orten des Bundesstaats. Er oder sie stammt wahrscheinlich aus North Carolina, aber wissen kann man es nicht.»

«Nein», sagte ich, «wahrscheinlich nicht. Vielleicht hat der Verrückte was gegen die Tarheels. Wie auch immer, kann ich irgendwie behilflich sein?»

«Natürlich, vier Augen sehen mehr als zwei. Die Liste liegt auf meinem Schreibtisch, komm mal vorbei und sieh sie dir an. Oder noch besser, ich mache dir eine Kopie. Du kennst wahrscheinlich ein paar der Namen, sag mir, was du über diese Leute weißt. Danke.»

«Mong pläsör», sagte ich in absichtlich verhunztem Französisch, das Henry nach zwölf Jahren Unterricht perfekt beherrschte, während ich die Sprache nur wahlfrei und erst ab der 9. Klasse gelernt hatte.

«Erinnere mich daran, daß ich nie mit dir nach Frankreich reise, ohne dir vorher den Mund zugeklebt zu haben», sagte Henry.

Ich lachte und legte ihm den Arm um die Taille, denn höher hinauf reichte ich nicht. Aber ich war sicher, er würde mich nicht wegen sexueller Belästigung anzeigen. Er seinerseits legte gerade den Arm um meine Schulter, als uns Kathy Powel, die Popmusik-Kritikerin, auf der Rolltreppe entgegengeschwebt kam.

«Nattie, Henry ... was habt ihr denn vor, ihr zwei beiden?» rief sie uns mit ihrem mir nur allzu bekannten Hab-ich's-nicht-gesagt-Grinsen zu. Kathy und ich sichteten ständig das Männermaterial der Nachrichtenabteilung, und sie war fest davon überzeugt, daß Henry mehr als geeignet für mich sei.

«Ich würde mich auch selber an ihn ranmachen, wenn ich nicht gerade mit Jim ginge», hatte sie mir versichert.

«Henry und ich haben just eine Frankreichreise geplant», rief ich zurück, als Kathy an uns vorbeiglitt.

Ihre Worte folgten ihr abwärts: «Hab ich's nicht gesagt.»

Henry sah mich einmal mehr verwirrt an. «Worum ging's da eben eigentlich?» Da wurde mir blitzartig der Unterschied zwischen den Geschlechtern klar. Es waren nicht «Die Golden Girls», die die Jungen mochten und die Mädchen nicht, sondern es war die Begriffsstutzigkeit.

«Ach, um nichts», sagte ich.

Wir betraten die Redaktion und gingen unserer Wege – Henry an seinen Schreibtisch und ich zurück in die Katakomben von Features. Unsere Abteilung war – wie die getragene Wäsche vom Vortag – in eine entlegene Ecke verbannt worden. Aus den Augen und damit auch (sehr zu Candaces Empörung) aus dem Sinn.

Ich setzte mich an meinen Schreibtisch, und bevor noch mein Hintern auf der Sitzfläche des Stuhls gelandet war, drehte Allison, Jungredakteurin und meine Schreibtischpartnerin, schon den Computer zu mir herüber.

«Da, Nattie, ich ziehe an einen anderen Tisch um. Ich kann mir in der Sportredaktion einen freien Computer suchen.»

«Gemach, gemach, Allison. Sie können den Computer benutzen, solange Sie wollen. Ich muß einige Telefonate erledigen.»

Sie zog den Computer zu sich zurück. Zögernd. Leg das unter «Bedenke, worum du die Götter bittest» ab. Mein voriger Schreibtischpartner Jeff hatte das Gerät dauernd mit Beschlag belegt. Ich durfte in den zweieinhalb Jahren, in denen wir uns den Computer geteilt hatten, wahrscheinlich nicht öfter als sechsmal darauf schreiben. Seit Allison eingezogen war, hatte ich keinen Vorwand mehr, auf der Suche nach einem freien Terminal durch die Redaktionen zu streifen. Dabei hätte ich alles dafür gegeben, wenn ich noch dazu in der Lage, Jeff noch am Leben gewesen wäre.

Das Telefon klingelte und unterbrach dankenswerterweise meine Träumerei.

«Kommen Sie nun raus oder nicht?»

Das war Rob, mein Reitlehrer. Selbst nachdem wir ihn mit unserer Serie «Mord im Turnierzirkus» von dem Verdacht reingewaschen hatten, ein Mörder zu sein, war er nicht imstande gewesen, mehr zu mir zu sagen als: «Wann wollen Sie wieder zum Reiten kommen?»

«Ich weiß noch nicht, ob ich es schaffe», sagte ich. «Ich muß noch eine Kolumne zu Ende schreiben, ein paar Telefongespräche führen, dann muß ich mit der Fotoredak...»

«Ich bin um sechs in der Bahn. Ich muß um sieben bei Mrs. Pritchard sein und mich um ihren Baum kümmern. Die Sache mit dem Kurs bei George Morris ist in der kommenden Woche fällig.»

Klick. Wenn ich wollte, daß er mein Pferd zu dem George-Morris-Kurs oder sonstwohin brachte, dann erschien ich wohl besser um sechs auf dem Übungsplatz. Daß Rob zu spät zu Mrs. Pritchard kam, da sei Gott vor! Denn wer außer ihm konnte ihren Weihnachtsbaum schmücken? Als Jüdin war mir Robs ganze Baumschmückerei nach wie vor unverständlich, aber Jahr für Jahr verbrachte er den ganzen Dezember damit, wie ein Verrückter von Haus zu Haus zu hetzen und den Leuten ihre Bäume zurechtzumachen. Ich hatte immer gedacht, Sinn und Zweck des Weihnachtsbaums sei es, die Familie um sich zu versammeln, Bing Crosby zu hören, heiter gestimmt schön ordentlich bunten Schmuck zu verteilen und dabei möglicherweise auch des Mannes zu gedenken, der die ganze Sache ins Rollen gebracht hatte. Seltsam.

Ich rief zunächst bei meiner Mutter an und teilte ihrer besten Freundin Nora, einer forschen Dame, die sich Mutters nach dem Tod meines Stiefvaters angenommen hatte, die traurige Nachricht mit, daß ich nicht kommen werde.

«Ihre Mutter ist im Gericht», sagte Nora. «Aber machen Sie sich keine Sorgen. Sie haben Ihre Arbeit, die muß getan werden. Ich werde Ihre Mutter aus dem Haus lotsen und sehen, daß sie zum Essen zu uns kommt, und wenn ich sie hinschleifen muß. Wir haben genug geweint. Jetzt ist es an der Zeit, wieder zu leben.»

Nora und mein Stiefvater David waren eng befreundet gewesen, weshalb sein Verlust für sie ebenso schmerzlich war wie für uns.

Während ich noch mit Nora sprach, sah ich auf meinem

Bildschirm eine E-Mail erscheinen. Ich bemerkte den Namen CANDACE am Ende und vermied es deshalb, den Anfang zu lesen. Was wollte sie wohl jetzt von mir? Vielleicht eine Neujahrsstory über die armen kleinen, überaus fotogenen Hundchen, die im Tierheim eingeschläfert wurden?

Ich rief bei den Compassionate Friends an, erreichte jedoch niemanden. Ich mußte aber auch noch eine ganze Reihe telefonischer Anfragen beantworten – die meisten von Lesern, die zu wissen verlangten, was sie Weihnachten anziehen sollten. Ich stimmte grundsätzlich immer allem zu, was sie sich selbst ausgedacht hatten, denn meine die Mode betreffende Maxime ist eine einfache: Wenn's dir gefällt, dann zieh's an.

Ich mußte Torkesquist per E-Mail von dem morgigen Fototermin verständigen, was bedeutete, daß es erst einmal Candaces Botschaft zu lesen galt. MÖCHTE SIE SPRECHEN, BEVOR SIE GEHEN. Nicht, wenn sich das irgendwie umgehen ließ!

Ich setzte mich auf elektronischem Wege mit Torkesquist in Verbindung, und wie erwartet, stand er schon wenig später leibhaftig vor mir. «Wieder die toten Kids? Grundgütiger Himmel. Wie wär's, wenn ich ein paar von den alten Fotos rauskrame und wir zusammen zum Reiten gehen? Na los, Wesley kann ein bißchen Bewegung gebrauchen. Ich nehme Hap.»

«Und wo nehme ich meine Story her? Und außerdem setze ich mich nie wieder in einen von euren Western-Sätteln. Nach dem letzten Mal hat's zwei Wochen gedauert, bis ich meine Beine wieder zusammenbekam.»

«Das ist nur, weil du rumphantasiert hast, wie's mit mir sein würde, das ist alles. Na los, gib's schon zu. Ich geh dir einfach nicht aus dem Sinn.»

Torkesquist war ein Kerl, der an einen Hydranten erinnerte. Klein und breit. Ein leuchtender Blondschopf, der aussah, als hätte ihm ein total Besoffener einen Pott über den Kopf gestülpt und dann die Haare abgesäbelt. Den größten Teil seines übrigen, frisch-rosigen Gesichts bedeckten große klare Plastikbrillengläser. Aus Minnesota stammend, sprach er mit so dickem Akzent, daß ein Stock drin stehen blieb. Es klang, als umgingen die Wörter seinen Mund und kämen direkt aus der Nase.

Ich wußte, daß Torkesquist nicht in der angesprochenen Weise an mir interessiert war. Obwohl die Gene auf dem Weg zu ihm einigermaßen verpfuscht worden waren, teilte er, was die Frauen anging, doch noch den Geschmack seiner Vikinger-Vorfahren. Er mochte sie groß und blond. Je größer und blonder, desto besser.

«Klaro, Torkesquist, so ist es. Du bist der Mann meiner Träume. Eine Hochzeit hoch zu Roß, und dann reiten wir in den Sonnenuntergang davon. Sehr viel mehr bringt dein alter Klepper Wesley wohl auch kaum zustande.»

«Also jetzt sei mal ein bißchen netter. Auch du wirst eines Tages alt sein.»

Torkesquist und ich bildeten die reiterliche Komponente des *Commercial Appeal.* Er hatte einen Tork's Turph genannten Hof bei Waxham, Richtung Charlotte, das heißt nicht weit von dem Stall entfernt, in dem ich mein Pferd stehen hatte. Er teilte seinen Herrschaftsbereich mit zwei lieben alten Gäulen, die ihm überallhin folgten, manchmal auch durch die Haustür. Und er hatte Hap, einen garstigen braunen Appaloosahengst, der als Kind mißbraucht worden sein mußte. Ein so übles Temperament war nicht anders zu erklären – allenfalls noch dadurch, daß er von Dämonen besessen war. Die Fairneß gebietet zuzugeben, daß dieses Pferd trotz all seiner Macken ein sehr guter und ausdauernder Läufer war.

Ich reichte Torkesquist den Fotoauftrag. «Morgen um vier, und voll auf die Tränen halten», sagte ich. «Soll übermorgen gebracht werden, also verfahr dich auf dem Rückweg nicht.»

Was das Talent anbetraf, war Torkesquist der beste Fotograf des *Appeal.* Das heißt, er war es, wenn er nicht einen Film einzulegen und sein Auto aufzutanken vergessen hatte, wenn er überhaupt, dann pünktlich zu einem Fototermin erschien und nicht so blöde rumquatschte, daß er rausgeschmissen wurde.

«Halt dich morgen ein bißchen zurück, Torkesquist, ja? Diese Leute haben ein schweres Schicksal.»

«Was ist dir denn unter den Sattel geraten? ‹Halt dich ein bißchen zurück.› Von was denn? Was habe ich getan, um mir ...» Er stopfte den Auftrag in die Tasche und stürzte davon.

Wenn ich dieser Spur weiter hätte folgen wollen, dann hätte ich ihn daran erinnert, wie er einmal Barbara Bush den Stumpf seines linken Ringfingers unter die Nase gehalten und der First Lady erklärt hatte, er habe den Finger bei einem Streit mit seiner Ex-Frau eingebüßt. Dann hatte er die Oma der Nation mit dem Ellbogen angebufft und hinzugefügt: «Hätte schlimmer ausgesehen, wenn sie tiefer gegangen wäre.»

Aber ich hatte anderem nachzugehen – so meiner Sonntagskolumne, die der Geschichte des Folterinstruments namens Damenunterwäsche gewidmet war.

«BHs mit Bügel, Korsetts und Hüftgürtel, also all das, was die wohlentkleidete Frau nach dem Willen aller Marquis de Sades trägt ...»

3

Ich kriegte meine Kolumne schließlich fertig und sah mich nach einem unbeschäftigten Redakteur um, der meinen Text verstümmeln würde. Der *Appeal* litt keinen Mangel an mittelmäßigen Vertretern dieser Spezies, die sich selbst für große Schriftsteller hielten.

Beim *Appeal* sind diese Textbesprechungen nicht viel anders als ein Gang zum Zahnarzt, nur daß man keine Spritze bekommt. Ich fand endlich Jean, die am sanftesten arbeitende Zahnärztin, eine Frau in den Fünfzigern, die vor dreißig Jahren beim *Appeal* als Redaktionsassistentin angefangen hatte. Sie erhob nicht den Anspruch, Schriftstellerin zu sein, wurde von niemandem bedroht, der einer war, und hegte eine tiefe Liebe zu Zeitungen – so, wie sie ausgesehen hatten, als die Herren im Nadelstreifen noch die bösen Buben und nicht die Eigner gewesen waren.

Jean kannte sich beim *Appeal* gut aus. Sie wußte, welche Regeln man umgehen durfte und welche nicht. Kundenentfremdung gehörte zu den letzteren. Sie las meinen Artikel, lachte an den richtigen Stellen, merzte unter Entschuldigungen die umstritteneren Begriffe aus und ersetzte sie durch Euphemismen – so etwa «qualvoll» durch «unbequem», wo ich darlegte, wie das so ist, wenn der Bügel eines BHs seiner Nylonhülle entkommt und in weiches Fleisch schneidet.

Sie lehnte sich in ihrem ergonomisch korrekten Stuhl zurück und streckte sich. «Sie wissen so gut wie ich, wie die in den Glasbüros sind. ‹Es kann uns nicht daran gelegen sein, uns die Hersteller von Damenunterwäsche zu entfremden…›»

Wir lachten beide. Das ist der *Appeal* – er bringt nur, was keinen Unwillen erregt.

Jean schickte meine Kolumne auf ihre glückliche Reise – zuerst zu Candace, dann zu Fred, der sicherstellen wollte, daß ich «keinen weiteren Schaden anrichtete», und dann in die Setzerei.

«Wir sehen uns morgen abend», sagte Jean. «Ich bringe Papiertaschentücher mit.»

Endlich mal ein Glückstreffer. Jean hatte Dienst und würde für den Artikel über die Compassionate Friends zuständig sein! Ich hatte schon gefürchtet, bei Candaces wuseligem kleinem Stellvertreter Ron Riley zu landen, einem gefährlich ehrgeizigen Mann, der so klein war, daß er mit der inoffiziell für Bewerber geltenden, von unserem napoleonischen Lokalredakteur festgelegten Höchstkörpergröße keinerlei Schwierigkeiten gehabt hatte. Das Problem bei Rileys Ehrgeiz bestand darin, daß er gerade noch schlau genug war, die Tatsache zu verbergen, daß seine Schlauheit eigentlich nicht sehr weit reichte, womit er beim *Appeal* schon auf der Überholspur saß.

Für diese Woche war ich mit der Mode fertig (das einzig Gute an der Arbeit für Candace) und schon fast raus aus der Tür. Mich trennte jetzt nur noch eine kurze Autofahrt vom schönsten Teil des Tages, nämlich von Brenda Starr, meiner gutmütigen Fuchsstute. Ich mußte nur noch einmal versuchen, die Compassionate Friends davon zu verständigen, daß Torkesquist und ich zu ihrem Treffen kommen wollten. Ich rief die Frau an, die vor fünf Jahren die Gruppe für den Bezirk Cabarrus organisiert hatte. Sie hatte ihren sechzehnjährigen Sohn bei einem Autounfall verloren und sich danach schon halb tot gesoffen, als jemand sie zu einem Treffen mitschleppte. Sie sagte, das habe ihr das Leben gerettet, weshalb sie jetzt andere retten wolle, die den Weg zurück ins Leben nicht finden könnten. Auf diese Weise sei der Tod ihres Jungen nicht ganz sinnlos gewesen.

Ich bin in meinem Leben nur wenigen Heldinnen begegnet. Sie ist eine davon.

Ich war sicher, daß es keinerlei Schwierigkeiten machen würde, einen zweiten Bericht zu schreiben. Der erste hatte der Gruppe zu annähernd tausend Dollar verholfen, die gerührte Leser spendeten – und auch Autoren. Ich hatte einen Scheck über hundert Dollar hingeschickt.

Gerade als ich gehen wollte, erschien eine neue Botschaft auf meinem Bildschirm. NATTIE, KÖNNTEST DU BITTE BEI MIR VORBEIKOMMEN UND DIR DIE LISTE ABHOLEN, ÜBER DIE WIR GESPROCHEN HABEN? HG

HENRY, O HENRY, ICH BIN GLEICH DA, antwortete ich, schob meine Aufzeichnungen in eine Schreibtischschublade und verschloß sie. Dann schob ich den Computer zu Allisons Platz hinüber. Sie saß in der Sportabteilung und hatte einen Riesenstapel Hochzeitsanzeigen vor sich.

«Er gehört jetzt ganz Ihnen», sagte ich im Vorbeigehen.

«Wirklich? Es macht mir nichts aus, hier zu arbeiten.»

«Allison, nehmen Sie um Gottes willen Ihr Leben endlich mal in die eigene Hand. Sie können den Computer jetzt benutzen. Sie können ihn selbst dann benutzen, wenn ich anwesend bin!»

Henry klebte mit dem Ohr am Telefonhörer, und seine Finger tippten auf dem Keyboard herum. Er sah auf einen Stapel Papiere und nickte mit dem Kopf in meine Richtung, ohne auch nur einen Buchstaben auszulassen. Seine Lippen formten ein «Danke».

Als ich auf der niemals anhaltenden Rolltreppe nach unten fuhr, überflog ich die Liste. Ich kannte den zweiten Namen – B wie Benson, Jim Benson. Ich trat bei Turnieren gegen ihn an, wenn man denn gegen jemanden antreten kann, der nicht arbeitet, jede Menge Kohle und einen Trainer ganz für sich allein hat. Er war irgendein großer Erbe, der sich

selbst gern als Kälberzüchter bezeichnete. Es entsprach seiner Vorstellung von Rinderzucht, einen Verwalter zu beschäftigen und selbst einmal im Monat die Kälber zu betätscheln. Meistens ritt er – in der Gruppe der Amateure und sehr gut. Ein klassischer Scheinamateur. Die Klassifizierung ausgenommen, war er in jeder Beziehung ein Profi. Wenn er außer Gefecht gesetzt würde, konnte mir das eigentlich nur lieb sein, denn dann gewann ich bei einem Turnier in Virginia vielleicht auch mal ein blaues Band.

C kannte ich ebenfalls, beziehungsweise war mir der Name schon begegnet. Man hätte auch tot sein müssen, um nicht schon mal von Christopher Carey gehört zu haben – er war die Antwort der neunziger Jahre auf Charles Bronson. Aber was mochte so ein He-man aus Hollywood mit einem Haufen steinreicher feiner Pinkel zu tun haben? Um das herauszufinden, würde Henry wohl noch einiges an kreativer Ermittlungsarbeit leisten müssen.

Auch den nächsten kannte ich, wußte aber nicht, woher. D wie Duncan. Outerbridge Duncan. Mir tat der arme Kerl mit seinem Vornamen, der wie ein Nachname klang, leid. Da war wohl wieder eine übereifrige Südstaatenmama diesem ganzen Traditionspflegetrara zum Opfer gefallen. Outerbridge Duncan. Irgendwoher kannte ich den Namen, aber woher? Wer konnte das bei einem solchen Namen vergessen? Offensichtlich ich.

Mein Blick glitt das Alphabet hinab, verweilte hier und da. Ein paar der Namen waren mir von den Gesellschaften der High-Society bekannt, über die ich berichten muß. Ein paar andere waren mir – wie Benson – vom Turnierzirkus her geläufig. Alles superreiche Daddys, die ihren Kleinen immer wieder neue 200 000-Dollar-Pferde kauften. Wie etwa auch Mr. Santee Mundell, ein unermeßlich reicher Industrieller und Unternehmer. Seine Tochter Topping Mundell war Kollegin von Benson, das heißt Amateurreiterin, und hatte nichts anderes zu tun, als mit teuren Pferden über Hindernisse hinwegzusetzen. An ihrer Ausschaltung lag mir aber nichts, denn sie hatte im Unterschied zu Benson so viel reiterliches Talent wie ein Zaunpfahl. Selbst als ihr Vater 250 000 Dollar hingeblättert und für sechs Monate Rox-Dene, das gewinnträchtigste Pferd in der Geschichte des Springsports, geleast hatte, hatte sie die Absprünge nicht finden können. Die Sache war dann auch nicht allzu lange gutgegangen. Topping hatte dem Pferd einen Galoppsprung zuwenig zugebilligt, woraufhin es durch einen großen Oxer gekracht war. Alle waren zu dem armen Pferd gestürzt, während Topping allein, verwirrt und am Boden zerstört dagestanden hatte. Während Rox-Dene mit dem Vergrößerungsglas untersucht worden war, hatte sich keine Menschenseele um die Reiterin gekümmert, die schließlich vor Schmerzen zusammengebrochen war – sie hatte sich die Schulter gebrochen. Das war das Ende der Partnerschaft von Topping und Rox-Dene gewesen. Die Besitzer hatten ihr untersagt, das Pferd noch einmal zu reiten.

Ich versuchte mir vorzustellen, wie das wohl wäre, so ein Jahrhundertpferd zu reiten, und sah dabei weiter die Liste durch. Die Stockwerke glitten vorbei, und ich ritt immer noch Rox-Dene, als mein Blick bei O wie Osborne hängenblieb. John Knights Osborne, der Mann, der mir einmal das Herz gebrochen hatte. Mein Körper mochte sich ja noch auf der Rolltreppe befinden, aber mein Geist war jetzt in New Paltz, New York, genauer im Restaurant Northern Lights, wo ich über meiner Fischsuppe weinte, während John Abschied von mir nahm. Aber kurz bevor er zu dem Der-Kick-ist-weg-Teil seiner Rede kam, wurde ich ruckartig nach Charlotte zum *Appeal* und auf die Rolltreppe zurückgeholt, deren Ende ich erreicht hatte. Buchstäblich ruckartig, denn meine Füße stießen an die Kante, und weil ich nicht darauf vorbereitet war, fiel ich auf den Hintern. Und ausgerechnet an diesem Tag hatte ich meine alten Breeches an, also Reithosen jener Art, bei der meterweise Stoff für extragroße seitliche Ballons vernäht wird. Es war jedenfalls zu meinen beiden Seiten so viel Köperstoff vorhanden, daß die Zähne des Laufbandes keine Mühe hatten, sich was davon zu schnappen.

«Aaah!» schrie ich los. «Hilfe! Schnell, oder ich werde gleich zu Isadora Duncan.»

Der Wachmann (endlich gab es welche) stand glücklicherweise gerade neben dem kleinen roten Knopf, mit dem sich die Treppe im Notfall stoppen läßt. Sie blieb stehen. Meine Breeches waren hoffnungslos zerkaut. Ich zerrte heftig daran, bekam sie aber nicht frei. Der Wachmann trat mit einer Schere zu mir, aber mein Wohlergehen kümmerte ihn wenig. Ich war fast von der Treppe aufgefressen worden, und alles, woran ihm lag, war, das blöde Ding wieder in Gang zu kriegen. Das hieß die Sache mit dem Teamgeist wirklich ein bißchen zu weit treiben!

Ich entriß dem Mann die Schere, knurrte ein kurzes «Danke!» und befreite mich per chirurgischem Eingriff von der Treppe. Ich besah mir meine Reithose beziehungsweise das, was von ihr noch da war. Scheiße, fünfundsechzig Dollar im Eimer! Das Gute daran war lediglich, daß mir damit eines jener Kleidungsstücke genommen war, an denen Candace und Fred ständig herumgemäkelt hatten, weil sie nicht ihrer Vorstellung von der einer Modeberichterstatterin angemessenen Kleidung entsprachen.

Ich schritt mit so viel Würde davon, wie es mit einer derart zerfetzten Hose möglich ist. Dieser verdammte John hatte ein Loch in mein Herz gerissen – und jetzt die Treppe eins in meine Hose! Was für ein Tag. Und wie kam dieser

John Osborne eigentlich auf die Liste? Er war schließlich Künstler. Damals hatte er sich gerade angeschickt, der nächste Dennis Hopper zu werden – und ich, einen Präsidenten oder wenigstens einen Senator zu stürzen. Und was tue ich jetzt? Ich schreibe Kolumnen über Damenunterwäsche. So weit war er wohl kaum vom Weg abgekommen.

Ich verscheuchte John aus meinen Gedanken und konzentrierte mich wieder auf die Liste. Fünfundzwanzig Namen insgesamt – kein Mr. X, ich sah extra noch einmal nach. ERST HUSTEST DU. DANN STIRBST DU ... was macht, daß man hustet und stirbt? Arbeit im Kohlebergbau, Asbest, Tabak, Baumwollstaub ... DU WIRST BEZAHLEN. Für was bezahlen?

4

«Lieber Gott, Nattie, Brenda war heute abend ja wirklich großartig! Immer richtig am Absprung, kein Verweigern, der arme Rob konnte dich überhaupt nicht anbrüllen.»

Das war Gail, meine beste Freundin und die Managerin des Stalls, in dem wir beide unsere Pferde stehen hatten. Sie besaß einen schönen großen Schweißfuchs mit Namen Allie, das Kürzel für «All Dressed Up».

Gail hatte recht. Brenda war großartig gegangen, fast schon wie eine Springmaschine. Wir waren viermal in absolutem Gleichklang über einen Parcours mit eins acht hohen Hindernissen hinweggesegelt. Wenn ich doch nur mit Männern – oder Redakteuren – auch so gut zurechtkäme!

Lief es mit meinem Pferd gut, was häufig der Fall war, weil es sich um ein Wunderpferd handelte, dann hatte ich ein Gefühl, als drückte mein Inneres mit Macht gegen mein Äußeres. Größer, weiter, mehr. Es war besser als all die Hochgefühle, die ich in meiner Jugend mit chemischen Mitteln zu erzeugen versucht hatte. Schade, daß so viele Gehirnzellen hatten draufgehen müssen, bis ich dahintergekommen war.

Ich glitt aus dem Sattel und führte Brenda zur Waschbox. Die Vorzüge des Lebens in den Südstaaten: Es war kurz vor Weihnachten, und ich konnte mein Pferd mit dem Schlauch absprühen, ohne es damit in ein Eis am Stiel zu verwandeln.

«Was soll ich sagen, Gail? Ich bin von den Reitergöttern mit einem Wunder gesegnet worden, und sein Name ist Brenda Starr. Sag mal, wollen wir zusammen zu Abend essen?»

«Geht leider nicht, ich habe eine Sitzung.»

«Ich dachte, die war gestern?»

«Ja, stimmt. Und wahrscheinlich habe ich morgen wieder eine. An Feiertagen möchte ich immer trinken.»

Ich legte den Arm um sie. «Ich möchte ja nicht sentimental werden, Gail, aber ich bin, wenn das was zu besagen hat, stolz auf dich. Ich weiß, wie hart das alles für dich gewesen ist.»

«Es hätte noch schlimmer kommen können, Nat. Ich meine mit Allie. Wenn du nicht gewesen wärst, dann wäre er jetzt nicht mehr da, und wenn ihm etwas zustieße ...»

Ich drückte sie fest an mich und war froh, eine Frau zu sein. Ich kann mir einfach nicht vorstellen, daß sich zwei Männer auch so verhalten können, Pferdetrainer vielleicht ausgenommen.

Gail reichte mir ein Schweißmesser, und ich zog das Waschwasser von Brendas Fell ab.

«Sie könnte gar nicht sauberer sein», sagte Gail schließlich. «Du läßt sie am besten bis zu dem großen Tag bei George so.»

Sie meinte den Schulungskurs, zu dem ich mich unter

Ablieferung eines ganzen Monatsgehalts angemeldet hatte. Aber wie oft kriegt man schon die Gelegenheit, bei dem Menschen in die Lehre zu gehen, der das Standardwerk über ebenjene Leidenschaft geschrieben hat, der man verfallen ist, in meinem Falle über den Springsport? Ich hatte meine gesamten Ersparnisse bereitwilligst an George Morris hingegeben, damit er mich geschlagene vier Stunden anbrüllen und demütigen konnte.

Gail zeigte auf ein Fleckchen angetrockneter Erde an einem von Brendas Beinen. Ich hatte es übersehen.

«Bring sie so hin», sagte sie, «und du bist innerhalb von fünf Minuten wieder draußen. Ich habe gehört, daß er mal eine Reiterin rausgeschmissen hat, weil ihr Pferd ein Fleckchen Scheiße am Hintern hatte. Dabei soll er laut geschrien haben: ‹Ist das ein Grauschimmel unter all dem Dreck, oder was? Erst wenn Sie gelernt haben, wie man ein Pferd ordentlich sauberhält, können Sie wieder herkommen und bei mir reiten. Das ist kein Hausfrauensport.› Die Frau kam nie wieder. Du hast es noch gut, Nat, weil Brenda dieselbe Farbe hat wie dieser häßliche Lehmboden von Carolina. Du willst doch noch hin, oder nicht?»

«Ich möchte den Kurs um nichts in der Welt versäumen», erwiderte ich. «Ich kann vor Saisonbeginn durchaus noch ein bißchen Folter vertragen. Einmal pro Woche von Rob zur Sau gemacht zu werden, das reicht nicht aus.»

«Mach nur ordentlich Notizen, damit du mir alles berichten kannst.»

«Ich werde dir aber auch alles erzählen. Bis zum letzten Anpfiff.»

Ich rieb Brendas frisch gewaschenen Rücken ab und brachte sie ins Bett, nicht ohne sie noch mit drei Bündeln Luzerne versorgt zu haben, die so süß dufteten, daß ich mir wünschte, ein Pferd zu sein.

«Versuch nur, dir das morgen nicht zu nahegehen zu lassen, Nat», sagte Gail, als wir uns zu meinem Auto aufmachten.

Gail hatte mich nach dem Tod meines Stiefvaters umsorgt und auch miterlebt, wie ich nach meinem ersten Besuch bei den Compassionate Friends gelitten hatte.

«Das ist, als wolltest du von mir verlangen, keine roten Haare mehr zu haben.»

Wir lachten, und dann trat ich hinaus ins Dunkle. Dort blieb ich noch ein paar Sekunden stehen und atmete tief ein. Nach zwanzig Jahren als Pferdebesitzerin war für mich der Geruch eines Stalles noch immer unwiderstehlich und vermittelte mir ein tiefes Glücksgefühl. Heute abend war er besonders berauschend. Ich schloß die Augen und sah alles vor mir – dunkelrotbraune, langsam und leicht wogende Wellen mit weißen und haselnußbraunen Kämmen. Ich habe Gerüche schon immer *gesehen.*

Ich atmete noch einmal tief durch, gleichsam als Reiseproviant, und fuhr dann los. Die Heimfahrt verlief ereignislos, obwohl ich eigentlich daran gedacht hatte, noch bei meinem Polizistenfreund Tony vorbeizuschauen. Ich fing an, mich ein bißchen bedrückt zu fühlen – die Festtage, mein Stiefvater, die Compassionate Friends, das alles machte mich traurig. Tony brachte mich mit seinem langsamen Sprechen und seiner umgangssprachlichen Ausdrucksweise immer in eine bessere Stimmung. Die Tatsache, daß ich mit einem Bullen befreundet war, und das auch noch eng, ließ mich nach wie vor über mich selbst lachen. Vor zwanzig Jahren, als meine gesamte Garderobe ganz aus buntbedruckten indischen Bettüchern und fransenbesetzten Lederwesten bestanden hatte, war jeder Mann in blauer Uniform und mit Revolver der Feind gewesen. Tony war alles andere als das – Teufel auch, er hätte mich fast erkannt, ich meine im biblischen

Sinne des Wortes. Wenn da nicht seine mal bei ihm, mal getrennt von ihm lebende Frau Sharon gewesen wäre, wäre es möglicherweise wirklich dazu gekommen. Aber ehrlich gesagt war es mir lieber, mit Tony nur befreundet und damit frei von all jenen Komplikationen zu sein, die der Sex mit sich bringt, auch wenn dies bedeutete, daß ich des knackigsten Pos diesseits von Lake Norman verlustig ging.

Aber mir war unbekannt, wie Sharon in der laufenden Woche gerade dachte, und ich wollte das Risiko nicht eingehen, in eine innige Versöhnung hineinzuplatzen. Deshalb bog ich, zur Route 16 gelangt, statt nach links nach rechts ab. Zu Hause fand ich dann einen apoplektischen Anrufbeantworter vor, der zugleich stotterte und piepte. Es brachte nichts, die Nachrichten abzuspielen, aber es war auch egal, denn ich konnte die bruchstückhaft zu hörende Stimme erkennen – es war die meiner Mutter. Ich wollte das verwurschtelte Band gerade herausnehmen und in den Mülleimer werfen, als ich noch eine weitere Stimme hörte, die mir aber unbekannt war. Die Stimme einer Frau. Entweder weinte sie, oder der Anrufbeantworter hatte der Aufnahme nicht nur eine redaktionelle Bearbeitung angedeihen lassen, sondern sie auch noch um Klangeffekte bereichert. Ich konnte die Worte kaum zusammenstückeln: «Ist da … tie Gold hier ist … nie … shmore … sanes … utter sie erinnern si … miss … ticut sie ist to … sie wur … ordet … und niema … ntwortet meine fra … te helf … sie mir.»

5

Die verstümmelte Nachricht beschäftigte mich von dem Augenblick an, wo ich erwachte, und das war gut, denn da brauchte ich nicht an meinen bevorstehenden Einsatz zu denken. Ich fragte meinen Anrufbeantworter im Büro ab, weil ich hoffte, die mysteriöse Anruferin hätte sich vielleicht sicherheitshalber auch dort gemeldet. Das war aber nicht der Fall.

Dafür hatte Henry sich gemeldet. Er bedauerte, meinen Anruf am gestrigen Abend verpaßt zu haben, und meinte, was ich zu den Namen auf der Liste gesagt habe, sei sehr interessant. Die Geschichte mit Jim Osborne und dem gebrochenen Herzen hatte ich ihm verschwiegen und es bei dem Künstlerfreund belassen.

Und es lag eine Nachricht von Candace vor. Sie erklärte mir, warum sie am Vorabend noch mit mir hatte sprechen wollen. Ihre Schwester Diane wollte einen Teil ihrer psychiatrischen Assistenzzeit in Charlotte absolvieren und mich dazu befragen, wo man ein Pferd unterstellen könne. Candace hatte eine Schwester? Ich hatte gar nicht gewußt, daß dieses Modell auch in Serie gegangen war.

Ich mußte Candace sowieso anrufen. Ein Einsatz um vier Uhr nachmittags bedeutete, daß ich erst gegen Mitternacht wieder zu Hause sein würde, also erst nachdem die letzte Ausgabe in den Druck gegangen war. Für mich bedeutete das einen freien Vormittag, aber wer wußte schon, wie Candace das sah. Statt das gleich zu klären, wartete ich, bis sie und ihr verkürzter Schatten Ron Riley bei ihrer täglichen Übung im Schöntun waren. Das war die Redaktionskonferenz um zehn, bei der die Zeitung des folgenden Tages geplant wurde und bei der alle Redakteure der mittleren Ebene versuchten, Fred mit der Produktivität ihrer Reporter zu beeindrucken und gute Plätze zu ergattern. Ich hinterließ Candace die Nachricht, daß ich mich gern mit ihrer Schwester unterhalten wolle und nach Rückkehr von den Compassionate Friends im Büro zu erreichen sei. Dann strebte ich auf geradem Weg zur Tür.

Ich fuhr auf der Providence Road nach Süden und schaltete meinen Autopiloten im Kopf ein. Wenn man drei Jahre lang tagaus, tagein immer dieselbe Strecke gefahren ist, dann kennt man die Kurven der Straße so gut wie die des eigenen Körpers. Leider verändern sich beide. Die Entwicklung drang langsam, aber sicher nach Süden vor und hatte mich ebenso wie Charlotte erfaßt. Vor zehn Jahren war ich noch mit Reithosen der Größe 26 gut ausgekommen. Und von der Queen City hatte man mir berichtet, daß zu jener Zeit rechts und links der südlichen Providence Road nichts als grüne Flächen gewesen waren. Heute stehen dort dicht an dicht Wohnhäuser aus rotem Backstein, und ich darf mich glücklich schätzen, wenn ich noch in Hosen der Größe 28 hineinkomme. Eine aggressivere Entwicklungspolitik war angesagt – das galt sowohl für die Stadt als auch für mich.

Wenigstens mußte ich mich nicht mit dem Berufsverkehr herumschlagen und war im Nu draußen auf der kiesbestreuten Zufahrt zur February Farm. Ich fand Gail mit Allie auf der Übungsbahn.

«Ich arbeite an den Handwechseln, bis du soweit bist und wir ins Gelände reiten können», sagte sie.

«Bin gleich da», rief ich zurück – und war es auch. Ich sattelte Brenda in Rekordzeit. Zum Glück war Rob nicht da und sah das alles nicht. Aber Brenda war sauber genug, und ich mußte dringend raus, um mich weniger bedrückt zu fühlen. Ich saß auf, und es war ein herrliches Gefühl. Das Wunder konnte geschehen.

Ich holte Gail von der Übungsbahn ab, und wir ritten schweigend in den wunderschönen Tag hinein, direkt auf die grüne Wand des Waldes zu. Als wir endlich wieder sprachen, machte ich mir über Candace Luft und Gail sich über ihre trinkende Mutter, die ihr das Leben mal wieder mit Anrufen um drei Uhr morgens schwermachte. Ihre Geschichten ließen die Wunden meiner Kindheit in anderem Licht erscheinen. Zumindest hatte ich meine Mutter nie ins Bett bringen, die Kotze hinter ihr wegwischen oder sie aus der Ausnüchterungszelle befreien müssen. Das große Vergehen meiner Mutter war lediglich ihre Jugend gewesen – sie war damals, als sie mich und meinen Bruder Larry zur Welt brachte, noch viel zu jung gewesen und hatte sich mit dem Gedanken der Mutterschaft nie anfreunden können. Während die Mütter aller meiner Freundinnen diesen bei den Schularbeiten geholfen, schmackhafte Mahlzeiten zubereitet und das Haus saubergehalten hatten, hatte meine Mutter mit ihren Freundinnen telefoniert, war mit ihren Freunden ausgegangen und hatte einer Schuhfabrik die Bücher geführt, um uns das zu sichern, was sie unter Ernährung verstand – entweder hatte es total verbrutzelte Steaks gegeben oder fünf Dollar für uns beide, damit wir zu Barson an der Haverford Avenue gehen und uns Saft und Thunfischbrötchen kaufen konnten. Aber verglichen mit Gail, war es mir als Kind nicht allzu schlecht ergangen.

Dann kamen wir auf die Männer zu sprechen, aber da wir augenblicklich beide keinen festen Freund hatten, war das Thema schnell erschöpft. Ich hatte schon vor Monaten mit dem sprechenden Kopf vom Fernsehen Schluß gemacht und noch keinen Ersatz gefunden oder gesucht, und Gail hatte in den zurückliegenden vier Jahren nur einen Mann gehabt (und das auch nur dank meiner Intervention). Es war mein alter Schreibtischpartner Jeff gewesen – Jeff, der sehr laut sprechende, aber überaus liebenswerte Schwerenöter und Fernsehkritiker. Sie hatte sich schwer in ihn verliebt, er aber leider nicht in sie. Nach der ersten gemeinsamen Nacht hatte Gail die Spedition angerufen, damit sie ihre Klamotten zu ihm bugsierte, und Jeff hatte mich angerufen, damit ich sie ihm vom Halse schaffte. Das hatte sie auf eine dreitägige Sauftour gehen lassen. Aber im Unterschied zu ihrer Mutter verfügte Gail noch über einen Rest an Selbsterhaltungswillen und hatte sich in eine Entziehungskur geschleppt.

Ich hatte nach diesem Fiasko geschworen, nie wieder irgend jemanden verkuppeln zu wollen, und sollte mir das noch so gegen den genetischen Strich gehen. Aber als ich sie jetzt reden und die Einsamkeit in ihrer Stimme hörte, war der Schwur vergessen, und ich suchte in meinem Kopf schon wieder nach verfügbaren und – diesmal – geeigneteren Partnern.

«Weißt du, Gail», begann ich, «wir haben da diesen neuen Reporter in der Wirtschaftsredaktion. Der hat einen ganz großartigen ...»

Gail wollte aber offensichtlich nicht wissen, was dieser Mann so Großartiges hatte, denn sie schnitt mir mitten im Satz das Wort ab. «Noch ein Ton, Nattie, Schätzchen, und ich füttere heute abend dein Pferd nicht.»

Ich signalisierte Friedenswillen und sagte nichts mehr.

Aber schon wenige Minuten später plauderten wir wieder miteinander. Diesmal über etwas, über das wir uns endlos unterhalten konnten, nämlich über Pferde. Pferde, Turniergetratsche, wieder Pferde – und ohne es zu merken, waren wir wieder beim Stall angekommen.

«Wie schnell das gegangen ist», sagte ich. «Vielleicht sollten wir das Skeetschießen anfangen, damit unser Leben wieder länger wird.»

Gail saß ab. «Skeetschießen? Wovon, um Himmels willen, redest du da, Nattie? Dir sind Gewehre doch verhaßt.»

Ich glitt widerstrebend aus dem Sattel. «Was hast du denn in den sechziger Jahren gemacht? Gepennt? Hast du nie *Catch-22* gelesen? Der eine Kerl in dem Buch, dieser Yossarian, vertritt doch die Ansicht, daß das Leben langsamer vergehe, wenn man gelangweilt sei, und es gibt nichts Langweiligeres als Skeetschießen ...»

«So?» sagte sie. «Dann hätte er es mal mit dem Ausmisten von Ställen versuchen sollen. Vielen Dank, aber ich lebe lieber schnell und glücklich.»

«Ich auch», antwortete ich. Und ich war glücklich. Nach einer Stunde auf dem Rücken des besten Pferdes dieser Erde war ich bereit, allem ins Auge zu sehen.

Selbst Candace. Jedenfalls dachte ich das.

6

Als ich schließlich nach Hause geströmt war, fühlte ich mich wahnsinnig gut. Aber wie eine Närrin mußte ich mir dieses Hochgefühl gleich wieder kaputtmachen, indem ich den Anrufbeantworter im Büro abfragte. Ich bin diesem elektronischen Kommunikationszeug so verfallen wie den Pferden, und es kommt mich auch fast so teuer zu stehen. Noch ein paar Stunden monatlich mehr, und sie können American Online in Nattie Online umbenennen.

Ich gab meine Codenummer 217 ein, die ich nicht vergessen kann, weil sie aus Monat und Tag meiner Geburt besteht. Ich erkannte die Stimme sofort und hätte das Band schnell vorlaufen lassen sollen, aber mein Restrespekt vor der Autorität und die anhaltende Notwendigkeit eines Einkommens ließen das nicht zu.

«Nattie, wenn Sie sich das nächste Mal einen Vormittag frei nehmen, dann sprechen Sie das gefälligst vorher mit mir ab. Vorher! Ich brauchte Sie für ein Telefoninterview mit Fußpflegern, für einen kleinen Beitrag über die Behandlung entzündeter Ballen mit Laser. Ich mußte Allison bitten und ihr dann bei jedem Schritt Hilfestellung geben. Für so etwas fehlt mir die Zeit. Was glauben Sie eigentlich, wer Sie sind? Madeleine Blais? Und noch etwas …»

Blablabla … ich hätte einfach zu meinem Treffen mit den Compassionate Friends gehen und die Nachrichten auf dem Anrufbeantworter sich selbst überlassen sollen. Aber diese mysteriöse Anruferin ging mir nicht aus dem Sinn. Sie hatte sich immer noch nicht wieder gemeldet. Auf dem Band war nichts als die rumschwadronierende Candace.

Zugegeben, ich bin keine Madeleine Blais, die zu den Besten gehört und den ersten Pulitzer für ein Feature bekommen hat, aber immerhin schrieb ich Candace ihre blödsinnige Story am Weihnachtsabend, an dem andere glücklich und zufrieden zu Hause saßen und ihren Truthahn verzehrten. Oder war es Backschinken?

Wo ich schon dabei bin – den gab es bei den Compassionate Friends. Backschinken, wie man ihn in Carolina macht, das heißt mit einer dicken braunen Zuckerkruste und fluffigen Brötchen von Bojangles. Sie hätten sich das Geld sparen können. Niemand aß, nur Torkesquist, der mich zu sich ans Büfett winkte.

«Nattie, hast du ein paar Plastiktüten dabei?» fragte er zwischen zwei Bissen. «Sie meinten, ich könne alles mitnehmen, was übrigbleibt. Toll, nicht? Was ist hier eigentlich los? Essen die Leute denn gar nichts? Vielleicht gehören sie ja alle deiner Glaubensrichtung an.»

«Torkesquist, ich bin mit Schinken großgezogen worden. Diese Leute essen nicht, weil sie weinen. Sieh dich doch mal um, du Idiot. Die haben andres im Kopf als kostenlosen Schinken.»

In dem Raum, einem Mansardenbüro der Sparkasse, hatten sich etwa fünfunddreißig Menschen versammelt. Sie saßen auf Stühlen der stapelbaren Art, wie sie in Hotels bei

Hochzeiten und Zahnhygieniker-Kongressen Verwendung finden. Und diese Stühle standen an der Wand entlang aufgereiht wie in einem Wartezimmer. In gewisser Weise war es ja auch eins. Wohl unterhielten sich ein paar Leute miteinander, aber die meisten saßen nur still da und warteten. Warteten auf etwas, was nicht geschehen konnte.

Ich entdeckte Christine Motley, die ihren sechzehnjährigen Sohn verloren und dann diese Gruppe organisiert hatte. Sie sah mich an und lächelte. Ich hielt kurz die Luft an, und mein Herz machte einen Satz, denn sie stand neben einem Mann in brauner Cordjacke und hellbraunem Rollkragenpullover, der eine Pfeife im Mund hielt, und ich meinte plötzlich, meinen Stiefvater David vor mir zu haben.

Christine entschuldigte sich bei dem Mann und kam zu mir. «Nattie, welche Freude. Danke, daß Sie gekommen sind. Ich habe vorhin, als Sie noch nicht da waren, angekündigt, daß Sie einen Artikel für den *Appeal* schreiben würden. Ich hoffe, das hilft.»

«Danke, Christine.» Ich umarmte sie kurz und erkundigte mich nach ihrem Ergehen, wobei ich mir wünschte, ich könnte alles Unglück dieser Welt ungeschehen machen. Ich würde bei ihrem Sohn Landon anfangen.

«Wie soll's gehen, Nattie? Halt schrittweise vorwärts. Aber soll ich Ihnen was sagen? Molly hat die Jungs entdeckt…»

Molly war ihre Tochter, jünger als Landon und erstaunlich reif, denn sie hatte mehr als einmal den Rettungsdienst gerufen, als ihre Mutter sich betrunken und händeweise Schlaftabletten geschluckt hatte.

«Ach, grüßen Sie Molly von mir und sagen Sie ihr, daß auch ich die Jungs für mich entdeckt habe und ihr gern ein paar Tips geben würde.»

Christine lächelte erneut, und das zu sehen tat gut.

«Kommen Sie, ich möchte Sie noch ein paar Mitgliedern vorstellen, bevor wir anfangen.»

Sie nahm meine Hand und führte mich zu einer Gruppe, die nahe bei der Tür stand. Drei Frauen und zwei Männer. Wir wurden miteinander bekannt gemacht. Dann folgte zurückhaltendes Plaudern. Das milde Wetter, die Erweiterung des Lake Norman, die Kongreßwahlen. Ich wollte gerade meinen Notizblock herausholen und dazu übergehen, Fragen zu stellen, als mir jemand auf die Schulter tippte.

«Miss Gold?»

Ich drehte mich um und sah in das Gesicht einer älteren Frau – so zwischen fünfundsechzig und siebzig. Ich kannte sie, wußte aber nicht mehr, woher. Wenn man so viel herumkommt wie ich, entsteht das Problem, daß man immer wieder Leuten begegnet, bei denen man zwar weiß, daß man sie schon mal kennengelernt hat, aber nicht, bei welchem Mal. Ich suchte ihr Gesicht nach einem Anhaltspunkt ab.

«Haben Sie meine Nachricht erhalten?»

«Nachricht?» fragte ich zurück.

«Auf Ihrem Anrufbeantworter.»

Ich brauchte eine Sekunde, bis ich wußte, worum es ging. Ich war derart von meiner augenblicklichen Aufgabe – der Berichterstattung über dieses Treffen – in Anspruch genommen gewesen, daß ich meinen durchgedrehten Anrufbeantworter völlig vergessen hatte.

«Das waren Sie?» fragte ich. Sie nickte und zwang mein Gehirn zu noch angestrengterer Fortsetzung des fieberhaften Versuchs, ihr Gesicht unterzubringen. Aber es gelang ihm nicht.

Ich bat um Verständnis und erklärte ihr, daß mein Anrufbeantworter kaputtgegangen war und während ihres Anrufs den Geist aufgegeben hatte.

«Ich weiß nicht, ob Sie sich noch an mich erinnern.»

Ich bat einmal mehr um Verständnis.

«Nun ja, das ist lange her. Zehn Jahre, diese Woche sind's elf. Atlantic City, die Wahl der Miss America? Ich bin Reenie Ashmore, die Mutter von Josane. Ich weiß, ich sehe nicht mehr ganz so aus wie damals.»

Nicht mehr ganz? Wie wär's mit gar nicht mehr? Ich rief mir ein Gesicht ins Gedächtnis zurück, das überhaupt nicht zu der Frau paßte, die vor mir stand. Ich erinnerte mich jetzt, daß ich zu dieser Mrs. Ashmore scherzhaft bemerkt hatte, ich könne beim besten Willen nicht sagen, wer sich da eigentlich um die Krone bewerbe, sie oder ihre Tochter. Natürlich erinnerte ich mich an die beiden – und auch an unsere erste Begegnung. Wie hätte ich die je vergessen können? Ich arbeitete damals in der für «Allgemeines» zuständigen Redaktion einer kleinen Zeitung im Norden des Bundesstaates New York. Dort hatte man kaum das Benzingeld, um aus dem Rathaus berichten zu können, von dem Geld für einen Trip nach Atlantic City gar nicht zu reden.

Ich hatte die Reise aus eigener Tasche bezahlt, weil ich darauf setzte, daß das eine große Story werden würde. Ich wußte nur noch nicht, wie groß: Es war das Jahr der ersten schwarzen Miss America gewesen – des Popstars, Broadway-Stars, Fernsehstars Vanessa Williams. Sie hatte später ihr Diadem zurückgeben müssen, weil ein paar unanständige Fotos von ihr aufgetaucht waren.

Ich war vier Tage vor dem großen Ereignis nach Atlantic City gereist. Meine Redaktion hatte mir unter der Bedingung Urlaub gegeben, daß ich die Zeitung mit Artikeln, Kommentaren, Zitaten und was weiß ich noch alles eindeckte. Was ich auch getan hatte. Einer meiner Artikel war Josane gewidmet gewesen.

«Miss Connecticut, nicht wahr?»

Die alte Frau nickte. Ich hatte Josane im Pressezentrum

kennengelernt, wo die Reporter die Kandidatinnen unter anderem zu ihrem speziellen Engagement befragen konnten. Josanes hatte behinderten Kindern gegolten, was für eine Schönheitskönigin nicht gerade ungewöhnlich, aber auch nicht eigentlich das war, was mich so an ihr fasziniert hatte. Das war viel eher ihre Sprechweise gewesen.

«Miss Connecticut, wie kommen Sie eigentlich zu diesem südlichen Akzent?» hatte ich sie gefragt, und die Anstandsdamen des Veranstalters hatten mir giftige Blicke zugeworfen. Josane war so glatt gewesen wie ihre mit Vaseline eingeriebenen Beine.

«Nun ja, ich stamme halt aus dem *südlichen* Connecticut», hatte sie geantwortet, ohne ihr Lächeln zu unterbrechen, und alle hatten gelacht, mich eingeschlossen.

Ich mochte ja damals noch eine blutige Anfängerin gewesen sein, aber ich hatte immer einen Riecher für gute Stories. Ich war nach der Presseveranstaltung auf Josane zugegangen, aber ihre offizielle Bewacherin hatte sofort die Streitaxt gehoben, um mich zu vertreiben. Da aber hatte Josane den Arm um meine Schulter gelegt und sich mit mir in einen unbesetzten Winkel des Saals zurückgezogen.

«Hören Sie auf, sich zu ängstigen, Miss Butelle, diese Reporterin will mir nichts Böses.»

Entweder war Josane bezüglich der Medien von höchster Naivität gewesen, oder die beste Schachspielerin diesseits von Moskau.

Ich hatte für das letztere gestimmt. Als sie mit mir fertig gewesen war, hatte ich ihr aus der Hand gefressen und geschrieben. Ja, sie stamme aus dem Süden, aus einer kleinen Industriestadt in North Carolina, und ja, sie sei erst kürzlich nach Connecticut umgezogen. Warum? Natürlich wegen eines Jobs. Und genau dies hatte ich berichtet.

Mein Artikel war zwar genau, aber nicht wahr gewesen.

Genauigkeit ohne Wahrheit ist der Fluch des Journalistendaseins. Wir suchen nach der Wahrheit, können am Ende aber oft nur Exaktheit der Wiedergabe bieten. Ich brauchte zehn Jahre, um das zu begreifen.

Als ich geschrieben hatte, Josane Ashmore sei wegen eines Jobs nach Connecticut gegangen, hatte ich nichts Unzutreffendes berichtet. Und das hatte ich auch nicht getan, als ich schrieb, sie habe in Connecticut eine Stelle bei einer Kosmetikfirma bekommen. Die Wahrheit aber, die ich erst später erfahren hatte, war, daß Josane nicht wegen dieses, sondern wegen eines anderen Jobs nach Connecticut gegangen war, nämlich wegen des Jobs der Miss Connecticut.

Seit ihrer ersten Krönung zur Little Miss Baby von Cannon Mills hatte sich Josane ganz dem Streben nach der höchsten Krone verschrieben und Miss America werden wollen. Sie hatte sich vier Jahre lang in ihrem Heimatstaat um den Titel der Miss North Carolina beworben, ihr bestes Ergebnis war aber nur ein zweiter Platz gewesen. Sie hatte schon den Punkt erreicht, wo sie anfing, aus dem Schönheitsköniginnengeschäft herauszuwachsen, und gewußt, daß sie nur noch einen Versuch hatte. Connecticut war, so ihre Überlegung, ein kleiner Bundesstaat mit kleinen Wahlveranstaltungen, und da konnte ein Profi wie sie die paar Mitbewerberinnen mit Leichtigkeit aus dem Feld schlagen.

Natürlich hatte in meinem Artikel nichts von alledem gestanden. Es war vielmehr die übliche rührende Geschichte gewesen. Mädchen aus dem Süden zieht in den Norden, ruft allabendlich ihre besorgte Mutter an, ihr wird das Autoradio geklaut, aber sie erreicht ihr hochgestecktes Ziel. Ich war nicht böse auf Josane gewesen. Sie hatte ihr Spiel gut gespielt. Nein, ich hatte mich über mich selbst geärgert, weil ich ihr so leicht auf den Leim gegangen war. Mein Problem als Journalistin war – und ist – die allzu leichtgläubige Annahme, daß mir die Menschen die Wahrheit sagen. So bin ich letztlich zu Features gekommen.

Ich hatte damals im Rahmen meines Abkommens mit den Redakteuren auch einen Artikel über die Eltern der Wettbewerbsteilnehmerinnen geschrieben. Was ich bei Reenie Ashmore am lebhaftesten in Erinnerung behalten hatte, war die Ähnlichkeit mit ihrer Tochter. Das und ihre Entschlossenheit. Sie hatte extra einen Kredit aufgenommen, um Josane die für diese Wettbewerbe erforderlichen figurbetonenden Designerklamotten kaufen zu können.

«Wie geht es Josane?» erkundigte ich mich. Ich stellte die Frage just in dem Augenblick, in dem mir wieder bewußt wurde, wo ich mich befand.

Tränen traten in Mrs. Ashmores Augen, und ich wußte, was kommen würde.

«Ich habe Josane verloren. In Virginia, wo sie lebte. Ich hab danach mal einen Artikel über diese Gruppe gelesen und wollte immer kommen. Aber ich konnte mich dann doch nicht dazu bringen. Es sind jetzt vier Jahre, seit Josane ... das gab mir zu denken, und ich erkundigte mich bei Miss Motley nach dem nächsten Treffen. Dabei sagte sie mir auch, daß Sie kommen und wieder einen Artikel schreiben wollten. Deshalb bin ich hier, denn ich möchte mit Ihnen sprechen.»

Ich wollte antworten, aber da trat Mrs. Motley zu uns und legte ihr die Hand auf die Schulter. «Wir müssen anfangen, Reenie. Die Bank möchte, daß die Hausmeister heute abend frühzeitig aufräumen können, weil doch Weihnachten ist. Würden Sie so gut sein und sich setzen?»

«Wir unterhalten uns nachher, Mrs. Ashmore, okay?» Ich setzte mich, und Mrs. Ashmore nahm neben mir Platz.

Christine Motley ging in die Mitte des Raums. Sie war von durchschnittlicher Größe, was für mich groß ist, und eher schlank. Ihr Haar, das sie kurz trug, war von dunklem Braun, von der Farbe gut erhaltener alter Reitstiefel. Die Knochen ihres Gesichts waren stark und sahen so aus, als könnten sie den schlimmsten Stürmen standhalten – und sie hatte ja auch schon einige zu überstehen gehabt.

Christine begrüßte die Versammelten, gab einige allgemeine Dinge bekannt – das nächste Treffen, ein paar Punkte für den Rundbrief, Hinweis auf einen Psychologen, der kostenlose Beratung anbot – und fragte dann: «Wer möchte anfangen?»

In den nun folgenden zwei Stunden sprachen Mütter und Väter nacheinander über die Kinder, die sie hatten hergeben müssen. Ein kleiner Junge war zerdrückt worden, als er in einen Graben geklettert und eine der Böschungen eingebrochen war. Ein paar Autounfälle. Leukämie, Krebs, Fibrose. Und ein Selbstmord.

Ich machte mir Notizen und wischte mir die Tränen mit dem Handrücken ab. Torkesquist zeigte sich von seiner besten Seite und war so unaufdringlich, wie man es mit drei motorgetriebenen Kameras nur sein kann.

Reenie Ashmore sagte nichts. Christine hatte mir erzählt, daß manche bei diesen Treffen nie ein Wort sprächen. Für sie sei schon die Teilnahme ein Schritt zurück ins Leben.

Ich sah auf die Uhr. Zwanzig nach sechs. Die Deadline für die erste Ausgabe war um zehn Minuten überschritten. Candace wollte den Artikel zwar erst für die zweite haben, aber wenn ich nicht sofort in die Redaktion zurückfuhr, war es nicht zu schaffen. Ich kritzelte einen Zettel für Mrs. Ashmore: *Muß den Artikel für die morgige Zeitung schreiben. Würde mich freuen, wenn wir danach miteinander sprechen könnten.*

Ich legte ihr das Zettelchen auf den Schoß und schlich, gefolgt von Torkesquist, hinaus. Ich wollte gerade ins Auto steigen, als ich Mrs. Ashmore auf mich zueilen sah.

«Nattie, ich weiß, daß Sie es eilig haben. Nur einen Augenblick. Hier ist meine Nummer. Könnten Sie mich noch heute abend anrufen, wenn Sie mit Ihrem Artikel fertig sind? Bitte.»

«Das kann aber spät werden», sagte ich.

«Nicht für mich. Ich weiß schon gar nicht mehr, was spät und was früh ist.»

Ich versprach ihr anzurufen und stieg ins Auto. Sie stand da und sah so traurig aus, daß ich nicht losfahren konnte.

«Mrs. Ashmore, gibt es irgend etwas, was ich jetzt für Sie tun kann?»

«Ich glaube, meine Tochter ist ermordet worden.»

7

Es fällt schwer, jemanden stehenzulassen, der einem gerade gesagt hat, seine Tochter sei ermordet worden. Ich versprach Reenie, sie sofort nach Fertigstellung meines Artikels anzurufen. Dann sausten Torkesquist und ich zur Zeitung zurück, wo er in der Dunkelkammer verschwand und ich mich an meinen Schreibtisch hockte. Ich schloß die Augen und folgte dem Gedanken, der mir als erster in den Kopf kam. Der kleine Junge in dem Graben, das stille Weinen seiner Mutter. «Niemand mehr, der mich Stevies Mama nennt.» Das war mein Aufhänger, und von da an schrieb sich der Artikel so gut wie von selbst.

Ich gab das Geschriebene an Jean weiter. Sie verbesserte die Tippfehler, stellte ein paar Fragen, gab mir ein Papiertaschentuch, nahm selbst eines und schickte den Artikel dann in die Setzerei.

«Ich hoffe, das stellt Candace ein für allemal zufrieden», sagte Jean. «Noch so eine Story über tote Kinder, und ich bin geschafft. So etwas hält mich die ganze Nacht wach. Die Angst, das könnte ich sein. Da muß ich dauernd in Nellies Zimmer gehen und nachschauen, ob sie noch lebt. Sie ist siebzehn und schon ein bißchen zu alt, um ihr einen Spiegel unter die Nase zu halten und zu sehen, ob er beschlägt.»

Nellie war ihre Tochter, die erst vor ein paar Monaten als Assistentin in unserer Nachrichtenredaktion angefangen hatte. Ganz die Mutter.

«Da möchte man gar nicht erst Kinder haben», sagte ich. «Wozu das auf sich nehmen, wenn man dann so geschlagen wird?»

«Möchten Sie die *New-York-Times*-Antwort hören oder die *USA-Today*-Antwort?»

Ich spürte, daß sie in einer nachdenklichen Stimmung war, und dieser Zeitpunkt war für philosophische Betrachtungen so geeignet wie jeder andere auch. Der Bericht über die Compassionate Friends hatte uns beide ernüchtert.

«Wir haben nichts zu tun, bis die Abzüge da sind», sagte ich. «Halten wir uns mal an die ergraute alte Dame, an die *New York Times*. Fangen Sie mit Ihrem Vortrag an.»

Sie lächelte ein langsames, schweres Lächeln, als müsse sie sich noch aufwärmen. «Haben Sie die vielen Wundergeschichten bemerkt, die uns neuerdings erreichen? Candace veranlaßte mich kürzlich, eine Story über Limonade für Hunde durch einen Bericht über ein Mädchen zu ersetzen, das wieder auf die Beine gekommen war, nachdem sich Billy Graham endlos über die Herrlichkeit des Wunderbaren verbreitet hatte. Dann wollte Candace auch mal was Lokales in der Art bringen, und Allison mußte alle Pfarrer, Priester und Rabbis in unserem, Zitat, neuen Verbreitungsgebiet, Zitat Ende, anrufen und nach örtlichen Wundern forschen.

Am nächsten kam das arme Kind der Sache, als sie auf einen Wasserfleck an der Wand eines Circle-K-Ladens stieß, der sich, wie ein Verkäufer der Frühschicht behauptete, in die weinende Jungfrau Maria verwandelte.»

Wir lachten. «Lassen Sie mich mal raten», sagte ich. «Candace rief die Fotoredaktion an und drang auf Abstellung eines Bildreporters zum Circle K?»

«Sie versuchte es», sagte Jean. «Aber die Fotoredaktion hatte leider niemanden, den sie abstellen konnte. Deshalb brachten wir die Story mit Archivmaterial von der Jungfrau Maria. Alle suchen nach erklärbaren Wundern, wollen konkrete Beweise haben, dokumentierbare Stigmata, Analysen des Wassers von Lourdes. Aber wenn sie nach so etwas verlangt, brauchen sie doch bloß in einen Kreißsaal zu gehen und sich anzuschauen, wie ein eigenständiges menschliches Wesen aus einem anderen menschlichen Wesen herauskommt. Das ist ein dokumentierbares Wunder. Kriegen Sie ein Kind, Nat, und Sie verstehen es.»

Jean hatte normalerweise einen recht ruhigen Gesichtsausdruck und gehörte nicht zu denen, die anderen die eigene Meinung aufzudrängen versuchen. Ausgenommen das Thema Mutterschaft. Ich hatte dieses Aufleuchten im Gesicht auch schon bei anderen Müttern gesehen – selbst die leidenschaftslosesten Leute sahen wie Elmer Gantry aus, sobald sie über ihre Kleinen zu sprechen anfingen.

«Ich hoffe nur, dieses Verstehen kommt nicht zu früh über mich», bemerkte ich. «Das einzige Wunder, das ich augenblicklich erleben möchte, ist, daß Candace ihr Herz entdeckt.»

Jean lachte. «Manche Dinge entziehen sich dem Wirken des Wunders. Auf dieses würde ich jedenfalls nicht warten.»

«Apropos warten, brauchen Sie mich noch?»

Sie nickte. «Sie könnten mir noch bei der Bildauswahl

helfen. Könnten Sie noch bleiben, bis Torkesquist mit den Fotos kommt?»

«Ich stehe ganz zu Ihrer Verfügung, muß nur schnell noch einen Anruf erledigen.»

Ich kramte Mrs. Ashmores Nummer hervor und wählte. Sie hob schon nach dem ersten Klingelzeichen ab.

«Nattie?»

«Tut mir leid, es ging nicht eher. Meine Redaktion ist ein Piranha. Erzählen Sie mir von Josane.»

«Das ist eine lange Geschichte, und ich möchte Ihnen ein paar Dinge zeigen. Bestünde die Möglichkeit, daß Sie bei mir vorbeikommen? Vielleicht morgen?»

«Am Weihnachtstag?»

«Weihnachten? O Gott, ja. Das habe ich ganz vergessen. Der Tag danach ginge auch, also der 26. Nur am 27. kann ich nicht, das ist Josanes Gedenktag, wissen Sie, und den möchte ich gemeinsam mit ihr verbringen. Außerdem möchten Sie sicherlich auch gern bei Ihrer Familie sein ...»

«Wo wohnen Sie?»

«Keine vier Meilen vom I-85 entfernt, am Ortsrand von Kannapolis.»

Das lag am Weg nach Greensboro. Wenn Reenie Ashmore nicht allzu langatmig wäre, dann spräche nichts dagegen, einen Abstecher zu ihr zu machen und dann zu Mom weiterzufahren.

«Ich könnte es morgen einrichten. Ist zehn zu früh?»

«Wie ich schon sagte, früh oder spät ist für mich eins.»

Sie erklärte mir den Weg, und ich sagte, sie solle auf sich aufpassen.

«Auf mich aufpassen? Wozu denn noch?»

Ich legte auf. Geburt, Leben, Tod, alles rätselhaft.

«Nattie, sehen Sie sich nur mal diese Bilder an. Torkesquist hat sich selbst übertroffen.»

Das war Jean, die mich zu sich rief. Vor ihr auf dem Schreibtisch lag ein Stapel Vergrößerungen. Alles Nahaufnahmen von Eltern. Ich wußte nicht, wie Torkesquist das gemacht hatte, aber alle wirkten, als habe er gar nicht die Gesichter, sondern die heimgesuchten Seelen dahinter fotografiert.

Ich half ihr noch dabei, die besten auszusuchen, und dann war endlich Feierabend. Gott sei Dank.

8

Mein Magen beschwerte sich, und mir fiel ein, daß ich vergessen hatte, etwas zu essen. Zu Hause war nicht mehr viel da, aber das mußte genügen. Ich mochte am Weihnachtsabend nicht solo in ein Restaurant gehen, weigerte mich aber auch, mich mit Fast food vollzustopfen. Trotz eines gelegentlichen Gefühls des Verlassenseins bin ich doch noch die Tochter meines Vaters, und der ist ein eingeschriebener New-Age-Gesundheitskost-Apostel.

Ich begnügte mich also mit einer Tomatensuppe und einem Stapel Cracker. Ich hätte eigentlich gar nichts mehr essen sollen, weil ich ja auf dem Weg ins Traumland war, und das Traumland ist in meinem Falle meistens ein recht unheimliches. Wenn ich mit vollem Bauch dorthin gelange, tanze ich durch Fellini-Land – und das in meiner fürchterlichsten Unterwäsche.

Ich wollte eigentlich erst noch ein bißchen lesen. Ich hatte endlich die Taschenbuchausgabe von Alice Hoffmans neuestem Buch erstanden, auf die ich schon seit einem Jahr wartete. Sie ist die Königin des amerikanischen magischen Realismus, und ich bin ihre ergebenste Untertanin. Aber ich war zu erledigt.

Natürlich hatte ich einen Wahnsinnstraum. Ich sah Josane Ashmore, die von Kopf bis Fuß mit Glasperlen bedeckt war und wie ein versteckter See an einem späten Augustnachmittag schimmerte. Sie ritt einen großen Fuchs mit einer breiten Blesse und winkte mir in Schönheitsköniginnenmanier zu, als führe sie gerade in einem offenen Cadillac bei einem Festzug mit. Dann kam Nana Greenburg ins Bild, die Großmutter des Mädchens, das in der 6. Klasse meine beste Freundin gewesen war, und die Frau, die mir gesagt hatte, ich hätte von Gott außer meinen roten Haaren noch eine spezielle Gabe mitbekommen, nämlich Dinge zu wissen, die ich eigentlich gar nicht wissen konnte.

«Nana», sagte ich in meinem Traum. «Nana, ich bin hier. Mein Haar ist immer noch rot, siehst du?»

Auch sie winkte mir mit diesem besonderen Schönheitsköniginnenwinken zu, was bei einer achtzigjährigen Babuschka etwas seltsam aussah. Sie sprach eine fremde Sprache, und ich hörte genauer hin. Plötzlich konnte ich Polnisch oder Ungarisch – oder in was für einem Idiom sie da vor sich hin sang – verstehen und hörte, wie sie mit ihren schweren slawischen Wörtern erzählte, wie die Mutter Maria zu ihr gekommen war.

Ich konnte nicht begreifen, warum eine alte Jüdin einen Beatles-Song über die Heilige Jungfrau sang, aber ich stimmte ein, und wir sangen beide den Refrain: «There will be an answer, let it be, let it be.» Gerade als wir mit der nächsten Strophe einsetzen wollten, trat ein Chor weißgewandeter Rotschöpfe ein. Sie trugen alle mit Blut beschriftete Transparente und grölten: «Erst hustest und dann stirbst du. Fertigmachen zum Bezahlen.»

Als Josanes Fuchs die Transparente schwingenden Weißkittel sah, wäre er fast im- und gleichzeitig explodiert. Das große Pferd bäumte sich auf, und Josane sackte nach unten.

In dem Augenblick, in dem ihr Po über die Kruppe des Pferdes rutschte, geschah etwas sehr Sonderbares – etwas, was mich manchmal so ungern schlafen gehen läßt: Josane war nicht mehr Josane, sondern sie war ich, und ich flog in hohem Bogen vom Pferd. Im Fallen sah ich meinen alten Freund John Osborne, der vor einer Staffelei saß und Cartoons zeichnete.

Bevor mein Schädel auf dem Straßenpflaster zerbarst, zwang ich mich, die Augen zu öffnen. Zum Glück stimmte nicht, was immer behauptet wird, nämlich daß man, wenn man im Traum stirbt, dies auch in Wirklichkeit tut.

Ich sah auf die Uhr. Halb fünf. Genug mit diesen verworrenen Träumen! Warum konnte ich die Zeit des Schlafens nicht an einem Strand oder – noch besser – auf dem Rücken meines Pferdes verbringen?

Ich schlief wieder ein und schlief glücklicherweise fest und ungestört, bis das Telefon zu klingeln anfing. Ich packte den Hörer und drückte ihn ans Ohr.

«Nattie, Mutter hier.»

Ich grummelte irgendwas ins Telefon.

«Alles in Ordnung?»

«Ein komischer Traum», antwortete ich. Wenn jemand von meiner heftigen Träumerei wußte, dann meine Mutter. Sie hatte mich manche Nacht in den Arm nehmen, mich wiegen, mir gut zureden und versuchen müssen, mich von den Schrecken, die mich heimgesucht hatten, zu befreien. Sie ist immer noch fest davon überzeugt, daß meine Träumerei angefangen hatte, nachdem mein Vater auf und davon gegangen war. Ich hatte erst viel später erfahren, daß sie meinen Vater in die Wüste geschickt hatte.

Wie auch immer, ich habe gelernt, meine Alpträume zu verscheuchen. Den Trick hat mir ein Psychologenfreund verraten: Wenn mich jemand oder etwas verfolgt, dann stelle ich mich ihm und fordere ihn oder es auf zu verschwinden. Ich mache deutlich, daß dies mein Traum sei und ich darin das Sagen habe.

«Hör mal, ich möchte nicht, daß du herkommst, wenn du müde bist. Ich habe schon genug andere Sorgen. Ich kann nicht ...»

«Mom, Mom, nun mal immer mit der Ruhe. Ich bin gerade aufgewacht. Passiert es dir nie, daß du dich nach dem Aufwachen noch ein bißchen verschwommen anhörst? Ich bin okay. Ich muß noch bei dieser Frau vorbeischauen, so daß ich wahrscheinlich erst so gegen zwei oder drei bei dir bin.»

«Fahr vorsichtig, ja?»

«Nein, ich werde wie eine Blöde rasen und mich totfahren, bloß um mal zu sehen, wieviel Streß du vertragen kannst. Hör auf, dir Sorgen zu machen. Wir sehen uns heute nachmittag. Ach ja, fröhliche Weihnachten!»

«Nattie, wir sind Juden.»

«Jesus war auch einer», sagte ich und legte auf. Ich meinte, am anderen Ende der Leitung noch ein leises Lachen gehört zu haben.

Ich zog mich an und sammelte die Chanukkah-Geschenke für meine Mutter zusammen, die ich ihr immer Weihnachten überreichte. Ich hatte ein – für mich – Vermögen ausgegeben, vor allem für das erste. Es war eine halbjährige Mitgliedschaft in einem Gesundheitsklub bei ihr in der Nähe. Sie war in den zurückliegenden sechs Monaten zu einer Einsiedlerin geworden, und ich mußte etwas tun, um sie an den Wochenenden aus dem Haus zu kriegen. Das zweite Geschenk war ein Buch mit Juristenwitzen. Ich hoffte, sie würde darüber lachen können, was jedoch angesichts der abgedruckten Witze fraglich war.

Draußen herrschte wieder dieses nicht allzu kühle südliche Winterwetter, das mich froh sein ließ, ein transplantierter Tarheel, das heißt eine Neubürgerin North Carolinas zu sein. Es entsprach meiner Vorstellung vom Himmel, im Dezember in einem T-Shirt herumlaufen zu können. Und dies war ein himmlischer Tag.

Ich kurbelte die Wagenfenster herunter und fuhr mit meinem Rabbit auf den I-85 und nach Norden. Im voll aufgedrehten Autoradio schnulzte Harry Chapin vor sich hin. Dreißig Minuten später war ich an der Ausfahrt nach Kannapolis. Ich bog zur Stadt der Webstühle ab. Das bedeutet Kannapolis angeblich im Griechischen. Aber wenn man mich fragt, so war es James William Cannons Form gewesen, die Stadt nach sich selbst zu benennen, ohne den Eindruck zu erwecken, egozentrisch und größenwahnsinnig zu sein. Cannon wie Cannon-Handtücher klingt in meinen kaum klassikergeschulten Ohren verdächtig wie Kannapolis.

Ich fuhr quer durch die leere Innenstadt und zog dann die Wegebeschreibung aus der Tasche. Am Cannon Court nach rechts, vom Mill Way links ab und vom Spinner Drive noch einmal nach links.

Die Backsteinhäuser waren sich alle so ähnlich, daß ich ganz langsam fahren und die Häuser abzählen mußte, um nicht an dem gesuchten vorbeizurauschen. Eins sah wie das andere aus, stand mitten in einem säuberlich gemähten Rasenviereck, welches eine aus stark zurückgeschnittenen Azaleen bestehende Basisbepflanzung aufwies. Das fünfte Haus links. Auch wenn alle Häuser gleich aussahen, kam doch nur dieses in Frage. Auf dem Rasen standen nämlich, aus Holz ausgesägt, ein Bauernmädchen, dessen gepunktete Pumphose unter dem Kleid hervorlugte, und ein Bauernbursche, die zwischen sich ein Schild hielten, auf dem zu lesen stand: FAMILIE ASHMORE – THOMAS, DOREEN, JOSANE und THOMAS JR.

Reenie Ashmore erwartete mich an der Haustür. Sie trug eine dunkelgrüne Hose aus irgendeinem Wunderstoff, den sie wahrscheinlich bei der Tagesschicht (neun bis fünf) selbst webte, und eine beigefarbene Bluse mit roten Streifen. Die Frauen im Süden sahen stets vorzeigbar aus, komme was wolle. Das fällt mir immer im Supermarkt auf, wo ich die einzige Schlampe in schmuddeligen Jeans und mit zerzaustem Haar bin. Es war mir aber auch bei dem Treffen der Compassionate Friends aufgefallen, wo die Frauen, obwohl sie doch so gut wie ihr Leben verloren hatten, noch immer so gepflegt aussahen, daß sie sofort zu einem Einstellungsgespräch bei der NationsBank hätten gehen können.

«Ich weiß gar nicht, wie ich Ihnen danken soll, Nattie.» Mrs. Ashmore umarmte mich kurz. Sie roch nach Lysol, und ich konnte sehen, warum. Ihr Haus war so sauber, daß ich erwartete, jeden Augenblick werde der weiße Riese durch den Flur gewirbelt kommen.

«Sie müssen mir nicht danken, ich habe ja gar nichts getan», sagte ich.

«Sie sind am Weihnachtstag zu mir gekommen, oder nicht? Ich weiß, daß Ihre Leute das Fest nicht feiern, aber ich bin sicher, daß Sie heute auch noch anderes zu tun gehabt hätten.»

Da waren wir wieder! Selbst die wohlmeinendsten Südstaatler finden eine Möglichkeit, meine Rasse und Glaubensrichtung ins Spiel zu bringen. Ich erwähne das nie, und mein Nachname ist weder Goldberg noch Silverstein. Und trotzdem wissen sie es. Sie müssen alle in ihren Köpfen so eine Art Judenradar haben.

«Wir feiern alles», sagte ich und ließ es dabei bewenden. Man kann einer Frau nur schwer zürnen, die den Rest ihres Lebens damit zubringen wird, um ein verlorenes Kind zu trauern.

Ihr Wohnzimmer war klein und makellos. An der einen Wand stand ein kornblumenblaues Sofa mit kleinen roten Rosenknospen, die sich fröhlich auf dem groben Bezugsstoff verteilt hatten. Zu beiden Seiten gab es kleine Tischchen aus lackierter Astkiefer und davor einen dazu passenden Couchtisch. Rechts stand ein mit grauem Velours bezogener Sessel mit verstellbarer Rückenlehne und daneben ein ebenfalls aus Kiefernholz gefertigter Zeitungsständer. In einer der Zimmerecken war ein Fernseher versteckt.

Die dem Sofa gegenüberliegende Wand war ein Josane gewidmeter Schrein. Es fehlte eigentlich nur noch der Weihrauch. Genau in der Mitte hing ein riesiger schnörkelreicher Goldrahmen mit einem Ölbild, auf dem die regierende Miss Connecticut in ihrer Amtstracht, einem funkelnden Paillettenkleid und mit Diadem im Haar, abgebildet war. Rechts und links daneben standen Regale aus Kiefernholz, die mit Trophäen, Krönchen, Schleifen, Wimpeln, vertrockneten Ansteckbuketts und gerahmten Programmen von Miss-Wahl-Veranstaltungen gefüllt waren.

«Ihre Tochter war eine schöne Frau, Mrs. Ashmore», sagte ich. Ich wußte nicht, was ich sonst sagen sollte, und es entsprach der Wahrheit.

«Ja.» Sie nickte und sah ein paar Sekunden lang weg. «Nennen Sie mich Reenie. Möchten Sie einen Tee?»

Wenn sie richtigen Tee, also etwa einen Beutel Lipton-Tee in kochendem Wasser und eine Scheibe Zitrone dazu gemeint hätte, dann hätte ich ja gesagt. Aber hier im Süden heißt Tee Eistee mit einem ganzen Sack Zucker darin. Deshalb dankte ich und sagte, ich hätte schon genug Koffein getankt. «Noch ein kleines bißchen mehr, und Sie kommen nicht mehr zu Wort.»

Sie lachte ein kleines Lachen, dasselbe kleine Lachen wie meine Mutter.

Wir setzten uns auf das Sofa, und Reenie fing zu sprechen an. Ich wollte schon nach Stift und Notizblock greifen, als mir einfiel, daß ich ja nicht dienstlich bei Mrs. Ashmore war. Eine Krux des Reporterdaseins ist, daß man immer, wenn jemand mit einem spricht, gleich meint, man müsse mitschreiben. Ich fand es ganz schön, einmal nur dasitzen und zuhören zu können.

Große Überraschung: Es stellte sich heraus, daß Josane unmittelbar nach der Miss-America-Wahl dem Bundesstaat, für den sie angetreten war, die Treue aufgekündigt hatte. Sie war in den Süden zurückgeflohen und nur dann in den Norden gereist, wenn sie Verpflichtungen, die sie als Miss Connecticut hatte, nachkommen mußte, also Behindertenschulen besuchen, JCPenny-Läden in Einkaufszentren eröffnen und an Umzügen teilnehmen.

«Sie wollte wieder dorthin zurück, wo sie sich wohl fühlte», sagte Reenie. «Und sie war im Norden, wo die Leute so schnell reden und so energisch sind, nie so richtig heimisch geworden. Nicht, daß die Menschen dort alle so sind, aber Sie verstehen, was ich meine. Das Leben ist dort oben so schnell. Natürlich wollte sie nicht hierher nach Kannapolis zurück. Hier gab's für sie ja außer Textilfabriken nichts. Sie war die Miss Connecticut und hatte ihre eignen Pläne.»

Zu diesen Plänen hatte offensichtlich der Umzug nach Middleburg, Virginia, gehört, so eine Art Refugium pferdehaltender oberer Zehntausend, wo Jackie an Reitjagden teilgenommen hatte, als sie noch Jackie B., K. und O. gewesen war. Reenie ließ es, was die Gründe für Josanes Umzug dorthin anging, an Genauigkeit fehlen. Wahrscheinlich ein Mann. Wahrscheinlich so ein alter Knacker, der sich eine junge Freundin hielt. Reenie kannte seinen Namen nicht.

«Sie sagte nur, sie habe einen älteren Herrn kennengelernt. Er rief mal hier an, als sie sich grade schlüssig darüber zu werden versuchte, was sie tun solle. Er hörte sich wie ein Ausländer an, wie ein Europäer oder so was. Er machte ihr Middleburg immer wieder schmackhaft und sagte, ein Mädchen wie sie würde sich dort sofort heimisch fühlen.»

Soweit mir Middleburg bekannt war, mußte man dort nicht über ein hübsches Gesicht, sondern über ein hübsches Vermögen verfügen, wenn man sich dort zu Hause fühlen wollte. Natürlich gab es immer jene, die das eine mit dem anderen in Verbindung zu bringen verstanden, und Josane hatte offenbar zu ihnen gehört.

«Dann kam ihr in den Sinn, daß sie gern reiten würde. Als Kind hatte sie sich nie was aus Pferden gemacht. Sie war ja mit ihren Wahlen beschäftigt gewesen. Ich sagte zu ihr: ‹Also, Josane, sei nur vorsichtig mit diesen Pferden. Du könntest dich verletzen.›

Sie erwiderte: ‹Mach dir mal keine Sorgen, Mama, ich habe das hübscheste Pferd gefunden, das man je gesehen hat, und ich habe beim besten Reitlehrer weit und breit Unterricht. Er bringt auch Senatorenkindern das Reiten bei. Ich hoffe, du kommst zur Washington International Horse Show, wenn ich soweit bin, daß ich dran teilnehmen kann. Und du weißt, ich werd's schaffen, Mama.› Ja, das wußte ich. Wenn sich Josane was in den Kopf setzt, dann schafft sie es auch.»

Arme Reenie, die von ihrer Tochter gelegentlich immer noch im Präsens sprach – so wie meine Mutter von David. Ich versuchte, so diskret wie möglich zu erfragen, wie sich Josane eigentlich das schönste Pferd und den besten Reitlehrer hatte leisten können.

«Sie sagte, die Arbeit für ihre Kosmetikfirma sei wirklich erfolgreich.»

Das mußten dann aber schon eine ganze Menge Lippenstifte gewesen sein – wo die Reitstunde mindestens fünfzig

Dollar kostete. Von der Summe, die sie für das Pferd hatte berappen müssen, das ihr zur Teilnahme an so großen Hallenturnieren wie dem Washington International verhelfen sollte, mal ganz zu schweigen.

«Und ihr kleiner Laden da», sagte Reenie. «Sie sagte, der sei in der ganzen Stadt bekannt und sehr populär.»

«Laden?»

«Ja, Ma'am, so ist meine Josane. Die lag nicht auf der Bärenhaut, war immer beschäftigt. Schon als kleines Mädchen veranstaltete sie dauernd Secondhand-Verkäufe in der Garage oder bot Gebackenes an. Als sie erst zehn war, hatte sie schon ein eigenes Bankkonto mit sechsundvierzig Dollar drauf.»

«Wo, sagten Sie, befand sich dieser Laden?» fragte ich. Ich wußte, daß Reenie stundenlang über Josane reden konnte, und wenn ich sie ließ, würde meine Mutter bald anfangen, bei den Krankenhäusern der Gegend anzurufen und nach ihrer toten Tochter zu forschen.

«Mitten im Zentrum, an der Hauptstraße. Sie gab dem Laden einen hübschen Namen, nämlich ‹Daisy Cutter›, nur schrieb sie das ganz komisch, nämlich D - a - z - e - e. Sie verkaufte so Sachen für Reiter, Krimskrams und so was und auch ein paar Kleider, glaube ich. Dazee Cutter, ist das nicht ungewöhnlich? Sie hat mir auch mal gesagt, warum sie den Laden so genannt hatte, aber ich hab's wieder vergessen.»

«‹Daisy Cutter›, doch, das ergibt schon einen Sinn. So nennt man Pferde, die sich sehr gut bewegen. Ich nehme an, sie ist da groß eingestiegen. Wissen Sie noch, wer ihr Trainer war?»

«Wie bitte?»

«Ihr Trainer. Ihr Reitlehrer.»

«Oh», sagte Reenie, «lassen Sie mich nachdenken. Das war ein hübscher Bursche, sah aus, als käme er direkt aus einer dieser Illustriertenreklamen. Und gepflegt. Ich hab noch nie einen saubereren Mann gesehen als ihn, seine Schuhe glänzten fast mehr als ein Spiegel. Immer, wenn ich ihn traf, war er am Polieren … Sein Name, sein Name … wie hieß der Mann doch gleich?»

Sie hatte mir gerade die halbe Springreiterwelt beschrieben. «War's Tony? Tony Workman?»

«Nein, es war ein amerikanischerer Vorname. Er fällt mir im Augenblick beim besten Willen nicht ein …»

«Schon gut, Reenie. Sollte er Ihnen wieder einfallen, dann rufen Sie mich an, ja? Übrigens, hat es Josane denn geschafft, an dem Turnier in Washington teilzunehmen?»

«Sie hätte, das weiß ich ganz bestimmt. Wie ich schon sagte, wenn sich Josane was in den Kopf setzt …»

«Was ist passiert, Reenie? Was ist mit Josane passiert?»

«Ich sagte ihr, sie solle sich mit diesen Pferden vorsehen. ‹Josane, Schätzchen›, sagte ich, und das nicht nur einmal, sondern tausendmal, ‹das sind große Tiere, die dir was antun können.› Aber sie lachte immer nur und sagte: ‹Da mach dir mal keine Sorgen, Mama.›»

Ein Reitunfall. Die größte Angst auch meiner Mutter. Wie Reenie, so hat auch sie mir nicht ein-, sondern tausendmal gesagt, die Pferde seien noch mal ihr Tod, weil sie nicht aufhören könne, sich Sorgen um mich zu machen. Und ich habe ihr ja auch immer wieder Anlaß zur Sorge gegeben – ein gebrochenes Bein, ein ausgekugeltes Schultergelenk, zehn Nadelstiche am Kopf, fünf gebrochene Zehen und unzählige Gehirnerschütterungen. «Reiten ist ein gefährlicher Sport», sagte ich. «Ich kenne kaum einen Reiter, der nicht von Schrauben und Muttern zusammengehalten wird. Wie ist es passiert? Trug Josane einen Helm?» Ich fragte mich, wie Reenie einen Reitunfall als Mord ansehen konnte. Schließlich sollte es ja doch wirklich ein Reitunfall gewesen sein.

Reenie schob ein paar Illustrierte, die auf dem Couchtisch lagen, zurecht, obwohl sie gar nicht zurechtgeschoben zu werden brauchten. «Oh, sie sagten, es sei das Pferd gewesen, und ich hab ihnen das am Anfang auch geglaubt. Sie sagten, sie sei allein ins Gelände geritten, in den Wald, und das Pferd habe gescheut. Sie sagten, das sei auch ein ganz verrückter Gaul gewesen, und alle hätten nur darauf gewartet, daß so was mal passieren würde. Ich weiß, daß das alles nicht stimmt. Josane sagte mir, es sei ein gutes Pferd, und ich weiß, daß sie nie so unvernünftig gewesen wäre, sich ein verrücktes Tier zu kaufen.»

Ich sah auf den Couchtisch hinunter und verspürte nun selbst das Verlangen, die gerade ausgerichtet daliegenden Illustrierten gerade auszurichten. Alles, nur um nicht Reenie in die Augen sehen zu müssen. Ihr Blick war leer, starr vom Schock, während ihr Geist in einer Zeit weilte, die sie wieder und immer wieder vor ihrem inneren Auge hatte ablaufen lassen. Ich mochte nicht mit ihr zusammen dort sein. Ich wußte, wie das war. Deshalb studierte ich so angelegentlich die Titelseiten der Illustrierten. «Die neue Papaya-Mango-Diät». – «Kathie Lee: Ich bin so gerne Mutter!» – «Jesus und ich – eine wahre Liebesgeschichte». Dann fielen mir die Erscheinungsdaten auf. Die Illustrierten waren vier Jahre alt und stammten aus der Zeit, als Josane noch gelebt hatte. Da fing ich an zu weinen.

«Aber Nattie, was ist denn?» Reenie sah zu, wie ich mir mit dem bloßen Arm die Tränen vom Gesicht wischte.

«Entschuldigen Sie, Reenie», sagte ich. «Ich habe, wie man so schön sagt, nah am Wasser gebaut. Ich erfuhr von der Sache, als sie bei einer Talk-Show im Radio darauf zu sprechen kamen. Ich kann die Schmerzen aller nachempfinden. Und Sie haben mehr als Ihren Anteil erdulden müssen.»

Reenie nickte. «Da haben Sie recht. Mehr als meinen Anteil. Wo ich aber nicht dahinterkomme, ist: Mein Anteil von was? Wer entscheidet, was das für Anteile sind? Ich habe immer ein rechtschaffenes christliches Leben gelebt. Wozu? Ich habe mir immer eingebildet zu wissen, wie der Herr im Himmel wirkt. Seit Josane weiß ich gar nichts mehr. Warum ich? Warum mir meine Josane nehmen?»

Jetzt weinten wir beide.

Ich sah verschwommen eine 12:23 auf der Uhr beim Fernseher. Ich hatte meiner Mutter gesagt, ich wolle gegen zwölf weiterfahren. Ich mußte langsam los, wenn ich ihr noch Kugel machen wollte. Das ist so ungefähr das einzige, was ihr noch Freude macht. Das und eine Fahrt nach Las Vegas.

«Warum meinen Sie, daß es kein Reitunfall war, Reenie?»

Sie zog ein blütenweißes Taschentuch aus dem Ärmel ihrer Bluse und trocknete sich die Augen.

«Am Telefon sagten sie mir, es sei ein Reitunfall gewesen, ein wirklich schlimmer. Das Pferd sei auf sie getreten, und sie sei außerdem mit dem Kopf so hart aufgeschlagen, daß das allein schon ausgereicht hätte, sie zu töten. Und dann hätte ja auch niemand gewußt, wo Josane steckte, deshalb hätten sie sie nicht rechtzeitig finden können. Ich weiß, daß es so nicht gewesen ist. Nicht annähernd so. Das konnte ich feststellen, als ich hinfuhr, um Josanes Sachen abzuholen. Alle verhielten sich so merkwürdig, waren glücklich und lachten und tranken Bier, als wenn da in ihrem Haus eine Party stattfände. Aber die Sachen von Josane waren alle schon weg. Diesen Freund von ihr hatte ich schon nicht gemocht, als ich ihn mal vor dem, was mit Josane passiert ist, kennenlernte. Das war so ein Klugscheißertyp. Als wir dort waren, sagte er mir, er und seine Freunde hätten Josanes Sachen in große schwarze Plastiksäcke getan und zur Müllkippe gebracht. Sie tranken Bier und lachten, als wenn nichts gewesen wär. Nichts, nur daß meine Kleine unter der Erde lag und sie eine Party veranstalteten. Das brachte mich zu dem Verdacht, daß da was nicht stimmte ... die hatten Josanes Sachen ganz schnell rausgeschmissen, als ob sie wollten, daß die Geschichte nicht mehr so aussah, wie sie wirklich gewesen war. Im Krankenhaus fand ich dann eine Schwester, die Josane an jenem Tag versorgt hatte. Sie sagte, Josane habe gar nicht so ausgesehen, als wäre ein Pferd auf sie draufgesprungen, wie die das behauptet hatten, und sie habe merkwürdig gerochen. Ich sprach mit der Polizei, aber Josanes Freunde, wenn man sie so nennen kann, stammen alle aus diesen wohlhabenden Familien dort in Middleburg. Deshalb war die Polizei nicht dran interessiert, sich mit mir über einen Mord an Josane zu unterhalten.

Aber irgend jemand hat sie ermordet. Der Himmel weiß, wieso und warum. Ich weiß aber, daß da draußen im Wald was ganz andres passiert ist, etwas, worüber keiner spricht ... »

«Reenie», sagte ich, «wissen Sie von jemand, der vielleicht wütend auf Josane war, so wütend, daß er sie umgebracht hat?»

«Das ist es, was mir jeden Tag wieder durch den Kopf geht», antwortete Reenie. «Alle mochten Josane. Sie wurde bei den Miss-Wahlen immer zur beliebtesten Kandidatin gekürt. Ich kann mir niemanden vorstellen, der ihr was antun wollte. Der einzige Mensch, der mir da einfällt, ist dieses Mädchen, das sie angeheuert hatte, damit es auf den Laden aufpaßt, wenn sie mal nicht dort sein konnte. Josane mußte sie wieder rausschmeißen, weil sie Geld aus der Ladenkasse geklaut hatte. Josane rief mich an dem Tag, wo sie sie gefeuert hatte, an und erzählte mir die Sache. ‹Mama›, sagte sie, ‹das war das Härteste, was ich im Leben je tun mußte. Als ich ihr sagte, sie solle ihre Sachen packen und verschwinden, war sie so sauer auf mich, daß ich schon dachte, sie würde mit einem Messer auf mich losgehen.› Drei Wochen später riefen sie mich dann wegen Josane an.»

«Wissen Sie den Namen des Mädchens noch?»

«Ja, den kann ich nicht vergessen, selbst wenn ich wollte. Lannie Post. Ich berichtete der Polizei, daß Josane mir gesagt hatte, sie glaube, Lannie sei sauer genug, um an einen Mord zu denken. Aber die Polizei sagte, das Mädchen sei an jenem Tag nicht in der Stadt gewesen. Dann fand ich raus, daß sie nie mit ihr gesprochen hatten. Irgendwas ist faul. Oberfaul. Und das Komische bei diesem Mädchen war, daß sie, als ich sie mal in Josanes Laden kennenlernte, Josane die ganze Zeit nachlief wie ein Hündchen, das gestreichelt werden möchte. Und dann klaut sie das Geld. Das ergibt doch irgendwie keinen Sinn. Nichts von alledem ergibt einen Sinn.»

Reenies Tränen waren jetzt mehr als getrocknet. Nichts vertreibt Traurigkeit schneller als der Zorn. Ich sah sie mir an, wie sie da kerzengerade auf dem Sofa saß – mit ihrem angespannten Gesicht und den dunkelbraunen Augen, die bei unserer ersten Begegnung so sanft geblickt hatten, jetzt aber so hart aussahen, daß sie an kleine Stückchen gefrorenen Tees erinnerten.

«Die haben nie mit ihr gesprochen, stellen Sie sich das mal vor. Ich weiß nicht, ob es das Mädchen gewesen ist oder nicht. Aber ich weiß, daß da draußen im Wald etwas Unrechtes passiert ist, und ich möchte, daß Sie dem nachgehen. Ich habe etwas Geld, das ich Ihnen geben kann. Nicht mehr viel, weil ich bereits zweitausend Dollar an so einen Privatermittler in Charlotte gezahlt habe, der allerdings nicht mehr zustande gebracht hat als diesen Bericht hier, wo nur drinsteht, er habe keinen Beweis dafür finden können, daß die Sache anders gelaufen sei, als die in Middleburg behaupten. Aber ich habe noch genug, um Ihnen die Fahrt nach Middleburg und vielleicht ein paar Mahlzeiten und ...»

«Reenie, jetzt machen Sie mal einen Punkt. Ich will Ihr Geld nicht. Ich bin Reporterin und keine Privatdetektivin. Außerdem haben Sie die Sache doch schon untersuchen lassen, und das von jemandem, der weiß, was er tut. Was könnte ich mehr tun?»

«Sie kennen sich in der Welt der Reichen und der Pferde da oben aus. Ich weiß das, ich lese ja immer Ihre Artikel im *Appeal*, und ich hab auch diese kleine Sache Ihrer Redaktion über Sie gelesen, wo steht, daß Sie an Turnieren teilnehmen und deshalb ja auch mit Ihrem Kollegen da diese Geschichte mit dem toten Pferdetrainer aufklären konnten. Sie kennen diese Leute, Nattie, und Sie wissen, wie die dichthalten und die Wahrheit vertuschen können, wenn sie das wollen.»

Was in Reenie vorging, zog ihre Gesichtshaut noch straffer, als sie es schon gewesen war. Ich dachte, wenn Reenie sich nicht gleich wieder beruhigte, würde sie aufplatzen. Es war keine Frage, woher Josane ihre Energie und Entschlossenheit gehabt hatte. Und es war auch klar, daß ich dieses Haus mit der Zusage wieder verlassen würde, mich mit Josanes Tod zu befassen. Ich kann schon bei leichtem Druck kaum nein sagen, und das hier war das barometrische Äquivalent des Hurrikans Hugo.

Ich legte Reenie die Hand auf die Schulter – auch sie so straff gespannt wie ein Trampolin.

«Reenie», sagte ich, «wenn Sie so weitermachen, kriegen Sie einen Schlaganfall. Atmen Sie ein paarmal tief durch, oder noch besser, singen Sie ein paar *Ohm-nahmah-shie-viyas* vor sich hin.»

«Was, bitte?»

«*Ohm-nahmah-schie-vija*, das ist ein indischer Singsang und das Allheilmittel meines Vaters. Er hat es vor sich hin gemurmelt, bevor sie ihn in den OP rollten und ihm einen vierfachen Bypass verpaßten, und er meinte hinterher, es sei besser als Valium. Ich weiß, es klingt absurd, aber ich habe es selbst gelegentlich ausprobiert, und es wirkt überraschend beruhigend.»

«Ich will mich aber nicht beruhigen, Nattie. Ich muß herausfinden, wer meine Tochter umgebracht hat. Ich muß das rauskriegen, das verstehen Sie doch sicher. Wenn man sein Kind verliert, verliert man seine Zukunft, das hat gestern abend eine Dame gesagt. Deshalb tu ich's nicht für mich, denn ich habe keine Zukunft mehr. Ich tu's für Josane, ich hab's ihr versprochen. Es ist das letzte, was ich noch für sie tun kann.»

9

Nun ja, ich nehme an, daß es gut ist, wenn man sich selbst kennt. Als ich Reenie verließ (so spät, daß meine Mutter wahrscheinlich schon auf der Sofakante rumrutschte), hatte ich allem zugestimmt. Ja, ich würde nach Middleburg fahren, dort herumschnüffeln und alle Reiterkontakte anzapfen, die Josane gehabt hatte, würde mit ihren Freunden und ihrem Reitlehrer sprechen, die unzufriedene Angestellte ausfindig machen und das Pferd suchen, das ihr angeblich den Garaus gemacht hatte.

«Eine letzte Frage», sagte ich und erhob mich vom Sofa. «Josanes Pferd. Haben Sie ein Bild von ihm oder wissen Sie, wie es aussah?»

Erneut stiegen Reenie die Tränen in die Augen, und es tat mir leid, die Frage gestellt zu haben. Sie sagte, sie sei gleich wieder da, verschwand und kehrte mit einem frischen Taschentuch und einem gerahmten Foto zurück.

Sie gab es mir, die Bildseite nach unten gedreht. «Wir haben sie danach weggepackt ...»

Ich drehte das Bild um und sah Josane. Sie stand neben einer großen, herrlichen Fuchsstute mit breiter Blesse. Das Pferd, das ich im Traum gesehen hatte.

«Kann ich es behalten?» fragte ich und wußte schon die Antwort. Reenie Ashmore konnte sich dieses Bild nicht ansehen – und ich war sicher, sie würde es nicht wiederhaben wollen.

Ich ging hinaus und hatte jetzt das Foto und noch einen Stapel anderer bei mir, ferner den Bericht des Privatermittlers, einen Stoß Zeitungsausschnitte, ein paar Notizbüchlein und ein schweres Herz. Was immer ich herausfand, Josane würde noch immer tot sein und Reenie Ashmore ihre Nächte damit zubringen, auf das Ölbild ihrer Tochter und auf alte Illustrierten zu starren.

Leg es unter dem Stichwort «Das Leben ist hart» ab!

Ich fand eine Telefonzelle und rief Mutter an.

«Wo bist du?» Ihre Stimme zeigte erste Anzeichen von Panik.

«Ich bin nicht verstümmelt», sagte ich, «sondern nur spät dran. Das Interview hat länger gedauert, als ich gedacht hatte.»

«Fahr vorsichtig. Ach, ich habe übrigens den Hüttenkäse vergessen. Geht's auch ohne?»

«Kugel ohne Hüttenkäse? Das ist doch der Leim, Mom, der alles zusammenhält. Ich besorg unterwegs welchen.» Am Geburtstag des Erlösers der halben freien Welt leichter gesagt als getan. Schließlich fand ich einen Circle K mit einem Inder an der Kasse. Dort bekam ich welchen – Verfallsdatum 24.12. und stark überteuert.

Zurück auf die Straße und zu Harry Chapin. Aber nach ein paar Takten holte ich das Band raus. Harrys Stimme war mir ein bißchen zu wehmütig – ich brauchte etwas Erhebendes. Es war Zeit, sich wieder dem Tag zuzuwenden, Zeit für Tina Turner.

Im Nu war ich auf der Holden Road, sang lautstark «What's Love Got to Do With It» und brauste in Richtung meiner Mutter. Das jedoch langsam. Nur ein Narr oder ein Neuling fährt auf der Holden Road über fünfundfünfzig – die Bullen von Greensboro haben dort so viele Radarfallen aufgebaut, daß das die Haupteinnahmequelle der Gemeinde sein muß. Selbst heute. Warum saßen sie nicht zu Hause und packten Geschenke aus?

Mutter stand schon in der Tür, als ich bei ihr vorfuhr – so wie Reenie. Und wie Reenie war sie fein herausgeputzt, im jüdischen Stil. Jeans von Calvin Klein mit messerscharfen Bügelfalten, Slipper von Cole-Haan, marineblauer Sweater mit aufgestickter amerikanischer Fahne von Ralph Lauren und eine Bluse von J. G. Hook, deren weißer Oxfordkragen gerade noch oben herausschaute. So sah bei ihr zwanglose Kleidung aus.

Für mich war zwanglos, was das Wort besagte – ein paar uralte Jeans, die unten an den Beinen, wo ich die überschüssigen fünfzehn Zentimeter abgeschnitten hatte, ausgefranst und an den Innenseiten von zu breiten Hüften und zu vielem Reiten durchgescheuert waren, dazu vergammelte Nikes mit grünen Pferdescheißefleckchen und ein zerknittertes T-Shirt. Unnötig zu sagen, daß ich für meine Mutter eine große Enttäuschung war. Einziger Trost: Wenigstens gab ihr Sohn, mein Bruder Larry, etwas auf gepflegte Kleidung und hatte sogar in den führenden Herrenausstatter Bostons eingeheiratet.

Die Begrüßungsworte meiner Mutter: «Nattie, hast du abgenommen?»

Sie überwachte mein Gewicht schon seit meinem zehnten

Lebensjahr, als sie mich mal beim Naschen schöner süßer Kekse erwischt hatte. «Aus einem dicken Kind wird ein dicker Erwachsener», hatte sie gesagt. Aber sie hatte – und hat – mit ihrer Barbiepuppenfigur gut reden.

«Nicht daß ich wüßte», sagte ich, und wir umarmten uns.

Das Weihnachts-Chanukka-Festmahl kam und ging. Meine Mutter und ich, zwei Schachteln mit Brathähnchen, eine große Dose Erbsen und der Nudelpudding, den ich mit dem abgelaufenen Hüttenkäse zubereitet hatte.

Wir räumten die Pappteller ab und warfen sie in den Mülleimer. Pappteller und gebratene Hähnchen – das klingt nicht gerade nach großem Festmenü, aber es war für meine Mutter ein großer Schritt nach vorn. Sie hatte seit Davids Tod immer nur ein Schälchen mit so einer Art Müsli gegessen, auf dem Bett vor dem Fernseher sitzend.

Als ich den Nudelpudding in Alufolie einwickelte, steckte sie sich einen ordentlichen Happen davon in den Mund. «Ich könnte das alles aufessen», sagte sie. «Weißt du was, laß mir doch das Rezept da. Vielleicht mache ich mir mal Kugel.»

«Du und kochen?» erwiderte ich. «Nun bleib mal auf dem Teppich. Du weißt doch gar nicht, wie in deiner Superküche was funktioniert.»

Sie lachte, und ich lachte mit. Wir wußten beide, welcher Witz da gemeint war: Sie hatte David mal dazu gebracht, eine hochmoderne, 25 000 Dollar teure Küche einbauen zu lassen, in der sie dann kaum mehr als Wasser kochte.

Sie wiederholte trotzdem ihre Bitte. Wer weiß, vielleicht hatte sie eine Dreiviertellebenskrise und das Bedürfnis, sich neu zu definieren. Und wenn sie lernen wollte, wie man Kugel macht, wer war ich, sie daran zu hindern?

Meine Mutter besah sich das Rezept, das von ihrer Mutter stammte und das ich nach bestem Wissen und Gewissen auf einen Zettel geschrieben hatte. Sie blies die Backen auf. «Das sieht doch wirklich nicht schwer aus. Ich bin einundsechzig, habe Jura studiert und bin als Anwältin zugelassen worden. Da werde ich, Donnerlittchen noch eins, doch wohl auch Kugel machen können. Nur eine Frage: Wie fettest du die Schüssel ein?»

Da entriß ich ihr den Zettel. «Vergiß es, Mom», sagte ich. «Wenn du einen Japp auf Kugel hast, dann laß es mich wissen. Ich mach dir den Pudding und schick ihn per Federal Express, okay? Und jetzt mal zu den Geschenken. Wenn du von meinem ersten keinen Gebrauch machst, erzähle ich in ganz Greensboro herum, daß deine Ausgaben für Klamotten deine Einnahmen weit übersteigen.»

Ich überreichte ihr den Umschlag und das Buch mit den Juristenwitzen. Sie schenkte mir eine Bluse, die ich nie tragen werde – eine von J. G. Hook mit blauen Nadelstreifen und einer dazu passenden Fliege. Die Hoffnung stirbt nicht leicht.

Meine Mutter setzte sich mit dem Buch in einen Sessel, und ich holte mir die Zeitung, die zusammengerollt auf dem Küchentisch lag. Ich ließ mich neben meiner Mutter auf einem Stuhl nieder. Aus alter Gewohnheit (die ich David verdankte) ging ich sehr sorgfältig mit der Zeitung um, entrollte sie, nahm den ersten Teil von dem Stapel und fing an zu lesen.

«Mom», sagte ich. Sie kicherte bei der Lektüre der gar nicht so witzigen Witze. «Wann abonnierst du endlich *USA Today*? Und wo ist das Lokalblatt?»

Sie sah von ihrem Buch auf. «Aber das ist doch die Zeitung von Greensboro. Sie schrieben, sie hätten das Blatt umgestaltet.»

O Mann, wieder etwas dahin! Wenn ich das Wort «umgestalten» nur höre, krieg ich schon Zustände. Für den

Großteil der Welt ist das ja ein durchaus unschuldiges Unterfangen und bedeutet, daß nur ein paar Dinge anders angeordnet werden, aber für einen Zeitungsmenschen heißt es, daß auf Grund von Umfragen ein stärkerer Wunsch der Leser nach kürzeren und farbigeren Artikeln ermittelt worden ist – in einem beziehungsweise zwei Worten: *USA Today.*

«Scheiße», sagte ich. «Bald lesen wir nur noch Comics und bezeichnen die als Tageszeitung.»

«Nattie, sei nicht so unflätig.»

«Okay, okay», knurrte ich und fing an, die kurzen, munteren Artikelchen zu lesen. Allein auf der Titelseite war schon so viel los, daß mir ganz schwindlig wurde. Ich las alles in weniger als zwei Minuten durch und blätterte in der Hoffnung auf Substantielleres um. Nichts dergleichen, die Artikel waren genauso kurz. Aber mein Blick blieb bei einer der Überschriften und einem dort genannten Namen hängen.

Hinton Allard stirbt bei Verkehrsunfall.

Ich las den Artikel. Er sagte mir natürlich nicht sonderlich viel. Was kann man in einer Zwölf-Zentimeter-Story schon groß berichten? Allard war auf der Route 40 außerhalb Greensboros bei einer Unterführung in einen Pfeiler reingekracht. Im Auto hatte man eine Flasche Jim Beam gefunden. Schließlich wurde noch erwähnt, daß er Anwalt in Winston-Salem gewesen war.

«Du, Mom, ist dir ein Mann namens Hinton Allard ein Begriff? Anwalt in Winston-Salem?»

Sie dachte kurz nach und schüttelte dann den Kopf. «Nein, aber ich kann mich ja mal umhören, wenn du möchtest. Ich könnte ein paar Leutchen anrufen, die mit mir zusammen in Wake Forest studiert haben.»

«Nein, ist schon gut», sagte ich. «Laß nur. Ich habe den Namen schon mal gehört, weiß aber nicht mehr, in welchem …»

Ich faltete die Zeitung so ordentlich zusammen, daß es aussah, als wäre sie noch ungelesen. Und plötzlich wußte ich es.

«Ach du Scheiße! Ma, wie bald kannst du dich mal umhören?»

10

Meine Mutter, die noch nie ein schlimmeres Wort als «verdammt» von sich gegeben hatte (beim Jiddischen war das etwas anderes), sah zu mir auf. Sie war nicht erbaut.

«Also Nattie, deine Sprache! Ich weiß wirklich nicht, wo du die herhast. Und dieser Gesichtsausdruck. Na schön, was ist das mit diesem Hinson Albright?»

«Hinton Allard», korrigierte ich. «Mir ist nur gerade eingefallen, woher ich diesen Namen kenne. Er steht als Mr. A auf Henrys Abschußliste, und jetzt ist er tot.»

Meine Mutter sah mich an, als nähme ich Drogen. Und warum nicht? Sie hat eine Menge Mandanten, die tatsächlich Drogen nehmen und zusammenhängender sprechen als ich im Augenblick. Ich berichtete ihr von den Briefen, die Henry von einem Verrückten bekam, wobei ich John unerwähnt ließ. Nachdem er mich fallengelassen hatte, waren sie und David bereit gewesen, ihm einen Killer auf den Hals zu hetzen.

Ich rief Henry an, aber da war nur der Anrufbeantworter.

«Mom, ich muß noch ein bißchen rumtelefonieren. Hast du irgendwelche Kontakte zu Leuten von der Polizei, die bereit wären, mit mir zu reden?»

Sie schrieb mir ein paar Namen auf, und natürlich hatten die meisten der Beamten keinen Dienst. Und die, die im Dienst waren, blieben amtlich: «Kein Kommentar, Sie müssen sich an das Büro des Polizeisprechers wenden, wenn es nach den Feiertagen wieder geöffnet ist.»

Ich hoffte, daß es nur ein auf Trunkenheit am Steuer zurückzuführender Unfall gewesen war und nichts anderes. Zwar hatte ich Henry gegenüber geäußert, der Brief sei ernst zu nehmen, aber doch nicht schon so bald und so ernst. Bloß weil ich John dafür haßte, daß er mir das Herz gebrochen hatte, wünschte ich ihm doch nicht den Tod an den Hals – jedenfalls nicht mehr.

Außerdem wurde mir schon von dem bloßen Gedanken übel, daß ein Verrückter fünfundzwanzig menschliche Wesen eines nach dem anderen zu massakrieren gedachte. Und das nicht nur, weil ich nicht fünfundzwanzig Leute sterben sehen wollte. Ich muß leider bekennen, daß ich Charakterschwein genug war, um auf Henry und seinen Job noch eifersüchtiger zu sein als früher. Denn wenn die Leute auf der Liste anfingen, wie die Fliegen tot von der Wand zu fallen, dann war er wieder an einer Jahrhundertstory dran. Einmal mehr mit Ted Koppel in *Nightlife*, wieder ein Bild in *People*, noch ein Versuch, den Pulitzer zu bekommen.

Ich dachte aber nicht länger über meinen miesen Charakter nach, sondern durchforschte mein Gehirn nach Polizeikontakten. Wie konnte ich nur so blöd sein! Tony! Es mußte sich um ein spezielles Y-Gen handeln, das sich zwischen den Windungen und Wendungen meiner DNS-Spiralen verborgen hielt. Ich hatte Tony ganz vergessen! Ich wählte seine Nummer und hoffte, daß er und nicht die Mrs., die heute vielleicht bei ihm war, abheben würde.

Ich hatte Glück. «Hallo, Liebling», sagte Tony. «Wie geht es uns denn so? Machst du dir einen schönen Urlaub?»

Ich log ihm was vor und sagte dann: «Wie auch immer, ich belästige dich nur höchst ungern, wo doch Weihnachten ist, aber ich muß dich um einen Gefallen bitten.»

Ich sagte ihm nichts von Henrys Liste, denn obwohl Henry Tony inzwischen mochte und ihm auch vertraute, war er doch, was die Zusammenarbeit mit der Polizei anging, nach wie vor äußerst skeptisch. Ich bat Tony nur, etwas über Hinton Allards Unfall und die Möglichkeit herauszufinden, daß es da um etwas mehr gegangen sein könnte als um einen Besoffenen, der die Straße aus den Augen verloren hatte.

«Um so etwas wie Mord, willst du sagen?» fragte Tony und meinte dann: «Nattie, hast du die Nase schon wieder in was reingesteckt, wo sie nicht hingehört? Ich weiß, ich kann sagen, was ich will, du läßt dich doch von nichts abhalten. Aber tu mir die Liebe und sei ein bißchen vorsichtiger als beim letzten Mal, ja? Keine Mitternachtsfahrten allein zum Stall raus, um dort Mörder zu fangen, okay?»

«Ja, ja, ja», antwortete ich.

«Ich ruf dich an, wenn ich was über deinen Mr. Allard in Erfahrung gebracht habe. Muß jetzt los.» Ich hörte, warum. Sharon rief ihn. Die Mrs. war also über die Feiertage bei ihm. Schön für Tony – das hatte er sich vom Weihnachtsmann gewünscht.

Da ich das Telefon schon in der Hand hatte, fragte ich gleich auch noch meinen Anrufbeantworter im Büro ab.

«Gold. Dank für das Kompliment.» Das war Torkesquist. Ich hatte ihm eine Nachricht auf seinem Anrufbeantworter hinterlassen und ihm gesagt, wie sehr mich seine Bilder bewegt hatten. «Bewegt wohin? Cincinnati? Oder zur Toilette? Willst du noch, daß ich von deinem Vollblutgaul ein paar Fotos mache? Diese Woche gelten Urlaubstarife. Ich sitze zu Hause und hab eh nix andres zu tun, als darüber nachzudenken, wie ich Brandflecken in deinen Teppich kriege. Da kann ich genausogut nachher dort rausjökeln und von dem Pferd ein paar Aufnahmen machen.»

Dann eine ganze Reihe von Lesern, die sich zu meinem Artikel über die Compassionate Friends äußerten. «... mußte weinen, als ich die Story las.» – «... so dankbar für alles ...» – «... So gut geschrieben!» Blablabla. Candace mag ja ein gefühlloser Roboter sein, aber sie weiß, wie man Leser packt. Reporter erfahren selten, wie eine Story angekommen ist, es sei denn, sie hätten einen Namen falsch geschrieben oder unziemlicherweise ein Lebensalter um ein paar Jahre erhöht. Ich hörte mir zwölf Kommentare an und ließ dann das Band schnell vorlaufen, bis ich außer «Die Story heute war so ...» mal etwas anderes hörte. Es war eine Leserin in Rock Hill, S.C., und ich konnte praktisch die Warnung ACHTUNG – HAUPTVERTRIEBSGEBIET! hören. Die Anruferin wollte wissen, warum Modeschöpfer ihre Schauen immer mit einem Hochzeitskleid beenden. Ich notierte mir Name und Nummer der jungen Dame, damit ich ihr die offizielle Antwort der Modeberichterstatterin des *Charlotte Commercial Appeal* zuteil werden lassen konnte. Wenn ich ihr nicht antwortete, rief sie vielleicht Fred an und beschwerte sich, was so wäre, als verpaßte man meiner Beurteilung Betonflossen und schickte sie damit zum Schwimmen. Ich war im vergangenen Jahr schon auf die Sieben abgerutscht, und eine Beschwerde aus Rock Hill konnte mich spielend auf eine Vier runterkriegen.

Ich drückte die Fünf des Telefons, um zur nächsten Nachricht zu kommen. Sie war von Gail.

«Hi, ich bin im Stall und feiere mit Allie Weihnachten. Rob hat mich zu sich nach oben zum Essen eingeladen, und ich habe, du wirst es nicht glauben, zugesagt. Ich sollte wohl noch duschen, bevor ich in seine Wohnung raufgehe. Er meint, das Essen würde nur aus ein paar zusammengestoppelten Sachen bestehen, weil er vom Schmücken der vielen Weihnachtsbäume total erschöpft sei. Aber wie ich Rob kenne, wird's Porzellan sein, Tafelsilber und Gänsebraten. Brenda geht's gut. Ich habe ihr an deiner Statt eine Chanukka-Karotte gegeben. Ruf mich an, wenn du zurück bist, ich muß jetzt noch den Gang fegen. Grüß deine Mutter. Ach, übrigens war ein seltsamer Vogel hier und hat Fotos von Brenda gemacht. Er bat mich, ihn zu heiraten.»

Oje, ich hatte ganz vergessen, Gail vor Torkesquist zu warnen. Blieb nur zu hoffen, daß er nicht seine Hose runtergelassen hatte, um ihr seine Operationsnarben zu zeigen.

Als nächstes war da eine Diane Harding. «Tut mir leid, daß ich Sie am Weihnachtstag stören muß, aber meine Schwester sagte mir, sie habe Ihnen gesagt, daß ich mich melden würde.» Diane Harding? Schwester? Dann fiel der Groschen. Candaces Schwester, die Seelenklempnerin! Daß mich Candaces Schwester im Stall bespitzelte, war das letzte, was ich mir wünschte. Ich würde ihr den Stall in High Lake empfehlen, eine heruntergewirtschaftete Reitschule mit Stall auf der anderen Seite von Charlotte. «Ich weiß, es ist eine Zumutung, zumal für mich die Frage nicht zu beantworten ist, was Ihnen meine an Alexothymie leidende Schwester alles angetan hat. Was immer es ist, es tut mir leid. Wir sind uns nicht ähnlich. Ich ziehe nach Charlotte und suche einen guten Stall mit schönen Reitwegen. Wenn Sie mir helfen, einen zu finden, dann verrate ich Ihnen auch, wie wir Candy als Kinder immer genannt haben. Alle Familienangehörigen mußten schwören, das niemals weiterzusagen.»

Wir hatten noch eine freie Box ... Könnte interessant sein.

Ich ließ das Band noch weiter vorlaufen, über die elektronische Stimme hinaus, die mir Zeit und Datum ansagte, bis ich wieder eine menschliche hörte. Ich wußte sofort, wer es war. In dieser Stimme war so viel Musik – allein schon zu hören, wie sie meinen Namen sagte, war so, als lauschte man einer alten, fernen Volksweise. «Nattie? Nattie? Bist du das? Gott im Himmel, diese Maschinen machen heute ja wirklich alles. Ich hab da eine Kleinigkeit, die ich dir gern geben würde. Ich weiß, ich weiß, du sagst, das ist nicht dein Fest, ‹nicht meine Feiertage›. Aber wir sind darunter alle gleich und müssen den Herrn preisen, damit er nicht vergißt, was er hier unten in Gang gesetzt hat. Davon mal abgesehen, wann kommst du? Morgen? Ich hab nichts weiter vor, geh nur morgens zur Kirche. Du bringst hoffentlich diesen großen Bengel mit, hörst du? Ich wette, ihr beide rauft euch noch immer wie 'n Paar aufgedrehte Kampfhähne. Lieber Gott, Mädchen, dein Kopf ist so hart wie der von dem alten Maulesel, der draußen im Stall steht.»

Es war Dorothy, die Haushälterin der Bladstones. Ich hatte sie kennengelernt, als ich für diese Turniermörderstory recherchierte, und wir mochten uns sofort. Vielleicht, weil ich eine rothaarige Jüdin und sie eine grünäugige Schwarze war – Nana Greenberg hatte immer behauptet, der liebe Gott habe als Entschädigung für das, was den Müttern unserer Mütter widerfahren war, Menschen unserer Art besondere Gaben mit auf den Weg gegeben.

Seit der Arbeit an der Mordgeschichte hatte ich Dorothy regelmäßig besucht und wöchentlich einmal angerufen, um mich nach ihrem Befinden zu erkundigen. Sie ging auf die fünfundsiebzig zu, arbeitete aber immer noch vierzig Stunden pro Woche. Nicht daß ihr der Gedanke ans Sterben in irgendeiner Weise zu schaffen gemacht hätte. Ganz im Gegenteil. Jedesmal wenn ich sie besuchte, erzählte sie mir von neuem, sie habe einiges mit Gott zu regeln und warte nur darauf, vor ihn hintreten zu können und ihn geradeheraus zu fragen, wie er dazu gekommen sei, ihr ihre Kinderchen wegzunehmen. «Wenn wir das geklärt haben, hab ich ihm noch ein paar Sachen zu sagen, von wegen dem ganzen

Durcheinander hier unten. Die Leute bringen sich ohne jeden Grund um, bekämpfen sich wegen des Namens, mit dem man ihn anrufen soll. Was treibt er eigentlich da oben? Sieht sich die schönen Frauen an, oder was? Er muß doch mal erfahren, daß es hier einiges in Ordnung zu bringen gibt, denn sonst sind wir bald alle tot. Und was macht er dann? Wir alle da oben bei ihm, und hier unten niemand mehr? Das ist es, was ich ihm sagen will. Und dann besuche ich die Kinderchen, die er mir genommen hat, und schlinge meine alten schwarzen Arme um sie. Hab schon mein halbes Leben darauf gewartet ...»

Ich hörte mir ihre Nachricht noch ein zweites Mal an. Ich hätte ihr ewig zuhören können.

11

Für einen Juden gibt es keine einsamere Zeit als Weihnachten, außer hier im Süden vielleicht noch den Tag danach, wenn dieser auf einen Sonntag fällt und dann alle Geschäfte geschlossen haben. Meine Mutter und ich saßen untätig herum und betrachteten das Laub im Garten, das noch immer zusammengerecht werden mußte.

«Laß uns fahren», sagte ich und ergriff ihre Hand.

«Fahren? Wohin fahren? Ich kann nicht weg, ich habe so unendlich viel zu tun.»

«Was denn? In der Glotze um drei *Jeopardy!* sehen und um vier *Wheel of Fortune*? Dieses Haus ist wie ein Grab, du ziehst die Jalousien nicht auf, du öffnest die Fenster nie ... du rauchst nur und siehst fern. Na los, ein bißchen frische Luft wird dir guttun. Wir fahren nach Camden und besuchen eine Freundin. Du wirst sie mögen.»

Ich mußte sie hochzerren, aber schließlich raffte sie sich

doch auf. Wir nahmen ihren Wagen – einen neuen blauen Lincoln mit weißer Persenning, das mußte einfach sein. Was sie dafür hingeblättert hatte, überstieg die Einkünfte des gesamten Vorjahres bei weitem. Wenigstens löste der Anblick des Autos ein Lächeln bei ihr aus.

Zwei Stunden später hielten wir vor dem Haus der Bladstones, und meine Mutter tat ebendas, was ich auch getan hatte, als ich es zum ersten Mal sah – sie staunte ungläubig.

«L. M. Bladstone von Bladstone Tobacco, der wohnt da drin? In dieser Kate aus rotem Klinker, die nur halb so groß wie mein Haus ist?»

«Und du solltest mal sehen, was er fährt», sagte ich. «Halb so groß wie das Auto, in dem wir sitzen, und zehnmal so alt.»

Wir gingen zur Haustür und klopften. Wenigstens waren die hundertneununddreißig streunenden Hunde verschwunden – zusammen mit L. M.s jetzt Ex-Frau Lucy. Wir warteten ein Weilchen und klopften noch einmal. Schließlich hörte ich, wie sich ein Schlurfen auf uns zubewegte. Dorothy machte die Tür auf und nahm mich in den Arm.

«O Gott, Kind, ich bin ja so froh, dich zu sehn. Wo ist der Junge, den du mitbringen solltest?»

Ich trat einen Schritt vor und deutete auf meine Mutter.

«Ich habe statt seiner sie mitgebracht. Wir kommen besser miteinander aus, jedenfalls meistens. Du weißt so gut wie ich, daß Henry und ich nicht in einem Raum beisammen sein können, ohne uns zu streiten.»

Ich drückte Dorothy noch einmal an mich und übergab ihr dann mein Weihnachtsgeschenk. Ich hatte ihr ein Fotoalbum mit weißem Ledereinband besorgt, in den goldene Engel eingeprägt waren. Sie hatte mir mal Bilder ihrer gestorbenen Kinder gezeigt, die sie in einer allmählich auseinanderfallenden Schachtel aufbewahrte.

«Das ist für die Fotos von Willie und James», sagte ich.

Sie strich mit den Fingern über die Engel. «Grad das, worum ich den Herrn gebeten hab, Engel, die über meine Kinderchen wachen ... Du und deine Mama, ihr wartet mal eben eine Sekunde. Ich muß dir deins holen.»

Das Haus sah nun, wo Lucy nicht mehr da war, wirklich sehr viel besser aus. Die Möbel waren zwar immer noch über ihre Blütezeit hinaus, aber es stank nicht mehr nach Hundekot. Es war alles so sauber wie bei Reenie Ashmore, und wie bei dieser lagen auch hier die illustrierten Zeitschriften ordentlich gestapelt auf dem Couchtisch. Meine Mutter sah sich um. Zwar hatte sie den Mund wieder geschlossen, aber der Blick ungläubigen Staunens war noch da.

«Wirklich der L. M. Bladstone?» fragte sie.

Ich nickte. Ich war schon hier gewesen und brauchte deshalb den absoluten Mangel an Extravaganz nicht mehr im einzelnen zu registrieren. Ich nahm die zuoberst liegende Illustrierte auf, eine alte Nummer von *Vanity Fair*, auf deren Umschlag ein Foto von Demi Moore prangte.

Dorothy kam mit einem kleinen Geschenk zurück. «Diese alten Knochen sind auch nicht mehr so schnell wie früher mal.»

Sie überreichte mir eine in Silberfolie eingewickelte Schachtel. Ich schüttelte sie, und es klapperte.

«Könntest du dich nicht bitte mal hinsetzen, Dorothy», sagte ich. «Es macht mich ganz nervös, wenn du immer rumstehst.»

Ich wußte, daß sie meiner Bitte nicht nachkommen würde. Nach fünfundsiebzig Jahren, in denen sie in Gegenwart von Weißen immer gestanden hatte, würde sie jetzt wohl kaum noch damit anfangen, sich hinzusetzen.

«Also, nun mach schon», sagte sie. «Worauf wartest du noch, Kind, mach's auf.»

Das tat ich und mußte vor Überraschung tief Luft holen. Es war viel mehr, als ich erwartet hatte. Auf einem fluffigen Kissen aus weißer Baumwolle ruhte ein Halsband, das mindestens so hübsch war wie alles, was ich je in den teuren Kunsthandwerksläden der gehobenen Klasse gesehen hatte. Ich hob das Schmuckstück heraus und besah mir die zartroten Muschelchen und die dazwischen eingefügten blauen und grünen Steine.

Ich stand auf und umarmte Dorothy. «Ist das hübsch! Aber du sollst doch nicht so viel Geld für mich ausgeben.»

«Pssst, ich kann ausgeben, was immer ich ausgeben will. Aber dafür hab ich ja gar nichts bezahlt. Meine Mama hat es mir vor der Hochzeit geschenkt. Als Eheglücksbringer. Ihre Leute unten bei Kiawah stellten solche Sachen her. Sie sagte mir, es würde machen, daß mich die Männer mögen und daß mein Mann glücklich bleibt, wenn ich's am Hochzeitstag trüge. Hat auch funktioniert. Bist du nicht bald vierzig, Mädchen? Als ich in deinem Alter war, da waren meine zwei Kinder schon auf der Welt und auch schon ... keine Zeit für Gerede dieser Art. Hier, leg das Halsband um und fang endlich an, dir einen Mann zu suchen.»

Sie blickte zu meiner Mutter hin und sagte noch: «Und dann läßt du's deine Mama 'ne Weile tragen. Sie ist noch zu jung und schick, um sich zu verkriechen und wie 'n alter Hund aufs Sterben vorzubereiten. Stimmt's nicht?»

Selbst meine Mutter lachte.

Ich konnte es nicht mehr ertragen, daß ich saß und Dorothy stand. Ich wußte, daß der einzige Ort, wo sie sich setzen würde, die Küche war, weshalb ich uns alle dorthin lotste. Wir tranken Tee, aßen Früchtekuchen und unterhielten uns länger als eine Stunde. Ich wäre gern den ganzen Nachmittag geblieben, aber ich wußte, daß meine Mutter vor Einbruch der Dunkelheit wieder zu Hause sein wollte. Unter

Dorothys Protestgeschrei wusch ich noch das Geschirr ab. Dann steuerte ich auf die Haustür zu, machte aber noch einen Umweg über den Couchtisch mit den Illustrierten.

«Dorothy, darf ich die hier mitnehmen?» Ich hielt die Nummer von *Vanity Fair* hoch. «Ist schon etliche Jahre alt, aber es ist eine Sache drin, die ich gern lesen würde.»

«Nimm so viele von den grauslichen Illustrierten, wie du magst. Ich hab noch nie gesehen, daß Mr. Bladstone eine in die Hand genommen hat. Das waren ihre.»

Wir wußten, wen sie meinte. Sie hatte Lucy gehaßt.

«Wenn das so ist, dann nehme ich noch ein paar mehr. Ich liebe solche alten Zeitschriften.»

Ich nahm die obere Hälfte des Stapels an mich. Da hatte ich wenigstens auf der Rückfahrt etwas zu tun.

An der Tür umarmte Dorothy erst mich und dann meine Mutter.

«Das da ist ein ganz besondres Kind. Sagen Sie ihr, sie soll's gut machen und aufhören, sich mit dem großen Jungen da rumzuzanken.»

«Ich habe der Nattie in siebenunddreißig Jahren nichts sagen können, Dorothy», erwiderte meine Mutter. «Etwas so Verstocktes wie sie gibt es nicht noch einmal.»

Dorothy lachte und sagte: «Wohl wahr. Ich frag mich, von wem sie das hat. Rauchen Sie immer noch diese häßlichen, dreckigen, stinkenden Zigaretten? Sie graben dem Mädchen diese tiefen Sorgenfalten ins Gesicht. Machen Sie nur so weiter, und es findet nie 'nen Mann, auch mit Eheglücksbringer nicht.»

«Schön, schön», sagte meine Mutter. «Noch sechs Monate, dann höre ich auf.»

Sie sagte schon seit siebenunddreißig Jahren und wahrscheinlich schon länger «sechs Monate». Ich warf die Illustrierten auf den Sitz, und wir machten uns auf die Rückfahrt nach Greensboro. Ich blätterte die Zeitschriften kurz durch, um zu sehen, was ich mir da an Land gezogen hatte. Zwischen zwei Nummern von *Vanity Fair* fand ich etwas, was keine Illustrierte war, nämlich den Jahresbericht des Bladstone-Konzerns. Auf dem Umschlag überreichte ein lächelnder L. M. Anstecknadeln für zehnjährige Firmenzugehörigkeit an Mitarbeiter, die wenigstens auf dem Foto glücklich dreinblickten. Ich legte den Bericht auf den Stapel zurück und nahm das nächste Heft auf, eine alte Nummer von *Spur.*

Wir waren vor Einbruch der Dunkelheit zurück. Mom setzte sich vor den Fernseher und ich mich ans Telefon. Auf meinem Anrufbeantworter war nur eine Nachricht. Von Henry.

«Ich hab das Gefühl, daß wir ein längeres telefonisches Fangenspiel vor uns haben. Gute Arbeit, diese Weihnachtsstory, Nattie. Ich weiß, du hast es nicht gern gemacht, aber ich muß sagen, es war eine anrührende Lektüre. Als Vater weiß ich …»

Ich hörte im Hintergrund Kinder schreien und Henry mit gedämpfter Stimme sagen: «Chet, Hank, ich telefoniere! Hört mit der Streiterei auf, sofort! Hank, hau deinem Bruder noch einmal in die Weichteile, und du verbringst den Rest des Tages in deinem Zimmer, aber ohne Spielzeug.»

Das Geschrei erstarb, und Henry setzte seine Nachricht an mich fort. «Tut mir leid, Nattie. Die Jungs sind völlig überdreht. Eine Nachbarin hat ihnen gestern abend Coke zu trinken gegeben, so daß sie dann nicht einschlafen konnten. Jetzt sind sie müde und hungrig. Wie auch immer, ich wollte dich nur wissen lassen: Gute Arbeit. Ach ja, ich brauche dir das wahrscheinlich nicht zu sagen, aber solltest du mit deinem alten Freund reden, mit dem, der auf der Liste steht, dann sag ihm nichts. Sollte sich herausstellen, daß das eine

Story ist, dann gilt: Je weniger davon wissen, desto besser. Übrigens habe ich wieder einen Brief bekommen. Ich denke, du wirst ihn sehr interessant finden.»

Erneut im Hintergrund Geschrei, gefolgt von Henrys Versicherung, daß er gleich mit Telefonieren fertig sei. «Ich bringe die Jungs für den Rest der Weihnachtsferien zu ihrer Mutter nach Washington. Und wenn ich schon mal da oben bin, will ich die Gelegenheit nutzen und in Virginia ein bißchen in Akten stöbern. Wenigstens die Hälfte der Leute auf der Liste sind ja dort zu Hause. Wenn möglich, ruf mich noch mal an, bevor ich losfahre. Ich gehe gleich mit den Jungen ins Kino, bin gegen neun zurück. Danke. Oh, und schöne Feiertage!»

Das Räderwerk in meinem Kopf setzte sich langsam in Bewegung. Das war die Idee. Ich wollte doch in der kommenden Woche selbst auch da rauf, zu dem Kurs bei George Morris. Candace hatte diesem Urlaub zögernd zugestimmt, wobei sie gar nicht anders konnte, denn der *Appeal* bezahlte keine Überstunden mehr, und ich mußte vor dem Jahresende noch einen Rest abbummeln. Ich hatte ja eigentlich mit Rob fahren wollen, der Brenda und das Pferd eines sehr reichen Klienten zur Farm brachte, wo der Schulungskurs stattfinden sollte. Er berechnete mir den Transport nicht – in solchen Sachen war er großzügig. Aber wenn ich jetzt daran dachte, acht Stunden lang in einem Lastwagen hokken zu sollen, und das mit einem Mann, der sich noch nie in ganz normaler Weise mit mir unterhalten hatte, dann fand ich das doch nicht gar so verlockend.

Mein Auto wollte ich jedoch auch nicht nehmen. Es hatte auf der ganzen Fahrt nach Greensboro gestöhnt und geächzt. Ich konnte nicht erwarten, daß es mich durch diesen Bundesstaat und dreiviertel des nächsten tragen würde, ohne einen Koller zu kriegen. Wann immer das geschieht, bleibt mir nichts, als bis zur nächsten Tankstelle zu laufen oder am Straßenrand zu warten, bis mir jemand zu Hilfe eilen würde – ein lebender Köder für den nächsten Lastwagen fahrenden Psychopathen, der vorbeikommt.

Henry fuhr nach Virginia! Ich konnte doch mit ihm mitfahren. Dann konnten wir uns über seine zur Zahlung auffordernde Liste unterhalten, und ich konnte ihm von Josane berichten und sehen, was er für Strategien vorzuschlagen hatte. Ich würde so früher zu Annie gelangen, zu meiner alten Zimmergenossin aus Collegetagen, die nach dem Scheitern ihrer Ehe vor drei Jahren auf die Farm ihrer Mutter zurückgekehrt war und sie nicht wieder verlassen hatte. Diese Farm lag bei Upperville, und Upperville lag bei Middleburg. Nach allem, was mir von der Farm einschließlich ihrer 832 Morgen in Erinnerung geblieben war, hatten sie dort unbewohnte Zimmer genug, um selbst Henry mitsamt seiner Großfamilie unterbringen zu können.

Hervorragend! Bis auf eines. Candace! Ich mußte sie davon überzeugen, daß die Sache auch ihr etwas bringen würde. Ich konnte nicht mehr allzuviel von ihr erhoffen, nachdem ich vor ein paar Monaten meine Wild Card für die Turnier-Serie verwendet hatte. Gerade, als sie mich wieder zur Mode hatte zurückzerren wollen, stattete ich meinem einzigen Verbündeten im Management, nämlich Gary Stockwell, dem Chef vom Dienst, einen Besuch ab. Gary war klein, attraktiv und klug. Der ersteren Tatsache verdankte er es wahrscheinlich, daß ihn unser Lokalredakteur einst angeheuert hatte – letzterer war ein kleiner Mann und stellte keinen ein, der größer war als er, was die wachsende Zahl kleinwüchsiger Mitarbeiter – unter ihnen auch ich und der kriecherische Stellvertreter von Candace – erklärte. Ich bin sicher, daß der Lokalredakteur die zweite positive Eigenschaft Garys, sein Aussehen, nicht registriert hatte, weil sein

Ding nur die jungen, kleinen Frauen waren. Auch die dritte, Garys Cleverness, hatte er übersehen, was er nicht hätte tun sollen, denn Gray setzte im Bocksprung über alle – den Lokalredakteur eingeschlossen – hinweg und hatte es schnell zum Chef vom Dienst gebracht.

Gary gehörte zu meinen Fans und ich zu seinen. Vielleicht sogar mehr als nur in beruflicher Hinsicht. Wie bereits gesagt, war er intelligent und von einnehmendem Wesen, aber leider auch verheiratet. Und da hört es bei mir auf. In Notlagen war er jedoch immer für mich da – man mußte nur darauf achten, daß es wirklich eine war. Und das war ja der Fall.

Ich griff zum Telefon und wählte die kostenlose Nummer des *Appeal* und die des Apparats von Candace. Ich war sicher, daß mein Versuch nicht sehr vielversprechend war, denn selbst Candace würde wohl kaum am Sonntag nach Weihnachten arbeiten. Während ihr Telefon klingelte, sprach ich die Ansage ihres Anrufbeantworters lautlos vor mich hin. «Hier ist Candace Fitzgerald, Feature-Redakteurin des *Charlotte Commercial Appeal.* Sie, die Leser, sind es, um die es unserer Zeitung einzig und allein geht. Deshalb hinterlassen Sie bitte eine Nachricht, ich rufe schnellstmöglich zurück. Das ist ein Versprechen. Uns interessiert, was Sie denken.»

Ich wette, sie hatte mindestens fünfzehn Pluspunkte dafür bekommen, und vielleicht noch fünf extra für diesen «Sie, die Leser»-Quark. Nach dem dritten Klingeln meldete sich der Anrufbeantworter, und ich hob an, in singendem Ton die Ansage mitzusprechen: «Hier ist Candace Fitzgerald, Feature-Redakteurin des *Charlotte Commercial Appeal.*»

Ich hörte nicht richtig zu und setzte zu einer bizarren, trällernden Wiedergabe des «Sie, die Leser, sind es, um die es unserer Zeitung einzig und allein geht» an. Da merkte ich plötzlich, daß ich ein Solo sang.

Wenig später hörte ich am anderen Ende der Leitung ein «Wer ist da?»

In mir drehte jemand den Adrenalin-Hahn auf, so daß mein Herz ordentlich im Brustkorb herumzuhämmern anfing. Was tun? Auflegen? Hoffen, daß sie meine Stimme nicht erkannt hatte? Mich zu meiner Nachäfferei bekennen?

«Nattie, sind Sie das?»

Entscheidung Nummer eins war mir damit abgenommen worden. Das ging auf das Konto der Überreste des nur allzu leicht erkennbaren Dialekts von Philadelphia.

«Candace, jawoll, ja, ich bin's. Meine Mutter und ich haben ein bißchen viel Wein getrunken. Ich war einfach nur glücklich, am Leben zu sein, und bin ein wenig in Verzükkung geraten.»

Im Zweifelsfalle immer alles dem Teufel Alkohol anlasten. Hoffentlich entsann sich Candace nicht meiner Trinkgewohnheiten, mit denen ich mühelos eingeschriebenes Mitglied der Women's Christian Temperance Union hätte werden können.

«Was machen Sie denn in der Redaktion, Candace?» erkundigte ich mich. «Es ist der erste Weihnachtstag ... wieso sind Sie nicht zu Hause und laden Ihre Batterien auf?»

«Bin nur für einen halben Tag hier. Kam rein, um mal zu hören, wie Ihr Artikel angekommen ist. Bisher neununddreißig Anrufe, etwa die Hälfte aus unseren neuen Zielgebieten – Gastonia, Rock Hill und Kannapolis. Wahnsinnsstory, Nattie. Toll zu lesen. Fügt sich phantastisch in die anderen weihnachtliche Hochstimmung erzeugenden Artikel auf der Seite ein. Bin schon auf die endgültige Zahl der Anrufe gespannt.»

Candace war so mit den erfreulichen Leserreaktionen

beschäftigt, daß sie meine Parodie ihres Ansage-Textes schon wieder vergessen, sie übergangen oder gar nicht gehört hatte.

«Ich hab auch ein paar bekommen», sagte ich.

«Klasse. Teilen Sie mir Ihre Gesamtzahl mit. Wenn welche aus den neuen Vertriebsgebieten dabei sind, dann geben Sie mir deren Zahl getrennt an. Nach der zweiten Ausgabe hat Fred angerufen. Er fand den Artikel gut und sagte, unsere Seiten böten den besten Lesestoff von allen. Gute Arbeit, Nattie.»

Das war der Augenblick, um zuzuschlagen.

«Candace», sagte ich und versuchte, blitzschnell eine Antwort auf die Frage zu finden, welchen Ton ich meiner Stimme geben sollte. Fest und entschlossen? Ich wollte ihr aber nicht drohen. Unterwürfig und schmeichelnd? Ich wollte nicht wie ein Hund aussehen, der sich zu Boden schmeißt und seinen Bauch zeigt. Carpe diem. Nutze die Zeit. Sprich fest und entschlossen, aber mit dem Unterton der Teamgefährtin – und bring das von ihr so geliebte Tote-Kinder-Thema ins Spiel.

«Wenn schon die Compassionate-Friends-Story die Leser zu Tränen gerührt hat, dann warten Sie mal ab, und hören Sie sich die folgende Idee an. Alles da: eine liebende Mutter, der Tod eines Kindes, Ruhm, Schönheit, Schönheitswettbewerbe, Betrug und möglicherweise auch Mord.»

Ich breitete die ganze Josane-Geschichte vor Candace aus und packte sie zunächst mit der Mord-Theorie. Man muß einen Redakteur einfangen, wie man die Leser einfängt. Als ich zu Reenie Ashmore kam und wie sie vier Jahre alte Illustrierten wieder und wieder geordnet hatte, wußte ich, daß ich Candace für das Projekt gewonnen hatte. Bevor ich den Urlaub zur Sprache brachte, zog ich noch meinen letzten Trumpf aus dem Ärmel.

«Und wissen Sie was?» sagte ich. «Josane Ashmore wuchs in Kannapolis auf – sagten Sie nicht, das sei eines von unseren neuen Zielgebieten? Und ihre Familie wohnt noch dort!»

Ich hörte am anderen Ende der Leitung ein kleines Aufstöhnen – Candace hatte einen Zeitungsorgasmus.

«Wann können wir das bringen?» wollte sie wissen. Bildete ich mir das nur ein, oder atmete sie tatsächlich schwer?

Jetzt war Vorsicht geboten. «Nun ja», begann ich, «ich habe bereits zwei Stunden bei der Mutter zugebracht. Fünf, sechs Tage in Middleburg, im Höchstfall eine Woche, dann zwei oder drei Tage hier, für die Recherche, und drei Tage oder so fürs Schreiben ...»

«Du liebes Lieschen, drei Wochen? Sind Sie verrückt geworden? Und was soll ich derweil tun? Die Seiten mit Agenturmaterial füllen?»

Es bestand die Gefahr, daß mein Trumpf keinen Stich machte. Ich mußte vorsichtig sein. Es war Zeit, sie wieder einzufangen.

«Ich bin sicher, daß ich mit weniger hinkommen kann. Geben Sie mir ein paar Tage in Middleburg, die beiden Überstundenausgleichstage, die Sie bereits genehmigt haben, nicht mitgerechnet, damit ich dort noch etwas rumschnüffeln, mit ihrem Reitlehrer und ihren Freunden sprechen kann. Weitere Recherchen lasse ich fallen, schreibe dann schnell die Story. Also zwei Wochen, mehr nicht. Sie können es in meine Jahresendbeurteilung reinnehmen, wenn ich die überschreite. Zwei Wochen für eine abgeschlossene Story!»

«Eine Woche, und es kommt in Ihre Beurteilung rein, wenn Sie auch nur eine Stunde überziehen. Und noch etwas. Nehmen Sie einen Laptop und schicken Sie Ihre Modekolumne rüber. Ich muß Schluß machen, jemand ist auf der anderen Leitung.» Klick.

Aber ich hatte meine Woche! Jetzt mußte ich nur noch sehen, daß Henry mich mitnahm, und alles war bestens.

12

«Ich will vorne sitzen. Du hast es mir versprochen. Chet war beim letzten Mal vorn. Du hast mir's versprochen.»

«Na los, Schweinsgesicht, steig schon ein.»

«Hör auf, mich zu stoßen. Ich steig ein, wenn ich soweit bin.»

«Also, ich denke, jetzt bist du's.»

Schubsen, Schlagen, Knuffen. GESCHREI.

«Dad, Chet hat mich an den Kopf geschlagen.»

«Weil du versucht hast, mich zu erwürgen.»

«Weil du mich Schweinsgesicht genannt und ins Auto geschubst hast.»

Henry zog ein Knäuel schreiender Jungen vom Rücksitz. Ich wußte, daß das nicht die Fahrt werden würde, die ich mir vorgestellt hatte.

«Jetzt reicht's. Wenn ihr nicht sofort aufhört, mache ich eure Computer-Sonderrechte rückgängig.»

Das ließ die Knaben schnell verstummen. Sie starrten sich finster an und kletterten wieder in das Auto.

Henry wandte sich mir zu. «Tut mir leid, Nattie. Sie sind halt wegen der Reise aufgeregt.»

«Kein Problem», sagte ich und brachte ein Lächeln zustande. Nicht daß ich nicht gewarnt gewesen wäre. Ich hatte Henry zusichern müssen, daß ich acht Stunden mit zwei Jungen in einem kleinen Auto durchstehen würde.

«Sie können ganz schön wild sein», hatte mir Henry am

Telefon gesagt, als ich ihn von meiner Mutter aus wegen der Mitfahrgelegenheit nach Virginia angerufen hatte.

«Es wird schon gehen, Henry, das sind ja keine Babys mehr.»

«Ich will dich nur nicht im unklaren darüber lassen, daß eine Fahrt mit Kindern streckenweise mühsam sein kann.»

Henry, der Meister des Euphemismus. *Streckenweise mühsam.* Die Kids waren echte Todesfeen.

Wir waren noch keine fünfundvierzig Minuten gefahren und hatten schon zweimal halten müssen. Eine Pinkel- und eine Limonadenpause, welch letztere sicher weitere Pinkelpausen erforderlich machen würde. Bei dem Tempo würden wir in Middleburg ankommen, wenn die Azaleen blühten.

Und schon ließ sich von hinten ein zartes Stimmchen vernehmen. «Ich muß mal, Dad. Jetzt.» Es war Hank, der jüngere der beiden.

«Ich auch», krähte Chet.

Ich drehte mich um und sagte: «Ich dachte immer, Jungs könnten in eine Cola-Flasche pinkeln.»

Das war ein Volltreffer. Chet und Hank lachten kreischend und knufften sich. Hank langte nach der Hose des Bruders und fing an, sie herunterzuziehen.

«In eine Cola-Flasche pinkeln», sagte Hank, sein Kichern unterbrechend. «Ja, das machen wir. Du zuerst, Chet.»

«Da gibt's aber ein Problem», sagte Chet und kicherte noch heftiger als Hank. «Dad erlaubt uns nicht, Coke zu trinken.»

Dann schrien die beiden, den Vater imitierend, im Chor: «Zu viel Koffein!»

Wir lachten alle vier, und von da an kam ich mit den Jungen prima zurecht.

«Ich wette», sagte ich, den neuen, mir entgegengebrachten Respekt nutzend, «daß ihr es nicht noch dreißig Minuten aushalten könnt.»

«Die Wette gilt», kreischten sie höchst vergnügt.

Zu meinem Kummer hielten sie sogar noch länger durch und wir kamen bis Greensboro, ehe ich das Wort «Toilette» wieder hörte. Die meiste Zeit waren sie friedlich – Chet hatte die Nase in ein Buch gesteckt, und Hank war glücklich, solange sein Vater ihn mit komplizierten mathematischen Fragen versorgte.

«Ich glaube, meine Augäpfel werden gelb», meinte Chet schließlich.

«Zwei Ausfahrten weiter ist ein Bojangles», sagte ich zu Henry und sah mich plötzlich drei Jahre zurückversetzt, als David und meine Mutter mich zu Zimtkringeln in das Bojangles-Restaurant eingeladen hatten, um meinen neuen Job beim *Appeal* mit mir zu feiern. Stuart Rimowitz hatte mich im Haus meiner Eltern aufgespürt und mich am Sonntagabend um zehn dort angerufen, um mir die freudige Nachricht zu übermitteln, daß sie mich zur neuen Modeberichterstatterin erkoren hatten. Greensboro, sonntags um zehn Uhr abends – wo die Stadt doch am Freitagabend um acht dichtmacht! Bojangles war so ungefähr das einzige Lokal, das geöffnet hatte. Es hieß also, mit Zimtkringeln feiern oder gar nicht. Und David feierte so gern. Immer und überall.

Wieder eine Kinderstimme von hinten. Diesmal war es Hank, und ich dachte, jetzt würde auch er kundtun, daß er dringend mal müsse. Statt dessen sagte er: «Ich mag Partys auch.»

«Wie bitte?» entfuhr es mir. War er unter die Gedankenleser gegangen?

Chet sah von seinem Buch auf. «Partys? Wer geht zu einer Party? Dad, geht Hank ohne mich zu einer Party?»

Henry schüttelte den Kopf und lächelte. «Ihr beiden würdet euch auch noch über die Farbe des Himmels streiten. Alle fertig zur Blasenentleerung?»

Damit verließ Henry den Highway und steuerte den Parkplatz des Bojangles an.

Die Jungen sausten zur Toilette, und ich bestellte uns allen Zimtkringel, die zu den Dingen gehören, die meinen Umzug in den Süden gerechtfertigt haben. Ich mag den Süden, und er wäre das reinste Paradies, wenn ich die Leute hier nur noch dazu bringen könnte, über meine Witzchen zu lachen, oder dazu, die Standardfloskel «Sie müssen mich unbedingt mal besuchen» mit einer Zeit- und Adressenangabe zu versehen.

Ich ging zu dem Tisch, an dem vor langer, langer Zeit David und ich gesessen hatten. Ich fragte mich, ob ich einen Nachhall seines fröhlichen Lachens hören würde, wenn ich nur genau genug lauschte, aber alles, was ich vernahm, war das Heranhopsen zweier Jungen. Chet entdeckte die Kringelschachtel als erster und fing an, vor Freude auf und ab zu hüpfen.

«Zimtkringel! Mein Lieblingsessen. Danke, Nattie. Hast du für Hank auch welche besorgt?»

Wenn man mal von dem Furzgerede und den Rangeleien mit dem Bruder absah, war Chet eigentlich ein sehr lieber Junge. Er war erst vor einem Monat neun geworden, aber man hätte ihn ohne weiteres auch für zwölf halten können. Was den mündlichen und schriftlichen Gebrauch der Sprache anbelangte, so waren seine Fähigkeiten mit dem Wort «frühentwickelt» kaum zu erfassen. Henry würde, was ihn selbst betraf, niemals große Worte machen, aber wenn es um seine Kinder ging, war er nicht mehr zu bremsen. Er hatte mir erzählt, daß Chet schon mit vier anfing, richtige Bücher zu lesen, und daß er inzwischen die *Canterbury Tales* selbst in der altenglischen Originalversion verschlang. Wenn er nicht las (oder seinen Bruder mit den Fäusten bearbeitete), dann schrieb er Gedichte über verblühende Rosen, die auf gefrorene Erde hinabsanken, oder über die bittersüße Freude blühender Weidenröschen.

Natürlich trug Henry Abschriften von Chets Gedichten in seiner abgewetzten Ledermappe mit sich herum, und natürlich hatte er mich schon gefragt, ob ich sie lesen wolle. Es fällt schwer, einem Mann eine Bitte abzuschlagen, dessen Blick absolute Hingabe verrät – auch wenn diese Hingabe nicht einem selbst gilt. Chets wahrhaft erstaunliche Dichtungen zeigten eine Reife, die über sein Alter und – in meinen Augen – sein Leben weit hinausging.

Und dann war da der kleine Hank. Henry und seine Ex-Frau hatten gute Arbeit geleistet. Ihr jüngster Sohn war so begabt für Mathematik wie ihr ältester für Sprache. In den wenigen ruhigen Augenblicken dieser Fahrt, in denen Chet las, rechnete uns Hank die schwierigsten Aufgaben im Kopf aus, und die Ergebnisse stimmten immer.

Die Jungen verschlangen ihre Zimtkringel, und Chet war danach von oben bis unten eingesaut, während Hank nur seine Serviette beschmutzt hatte.

Henry schickte Chet mit dem Auftrag zur Toilette, sich Hände und Gesicht zu waschen, und dann setzten wir unsere Fahrt fort. Henry und ich erhielten keine Gelegenheit, uns über Josane, die Abschußliste, Hinton Allards unglückliches Zusammentreffen mit dem Unterführungspfeiler oder das zu unterhalten, was Tony dazu herausgefunden hatte. Allerdings rissen sich die Jungen auch nicht mehr in Stücke, sondern wir spielten Wort- und Fragespiele und sangen Lieder – bis wir die Grenze zwischen North Carolina und Virginia erreicht hatten. Da schliefen die beiden endlich ein. Halleluja!

Es braucht kein Willkommensschild, um zu wissen, daß man den Tarheel-Staat verlassen und das Old Dominion erreicht hat. Man kann es – buchstäblich – in den Knochen spüren. Das letzte Stück Highway in North Carolina ist ein die Zähne zum Klappern bringender Betonstreifen, der so geflickt ist wie eine alte Hose. Wenn die Zahnfüllungen gerade anfangen, sich zu lösen, gleitet man zum Glück nach Virginia hinein. Der Highway wird zu einem glatten Asphaltband, auf dem man ruhig weiterbrummt.

Henry sah im Rückspiegel nach den schlafend zusammengerollten Jungen.

«Ich denke, die halten mindestens eine Stunde lang Ruhe», sagte er. «Also gut, dann erzähl mir mal genau, was Tony zu dem Unfall zu sagen wußte. Übrigens noch Dank für den Hinweis auf Allards Nachruf in der Zeitung. Wenn die neue Nachrufpolitik nicht wäre, hätte ich nie von seinem Tod erfahren.»

«Das ist leider die traurige Wahrheit», sagte ich, mich auf den neuen Plan des *Appeal* beziehend, der vorsieht, daß Nachrufe nach Umfang bezahlt werden müssen. Es ist kaum zu glauben, aber es ist so, daß der *Appeal*, einst das führende Blatt beider Carolinas, heute den trauernden Hinterbliebenen die Storys zu dem letzten berichtenswerten Ereignis im Dasein ihrer Lieben nach Zentimetern in Rechnung stellen muß. «Wo wir bei traurigen Wahrheiten sind: Offensichtlich hat Mr. Hinton Allard zu tief ins Glas geschaut, bevor er sich hinter das Steuer seines braungrauen Mercedes Turbo setzte. Meine Mutter hat herausgefunden, daß bei ihm zwei, wahrscheinlich sogar drei Verurteilungen wegen Trunkenheit am Steuer gelöscht wurden. Der Vorteil eines Anwalts mit guten Beziehungen. Die Frage ist also: Zu wem hatte er diese guten Beziehungen? Meine Mutter will versuchen, für dich an seine Mandantenliste heranzukommen.

Und nach Tony waren Allards Promille für einen Säufer wie ihn nicht so hoch, daß es zu einem solchen Wahnsinnscrash hätte kommen müssen, jedoch hoch genug, um ihn zu benebeln. So zu benebeln, daß er einen Unfall baute? Das ist die Frage. Bis jetzt kommt die Sache niemandem spanisch vor, allenfalls die Tatsache, daß er überhaupt noch einen Führerschein hatte. Tony und seine Brüder im Amte waren nicht unglücklich darüber, daß sich der Kerl zu Klump gefahren hat. Oder wie es Tony formulierte: ‹Er war gefährlicher als ein schielender Elch auf einem Schulhof voller schreiender Kinder.›»

«Ein schielender Elch?» fragte Henry.

«Du kennst doch Tony, den Barden von Waxham. Hat er dir nicht gesagt, daß er mal der nächste Faulkner hatte werden wollen? Aber gut, was denkst du? Dieser eher bescheidene Blutalkoholspiegel ist merkwürdig. Brauchen harte Trinker nicht eine ganze Menge Zeug, bis sie richtig besoffen sind? Es wäre doch möglich, daß dein Spinner von Allards Sauferei gewußt und aus genau diesem Grund einen Autounfall inszeniert, das heißt dafür gesorgt hat, daß alles wie ein Unfall aussieht?»

«Gold, was dir an körperlicher Statur fehlt, das machst du durch Vorstellungsgabe wett. Ich schließe das nicht aus, es ist sehr wohl eine Möglichkeit. Danke für deine Recherchen, und Dank auch an deine Mutter. Hier, sieh dir mal den neuesten Brief an.»

Er wühlte mit einer Hand in seiner Aktenmappe herum und zog ein Stück Papier heraus. Es war wie beim vorigen Brief ein Bogen billiges Kopierpapier, dünn und ohne Glanz und von der Farbe meiner Weißwäsche, die zu oft ungetrennt gewaschen worden ist.

Der geheimnisvolle Verrückte hatte diesmal aber ein größeres Mitteilungsbedürfnis verspürt.

Er musste nicht sterben. Er wäre nicht gestorben, wenn es nicht wegen Dir und Deinesgleichen gewesen wäre. Du wirst bezahlen! Der Herr und ich werden dafür Sorge tragen.

Hattest Du je so grosse Schmerzen, dass Dir der Tod willkommen erschien? So ist es gewesen. Erst hustete er, dann starb er. Aber es dauerte so lange. So lange. Ein menschliches Wesen sollte nicht derart leiden müssen. Und da sind noch andere, genau wie er, die so langsam sterben. So langsam und so entsetzlich schmerzhaft.

Der Herr sprach hinterher zu mir. Er sagte: «Sie müssen bestraft werden. Ihnen muss Einhalt geboten werden, damit nicht noch mehr so sterben wie er.»

«Ja, Herr, ich höre Dich. Ihnen wird Einhalt geboten werden! Ich werde soviel für Dich tun wie ich kann.»

«Igitt», sagte ich, «das ist ja ein schauerliches Zeug, Henry. Da geht es wohl um schwere Selbsttäuschungen. Wer immer das geschrieben hat, meint, einen direkten Draht zum Allmächtigen zu haben. Und es sieht gar nicht danach aus, als wäre der Allmächtige ein alles vergebender Gott. Da will sich jemand rächen. Die Frage ist: Für was?»

«Da hast du recht. Das ist schon faszinierend, oder nicht?»

«Und wie! So grosse Schmerzen, dass der Tod willkommen erschien. Da ist jemand einen schrecklichen Tod gestorben, soviel steht fest. Erst husten, dann sterben. Das kann alles mögliche sein. Krebs, Emphysem, Teerlunge, Tuberkulose und sicher noch eine Menge anderer Erkrankungen der Atemwege, von denen wir noch nie etwas gehört haben. Du mußt jetzt lediglich herausbekommen, wer, was, wann, wo und warum, ehe dein Bekloppter erneut einen Auftrag von Gott bekommt, mal angenommen, Hinton Allard war nicht die erste Direktverbindung. Viel Glück!»

«Kann ich vielleicht gebrauchen. Aber ich hoffe sehr, daß die Dinge festere Gestalt annehmen, wenn ich erst einmal weiß, was die Leute auf der Liste verbindet. Die herausragendsten sind Christopher Carey und dein Künstlerfreund. Ein Filmstar in Hollywood und ein Künstler in New York, mitten zwischen lauter einflußreichen Bürgern der Carolinas und Virginias? Vielleicht ergibt das Aktenstudium etwas. Übrigens möchte ich dir auch noch für deine Informationen über die anderen danken. Stimmt es wirklich, daß Santee Mundell seiner Tochter ein Pferd für 250 000 Dollar pro Jahr geleast hat?»

«Nicht pro Jahr», antwortete ich, «sondern pro Halbjahr. Sechs Monate lang vierzehnhundert pro Tag. Meinst du ‹stimmt es› im moralischen Sinn? Das tut es wohl kaum, würde ich mal sagen. Schau mich nicht so an. Ich werde mich nicht für die ekelhaften Exzesse meines Sports entschuldigen, obwohl es sich durchaus um solche und um nichts anderes handelt. Ein paar Leute haben einfach zu viel Geld. Und ich bin sehr wohl der Ansicht, daß ein Mensch um einiges zu reich ist, der mehr Geld dafür ausgibt, sich ein Pferd zu leihen, als einige Länder der Dritten Welt in einem Jahr einnehmen, und das nur, damit sein spatzenhirniges kleines Töchterchen versuchen kann, blaue Bänder zu gewinnen.»

«Es bleibt uns immer das Basketballspiel», sagte Henry. «Erzähl mir mal von der Frau, die der Meinung ist, ihre Tochter sei ermordet worden.»

Ich informierte ihn in groben Zügen und berichtete ihm

von meinen Plänen, soweit ich welche hatte – mit allen Pferdeleuten reden, die ich kannte, den Freund ausfindig machen, ebenso die Angestellte aus dem Laden, die Krankenschwester, dann die Polizei belatschern und vielleicht das Pferd suchen, um zu sehen, ob es wirklich das Killerbiest war, zu dem man es hochstilisiert hatte.

Ich beobachtete Henrys Gesicht, forschte nach irgend einer Regung. Zustimmung. Ablehnung. Leben. Sollten die Zeitungen eines Tages tatsächlich dahin gehen, wohin sie nach allgemeiner Meinung gehen werden, nämlich den Bach runter, dann würde Henry leicht eine neue Karriere als Glücksspieler starten können. So ein tolles Pokergesicht wie seins hatte ich noch nie gesehen.

Zugegebenermaßen war ich, was meinen sogenannten Plan anging, einigermaßen empfindlich. Ich kenne meine Stärken und Schwächen als Journalistin durchaus. Ich kann schreiben – ich habe meine Leser zum Lachen und Weinen und dazu gebracht, ellenlange Artikel vom Anfang bis zum Ende durchzulesen – keine geringe Leistung für Leute, die an *USA Today* geschult sind und eine Story von dreißig Zeilen Länge schon für *Krieg und Frieden* halten. Und ich kann interviewen. Ich weiß nicht, wie ich das mache. Vielleicht liegt es daran, daß ich so klein bin und deshalb so wenig bedrohlich wirke. Jedenfalls öffnen sich mir die Menschen und vertrauen mir ihre geheimsten Geheimnisse an. Gefühle, intimste Einzelheiten ihres Liebeslebens – was es auch sei, sie verraten es mir. Eine Ehefrau erzählte mir mal, sie mache nach dem Beischlaf mit ihrem Mann immer einen Handstand, um es dem Sperma zu erleichtern, ans Ziel zu gelangen.

Zu meinen Schwächen gehört, daß ich einfach nicht planen und organisieren kann. Ich reagiere darauf innerlich genauso wie auf den Versuch, Karten zu lesen – Panik mischt sich mit Übelkeit. Deshalb sollte man annehmen, daß ich, was das anbetraf, für jede Hilfe dankbar gewesen wäre. Nun ja, vielleicht werde ich es mal sein, vielleicht in zwanzig Jahren, wenn ich etwas reifer geworden bin.

Von Henrys Gesicht war auch weiterhin nichts anderes abzulesen als die Konzentration aufs Fahren. Er schwieg, dachte nach. Als wir das letzte Mal zusammengearbeitet hatten, hatte ich die Erfahrung machen dürfen, daß er ein Wiederkäuer des zehnten Grades ist.

Wir fuhren fünfzehn Kilometer, dann sprach er schließlich wieder. «Wenn du in Middleburg rumläufst und auf Pferden reitest, ist das wahrscheinlich nicht gerade die allerbeste Art, die Zeit zu nutzen. Ich meine, du solltest lieber mal ihre Finanzen unter die Lupe nehmen. Es ist das Geld, wo man die Leute zu fassen kriegt. Wie sie es verdienen und wie sie es ausgeben, das spricht Bände. Versuch auch herauszufinden, wer der Mann war. Oder die Männer. Zieh Erkundigungen über diesen Laden ein. Middleburg gehört zum Bezirk Loudoun, die Bezirkshauptstadt ist Leesburg. Da muß ich wegen Hintergrundsrecherchen hin. Ich zeige dir, wie man das mit den Akten macht. Es ist nicht schwer, du mußt dich lediglich organisieren und auf das konzentrieren, was du suchst.»

Ich spürte, wie es in mir hochstieg. Ich hasse das, wenn Leute mir sagen, ich solle mich organisieren – zweifellos, weil ich es nicht kann. Ich mag ja manchmal eine unreife Idiotin sein, aber immerhin bin ich eine selbstkritische unreife Idiotin.

«Ich habe wahrscheinlich zu erwähnen vergessen, Henry, daß ich Candace im Nacken habe, die die Story schnell bekommen möchte. Ich kriege nun mal nicht Monate für die Recherche frei wie manche anderen investigativen Reporter, deren Namen ich hier nicht nennen möchte. Ich bin vielleicht nicht so organisiert wie du, aber ich bin doch gezielt darauf aus, mit Leuten über Josane zu reden und nicht einen Tag mit Aktenstudium zu vergeuden.»

«Ich würde es nicht Zeitverschwendung nennen, wenn man sich mal die das Finanzielle betreffenden Unterlagen anschaut. Die Leute hinterlassen gewaltige Papierspuren, und wenn du es geschickt anstellst, kannst du aus seinen Akten so gut wie alles über einen Menschen herausfinden.»

«Erspar mir deine Vorlesung über die Vorzüge des Aktenstudiums, Henry.»

Eines Tages werde ich es auch lernen, mich zu beherrschen. Vielleicht wird das sein, wenn ich die Selbstorganisation lerne.

Ich lehnte mich im Sitz zurück, und Henry machte das Radio an. Blumige klassische Musik füllte das Auto, und ich schaltete ab, um zu versuchen, meine innere Ruhe wiederzugewinnen. Das funktioniert bei mir immer am besten, wenn ich reite. Steht mir diese Möglichkeit nicht offen, ziehe ich mich in die Phantasiewelt zurück und lege dort mit meinem Pferd perfekte Ritte hin. Ein paar davon, und ich kann mich im allgemeinen der Welt wieder stellen.

«Henry», sagte ich nach längerer Pause, «diese ganze Geschichte von wegen der Selbstorganisation macht mich noch wahnsinnig. Ich wollte ja nur sagen, daß ...»

Henry legte eine Hand auf den Mund. «Schschsch, einen Augenblick.» Dann drehte er das Radio lauter. Ich war zu weit weg auf meiner Reitbahn gewesen, um bemerkt zu haben, daß aus der Musik- eine Nachrichtensendung geworden war. Henry deutete auf das Radio, als wenn der Sprecher zwischen uns säße.

«Sie haben gerade was angesagt, was ich gern hören würde.»

Ich hörte zu, wie mir geheißen war, und fragte mich dabei, ob es wohl ein elektronisches kollektives Unterbewußtes gab, das alle Radio- und Fernsehreporter teilten. Wie ließen sich sonst die von beiden benutzten abgedroschenen Wendungen erklären?

«In dem malerischen Dörfchen Markham in Virginia mit seiner Apfelplantage und dem aus Stein gemauerten Postgebäude wurde die weihnachtliche Stille jäh durch die einer Hinrichtung gleichkommende Ermordung eines seiner angesehensten Bürger zerrissen. Die Dorfbewohner hatten immer gehofft, daß ihnen derartige großstädtische Gewalttätigkeiten erspart bleiben würden, aber es scheint selbst in diesem ruhig gewellten Hügelland dahin gekommen zu sein, daß hundert Kilometer keinen ausreichenden Sicherheitsabstand mehr zu jener Mentalität darstellen, wie sie für die vom Bandenkrieg heimgesuchten Straßen der Hauptstadt bezeichnend ist.

Der Name des Toten ist Jim Benson. Er war ein bekannter Markhamer Viehzüchter und wurde spät am Abend des Weihnachtstages von dem bekannten virginischen Pferdetrainer Charlie Laconte gefunden.

‹Ich hörte Schüsse und dachte, es seien Jäger. Der Zutritt zu dem Besitz ist zwar verboten, aber das hält niemanden ab›, sagte Laconte. ‹Wenige Stunden später fand ich ihn dann. Überall Blut. So etwas geschieht in Washington, ja, aber hier draußen? Niemals. Ich weiß auch nicht, wer ...›»

«Ach du Scheiße», platzte ich heraus. Henry wollte mich einmal mehr auffordern zu schweigen, aber ich war schneller. «Jim Benson. B für Benson! Die Nummer zwei auf der Liste. Das ist der, den ich kenne beziehungsweise kannte. Ich bin bei Turnieren gegen ihn geritten. Es ist dieser vorgebliche Farmer und Pferdenarr, von dem ich dir mal erzählt habe, der, der als Amateur reitet. Glaubst du noch immer, daß Mr. A nur ein Autounfall war?»

Henry wollte etwas sagen, aber wieder war ich schneller. «Sieht so aus, als hätte dein Irrer, bei dem es sich ja auch um eine Irre handeln könnte, seinen Marschbefehl bekommen … einen weiteren. Ich weiß, du dachtest anfänglich, das sei nur eine gelangweilte alte Dame, die nichts Besseres zu tun hat, als Drohbriefe zu schreiben. Aber diese Briefe haben etwas an sich, etwas allzu Alttestamentarisches, um sie auf die leichte Schulter nehmen zu können.»

Ich holte tief Luft und ließ Henry zu Wort kommen.

Er fragte: «Alttestamentarisches?»

«Weißt du nicht mehr, wie Gott einen Braß auf Charlton Heston kriegte und ihm die Zehn Gebote mit einem Blitz aus der Hand schlug? Wie ich schon sagte, dieser Briefschreiber erscheint mir zu rechtschaffen. So als wäre er oder sie von Gott zu seinem Vollstrecker gesalbt worden, weil er zwar eine Wut im Bauch hat, aber zu sehr von der Regelung anderer Angelegenheiten in Anspruch genommen ist.»

«Vielleicht hast du recht. Ich dachte, bei dieser Story würde es nur um ein paar drohende Anrufe, Briefe, billigen Vandalismus, aber höchstwahrscheinlich doch nicht um Mord gehen … okay, okay, vielleicht auch um ein oder zwei Morde. Die Leute schreiben andauernd irre Briefe, ich muß jede Woche fünf lesen, aber das führt nie zu einem Mord.»

«Diese aber wohl.»

«Es ist immer noch schwer zu fassen. Aber als ich vorhin im Radio die Vorankündigung der Weihnachtsmordgeschichte und in dem Zusammenhang auch den Namen Jim Bensons hörte, da wußte ich, daß uns da was bevorstand. Jetzt hoffe ich nur, daß es nicht noch schlimmer wird.»

«Darauf würde ich nicht bauen. Ich habe das ungute Gefühl, daß das erst der Anfang war und die Mr. C, D, E und so weiter anfangen sollten, sich Sorgen zu machen.»

«Du könntest recht haben. Was steht für C und D?»

Henry gab mir die Liste, und ich besah mir die Namen. «Wie konnte ich das vergessen. C steht doch für Carey, Christopher Carey, neuestes Sexidol der Zeitschrift *People*. Wie du weißt, habe ich einen alten Freund in L. A., der dort im Filmgeschäft tätig ist. Ich werde ihn mal per E-Mail kontaktieren und sehen, ob er irgendwen in Careys Lager kennt, der feststellen kann, ob der blauäugige Sexprotz von jemandem belästigt wird. Laß sehen, D steht für Duncan, Outerbridge Duncan. Seit ich diesen Namen zum ersten Mal gelesen habe, rumort er in meinem Kopf rum. Ich weiß, daß ich ihn kenne, aber ich kann mich nicht mehr erinnern, woher. Ich hasse dieses Gefühl, es ist, wie wenn man an Schorf pult.»

«Schorf? Na ja, laß mich wissen, wenn er sich löst. Ich weiß gar nicht, ob ich dir das gesagt habe, aber ich hatte mich für morgen mit Benson zu einem Interview verabredet. Statt dessen werde ich nun wohl zu seiner Beerdigung gehen. Ich frage mich, ob er wohl jemandem von dieser Verabredung erzählt hat.»

«Das kannst du nur Charlie Laconte fragen, den ‹bekannten virginischen Pferdetrainer›. Der Radioreporter hat allerdings seinen Satz nicht zu Ende gesprochen. Es hätte heißen müssen: ‹Charlie Laconte, der bekannte Pferdetrainer und die langjährige bessere Hälfte Bensons.› Die beiden waren so gut wie verheiratet und wären es wahrscheinlich wirklich gewesen, wenn Dinge dieser Art im Bundesstaat Virginia nicht mißbilligt würden. So etwas und Bensons wandernde Blicke und andere Körperteile.»

«Benson und Laconte? Sag mal, Nattie, gibt es eigentlich unter den Männern, die mit Pferden zu tun haben, auch ganz normale?»

«Ein paar», antwortete ich. «Doch, doch, ich nehme an, es gibt ein paar wenige. Aber nicht viele. Eine normale Reiterin wird allerdings im Turnierzirkus kaum je ihren Seelengefährten finden. Wie ein schwuler Trainerfreund von mir mal sagte: ‹Auf der Bahn wird nicht gerade der Hetero des Jahres ermittelt.› Und die guten, die wenigen Ausnahmen, tja, die schnappen gleich die hübschen blonden Erbinnen weg, welche auf der Suche nach Männern sind, die aufs Haar ihrem Daddy gleichen. Wie zum Beispiel Lucinda DuPont. Die heiratete …»

«Halt, halt!» rief Henry aus. «Waren wir nicht bei der Frage des Aktenstudiums?»

«Oje», sagte ich. «Da hätte ich mich fast zum Deppen gemacht. Ich glaube nicht wirklich, daß mich ein Tag im Archiv umbringen wird. Sag mir quando, und ich latsche mit.»

«Das hängt alles von Bensons Bestattung ab. Ich glaube, da sollte ich hingehen», meinte Henry.

«Dann sieh mich als deinen Schatten an, denn alle Leute, mit denen ich sprechen muß, werden sicher auch dabei zusehen, wie Benson seinen letzten Sprung macht … über den großen Wassergraben.»

Ich hörte hinten im Auto eine Bewegung und dann eine Stimme: «Wen fressen die Raben?»

Henry drehte sich um und prüfte den Schlafstand. Hank war aufgewacht und sah verwirrt drein.

«Hank, sei leise und weck deinen Bruder nicht auf», sagte Henry. Lag da etwa eine Andeutung von starker Emotion in seiner Stimme? Vielleicht panische Angst? «Die Raben fressen niemanden, Nattie hat ‹Wassergraben› gesagt. Jetzt schlaf weiter. Ich wette, eure Mutter läßt euch heute abend länger aufbleiben, wenn ihr jetzt ein richtig ordentliches Schläfchen macht.»

Hank nahm wieder die offizielle Autoschlafhaltung der Kinder ein – in eine Ecke gerollt, den Hals in unnatürlichem Winkel gebogen.

Und dann geschah etwas völlig Henryungemäßes – es huschte etwas Deutbares über sein Gesicht. Verärgerung, Gekränktheit, Besorgnis. Etwas in der Richtung. Und er murmelte: «Sie wird euch auch dann lange aufbleiben lassen, wenn ihr keinen Mittagsschlaf gemacht habt. Und obendrein wird sie euch auch noch um neun Uhr abends Coke und Schokoladeneis geben.»

«Wie bitte?» fragte ich. Ich wußte nicht, ob ich hören durfte, wie er an der früheren Mrs. Henry herumnörgelte.

«Nichts», sagte er. Sein Gesicht wurde wieder ausdruckslos, zeigte nichts als die Konzentration aufs Fahren.

Die Verflossene, so folgerte ich, ging nur ihn etwas an.

13

Wir erreichten Washington müde und zerknittert. Selbst unter günstigsten Bedingungen können acht Stunden in einem Auto für Körper, Geist und Seele in höchstem Maße fordernd sein. Wobei ich sagen muß, daß Henrys Kids nach der ersten, grauenvollen Stunde Schätze waren. Wir konnten die I-95 ohne Streit und mit nur einem Zwischenstopp hinaufsausen. Die Jungen, die nach einigen Jahren des durch die geteilte elterliche Aufsicht bedingten Hin und Hers mit der Strecke bestens vertraut waren, kannten so gut wie alle Orientierungspunkte.

«Da ist das Sargnagelgebäude, das unsere Friedhöfe mit Leichen versorgt», verkündete Chet ernst, als wir in Richmond an Philip Morris vorbeikamen. Er bezog sich auf den den Zigaretten geweihten architektonischen Totempfahl des Tabakkonzerns. «Dann sind es ja nur noch zwei Stunden. Klasse!»

Dreißig Kilometer weiter entdeckte Hank ein großes, dunkelrotes Zeichen. «Jaaa!!! Kings Dominion, anderthalb Stunden oder neunzig Minuten oder fünftausendvierhundert Sekunden. Jippie, wir sind fast da. Chet, ob uns Mom wohl in dieses Restaurant mitnimmt, wo's die Hähnchen gibt?»

Henry sagte: «Wenn, dann denkt dran, die Haut abzumachen.»

Wenig später kamen wir an dem häßlichsten und größten Bürogebäude vorbei, das die Menschheit kennt – ganze neunundzwanzig Morgen voller Beton. In diesem Fall wußte ich, was es war.

«He», sagte ich, «weiß jemand, was dieses große, häßliche Ding da rechts ist?»

Die tiefere der beiden Stimmen antwortete. «Das Pentagon», sagte Chet. «Wo die ganzen Kriegstreiber sitzen.»

«Stimmt beides», sagte ich. «Sag mal, Henry, wer hat diese Kinder eigentlich unterrichtet? Angela Davies?»

«Fast getroffen. Du wirst sehen.»

Wir überquerten die Brücke mit den großen, goldenen Pferden und fuhren durch die Stadt. Nach allem, was ich über die Hauptstadt unserer großen Nation gelesen hatte, fragte ich mich, ob ich wohl schon bald vor Querschlägern in Deckung gehen mußte.

«Henry», sagte ich, «meine Mutter würde einen zweiten Todesfall nicht überleben. Wir sind hier doch sicher?»

«Alles bestens», beantwortete Henry meine Frage im Brustton daddyhafter Autorität, und genau das war es, was ich hören wollte. «Wir sind drei Blocks vom Watergate-Gebäude entfernt und zehn Minuten vom Haus der Großeltern der Kinder. Das ist so sicher wie jedes Haus in Charlotte.»

Ich glaubte ihm, größtenteils. Nicht daß ich mich vollkommen sicher gefühlt hätte. In Charlotte waren in jüngster

Zeit ein paar ziemlich fürchterliche Verbrechen verübt worden. Deshalb blieb ein Teil von mir in Alarmbereitschaft und hielt nach plötzlichen Ausbrüchen großstädtischer Gewalt Ausschau.

«Der Zoo!» kreischte Hank. «Drei Minuten und zwanzig Sekunden, wenn die Ampel grün ist.»

Ich sah auf die Uhr am Armaturenbrett, und tatsächlich brauchten wir drei Minuten, um an unser Ziel zu gelangen.

Die Jungen schossen aus dem Auto und die Treppe hinauf, die zu einem großen, blauen, reichverzierten viktorianischen Haus führte, das dringend mal gestrichen werden mußte. Die Haustür ging auf, und ich hörte Stücke eines Songs, den ein Country & Western-Sänger schnulzte. Wer weiß, welcher. Für mich klingen sie alle gleich – Tränen in den Stimmen und Gitarrenklänge im Herzen. Aber es beantwortete mir die Frage, wo Henrys Kinder ihre Namen her hatten. Chet war wahrscheinlich die Idee der musikliebenden Verflossenen gewesen und Hank – im Ansatz wohl Henry – die des traditionsbewußteren Vaters.

Ich sah die Treppe hinauf und nun zum ersten Mal die erste Mrs. Henry Goode. Ich hatte angenommen, daß sie wie Henry war – groß, blond und hübsch. Aber annehmen läßt sich viel. Aus meiner Perspektive gesehen, war sie klein, dunkelhaarig und würde wohl so bald nicht zur Miss Universum gewählt werden. Ich stieg aus dem Auto und die Treppe hinauf. Aus der Nähe ließ sich besser beurteilen, wie sie wirklich aussah. Aber es blieb schwierig, denn eigentlich war sie weder häßlich noch hübsch. Ich glaube nicht an die Notwendigkeit tonnenschweren Make-ups und schicker Klamotten, aber im Vergleich mit ihr war ich geradezu göttlich schön. Sie trug ein unelegantes kastanienbraunes Paisleykleid, dunkle Strümpfe und viel zu vernünftige Schuhe. Ihr Haar, irgendwo zwischen braun und dunkelbraun, war hinten zu einem Pferdeschwanz zusammengebunden. Kein Make-up. Kein Schmuck. Etwa meine Größe, aber drahtiger. Ihre Augen waren dunkel und ihre Nase – wir jüdischen Mädchen sehen meistens als erstes dorthin – war ziemlich gerade. Vielleicht ein bißchen breit, aber nicht so, um damit zum Nasendoktor rennen zu müssen. Sie war ein bißchen blaß, was jedoch auch an der Luft von New Jersey liegen konnte. Dort lebte und arbeitete sie, ein Umstand, der letztlich zur Trennung von Henry geführt hatte.

Wir beäugten uns wie zwei nervöse Kater, die ihr Revier verteidigen. Da ich jedoch keinerlei territoriale Ansprüche hatte, streckte ich lächelnd die Hand aus. «Hi, ich bin Nattie Gold vom *Appeal*, eine Kollegin Henrys. Ich habe im vergangenen Sommer mit ihm zusammen diese Turnier-Serie geschrieben. Jetzt arbeiten wir an einer neuen Story, wo es um so etwas wie eine Morddrohungsliste geht und es auch schon einen Toten gegeben hat. Und Henry hilft mir bei einer Story über eine Mutter, die meint, ihre Tochter sei ermordet worden, aber sich wahrscheinlich irrt. Wahrscheinlich war es nichts. Henry und ich sind gute Freunde.»

Kein Territorium zu verteidigen? Warum brabbelte ich dann wie eine Schwachsinnige drauflos? Wieso sagte ich so einen Quatsch, wie daß Henry und ich gute Freunde seien? Wie Henry und ich zueinander standen, ging sie doch gar nichts an. Ich zwang mich zu sofortigem Verstummen.

Die beiden Jungen retteten mich – sie kletterten auf der Suche nach Liebe an ihrer Mutter herum, die zum Glück auf diese Weise abgelenkt wurde. Dagegen hatte Henry alles mit angehört. Ich war nicht ganz sicher, aber ich glaubte, bei ihm die Andeutung eines Grinsens gesehen zu haben.

«Hi, Martha», sagte er zu seiner Ex-Frau. «Wie steht's bei den Teamsters?»

«Sehr interessante Entwicklungen», antwortete Martha.

«Ich arbeite rund um die Uhr, und es tut sich was. Endlich. Wenn wir mal etwas mehr Zeit haben, berichte ich dir.»

Henry nickte. Im besten Falle war es ein unverbindliches Nicken, dem sich entnehmen ließ, daß er Zeit haben würde, sich mit Martha über ihren Job zu unterhalten, wenn die Kühe das Fliegen gelernt hatten. Seine Ehe war zwischen uns nie Thema gewesen, aber nach allem, was ich in der Redaktion gehört hatte, war schon der Start etwas schwierig gewesen, und als man ihr den Posten bei den neuen Teamsters, der neuen Fernfahrer-Gewerkschaft, angeboten hatte, war's aus gewesen. Er hatte sich geweigert, nach New Jersey überzusiedeln, und sie sich, in Charlotte zu bleiben.

«Martha», sagte Henry, «ich weiß, daß ich dich nerve, aber halte dich beim Zucker zurück. Und vergiß nicht Hanks Sprechübungen und Chets Bewegungssache. Er ist …»

«Nun entspann dich mal, Henry, die Jungs und ich, wir machen das schon. Sie unterstehen jetzt nicht mehr deinem Kommando. Wir werden uns schon eine schöne Zeit machen, was, Jungs? Eis zum Frühstück, Mittag- und Abendessen! Und wartet nur mal ab, was euch Großmutter gebacken hat. Schokoladenkuchen mit Nüssen!»

Chet und Hank stimmten ein Freudengeheul an, während Henry um den Hals herum rot wurde.

«Jetzt hab ich dich erwischt, was, Henry?» sagte Martha. Sie lachte, und da sah ich, was Henry in ihr gesehen haben mußte. Ihr Lachen war gewaltig und dröhnend, ihr Lächeln breit und behaglich. «Ich mach doch nur Scherze. Ich weiß, was ich den Kindern zu essen geben muß, ich bin schließlich ihre Mutter.»

Henry umarmte und küßte die beiden kleinen Goodes und ging dann mit zögernden Schritten die Treppe wieder hinunter. Ganz offensichtlich fiel ihm der Abschied sehr schwer.

Er brauchte dringend eine Abwechslung, weshalb ich ihn zum Mittagessen einlud.

«Ich dachte, deine Schecks wären ungedeckt.»

«Das war vorige Woche», sagte ich. «Jetzt ist jetzt. Ich lade ein, du sagst, wohin. Du kennst die Stadt besser als ich.»

«Wie groß ist dein Hunger?» fragte er.

«Ich könnte Menschen anfallen … wenn mir die schmeckten.»

«Nicht in dem Restaurant, an das ich denke.»

«O bitte, nicht schon wieder Tofu. Es ist schlimm genug, daß ich den bei meinem Vater erdulden muß.»

«Glaub mir, du wirst das Lokal mögen.»

Und ich mochte es. Es war ein kleines Restaurant mit seltsamen, halbkreisförmigen Sitzecken. So gut wie dort hatte ich noch nie indisch gegessen. Nicht daß ich, was das anging, in Charlotte eine allzu große Auswahl gehabt hätte.

Es muß schwer sein, seine Kinder für zwei Wochen zurückzulassen, selbst wenn es bei ihrer eigenen Mutter ist. Es war unverkennbar, daß diese Regelung Henry zu schaffen machte, denn er war so zerstreut, daß er sich nicht einmal darüber auslassen wollte, was man in einem Raum voller staubiger Akten macht. Statt über Story-Strategien unterhielten wir uns über Kinder, das Leben und die Ehe.

«Ich habe mal mit jemandem zusammengelebt», gestand ich Henry. «Es war die klassische Fehlschlagsgeschichte. Ich verknallte mich so schnell und wild in ihn, daß wir schon zwei Wochen, nachdem wir uns kennengelernt hatten, zusammenzogen. Näher bin ich einer Verehelichung nicht gekommen, denn schon nach fünf Minuten war es kein allzu großer Spaß mehr. Er pflegte die von mir zusammengelegten Handtücher vor meinen Augen auseinanderzuschütteln und mir dann zu zeigen, wie man das richtig macht. Da wußte ich, daß ich es mit ihm kein Leben lang oder länger aushalten würde. Ich wußte jedoch nicht, wie ich da wieder rauskommen sollte. Vielleicht hatte ich auch nur Angst davor, ihn möglicherweise zu verletzen, was dazu führte, daß ich noch ein ganzes Jahr mit ihm zusammenblieb.»

Auf Henrys Gesicht erschien ein trauriges Lächeln. «Ich weiß, wovon du sprichst. Es ist schwer, eine Beziehung abzubrechen, vor allem eine, bei der es eine gemeinsame Geschichte gibt. Wenn dann noch Kinder dazukommen, dann ist es fürchterlich. Alles, was man macht, scheint falsch zu sein, und da sind diese zwei Wesen, die von einem abhängig sind.»

Ich wollte gerade fragen, was bei der Verbindung von Henry und Martha schiefgegangen war, als die Rechnung kam. Vielleicht gut so, denn Henry war ja auch schon ohne mein Interesse an seinem Privatleben traurig genug.

Henry wollte zurückfahren und den Jungen gute Nacht sagen. Es wurde jedoch langsam spät, und wir hatten noch eine einstündige Fahrt vor uns. Deshalb fragte ich ihn: «Würdest du es so gut finden, wenn Martha das täte?»

«Da ist was dran», meinte er und lenkte das Auto in Richtung Virginia.

Schade, daß es schon zu dunkel war, um noch etwas von der Landschaft zu sehen. Soweit ich mich an die Gegend von Upperville, wo meine Freundin auf der Farm ihrer Familie wohnte, erinnern konnte, war es wunderschön dort. Wie geschaffen für diese Postkarten mit den Reitjagdszenen. Morgen würden wir es sehen können, wenn wir zu Jim Bensons Beerdigung fuhren – vorausgesetzt, sie fand statt.

«Da ist es», sagte ich und zeigte auf die Feldsteinpfosten und das Messingschild, auf dem MUCH ADO FARM stand. «Dort wohnt Annie. Fahr langsam, die Zufahrt ist sehr kurvenreich.»

Kurvenreich, lang und steil. Für sie eine Zufahrt, für

alle anderen ein Landsträßchen mit allem, was dazugehört, glucksende Bächlein eingeschlossen. Dieses Sträßchen führte zu einem Haus, das mein Herz höher schlagen ließ. So etwas war schon immer mein Traum gewesen.

«Nettes Häuschen», meinte Henry.

«Und ob. Aber warte mal, bis du das Innere gesehen hast.» Es war eher ein Herren- als ein ganz gewöhnliches Wohnhaus. Ich betätigte den Türklopfer, einen Fuchskopf aus Messing. Schritte wurden hörbar, und dann flog die Tür auf.

«Nattie! Nattie! Nattie! Wie schön, dich zu sehen!»

Annie und ich umarmten uns. Sie hatte im College ein Zimmer mit mir geteilt, und obwohl wir grundverschieden waren, verband uns doch eine enge Freundschaft. Als wir uns vor zwanzig Jahren kennengelernt hatten, hatte ich das keineswegs erwartet.

Am Anfang hatte Annie jede einzelne Zelle meines Körpers eingeschüchtert, war sie doch all das, was ich gern gewesen wäre – groß, schlank, feingliedrig, seidenhaarig, vollkommennasig, reich, beritten, ausgeglichen und Abkömmling einer feinen uralten amerikanischen Familie. Sie war nicht gerade hübsch, aber zumindest in meinen Augen gutaussehend. Mit siebzehn war ich noch zu jung gewesen, um zu wissen, daß das nur die Hülle und sie mit der ihren auch nicht glücklicher gewesen war als ich mit der meinen. Eines Abends hatten die Mädchen unseres Wohnheims ein fades Spiel namens «Therapie» gespielt, in dessen Verlauf Annie die Frage gestellt worden war, wer sie gern wäre, wenn sie die Wahl hätte. Ihre Antwort: «Ich würde gern Nattie sein. Sie ist lustig, so lebendig, kann alles tragen und sieht dabei nicht wie eine dreißigjährige Matrone, sondern wie ein Kind aus, sie hat ein Erbe, das ihr Geborgenheit gibt, und sie redet, wie ihr der Schnabel gewachsen ist, ohne sich ständig zu sorgen, was andere Leute vielleicht über sie denken könnten.»

Das war meine erste große Lebenslektion gewesen. Pech, daß ich sie nicht begriffen hatte, denn dazu brauchte es noch einen kräftigen Schlag ins Gesicht. Etwa zehn Jahre später war ich nämlich noch einmal Opfer des Idolneides geworden. Dieses hatte in etwa die Eigenschaften Annies – groß, schlank, ausgeglichen usw. Und das Mädchen war – wie Annie – gesellig, klug und wirklich nett gewesen. Ich hatte gewünscht, so sein zu können wie sie, hatte mich an ihr gemessen und war kläglich gescheitert. Und dann war mein Idol an einem herrlichen Herbstnachmittag in den Wald geritten, hatte sich eine Pistole an den Kopf gesetzt und ihr Hirn über dem abgefallenen rotgoldenen Laub eines Ahornbaums verspritzt. Da erst hatte ich meine Lektion gelernt.

«Annie, Annie, Anniebannannie, wie geht's dir? Das Leben als Single bekommt dir gut, du siehst großartig aus.» Und das tat sie wirklich. Mit achtzehn hatten ihr Gesicht und ihr Körper ein bißchen zu alt für das Kind gewirkt, das sie beherbergten, aber jetzt, im Alter von siebenunddreißig Jahren, waren Alter und Aussehen am Ende doch noch zur Übereinstimmung gelangt.

Annie war ein Muster an Subtilität. Ihr Haar hatte gerade genug helle Strähnen, um so auszusehen, als hätte sie noch eben in Palm Beach in der Sonne gelegen, und ihr Körper war schlank und kam ohne Weiblichkeitshervorhebungen in Form plötzlicher Wendungen und wahnsinniger Kurven aus. Ihre Kleidung war untadelig. Schon auf der Uni, als wir uns noch in der Rolle der Hippies gesehen hatten, war sie nie ein Jeanstyp, ihre Rebellion nie modischer Natur gewesen. Wenn sie ihren Überzeugungen folgte, dann eher in der Wahl ihrer Männer. Annie bevorzugte ganz eindeutig die Bösen unter den Buben.

«Du siehst auch großartig aus, Nattie.»

«Annie, huhu, ich bin's, die Nattie. Du brauchst also nicht höflich zu sein. Sag, was du denkst. Also daß ich so aussehe, als wäre ich von einem Laster mit Hänger überrollt worden. Ich war schließlich grade acht Stunden lang mit zwei Jungen im Alter von neun und sechs in einem Auto eingesperrt.»

Sie lachte. «Na schön, aber ein Laster war's nicht, sondern allenfalls ein Pick-up.»

Wir umarmten uns noch einmal, und dann stellte ich ihr Henry vor. Ich kannte Annie zu gut, um nicht zu wissen, daß sie sich mit ihrem Charme, der ganz beträchtlich war, wenn es um Männer ging, zurückhalten, sich nicht länger als zehn Minuten für Henry interessieren würde. Er und sie waren wie Bücherstützen – er hier, sie da. Annie verknallte sich ungefähr so häufig in Männer ihrer eigenen Art wie ich, nämlich nie, es sei denn, es handelte sich auch bei ihnen um Schurken, werdende Schurken oder Fieslinge der Handelsklasse A.

Als ich angerufen und gefragt hatte, ob ich Henry mitbringen könnte, hatte ich nur gesagt, daß er Reporter des *Appeal* sei. Ich war zu beschäftigt gewesen, um weiterführende Erläuterungen zu geben. Annie dachte wahrscheinlich, Henry und ich seien mehr, als was wir wirklich waren.

Wir standen noch herum und begrüßten uns, da kam eine blassere Ausgabe Annies herein. Es war ihre Mutter, die an ihrer vierten oder fünften Ehe arbeitete. Ich hatte schon vor Jahren die Übersicht verloren und wußte auch jetzt nicht, welchen Nachnamen sie gerade hatte.

«Nattie, was für eine Freude, Sie zu sehen», sagte sie.

Ich wußte nicht, wie ich sie anreden sollte, aber gerade, als ich dem Problem ausweichen wollte, kam ein Mann herein. Er war vom gleichen Schlag wie Annies Mutter – von uramerikanischem Adel, sehr gepflegt, mit einem modischen, sportlichen Anzug bekleidet und auf eine Kommegerade-von-meiner-Jacht-Art recht attraktiv. Er gehörte jedoch ganz zweifelsfrei einem anderen Jahrgang an. Während Annie böse Buben liebte, bevorzugte die Mutter Männer, die einfach nur Buben waren. Dieser war ohne Frage älter, als es die anderen gewesen waren, die ich kennengelernt hatte, aber noch immer nicht im gleichen Jahrzehnt wie sie geboren. Ich hätte den Altersunterschied auf mindestens fünfzehn Jahre geschätzt, aber angesichts all der Schönheitsoperationen, denen sich Annies Mutter schon unterzogen hatte, konnte man seiner Sache doch nicht ganz sicher sein.

Annie trat einen Schritt vor. «Nattie, ich glaube, du kennst den Mann meiner Mutter noch nicht. Darf ich mal alle miteinander bekannt machen … Nattie Gold, Henry Goode, das ist Outerbridge Duncan.»

Outerbridge Duncan! Heiliger Bimbam, ich hatte doch gewußt, daß ich den Namen kannte. Outerbridge Duncan, Mr. D, die Nummer vier in der Hitparade des Verrückten!

14

Ich schüttelte dem Mann so die Hand, als wäre er eben der neueste in einer Serie von Stiefvätern einer alten Freundin. Ich mußte mich zwar sehr zurückhalten, aber mehr tat ich nicht – nur ein Handschlag, ein «Hallo, nett, Sie kennenzulernen», ergänzt um ein «Hübsche Fliege», was der Wahrheit entsprach. Rot mit kleinen weißen Punkten. Ich bewunderte traditionsbewußte Männer, die Fliegen trugen. Sie bewegten sich an den äußersten Rändern der Hetero-Herrenmode. Auch dies ein Grund für mich, froh zu sein, beide X-Chromosomen zu haben. Wir Frauen mögen ja in der Arbeitswelt beständig aufs Kreuz gelegt werden, aber kleiden können wir uns wenigstens mit einer gewissen Launenhaftigkeit, ohne gleich als lesbisch oder geckenhaft angesehen zu werden.

«O ja, richtig, Annie hat mir erzählt, daß Sie die Modeberichterstatterin der Zeitung von Charlotte sind.»

In der eigenen Falle gefangen.

«Nicht ganz», sagte ich. «Ich schreibe eine Modekolumne für die Sonntagsausgabe, sonst jedoch über andere Dinge.»

Nach dieser Auskunft verstummte ich schnell wieder. Kein Wort mehr! Nichts über andere Stories, bei denen ich vielleicht gerade mithalf – nichts über Henry und seine Abschußliste. Nichts über Jim Bensons durchlöcherten Leichnam, nichts à la «Passen Sie auf, Sie sind der nächste!»

Das war Henrys Story, und ihm stand das Recht zu, dabei so vorzugehen, wie er es für richtig hielt.

Annies Mutter – jetzt hatte ich endlich einen Namen für sie, also Mrs. Duncan – dirigierte uns, ohne daß wir es merkten, ins Wohnzimmer. Ich wußte gar nicht, wie mir geschah, da saß ich schon in einem Sessel und hatte ein Glas Rotwein neben mir stehen.

Auch gut, es war schließlich ein langer Tag gewesen. Ich nahm einen Schluck. Ich beurteile Wein danach, wie wenig ich das Gesicht verziehen muß. Folglich mußte dieser recht gut sein, denn ich verzog kaum den Mund. Ich mag zwar den Geschmack von Alkohol nicht, wohl aber seine Wirkung.

Ich trank ein paar weitere Schlückchen und wartete ab, was Henry machen würde, wenn wir erst die zwischen Gastgebern und Gästen üblichen höflichen Plaudereien hinter uns gebracht hatten. Selbst ich, die Miss Sprich-Erst-Und-Denk-Vielleicht-Später-Nach, wußte, daß man nicht so einfach mit einem «Hallo, schön, Sie kennenzulernen, aber stimmt es, daß Sie schon seit einer Woche Drohbriefe erhalten?» hereinplatzen konnte. Also unterhielten wir uns über das Wetter, das Haus, unsere Fahrt.

Mr. und Mrs. Duncan saßen auf dem Sofa nebeneinander, gerade dicht genug, um mir zu erkennen zu geben, daß sie noch nicht allzu lange verheiratet waren. Jetzt entsann ich mich wieder. Annie hatte mir im vergangenen Jahr mitgeteilt, daß ihre Mutter geheiratet hatte – einmal mehr.

Dieser ist nur in bescheidenem Maße schauerlich, hatte sie geschrieben. *Ein Herr mit dem seltsamen Namen Outerbridge Duncan. Du weißt ja, daß wir vornehmen Uramerikaner uns nicht von unseren Namen trennen können, und seien sie noch so fürchterlich. Wenigstens ist dieser besser als der vorige, der kaum aus den Windeln raus war, nur Polo spielen und von Mutter ausgehalten werden wollte. Nummer fünf scheint Mutter echt zu mögen. Und jetzt kommt die große Neuigkeit: Er ist auch schon alt genug, um sich noch an den Zweiten Weltkrieg erinnern zu können, und er hat einen Job! Mutter lernte Nummer fünf bei …*

Deshalb war mir sein Name wieder entfallen. Sie hatte ihn nur einmal erwähnt, und danach war immer nur von Nummer fünf die Rede gewesen.

Ich trank wieder einen Schluck Wein, und diesmal zuckten meine Lippen kaum. Mein Kopf fing an zu schwirren, und mich überkam dieses warme, herrliche Gefühl, als wären alle meine Blutgefäße mit samtverkleideten Heizdrähten umwickelt. Ich sank tiefer in die weichen Kissen hinab und dankte im stillen den vierundfünfzig Gänsescharen, die ihr Leben für meinen Sitzkomfort gelassen hatten.

Ich griff erneut nach dem Weinglas, besann mich dann aber eines Besseren. Wenn mein Kopf noch ein bißchen benebelter wurde, würde ich bald dazu übergehen, Mr. Duncan mit Nummer fünf anzureden oder mich an Henry zu schmiegen wie eine läufige Katze. Nicht daß das gar so schrecklich gewesen wäre. Ja, ja, ich gebe ja zu, daß ich ein- oder zweimal Phantasien hatte, bei denen er im Mittelpunkt stand. Vielleicht sogar dreimal.

Vor allem war da ein Traum, in dem Henry und ich an einem Regentag draußen im Wald waren. Da gab es ein Flüßchen, und wir sprangen schnell mal ins Wasser und …

«Nattie, Nattie, bist du noch da?»

Ich schüttelte den Kopf, um die Nebel zu vertreiben. Annie hatte mich angesprochen.

«Tut mir leid, Annie, ich war ein bißchen weggetreten. Du weißt ja, wie gut ich Wein vertrage.»

«Ja, das weiß ich. Stell das Glas ab, damit ich endlich mal erfahre, warum ihr beiden eigentlich in Virginia seid. Was ist das für eine Story, an der ihr da arbeitet?»

Josane Ashmore würde warten müssen. Ich lächelte und sah Henry an.

«Na los, Hank», sagte ich.

«Hank?» fragte Henry.

«Ach, du weißt schon, wen ich meine. Sag's ihnen, erzähl ihnen, warum wir hier sind, bevor ich es tue. Ich habe in den letzten zehn Minuten mehr Zurückhaltung geübt als in siebenunddreißig Lebensjahren.»

Das ließ alle aufhorchen, Henry eingeschlossen. Ich vermochte nicht zu sagen, ob er verärgert, verwirrt oder dabei war, seine Gedanken zu ordnen. Ich hatte keine Ahnung, wie er die Liste ins Spiel bringen wollte, aber ich hatte das Warten satt. Wenn er es Mr. D. nicht sagte, dann würde ich es eben tun.

Ich wollte gerade sagen: «Die Liste, Henry, berichte ihnen von der Liste», da bemerkte ich, daß er in seiner Aktentasche herumkramte.

«Ich hatte nicht vorgehabt, Sie so schnell damit zu überfallen, aber es scheint, daß Nattie die Geduld ausgegangen ist. Kommt Ihnen dies hier bekannt vor?»

Henry reichte Mr. und Mrs. Nummer fünf den Brief.

Duncan überflog das Schreiben, und ein ebenso amüsierter wie abweisender Ausdruck machte sich auf seinem Gesicht breit, das jetzt, wo ich es mir noch einmal genauer und unter der Wirkung des Alkohols betrachtete, mehr als nur eine flüchtige Ähnlichkeit mit dem Jack Kennedys aufwies. «Das da?» sagte er. «Deshalb sind Sie den ganzen Weg von North Carolina bis hier herauf gefahren? Was ist los, sind Ihnen da unten die Prediger ausgegangen, die die Kollektenteller plündern?»

Henry würde für den Rest seines Lebens der Reporter bleiben, der Jim Bakker zu Fall gebracht hatte.

«Solange es die Religion gibt, wird es auch Skandale geben, da bin ich ganz sicher», sagte Henry. «Aber ein Geistlicher, der seine Gemeinde beschupst, reicht mir erst einmal. Zu den Briefen. Ich nehme an, Sie haben so einen erhalten?»

«Nun ja, das habe ich. Diesen und andere dieser Art, unzählige, jedenfalls genug, um damit einen ganzen Altpapiersack zu füllen. Genau das haben wir auch getan. Und?»

«Sehen Sie sich das andere Blatt da mal an. Haben Sie diese Liste auch bekommen?»

«Liste? Ich bin nicht hundertprozentig sicher, aber ich glaube nicht. Was tut's? Wir kriegen laufend solche Schreiben. Die Leute lasten uns doch alles an, von der Zerstörung der Ozonschicht bis zu ihrem am Morgen nicht anspringenden Auto. Vergangene Woche kam der Brief einer Frau, die sich über die Stimmungsumschwünge ihres Hundes beklagte.»

«Mr. Duncan», sagte ich, «werfen Sie doch mal einen Blick auf die Liste.»

Er kam der Aufforderung nach. Annies Mutter ebenfalls. Sie schnappte vor Schreck nach Luft.

«O mein Gott», sagte sie. «Bridge, als zweiter steht der Name von Jim Benson drauf.»

Nun wurde auch seine Gesichtsfarbe etwas blasser.

«Ja richtig», sagte er, «ich sehe, was du meinst. Aber Jim Benson? Was, sagten die in dem Fernsehbericht, hat er getrieben? Milchwirtschaft? Das war's doch, oder? Alles, was ich über Kühe weiß, ist, daß sie morgens einen Mordsradau machen. Benson und mich verbindet nichts außer der Tatsache, daß wir im Norden Virginias hausen. Warum stehe ich also mit ihm auf einer Liste?»

«Um das herauszufinden, bin ich hier», sagte Henry. «Was für Gemeinsamkeiten es zwischen Ihnen und all den anderen Leuten auf der Liste gibt. Sie sagten, Sie bekämen noch viele weitere Briefe dieser Art und man mache Sie für alles verantwortlich. Könnten Sie noch etwas deutlicher werden?»

Nummer fünf lehnte sich zurück und lächelte breit. Es war das freundliche Lächeln jener, die entweder mit einem Haufen Privilegien aufgewachsen sind oder die eingeheiratet haben.

«Ach, mein Lieber, Sie haben den Paria der freien Welt vor sich, den Prügelknaben für alles Leid der Welt, Satan höchstpersönlich.»

«Lassen Sie mich raten», sagte ich. «Sie haben die Wahlkampagne von Jesse Helms gemanagt.»

«Tja, junge Dame, das hängt von Ihrer Perspektive ab», sagte Duncan. «Mr. Helms verliert gelegentlich mal ein wenig die Beherrschung. Diese alberne Geschichte von wegen den Präsidenten erschießen. Versteht heutzutage denn niemand mehr Spaß? Wie auch immer, er ist ganz zweifellos gut zu uns gewesen.»

«Okay», sagte ich. «Geschenkt. Aber wer ist ‹uns›?»

Outerbridge Duncan griff in die Innentasche seines gedämpft dunkelbraunen, einen Hauch von Aubergine zeigenden Tweedjacketts und zog eine Schachtel Benson & Hedges heraus.

«Das große goldfarbene Blatt», sagte er lächelnd, schob einen gepflegten Fingernagel unter das Ende des Aufrißbandes der Zellophanumhüllung und zog daran. «Vor Jahren nannten sie es noch das göttliche Blatt, eine Bezeichnung, die leider weniger schmeichelhaften wie etwa Sargnagel gewichen ist. Was das Lateinische mit dem Gattungsbegriff *nicotiana* belegt hat, ist für uns der Tabak. Ich bin der Gründer der American Smokers Council and Research Group. Darf ich Ihnen eine Zigarette anbieten?»

15

Tabak. Der macht, daß man erst hustet und dann stirbt. Wenn ich einen Bericht der Weltgesundheitsorganisation richtig erinnerte, den ich erst vor kurzem gelesen hatte, dann waren es drei Millionen pro Jahr. Ich holte meinen Rechner raus. Das waren 8219 Tote pro Tag, 342 pro Stunde, 5,7 pro Minute.

In der Zeit, in der ich bei Annie meinen Wein gesüffelt hatte, hatten mehr als einhundert Menschen ihren letzten Atem ausgehustet und eine Unmenge weinender Töchter, Frauen, Ehemänner und Kinder hinterlassen.

Plötzlich erschien der Übergeschnappte nicht mehr ganz so übergeschnappt.

Ich hatte meinen Großvater einen langen, schrecklichen Tod sterben sehen – Bauchspeicheldrüsenkrebs. Aber an diesem Krebs waren sicher nicht nur die riesigen Lappen fettigen Roastbeefs schuld gewesen, die er an jedem Freitagabend verschlang, sondern auch die dicken Zigarren, die er fortgesetzt paffte.

«Ja», sagte ich, «Sie sind tatsächlich der Teufel in Person. Haben Sie auch irgendwo ein Paar Hörner?»

«Ich mag junge Frauen, die Sinn für Humor haben», antwortete Duncan.

Ich lachte, sagte dann aber: «Das war nicht nur scherzhaft gemeint. Ich glaube nicht an den Teufel. Aber das bedeutet noch lange nicht, daß ich das, was Sie treiben, für richtig halte. Meine Mutter raucht drei Schachteln am Tag und schwört, daß sie so süchtig ist wie jemand, der Crack nimmt.»

Ich spürte, wie die Atmosphäre im Raum gespannter wurde. Ich hätte das Maul halten sollen. Ich war Gast in diesem Haus und außerdem sicher, daß Henry den Gastgebern gern noch ein paar Fragen gestellt hätte, bevor sie uns vor die Tür setzten. Aber angesichts des Weins und meiner Angst, eine der nächsten weinenden Töchter zu sein, fiel es mir schwer, mich zu zügeln.

«Was ist das eigentlich mit dieser Nikotingeschichte?» fuhr ich fort. «Wie konnten die Tabakkonzerne den Nikotingehalt erhöhen, nur um noch mehr Raucher an den Haken zu kriegen? Habt ihr Leute denn gar kein Gewissen?»

Das ist so ein Punkt, wo sich gute Erziehung beweist. Duncan lächelte gnädig.

«Sicherlich ein diskussionswürdiges Thema», sagte er, «und ich würde mich sehr gern in aller Ausführlichkeit mit Ihnen darüber unterhalten. Vielleicht in meinem Büro?»

Er gab mir seine Karte, und damit war das Thema ohne Frage fürs erste abgehakt. Annies Mutter, wohlgeschult in der Kunst gesellschaftlichen Personalmanagements, glitt lautlos zur Weinflasche und füllte alle Gläser nach.

«Mutter», sagte Annie, «gib Nattie nichts mehr. Sie sagt dir sonst noch, was sie von deiner Inneneinrichtung hält.»

Ich sah mich um und meinte: «Aber Annie, das ist doch alles ganz großartig. Ich würde auch morden, um in diesem Haus wohnen zu können.»

Schweigen. Hier und da ein Räuspern.

«O pardon», sagte ich. «Nur eine Redewendung. Wohl nicht so ganz passend, wenn man an Jim Benson denkt.»

Ich sah Henry an, der nicht lachte. Er war immer leichter zu durchschauen. Wenn ich unsere Freundschaft – meine Phantasien konnte ich sowieso vergessen – retten wollte, dann hielt ich besser endlich die Klappe.

Ich ließ mich tief in meinen Sessel sinken und verstummte.

Henry stellte Duncan ein paar weitere Fragen zu den Schreiben. Ja, er habe sie seinen Sicherheitsleuten übergeben, das sei das übliche Verfahren. Nein, es habe ihn niemand angerufen oder direkt bedroht. Und ja, er kenne einige der Namen auf der Liste, vor allem von gesellschaftlichen Anlässen her.

«Carey bin ich auch mal begegnet», sagte Duncan. «Das war bei der Premiere dieses Westerns mit ihm und Julia Roberts. Netter Mann. Sehr viel intelligenter, als man annehmen möchte.»

Mein Kopf fing an zu dröhnen, meine Lider wurden immer schwerer. Es wurde Zeit, den Tag zu beenden. Ich berührte Annies Arm und flüsterte: «Wo schlafe ich?»

Sie stand auf, um mir mein Zimmer zu zeigen.

«Mr. und Mrs. Duncan», sagte ich, «schon im voraus Dank für Ihre großherzige Gastfreundschaft. Es tut mir leid, daß mein Mundwerk mit mir durchgegangen ist. Dagegen kämpfe ich nun schon mein ganzes Leben lang an.»

«Aber ich bitte Sie», sagte Nummer fünf. «Die Raucherei läßt niemanden kalt.»

Wirklich? dachte ich, sagte es zum Glück aber nicht, sondern wandte mich an Henry. «Wir sehen uns morgen früh.»

«Auch für mich war es ein langer Tag.» Er dankte den Gastgebern und folgte Annie und mir nach oben.

«Ihr könnt euch aussuchen, welches Zimmer oder welche Zimmer ihr haben wollt», sagte Annie. «Hinter diesen Türen dort befinden sich zwei Gästezimmer mit frisch bezogenen Betten.»

Annie umarmte mich noch einmal. «Gute Nacht, Nats. Es ist wunderbar, dich mal wieder zu sehen. Und es ist gut, daß es auch Dinge gibt, die sich nicht ändern, wie zum Beispiel dich. Mach dir wegen Nummer fünf keine Gedanken. Ich gebe ihm noch höchstens sechs Monate, weniger, wenn er sich nicht benimmt. Mutters Fähigkeit, sich auf eine Sache zu konzentrieren, ist begrenzt. Henry, schön, Sie bei uns zu haben. Nattie kann zwar eine Nervensäge sein, aber sie ist es wert.»

Henry errötete! Und stotterte dann! Eine Menge Ichs und Ähs und Hms. Schließlich rettete ich die Situation.

«Da liegt ein Mißverständnis vor, Annie. Ich bin nicht als Henrys Nebenbeschäftigung und Gespielin hier, sondern arbeite ebenfalls an einer Story. Einer anderen. Ich war zu betütelt, um dir davon zu erzählen, und jetzt bin ich viel zu müde. Es geht um Josane Ashmore. Je von ihr gehört?»

«Nattie, hier kennt jeder jeden. Natürlich habe ich sie gekannt. Schrecklich, was ihr passiert ist. Aber ich sage dir eines: Es mußte dahin kommen. Sie wollte auf niemanden hören. Dieses Pferd von ihr, das war verrückt, und alle versuchten, sie zu warnen. Mir tut Charlie leid.»

«Charlie?» fragte ich.

«Charlie Laconte, ihr Reitlehrer. Ein Jahr oder so vor ihrem Tod war in seinem Stall ein kleines Mädchen von seinem Pony gefallen und gestorben. Dann hatte Josane diesen

Unfall mit ihrem Pferd, das Charlie ihr eigentlich gar nicht hatte verkaufen wollen, dann brannte ein Stallgebäude ab ... und jetzt das mit Jim. Dieser Mann hat wirklich arg viel Pech.»

«Tja, aber Josane hatte ja wohl noch größeres», sagte ich. «Sie ist schließlich ums Leben gekommen. Wie war sie?»

«Josane? Temperamentvoll. Übersprudelnd. Oder nimm jedes andere die Geselligkeit bezeichnende Adjektiv. Sie erinnerte mich immer ein bißchen an dich. Außer, wenn es um Männer ging. Nicht daß du nicht deine eigenen unwiderstehlichen Methoden im Umgang mit ihnen hättest. Aber Josane war eine Männerfresserin. Jeder, der sie kennenlernte, wollte sie haben. Das lag nicht nur an ihrem Aussehen, sondern auch an ihrer Lebhaftigkeit, die die Männer so verlockend fanden. Jedenfalls bei Josane. Sie war ein sehr netter Kerl, aber zum Schluß hatte sie, wie ich hörte, eine etwas dubiose Bande um sich ... Koks und solche Sachen. Nattie, du siehst wirklich müde aus, ich erzähle morgen früh weiter.»

Sie küßte mich auf die Wange und ging durch den Flur davon. Nach ein paar Schritten drehte sie sich noch einmal um.

«Noch etwas zu Josane. Sie mußte Probleme kriegen, das war ganz unvermeidlich. Jahre vor ihrem Umzug hierher bin ich mal mit ihrem Freund gegangen. Das habe ich schnell wieder seinlassen, denn er wurde handgreiflich. Ein blaues Auge reichte mir, aber ihr offenbar nicht. Wir seh'n uns morgen früh.»

Für einen betrunkenen Kopf waren das viel zu viele Informationen. Ich sah Henry an. «Weißt du», sagte ich, «heute abend kann ich keine zufälligen Begegnungen mehr verkraften. Tür eins oder Tür zwei?»

Henry zeigte auf die erste, wünschte mir schnell und kühl eine gute Nacht, betrat das gewählte Zimmer und schloß die

Tür hinter sich. Ich klopfte. Er öffnete mir, und ich trat ein. Es war ein hübsches, geschmackvoll eingerichtetes Zimmer mit einem großen, wahnsinnig bequem aussehenden, marshmallowhaften Bett.

Unübersehbar war jedoch auch, daß Henry keinerlei Interesse daran hatte, dieses Bett mit jemandem zu teilen. Wenigstens nicht mit mir. Auf der Kommode (ein schweres, dunkles Möbelstück, das still zu verstehen gab: «Ich bin ein wichtiges Möbel, also versau mich nicht!») lag ein Stapel weißer Handtücher. Ich nahm eins und schüttelte es auseinander.

«Weiße Flagge. Ich ergebe mich», sagte ich. «Ich hoffe, du bist nicht sauer.»

«Sauer? Sauer, weil du mich gezwungen hast, Duncan von der Liste zu erzählen, als es dir in den Kram paßte? Oder sauer, weil du angefangen hast, über die Tabakindustrie herzuziehen, was mich gut eine Informationsquelle hätte kosten können? Sag mir, über was von beidem ich sauer sein soll, Nattie.»

«Tja, wenn ich du wäre, wär ich's wohl über beides. Aber ich muß doch ein nachsichtigerer Mensch als du sein, denn ich zürne niemandem mehr, wenn er ‹es tut mir leid› gesagt hat.»

Henry drehte sich um und ging zum Bett. «Komisch», sagte er, «aber die Worte ‹es tut mir leid› habe ich gar nicht gehört. Ich muß verpaßt haben, wie du sagtest ‹Henry, es tut mir leid, daß ich auf deiner Story rumgetrampelt habe.›»

Ich bin sicher, die Leute rauchen vor allem, damit sie im Falle der Nervosität ihre Hände beschäftigen können. Ich hatte nur das Handtuch, mit dem ich nun nicht mehr herumwedelte, sondern das ich langsam zusammenlegte. Zu meinem Entsetzen bemerkte ich, daß ich es genauso zusammenfaltete, wie es mir vor Jahren mein bei mir hausender, zwanghaft geliebter Freund beigebracht hatte. Ich schüttelte das Handtuch auf der Stelle wieder aus und ließ es zu Boden fallen.

«Jetzt, wo du es sagst», ging ich auf seinen Vorwurf ein, «ist mir auch so, als hätte ich vergessen, genau diese Worte zu dir zu sagen. Hörst du mir jetzt zu? Es tut mir leid, daß ich auf deiner Story rumgetrampelt habe. Hab ich wirklich, ich Esel. O Gott, hör mich reden! Eine Stunde bin ich mit diesen Leuten zusammen, und schon quatsche ich wie sie. Also, Henry, ich war eine blöde Nuß, eine saublöde. Heute schon zum zweiten Mal. Sind wir wieder Freunde?»

Ich ging zu ihm und wir gaben uns die Hand.

«Gut», sagte Henry, «aber unter einer Bedingung: Keinen Wein mehr bei der Arbeit!»

Ich reckte mich und küßte ihn auf die Wange. «Danke, Schatz, du bist ein echter Kumpel.» Und damit verließ ich sein Zimmer und ging durch Tür Nummer zwei. Ich sah mich noch einmal um. Henry hatte die richtige Tür gewählt. Mein Zimmer war zwar okay, aber ihm fehlte Henrys Prinzessin-auf-der-Erbse-Bett. Bei mir stand ein Doppelbett mit Baldachin, beide Betthälften mit einem Kissen am Kopfende und antik aussehenden Tagesdecken. Hübsch und ganz bestimmt teuer, aber nicht kuschelig.

Ich öffnete eine weitere Tür und gelangte in ein Bad, in dem ein jetzt hemdloser Henry vor dem Waschbecken stand. So ein Mist! Ich wünschte, ich hätte nicht gerade meinen Eisprung. Unter dem Einfluß des Weins und einer auf Arterhaltung bedachten Natur war ich willens und bereit, meine Finger in sein Fleisch zu schlagen.

«Entschuldigung», sagte ich. «Sieht so aus, als hätten wir ein gemeinsames Bad.»

Er lächelte. Ich lächelte ebenfalls, stand da und fühlte mich wie dreizehn.

Es war zu dumm. Alles verkehrt. Henry und ich können uns nicht mal über die Farbe des Himmels einig werden. Ich zwang meine Hand, die Badezimmertür vor mir zu schließen.

«Also, dann gute Nacht», sagte ich zu Henry hinter der Tür.

Die Wirkung des Weins fing an nachzulassen und die der langen Autofahrt zuzunehmen. Ich mußte schnell in die Horizontale kommen, solange ich das noch von mir aus zuwege brachte. Ich schlüpfte aus meinen Klamotten raus, in ein T-Shirt rein und dann zwischen die kühlen weißen Laken. Innerhalb weniger Sekunden war ich fest eingeschlafen.

Ich kann mich nicht mehr erinnern, was für ein ulkiger Traum mich weckte, aber ich mußte ganz dringend mal. Ich klopfte an die Badezimmertür, um mich zu vergewissern, daß Henry nicht den gleichen Pinkelrhythmus hatte, was jedoch nicht der Fall war. Ich dachte kurz daran, einen schnellen Blick in sein Zimmer zu werfen, um zu sehen, wie ein schlafender Henry ausschaute, aber alle Gedanken dieser Art endeten, als ich auf die Klinke drückte: Seine Tür war abgeschlossen. Ich kroch in mein Bett zurück, schloß die Augen und wartete darauf, daß mich Morpheus wieder in die Arme nehmen würde.

Nach zwanzig Minuten wartete ich immer noch. Nichts wollte funktionieren. Wie oft sollte ich mir denn noch vorstellen, daß ich mit meinem Pferd fehlerfrei über einen Parcours mit lauter einen Meter fünf hohen Hindernissen ritt? Nach siebenunddreißig perfekten Ritten war selbst ich gelangweilt. Ich machte die Augen wieder auf und war hellwach.

Ich wollte gerade zu Alice Hoffmans Roman *Wolfsnacht* greifen, um ein bißchen zu lesen, da hörte ich an der Tür ein leises Klopfen. Henry? Spukten etwa in seinem Hirn dieselben Phantasien herum wie in meinem?

Ich blickte auf das ausgeleierte T-Shirt der Charlotte Hornets hinab, das meinen Leib bedeckte. Selbst ich mußte zugeben, daß es nicht sonderlich verführerisch aussah. Aber wie auch immer, es war ein T-Shirt, und an der Tür klopfte es erneut – was sollte es also? Ich war ja auch noch nie der Typ für rosa Negligés und Seidenpantöffelchen gewesen. Und das Hemd war immerhin sauber.

Ich ging zur Tür. «Henry», sagte ich und öffnete, «ich kann auch nicht schlafen.»

Nur stand gar nicht Henry vor mir, sondern Nummer fünf, ohne Fliege. Er trug irgendeinen braunen paisleygemusterten Morgenmantel.

«Mr. Duncan?»

«Oh, nennen Sie mich doch bitte Bridge. Ich konnte nicht schlafen und wollte mir einen Drink aus der Küche holen. Da sah ich Licht unter Ihrer Tür und dachte, es sei Henrys. Ich hatte noch mal über diese Liste nachgedacht, und mir waren da ein paar Dinge eingefallen, wo ich meinte, daß sie vielleicht aufschlußreich sein könnten. Da nun aber Henry schläft und Sie wach sind, könnten wir doch unser Gespräch über die Tabakindustrie fortsetzen, was?»

Er drückte ganz sacht gegen die Tür. Beharrlich, aber gesittet.

«Jetzt?» fragte ich. «Sie wollen jetzt, mitten in der Nacht, über Zigaretten reden?»

«Nun ja, Sie schienen, was dieses Thema angeht, sehr engagiert zu sein.»

Er ging zu meinem Bett und setzte sich auf seinen Rand. Na großartig! Der neue Ehemann der Mutter meiner alten Freundin saß im Morgenmantel auf meinem Bett, und ich hatte nur ein T-Shirt mit einer listig blickenden, blaugrünen und purpurnen Hornisse an, die über meinen Körper brummte.

«Mr. Duncan, ich möchte ja nicht ...»

«Bridge, nennen Sie mich Bridge.»

«Okay, Bridge. Ich möchte mich heute nacht nicht über Tabak unterhalten. Oder noch genauer: eigentlich gar nicht. Ich habe gesagt, was zu sagen mir am Herzen lag, und die einzige Antwort, die Sie mir darauf geben könnten, wären die üblichen Propagandaparolen Ihrer Branche, denen ich aber keinen Glauben schenken würde. Wir würden uns beide nur ärgern.»

«Nun ja, Sie nehmen kein Blatt vor den Mund, soviel steht mal fest», sagte Nummer fünf. «Ich könnte Ihnen jedoch, denke ich, sehr wohl einiges Interessantes dazu sagen, zum Beispiel wie es die Regierung gedreht hat, daß die Tabakindustrie allein als der Bösewicht dasteht.»

Ich schüttelte den Kopf, und mein Blick forderte ihn auf, wieder auf den Boden der Tatsachen zurückzukommen.

«So sei's denn», sagte er, «kein Wort mehr über Tabak. Worüber wollen wir uns dann unterhalten?»

«Ich meine, über gar nichts. Es ist schließlich drei Uhr morgens. Ich denke an Schlaf und nicht an Konversation.»

Duncan rührte sich nicht vom Bett weg. Er sah mich nur auf eine komische Art und Weise an. Du lieber Himmel, hatte vielleicht mein T-Shirt an peinlicher Stelle ein Loch?

«Sie sind die geballte Energie. Ich frage mich, was das für ein Gefühl ist, wenn man innen drin ist in so viel Feuer.»

«Wie bitte?» sagte ich. Ich wollte ihm gerade raten, schleunigst in Mrs. fünfs Zimmer zurückzukehren, bevor ich sie aufscheuchte, da stand er auf, legte mir eine Hand auf den Hinterkopf und stieß mich in einen Kuß hinein.

«Igitt», sagte ich, als ich den Mund wieder frei bekommen hatte, «Sie schmecken ja wie Scheißhaus! Raucher, äbäh!»

Ich drehte mich schnell um, rannte ins Bad und schlug die Tür hinter mir zu. Durch sie hindurch hörte ich, wie er noch leise sagte: «Aber Nattie, könnte es sein, daß Sie meine Absichten ganz und gar mißverstanden haben?»

16

Sah ich die Klinke der Badezimmertür wirklich auf und ab gehen? Versuchte dieser mit starkem Trieb und schwachem Kopf begabte Idiot tatsächlich, zu mir ins Bad zu gelangen? Es ruckelte noch eine Weile an der Klinke.

«Nattie, ich meine, wir sollten darüber sprechen, bevor wir beide mit falschen Vorstellungen auseinandergehen.»

Ich lehnte mich an die Tür und zischte: «Ich glaube, Sie sollten wissen, daß ich mal bei den Stadtmeisterschaften im Zuhilfeschreien den zweiten Platz belegt habe. Und da war ich erst sechs. Machen Sie also, daß Sie aus meinem Zimmer kommen, oder ich schreie ganz Upperville wach.»

Er pochte an die Tür. «Nattie, das ist gänzlich unnötig.»

«Los geht's», sagte ich.

«Schon gut, schon gut, kein Grund zur Aufregung. Ich gehe ja. Gute Nacht denn.»

Ich hörte auf dem Parkettboden meines Zimmers Schritte und das leise Schließen einer Tür.

Was für ein Tag – und was für eine Nacht! Ich hatte den Geschmack dieses Ekelpakets immer noch im Mund, weshalb ich Zahncreme auf meine Bürste drückte und wie wild drauflosputzte. Ob wirklich oder eingebildet, auch danach schmeckten Benson & Hedges noch durch Colgate durch. Ich fand eine Flasche Mundwasser, nahm einen großen Schluck und gurgelte, bis aller Geschmack aus meinem Mund herausgebrannt war.

Dann hörte ich ein Pochen an der anderen Tür. Henrys Tür.

«Herein», sagte ich, beziehungsweise versuchte ich mit vollem Mund zu sagen.

«Habe ich dich mit jemandem sprechen hören? Und warum hältst du diese Flasche Mundwasser so fest umklammert?»

Ich sah auf meine Hand mit den weiß gewordenen Knöcheln hinab. «Oh», sagte ich und berichtete dann, was vorgefallen war.

«So ein Schweinigel!» sagte Henry. «Ich bin zwar sicher, daß er nicht wiederkommen wird, aber ich denke, du solltest sicherheitshalber in meinem Zimmer schlafen und ich in deinem.»

Dem ersten Teil seiner Rede konnte ich ohne weiteres zustimmen, aber den zweiten richtigzustellen war ich zu müde.

«Gut», sagte ich und kroch in Henrys Bett – ohne Henry. Dieses Bett war so mollig, wie es aussah, und ich brauchte nicht lange auf den Schlaf zu warten.

Das nächste, was ich merkte, war, daß jemand meine Schulter berührte. Ich erschrak fürchterlich, aber als ich endlich die Augen aufbekam, sah ich, daß es nicht Nummer fünf war, sondern Henry.

«Tut mir leid, Nattie, ich wollte dich nicht erschrecken, aber es ist schon spät, und ich glaube, wir sollten los.»

«Los? Wohin?»

«Benson wird morgen bestattet, das Bestattungsinstitut hat also heute Besuchszeit. Ich meine, wir sollten hinfahren und uns unterhalten, mit wem immer wir uns unterhalten können, um mal eine Vorstellung davon zu bekommen, wer hier wer ist.»

«Klingt gut. Laß mich bloß noch schnell duschen.»

Widerwillig verließ ich meinen Federbettenkokon.

«Muggsy Bogues?» fragte Henry, als er hinten auf meinem T-Shirt den Namenszug dieses Footballspielers sah.

«Jawoll», antwortete ich. «Er ist mein Held. Ich schlafe gern mit ihm, auch wenn's nur sein Namenszug ist.»

«Der Glückliche.»

Ich sah Henry an, und ich weiß nicht, wer von uns beiden überraschter dreinblickte, er oder ich.

Er wurde sogar rot. «Ich wollte sagen, er ist ein glücklicher Mann, weil er eine so ergebene Verehrerin hat.»

Er fühlte sich also auch wie dreizehn. «Soso», sagte ich und lief ins Bad. «Wir treffen uns unten.»

Ich war in weniger als zehn Minuten fertig. Henry zu finden sollte nicht schwer sein. Aber nachdem ich das ganze Erdgeschoß abgesucht hatte, ging ich schließlich in die Küche, wo ich ihn endlich fand – zusammen mit allen anderen Angehörigen dieses glücklichen Hauswesens: Annie, Mr. und Mrs. Nummer fünf und deren geschulte Hausangestellte Rosalita, die wie eine Irre am Herd rumfuhrwerkte.

«Omelett?» fragte mich Nummer fünf, als wäre in der vergangenen Nacht absolut gar nichts gewesen.

Ich funkelte ihn nur an.

Henry kam mir zu Hilfe. «Nattie ißt morgens nichts. Da befindet sich ihr Körper, mal sehen, ob ich es richtig mitbekommen habe, in der Eliminationsphase, die, soweit ich mich erinnere, durch keine Nahrungsaufnahme unterbrochen werden darf. Oder habe ich alles durcheinandergebracht?»

«Auf Anhieb richtig», sagte ich. «Tolles Gedächtnis!»

Henry lächelte, Annie ebenfalls.

«Hat das was mit Lou zu tun, Nattie?» fragte sie.

Lou – das ist mein Vater und ein New-Age-Spinner, der zwischen seinen Aufenthalten im neuesten Aschram oder im Institut für gesunde Verdauung bei mir aufkreuzt und nach einiger Zeit wieder verschwindet.

«Du hast's erraten», sagte ich.

Es überraschte mich, daß Henry die Sache mit der Eliminationsphase noch wußte, denn es war schon Monate her, daß ich ihm von der Fitneßdiät erzählt hatte, zu der ich von meinem Vater verführt worden war.

Ich konnte morgens auf feste Nahrung gut verzichten, aber mit dem Kaffee war das etwas anderes. Rosalita brachte mir meine morgendliche Dosis.

Annies Mutter zog den Stuhl neben sich zurück – das Signal an mich, darauf Platz zu nehmen. «Nattie», sagte sie, «Annie hat mir erzählt, daß Sie an einer Story über dieses Mädchen, über diese Josane Ashmore, arbeiten.»

«Nun ja, so der Plan», sagte ich. «Kannten Sie sie?»

«Natürlich. Wir wußten alle von ihr und von dem, was ihr passiert ist. Und dann, nach dieser Unannehmlichkeit, kam ja auch ihre Familie hier runter. Alle taten, was in ihrer Macht stand, um den Leutchen zu helfen. Das war eine reife Gemeinschaftsleistung. Auch deshalb, weil man ihnen nichts recht machen konnte.»

Unannehmlichkeit? Ein Todesfall? Ich war aber nicht betrunken und ging deshalb nicht darauf ein. Statt dessen sagte ich: «Ich dachte, nur ihre Mutter sei kurz hergekommen, um Josanes Sachen abzuholen.»

Annies Mutter lachte höflich und in wohlerzogener Manier, was, in den Straßenjargon Jerseys übersetzt, soviel hieß wie «Was bist du denn für eine Dumpfbacke?» Laut sagte sie: «Die blieben ewig. Das einzige, was sie interessierte, war, jeden Pfennig zu bekommen, den Josane je eingenommen hatte. Ich kann Ihnen versichern, es war ein peinliches Spektakel. Das waren richtige Geier. Was haben die für einen Aufstand wegen Josanes Schmuck gemacht! Kaum vierundzwanzig Stunden da, und schon beschuldigten sie Josanes Freunde, ihre Ringe, Halsbänder und Möbel gestohlen zu haben. Als niemand sie beachtete, liefen sie zum Sheriff, erst wegen dem Schmuck, dann wegen der Umstände ihres Todes. Wie ich gehört habe, hatten sie den Verdacht, daß es Mord gewesen sein könnte, und verlangten entsprechende Ermittlungen. Wie lächerlich. Das Mädchen war von einem Pferd totgetrampelt worden. Jeder, der reitet, weiß, daß Unfälle nun mal zu diesem Sport dazugehören. Wir sind doch alle schon mal aus dem Sattel geflogen oder gestürzt.»

«Josanes Unfall war etwas mehr als ein Sturz», sagte ich.

«Natürlich. Sie war diesem Pferd nicht gewachsen. Fragen Sie herum, das werden Ihnen alle bestätigen.»

«Gibt es Ihrer Meinung nach jemand Bestimmtes, den ich fragen sollte?»

«Ihren Reitlehrer, Charlie Laconte», antwortete Mrs. Duncan. «Obwohl ich mir nicht vorstellen kann, daß ihm im Augenblick danach zumute ist, sich mit einer Reporterin zu unterhalten. Annie, wie heißt doch gleich das Mädchen, das seinen Stall managt? Karen irgendwas. Weißt du es noch? Mit ihr zu sprechen wäre sicher gut. Dann Josanes Freund, Flip Nilson. Bist du nicht mal mit ihm gegangen, Annie? Und sie hatte ein sehr gutes Verhältnis zu dem Mundellschen Mädchen, zu Santees Tochter. Versuchen Sie's bei diesen Leuten. Wir können Ihnen sicher noch mehr nennen. Allerdings ist mir überhaupt nicht klar, was Sie für eine Story schreiben wollen. Es war ein Reitunfall. Ein unglücklicher, natürlich. Aber mehr auch nicht.»

Henry wurde nervös und wollte weg. Aber ich hatte noch ein paar Fragen.

«Wahrscheinlich haben Sie ganz recht, Mrs. Duncan», sagte ich. «Aber lassen Sie uns doch ganz schnell und kurz noch ein paar Hypothesen aufstellen. Wissen Sie jemanden, der Josane nicht mochte? Vielleicht so wenig, daß er sie umgebracht hat?»

Mrs. Duncan lachte auf. «Jemand, der Josane nicht mochte? Alle verheirateten Frauen über fünfzig. Josane hatte ein, wie soll ich sagen, sie hatte ein räuberisches und ökonomisches Interesse an allen Männern im Herzinfarktalter, solange der Umfang ihres Vermögens die ihnen geschenkte Aufmerksamkeit rechtfertigte. Was glauben Sie wohl, wie sie zu dem Laden gekommen ist?»

«Das habe ich mich auch schon gefragt», sagte ich. «Wie denn?»

«Ich sollte eigentlich nichts mehr sagen. Nur noch dies: Er war ein Geschenk, das ziemlich große Geschenk eines Mannes, dessen Herz Josanes Akrobatik nicht gewachsen war.»

Eine andere Art von Reitunfall.

«Ach, Mutter», sagte Annie, «das weißt du doch gar nicht so genau. Nattie ist Reporterin und nur an Fakten interessiert.»

«Ich nehme auch Gerüchte», sagte ich. «Ich kann ihnen dann immer nachgehen und sehen, was dran ist.»

Das Telefon klingelte, und Mrs. Duncan ging zum Apparat. Henry sah auf die Uhr. «Nattie, ich glaube, wir sollten jetzt erst einmal zum Bestattungsinstitut fahren. Der Abschiedsempfang hat vor einer Stunde begonnen.»

Ich trank noch einen Schluck Kaffee, um die Wolken des Weins von gestern abend zu vertreiben.

«Mrs. Duncan», sagte ich zu der inzwischen zu uns zurückgekehrten Gastgeberin, «Sie waren mir eine große Hilfe. Für weitere Namen wäre ich eventuell dankbar. Und lassen Sie mich wissen, falls Ihnen oder Annie noch etwas zu Josane einfällt. Annie, wir reden später miteinander, ja?»

Draußen war es kalt, und ich war nicht mehr daran gewöhnt. Nach drei Jahren im Süden erwartete mein Körper, von der Natur verhätschelt zu werden.

«Ich kann dieses Yankee-Wetter nicht ausstehen», sagte ich zu Henry, der das Eis von der Windschutzscheibe kratzte.

«Wir sind aber immer noch im Süden», meinte dieser, stieg ins Auto und erklärte den genauen Verlauf der Mason-Dixie-Linie. Da ich alles andere lieber wollte als auf kaltem Leder sitzen, fing ich an, neben dem Auto herumzuhüpfen, um meine Füße wieder warm zu bekommen, während Henry inzwischen den Wagen anzuwärmen gedachte.

Ich war leider das einzige, was herum- oder irgendwie sprang, denn Henrys Motor war noch toter als Jim Benson.

Henry stieg wieder aus, schlug die Wagentür zu und sagte: «So eine Scheiße.»

Ein durchaus angemessener Kommentar, obwohl er aus dem Munde eines so kühlen und beherrschten Mannes seltsam klang.

«Das Auto war gerade erst in der Inspektion. Und ich habe extra ein japanisches gekauft, damit mir so etwas nicht passiert. Ich versteh das nicht.»

«Autos und Frauen», sagte ich. «Wie wär's, wenn wir die AAA anriefen? Du bist doch Mitglied, oder nicht?»

Er nickte. Natürlich war Henry Mitglied. Ich hätte meinen letzten Dollar darauf verwettet, daß er, dieser Mr. Totalvorsorge, für ewige Zeiten Mitglied des Automobilklubs war.

Wir kehrten zum Haus zurück, gingen zum nächsten Telefon und riefen den Automobilklub an.

Henry war nicht erbaut. «Drei bis vier Stunden», sagte er. «Eher können sie nicht hier sein. Da hat das Bestattungsinstitut längst geschlossen. Toll, ganz toll!»

«Dann nehmen wir eben einen Leihwagen», schlug ich vor. «Ich werde Annie bitten, uns nach Middleburg beziehungsweise zum nächstgelegenen Hertz- oder Avis-Laden zu bringen.»

«Einen Wagen leihen? Wozu? Stimmt etwas nicht?»

Wir drehten uns um. Die Duncans standen an der Tür.

Henry berichtete ihnen von seinen automobilen Leiden und fragte, wo die nächste Verleihstation zu finden sei.

«Seien Sie nicht albern», sagte Nummer fünf. «Ich muß nirgendwo hin, nehmen Sie also meinen. Er steht vor der Garage. Der silberne Olds. Ist nicht zu verfehlen.»

Henry und ich wehrten bescheiden dankend ab, aber Nummer fünf insistierte. Schließlich sagte Annies Mutter in entschiedenstem, Menschen dirigierendem Ton: «Genug damit, nein ist für uns keine Antwort.»

So hasteten denn Henry und ich mit den Wagenschlüsseln des Leibhaftigen zur Garage. Duncan hatte recht – sein Auto war kaum zu übersehen, war es doch der einzige Olds in einer kleinen Mercedes-Flotte. Hinzu kam, daß auf dem Nummernschild ISMOKE stand. Ich stieg ein und hielt mir dabei die Nase zu – er war ja tatsächlich Raucher. Und ich verabscheue das Geruchsgemisch von Leder und Zigaretten. Es erinnert mich immer an die vielen unglücklichen Fahrten nach Atlantic City, auf denen meine Mutter eine Chesterfield nach der anderen qualmte, während sie und mein Vater sich anschrien. Aber irgendwann mußte ich doch wieder atmen, und als ich es tat, stellte ich zu meiner Überraschung fest, daß selbst ich mit meiner feinen Nase nicht einen Hauch von Zigarettenrauch riechen konnte. Und zu meiner noch größeren Überraschung waren im Aschenbecher weder Kippen noch Asche zu finden. Aber dann wurde mir auch klar, warum nicht – es handelte sich um einen brandneuen Wagen.

Kaltes Wetter hat für mich nur ein Gutes, nämlich die Luft. Wenn man in einem geheizten Auto sitzt, ist kalte Luft einfach schön, denn sie läßt alles leuchten.

Wir fuhren los, und ich genoß die Szenerie. Annies Haus stand im hinteren Teil des Familienbesitzes, der sich wie ein Faulknerscher Satz hinstreckte – ohne Ende. Wir schlängelten uns zur Hauptstraße hinab, und die Schönheit dieser Landschaft verursachte mir ein Prickeln auf der Haut. Ich mochte den Schwung der Kiefernäste, ihre glänzenden grünen, harten Nadeln, ihre glückliche Unzugänglichkeit für alles, was die Natur ihnen antun konnte.

«Henry, welches ist dein Lieblingsbaum?»

Er antwortete nicht, und ich dachte mir, daß er vielleicht gerade dabei war, seine Strategie für das Bestattungsinstitut zu entwickeln. Es war ja auch eine törichte Frage, und deshalb wiederholte ich sie nicht. Außerdem war ich viel zu beschäftigt damit, aus dem Fenster zu schauen und zu versuchen, mir vorzustellen, wie es wohl gewesen wäre, wenn man hier hätte aufwachsen können.

«Vielleicht im nächsten Leben», murmelte ich. Im gleichen Augenblick wurde mir bewußt, daß das Leben ein bißchen schneller verging, als mir lieb sein konnte.

«He, Henry», sagte ich, «fahr doch ein bißchen langsamer. Es ist zu schön hier, um so zu rasen.»

Ich sah zu Henry hinüber. Für einen Menschen, dessen Gesicht kein Gefühl verrät, sah er schrecklich besorgt aus.

«Henry?»

Die Besorgnis verwandelte sich in Panik, und dann sah ich, wie sein Fuß mit pumpenden Bewegungen das Bremspedal bearbeitete. Fest und schnell. In eben der Weise, in der das Auto die Straße entlangraste.

«Was ist los, Henry?»

Eine sehr dumme Frage, wenn das Gesicht des Fahrers schon rot anläuft, sein Fuß auf dem Bremspedal rumtrampelt, als würde er, der Fuß, von Waldameisen attackiert, und seine Hände das Steuer umkrampft halten.

«Hast du den Gurt angelegt?» fragte er. Seine Stimme war sehr ausdruckslos und verriet mir, daß wir in allergrößten Schwierigkeiten waren.

«Selbstverständlich habe ich den Gurt angelegt. Wieso? Ich lege ihn doch immer an. Was, zum Teufel, ist eigentlich los? Um Himmels willen, nun sag schon.»

Die Kiefern rauschten so schnell vorbei, daß mir war, als wäre ich auf einer dieser Motorradbahnen, wie man sie auf Jahrmärkten findet. Nur wußte ich, daß es, wenn hier etwas nicht weitergehen sollte, nicht damit getan sein würde, eine neue Münze einzuwerfen.

Henry rang mit den Biegungen und Kurven der Straße, als kämpfte er mit einem Luchs. Er hatte bereits heruntergeschaltet, was unsere Fahrt aber nicht wesentlich verlangsamte. Ich sah eine scharfe Kurve auf uns zukommen.

Ich schloß die Augen und flüsterte: «Das hier tut mir leid, Mom. Sei stark!» und wartete darauf, daß es krachte. Ich empfand nichts und dachte, ich wäre vielleicht schon tot. Ich machte die Augen wieder auf, um den Himmel zu schauen.

Was ich sah, waren grüne Schlieren. Zisch. Unser Wagen schoß durch eine Lücke zwischen den Bäumen hindurch und rauschte in den Wald hinein. Wir sprangen, flogen und holperten um Felsbrocken, Baumstämme und Wasserlöcher herum und darüber weg. Das Unterholz bremste uns ein wenig ab, aber wir fuhren noch immer sehr viel schneller durch den Wald, als es Wälder eigentlich zulassen.

«Festhalten!» schrie Henry. Sein Arm schnellte wie ein Anschnallgurt aus Fleisch und Blut vor meine Brust, und ich sah auch, warum.

Wir hatten das Ende des Weges – oder besser: des Waldes – erreicht und vor uns eine ziemlich steil abfallende Uferböschung. Diesmal gab es kein Entweichen. Wir würden dort hineinkrachen – in den Bach.

Ich hätte meine Augen gern wieder geschlossen und weiß nicht, warum ich es nicht tat. Jedenfalls behielt ich sie auf, und es geschah etwas höchst Seltsames. Das Auto, ich, Henry, die Landschaft, alles bewegte sich plötzlich im Zeitlupentempo, wie ich das erlebe, wenn ich vom Pferd stürze. Es schien eine Stunde zu dauern, bis der Wagen die Böschung erreicht hatte. Ich fragte mich gerade, ob ich wieder etwas von David, meinem verstorbenen Stiefvater, hören würde, als ich einen Schlag spürte.

Es war ein sanfter Schlag. Gesegnet seien die Airbags!

Ich sah mich um. Da steckten wir nun. Henry und ich, im Bach. Nicht ganz so, wie ich es mir erträumt hatte.

Ich tastete nach Blut. Aber das einzige, was klebrig und naß war, war der Schweiß, der von meiner Stirn rann.

«Bist du in Ordnung?» fragte Henry.

Ich nickte.

«Du?» erkundigte ich mich.

Er nickte.

«Gut», sagte er.

«Ja», gab ich zurück. Wir saßen da – einigermaßen einsilbig.

Schließlich gelang es mir, ein paar mehr Silben zusammenzubringen. «Was ist passiert?»

Henry atmete einmal tief durch und sagte: «Die Bremsen.»

«Ich dachte mir schon, daß es die Bremsen sind», sagte ich. «Aber was ist mit ihnen? Bist du sicher, daß du okay bist?»

«Alles bestens, mir geht's gut. Ich kann es zwar nicht glauben, aber es geht mir gut. Die Bremsen haben versagt. Zuerst dachte ich, sie wären vielleicht nur etwas zu weich eingestellt, aber je länger ich fuhr, desto weicher wurden sie. Bis sie völlig weg waren …»

Henry hielt immer noch das Lenkrad mit der Linken umklammert. Ich griff danach und löste die Finger. Die Hand blieb in der meinen liegen, und wir saßen weiter einfach nur so da, jetzt schweigend und Händchen haltend.

Nach einer ziemlich langen Zeit sagte ich: «Heute hat jemand ein Auge auf uns gehabt. Wir hätten gut ums Leben kommen können. Und vielleicht ist genau das der Punkt. Der Wagen ist gerade erst zugelassen worden, er riecht noch nach neuem Rindsleder. Duncan hat noch gar keine Gelegenheit gehabt, ihn mit seinen Zigaretten zu verstänkern. Jetzt sag mir mal, wie groß die Wahrscheinlichkeit ist, daß bei einem Neuwagen die Bremsen versagen? Etwa bei einem von einer Million, würde ich annehmen. Ich bin zwar kein Automechaniker, Henry, aber ich glaube, da hat jemand die Bremsschläuche durchgeschnitten.»

17

«... die Bremsschläuche durchgeschnitten? Sind Sie sicher? Wie kann das denn sein? Ich mag's einfach nicht glauben, es muß eine andere Erklärung geben.»

Annies Mutter sagte das. Ihre blasse Haut war noch ein bißchen blasser geworden, nachdem wir – einmal mehr und mit noch jammervolleren automobilen Unglücksgeschichten – zum Haus zurückgekehrt waren.

Henry schilderte ihr den Hergang des Geschehens und meinte dann: «Ich denke, Sie sollten die Polizei anrufen.»

Da schaltete sich Nummer fünf ein. «Mir wäre es lieber, wenn wir das nicht täten. Wir lassen den Wagen zu meinem Mann in Marshall schleppen, der soll sich die Bremsen ansehen. Hören wir erst einmal, was er dazu sagt. Er kennt sich aus. Ich glaube, wir brauchen jetzt keine wilden Spekulationen, sondern das Urteil eines Experten. Schließlich ist ein Auto auch nur eine Maschine, und Maschinen gehen von Zeit zu Zeit kaputt.»

«Nun ja, für mich roch diese Maschine brandneu», sagte ich. «Und bei neuen Autos versagen die Bremsen nicht ganz plötzlich. Ich sage, jemand hat die Schläuche durchgeschnitten, jemand, der Ihren Tod will, wie er schon den Jim Bensons gewollt hat.»

Das Gesicht von Nummer fünf verhärtete sich. «Ich rufe jetzt die Werkstatt an, wenn Sie mich entschuldigen wollen.»

Er und seine Frau gingen nach links ab, und ließen Henry und mich in der Diele stehen.

«Ich gehe mal davon aus, daß sich uramerikanische Hitzköpfe so aufführen», sagte ich. «Aber wer hätte das nach seiner gestrigen Vorstellung gedacht? Als ich auf die Tabakindustrie zu sprechen kam, war er doch das milde Verständnis in Person.»

«Er ist derartige Attacken gewöhnt», sagte Henry. «Da ist er gegen jede Form von Munition gewappnet. Was diesen Krieg angeht, ist Duncan Berufssoldat.»

«Aber Henry», sagte ich, «was für eine bilderreiche Sprache! Deine Gehirnwellen müssen bei dem Unfall in deine linke Schädelhälfte gerutscht sein. Verspürst du den überwältigenden Drang, hinauszugehen und den Duft der Kiefern zu riechen?»

«Sehr lustig, Gold», erwiderte Henry. «Zufällig mag ich Nadelbäume, obwohl mein Lieblingsbaum, wo du schon danach gefragt hast, der Zuckerahorn ist. Ich freue mich übrigens, feststellen zu können, daß sich der Unfall offensichtlich nicht mäßigend auf dein Temperament und deine Zunge ausgewirkt hat.»

«Allenfalls eine Lobotomie könnte dazu führen», sagte

ich grinsend und noch immer heilfroh, daß wir mit dem Leben davongekommen waren. «Ich weiß schon, was du hinsichtlich Duncans meinst. Zieh an seinem Antiraucherfaden, und schon kommt diese ganze Wir-sind-alle-Opfer-der-übermäßigen-Regulierung-Scheiße raus. Aber die Sache mit dem Auto hat seine Fäden zerrissen. Hast du sein Gesicht gesehen? Er war stocksauer. Irgendwo lügt er uns was vor. Er weiß mehr über die Liste als wir, paß mal auf.»

«Schon möglich», sagte Henry. «Wir werden das jedoch nie erfahren, wenn wir nicht endlich hier raus und dazu kommen, unserer Arbeit als Reporter nachzugehen. Ich rufe uns ein Taxi.»

Zwanzig Minuten später saßen wir in einem solchen und fuhren auf der Route 50 nach Osten. Annies Farm liegt ein ziemliches Stück westlich von Upperville in Richtung Paris und Ashby Gap, wo die Hügel eher steil als sanft sind. Wir fuhren auf Middleburg zu, und das Land dehnte sich in langgeschwungenen Wellen vor uns aus, als hätte der Schöpfer gesagt: «So, nun atme mal tief ein und entspann dich.»

Schließlich erhielten wir auch Gelegenheit, die Glanzpostkartenmotive zum Leben erwachen zu sehen. Holzzäune liefen über die Hügel dahin, in Wellen wie das Land. Pfosten mit Messingschildern zeigten an, wem hier was gehörte. Weit in der Ferne konnte man manchmal die Herrenhäuser liegen sehen, aber zumeist sah man nur riesige Ackerflächen, aus denen in ein paar Monaten saftige grüne Felder geworden sein würden. Näher zur Straße hin standen hinter den geschwärzten Zäunen die Pferde, die in blaue Schutzdecken gehüllt waren und von gewaltigen Rollen süßen Heus fraßen, um sich für die kommende Turnier- und Zuchtsaison ihr Fett und ihren Glanz zu erhalten.

Wir fuhren durch Upperville, das so malerisch und hübsch ist, wie es kleine Städtchen nur sein können, und kamen dann an der berühmten Rennbahn vorbei. Ich sah sie vorbeigleiten und freute mich, daß ich nicht dort war, sondern im Taxi saß. Eher würde die Hölle zufrieren oder – was noch unwahrscheinlicher war – der *Commercial Appeal* sein Sparprogramm aufgeben, als daß ich jemals wieder dort ritt.

Nicht daß ich nicht gewarnt gewesen wäre. Ich hatte Rob regelrecht zwingen müssen, mich dorthin mitzunehmen, soweit man Rob zu irgend etwas zwingen kann. Er hatte gemeint, es sei rausgeschmissenes Geld, weil die Parcours in hügeligem Grasland mit Bäumen mittendrin aufgebaut würden. Aber ich hatte jahrelang in *The Chronicle of the Horse* über Upperville gelesen. Das ist eine wöchentlich erscheinende Zeitschrift, bei deren Lektüre sich die für den Springsport begeisternden Verrückten wie ich die Augen verderben, weil das Blatt die vor allem interessierenden Rennresultate in der «Pariser Schrift», das heißt in der kleinsten denkbaren Type abdruckt.

Upperville, Upperville, Upperville … Schon wenn ich den Namen vor mich hin gesprochen hatte, hatte ich mich als ganz selbstverständlich zur Turnierwelt dazugehörender Pferdemensch gesehen. Und als ich dann in den Süden gezogen war, hatte ich mir geschworen, eines Tages auch in Upperville zu reiten. Und dieses Ziel hatte ich tatsächlich erreicht – aber man weiß ja, wie das mit den großen Erwartungen so geht.

Ich hätte es wirklich lieber bei meinem Traum bewenden lassen sollen. Upperville wurde nämlich zur zweitdemütigendsten Erfahrung meines Lebens. Und was für ein Ort, um einen Narren aus sich zu machen! So stinkvornehm, wie es eine Rennbahn nur sein kann. Das Blut der Teilnehmer ist dort so blau oder möchtegernblau, daß bei Verletzungen tiefblaue Tinte fließt. Nicht daß es häufig zu Verletzungen käme. Sechs Tage lang folgt dort ein perfekter Ritt dem anderen.

Nun gut, ich war dort unglücklicherweise kurz nach dem fürchterlichen Reitunfall von Christopher Reeves geritten. Da ich schon alt genug gewesen war, um zu wissen, daß ich eines Tages sterben würde (das macht den Unterschied zwischen Amateuren und Junioren aus), hatte ich an jenem Tag eigentlich nicht reiten wollen, weil es schwer war, an irgend etwas anderes als an diesen Unfall zu denken. Wo man auch hingekommen war, hatte man von Christopher Reeves und der Gefährlichkeit des Springreitens sprechen hören oder darüber lesen müssen. So etwas kann Auswirkungen auf das Denken haben, und auch der Reitsport ist nun mal – man frage die Reiter – eine Sache des Kopfes. Reitet man mit Autorität und Selbstvertrauen, so liegt ein Sieg im Bereich des Möglichen. Zweifelt man jedoch an sich oder – schlimmer noch – an seinem Pferd, dann kann man genausogut auch absatteln und zum Kegeln gehen. Und genau das hätte ich an jenem Tag tun sollen.

Einfach ausgedrückt: Mir war der Schreck zu tief in die Knochen gefahren. Von dem Augenblick an, wo ich in die Bahn geritten war, hatte ich Christopher Reeves im Rollstuhl vor mir gesehen, das heißt, ich war in Gedanken sonstwo gewesen, nur nicht bei der Sache. Das hatte dazu geführt, daß ich eine zweifache Kombination zweimal verpatzt und Brenda – einer üblen Gewohnheit folgend – zwischen den beiden Hindernissen zur Seite gerissen hatte, um dann, in einen Kreis einschwenkend, zu einem neuen Versuch anzusetzen. Mir war nicht entgangen, daß Rob, der hinter der Absperrung gestanden hatte, den Kopf in seinen Händen vergrub.

Nach den zwei Patzern war mir noch ein letzter Versuch geblieben, und Brenda hätte eigentlich nach den ersten beiden gescheiterten Anläufen allen Grund gehabt, dem In-Out-Sprung auch beim drittenmal auszuweichen. Aber es war mir plötzlich gelungen, nicht mehr an Christopher Reeves zu denken und mich ganz auf den Sprung zu konzentrieren, den Brenda auch prompt absolviert hatte, als wäre gar keine andere Möglichkeit denkbar gewesen. Das ist der Grund, warum ich bisher noch jedes Angebot für Brenda abgelehnt habe.

Mit dem Erfolg war aber auch der Augenblick erreicht gewesen, wo es peinlich geworden war. Die Zuschauer hatten nämlich angefangen zu klatschen, weil ich am Ende doch noch rübergekommen war. Das hatte mich tief gedemütigt. Als ich auf das Ziel zugeritten war, hatte ich bemerkt, daß Rob nicht mehr da war. Ich hatte ihn erst am nächsten Tag wiedergesehen – und da hatte er sich geweigert, mit mir zu sprechen.

«Nattie, wir sind da.»

«Was ist?» fragte ich, völlig in Gedanken versunken.

«Wir sind in Middleburg», sagte Henry. «Ich weiß nicht, wo du warst, aber jetzt sind wir beim Bestattungsinstitut. Du erinnerst dich?»

Ich sah durch das Seitenfenster des Taxis nach draußen. Der Fahrer hatte vor einem flachen Klinkerbau gehalten. Wir hätten auch in Charlotte sein können, was mich überraschte. Middleburg war eine Stadt voller alter, reichverzierter Häuser – was hatte also diese graue Maus hier zu suchen?

Nun ja, Benson bekam es ja wohl kaum mit, daß man in einem so charakterlosen Gebäude von ihm Abschied nahm. Wenigstens standen viele Autos davor. Reiche-Leute-Autos, Turnierweltwagen. Mercedes, Range Rover, Suburban, Lexus, Dually, alles da, was es an automobilen Schwergewichten gab. Aber es war ein alter roter Toyota, der meine Aufmerksamkeit auf sich zog. Das lag zum einen daran, daß er zwischen all den dicken Schlitten völlig fehl am Platz war, zum anderen aber auch an seinem Nummernschild, das ein Kribbeln über meine Haut wandern ließ. Mir war, als sähe ich einen Geist. Josanes Geist.

Unübersehbar und klar stand DAZCUTR auf dem Schild, das heißt der Name von Josanes Laden.

18

Ich ging zu dem Auto, um hineinzuschauen. Soviel zum Übernatürlichen: Josane hätte dieses Vehikel in keinem Leben fahren können, denn so dicht, wie der Sitz nach vorn gezogen worden war, hätte sie beim Fahren auf ihren Knien herumkauen müssen. Wer immer es fuhr, war ein Zwerg wie ich – und würde im Bestattungsinstitut so leicht ausfindig zu machen sein wie ein Shetlandpony bei den Olympischen Spielen.

Ich bewegte mich in Richtung Eingang und drehte mich dann um, weil ich sehen wollte, warum Henry so lange brauchte. Ah! Er ließ den Taxifahrer ein Papier unterschreiben, auf dem festgehalten war, daß er, Henry, für die Fahrt dreiundzwanzig Dollar aus eigener Tasche berappt hatte.

Ich wollte nicht unhöflich sein und wartete. «Was ist denn das für ein Taxifahrer, der keinen Quittungsblock bei sich hat?» murmelte Henry, als er, zwei Stufen auf einmal nehmend, die Treppe heraufkam. «Ich werde die Zentrale anrufen und mich beschweren. Oder sind ein paar Quittungszettel zuviel verlangt?»

«Henry», sagte ich, «spar dir deine Energien für Wichtigeres auf. Dein Problem ist die Erwartung, daß sich alle Welt an dieselben Regeln hält wie du. Taxifahrer sollten Quittungszettel dabei haben, alle Autofahrer zwischen den gelben Markierungen parken, Rechnungen pünktlich bezahlt werden. Laß mich diejenige sein, die dir mitteilt: Das Leben ist nicht so.»

«Und diese Worte kommen aus dem Munde einer Frau, hinter der drei Rechnungsgelder eintreibende Firmen her sind?» sagte Henry. «Das nächste Mal nehmen wir ein Gelbes Taxi.»

«Ich wollte die Rechnungen ja bezahlen, aber ich habe sie verlegt. Und da haben die gleich ihre großen Hunde auf mich gehetzt. Was das Taxi angeht, bin ich einverstanden. Wenn du ein Gelbes willst, gut. Aber hör endlich auf, dich zu mopsen.»

Ich öffnete die schwere Tür, und ein Kissen aus warmer, süßer Luft wurde mir auf das Gesicht gedrückt. Parfüm. Jede Menge. Ich trat ganz ein und ließ meinen Parka an den Armen hinuntergleiten. Dann nahm ich Henry seinen Mantel ab und ging zur Garderobe. Die beiden Hakenleisten waren schon voll, weshalb ich Jacke und Mantel darunterstopfte.

Der Raum war voll von großgewachsenen, langbeinigen Blondinen und Herren, die besser gekleidet waren als die Damen. Die Turnierwelt. Ich sah mich um und erkannte eine ganze Reihe von Gesichtern, obwohl die Bilder nicht mehr zueinander paßten, wenn meine Blicke von diesen Gesichtern nach oben oder unten wanderten. Es ist immer ein Schock, wenn man Pferdeleute in «Zivil» sieht. Vor allem die Männer. Da waren mindestens elf Glatzen, von deren Vorhandensein ich gar nicht gewußt hatte. Ein weiterer Grund, der für Reitkappen sprach.

«Henry, willst du mit mir zusammen umhergehen oder dich lieber selbständig machen?»

«Wir treffen uns bei der Kiste. In einer Stunde?»

«Einverstanden», antwortete ich.

Henry schritt in Richtung Sarg, ich in entgegengesetzter davon. Mein Ziel waren drei beieinanderstehende Frauen, von denen ich eine gut genug kannte, um mich in die Unterhaltung einzuklinken. Es war eine Amateur-Besitzer-Reiterin wie ich, die Peggy Eames hieß und schon seit Ewigkeiten bei allen Turnieren anzutreffen war. Als ich noch ein Kleinkind gewesen war und Pferdebilder geküßt hatte, hatte sie schon bei der National Horse Show im Madison Square Garden blaue Bänder gewonnen.

Das Leben hat eine ganz eigene Art, für Angleichung zu sorgen, nämlich die Jahre. Ich war im vergangenen Jahr in ihre Altersklasse übergewechselt, das heißt in die der älteren Amateure, die nicht gerade sehr fein als fliegende Fossilien bezeichnet werden. Peggy mag ja inzwischen so alt sein, daß sie zu ermäßigtem Preis ins Kino gehen kann, aber sie hat noch immer diesen absolut sicheren Blick und die Kühnheit, die Hindernisse ohne Rücksicht auf irgend etwas anzugehen. Das macht ihre Extraklasse aus. Sie und ihr Mann Tad züchten auf einer kleinen Farm vor den Toren Middleburgs Pferde und betätigen sich bei den Turnieren und Schauen, wenn sie nicht reiten, als Richter.

Wenn man es an dem bei Turnieren Üblichen maß, war Peggy immer sehr nett zu mir gewesen. Wir waren keineswegs miteinander befreundet, aber immer, wenn sie mich traf, begrüßte sie mich, wußte den Namen meines Pferdes und wie ich beim letzten Turnier abgeschnitten hatte und war voll des Lobes, wenn ich ein Band gewonnen hatte. Manchmal geriet sie regelrecht ins Plaudern.

Sie stand neben Sprinkle Rusk – den Rusks gehörte der größte Bekleidungskonzern des freien Universums. Sprinkle hatte alle Pferde ihres Daddys bei sich auf ihrer Tausend-Morgen-Million-Dollar-Farm stehen gehabt, bis Daddy dahintergekommen war, daß sie ihm immer alles doppelt in

Rechnung gestellt hatte. Da er nicht gern geprellt wurde, war er mit seinem gesamten Stall zur zweiten Tochter umgezogen. Das Erstaunlichste an Sprinkle war (neben ihrer Chuzpe und ihrem Namen) ihr Haupthaar. Es bildete einen soliden braunen Helm, der so aussah, als wäre ein lackierter Rattansessel auf ihrem Kopf gelandet.

Die dritte Frau hatte ich noch nie gesehen. Sie war ungefähr in Sprinkles Alter, also irgendwo zwischen fünfundfünfzig und fünfundsechzig (je nachdem, wen man nach ihrem Alter fragte), aber besser frisiert. Von den dreien war sie diejenige, die Stil hatte. Ihr silberweißes Haar war in einem Knäuel zusammengefaßt, und sie trug ein fesches schwarzes, weitgeschnittenes Kleid, schwarze Strümpfe und schwarze Pumps.

«Hi, Peggy», sagte ich.

«Nattie? Ich dachte, Sie wohnten in North Carolina. Was führt Sie denn hierher? Kannten Sie Jim?»

«Ja, ich wohne in North Carolina und ich kannte Jim. Nicht gut, aber gut genug, um zu wissen, daß man besser nicht da antrat, wo er an den Start ging», antwortete ich.

«Wie wahr», meinte Peggy. «Was für ein Reitersmann! Es ist so schrecklich, von ihm in der Vergangenheitsform sprechen zu müssen. Ich kann immer noch nicht begreifen, was ihm widerfahren ist. Ausgerechnet ihm, Jim Benson! Und so gräßlich. Ich weiß gar nicht, wie Charlie damit zurechtkommen soll ... Nattie, Sie kennen doch Sprinkle, oder nicht?»

«Nicht offiziell», antwortete ich.

Peggy machte mich also bekannt – zuerst mit Sprinkle und dann mit dem Haarknäuel. «... und das ist Breezy Mundell.»

Toppings Mutter. Jetzt, wo ich genauer hinschaute, sah ich es auch. Dasselbe Gesicht, anderes Haar.

«Ich kenne Ihre Tochter oder weiß doch wenigstens von

ihr», sagte ich. «Ich bin mal in ihrer Klasse geritten. Jetzt muß ich ja gegen diese Reitmaschine hier antreten.»

«Aber ich bitte Sie», sagte Peggy, «in Upperville hätte doch niemand schlechter abschneiden können als ich.»

«Da müssen Ihnen meine Ritte irgendwie entgangen sein», erwiderte ich. «Ich habe neue Maßstäbe im ‹Schlechter-geht's-nicht› gesetzt.»

«Wenn ich es richtig erinnere, haben Sie einen Monat später das Championat von Culpepper gewonnen», sagte Peggy.

«Sie haben ein tolles Gedächtnis, Peggy», sagte ich. «Aber das war mehr Glück als Verstand, abgesehen von der Tatsache, daß Sie nicht am Start waren. Wie auch immer, wer war's denn nun?»

Peggy sah mich überrascht an, schwieg eine Weile und sagte dann: «Das würden wir alle gern wissen. Vor allem Charlie. Das Geschehene ist das letzte, was er und unser Sport im Augenblick gebrauchen können. Diese Geschichte mit dem Versicherungsbetrug war schon schlimm genug. *New York Times, Washington Post, People, Time, Newsweek,* alle berichteten über George Lindemann, Barney Ward und all die anderen, die diese armen Pferde umgebracht haben, um an die Versicherungsgelder zu kommen.»

Diese Vorfälle waren tatsächlich keine gute Werbung für den Reitsport gewesen, der noch nie einen sonderlich guten Ruf genossen hatte. Bei den Olympischen Spielen in Spanien hatte es ein großes Trara wegen der Vielseitigkeitsprüfungen und ihrer Grausamkeit gegeben, und bei den Spielen in Los Angeles hatte sich einer der amerikanischen Reiter abfällig über die gewonnene Medaille geäußert, was von den Medien aufgegriffen und mit Bekundungen des gerechten Volkszorns angereichert worden war.

«Jim hat keine Pferde umgebracht», sagte ich. «Er hatte

das nicht nötig, litt nie unter einem Mangel an Bändern. Was könnte sein Tod also mit der Pferdebranche zu tun haben?»

«Hoffentlich nichts», antwortete Peggy. «Aber man kann ja nie wissen. Jemand hat mir erzählt, daß der Vater des kleinen Mädchens, das auf Charlies und Jims Farm ums Leben kam, etwas mit der Sache zu tun haben könnte. Sie erinnern sich sicher noch, die Kleine ritt ein Pony, das Jim ihr verkauft hatte. Das Pferd scheute, das Kind fiel herunter und schlug mit dem Kopf auf dem Aufsitzblock auf. Es war auf der Stelle tot. Der Vorfall war insofern ungewöhnlich, als daß Mädchen einen Helm trug. Der Vater ist nie darüber hinweggekommen. Vor ein paar Monaten zog die Polizei überall Erkundigungen über ihn ein, weil man den Verdacht hatte, er könnte etwas mit dem Brand zu tun haben. Das Pony kam nämlich bei diesem Brand um.»

Noch ein totes Kind und ein rächender Elternteil.

«Ich verstehe», sagte ich. «Warten Sie, bis sich erst die Revolverblätter der Sache annehmen. Sie werden sehen, was die draus machen, selbst wenn es gar nicht stimmt. Sie behalten das alles besser für sich, Peggy. Wo wir gerade bei gräßlichen Reitunfällen sind, kannten Sie Josane Ashmore?»

Breezy Mundell und Peggy sahen sich an. Irgend etwas ging zwischen den beiden hin und her, aber ich wußte nicht, was. Sprinkle sah sich derweil im Raum um, suchte etwas. Wer weiß, was. Nach allem, was ich über Sprinkle gehört hatte, gehörte sie zu den Menschen, die sich solange mit einem unterhalten, wie sie die Sache interessiert, was aber nie allzulange der Fall ist. Dann fangen ihre Blicke zu wandern an und suchen sich etwas Neues. Bei Sprinkle hätte man meinen können, ihr sei vielleicht an sozial höhergestellten Gesprächspartnern, an einem höheren Aussichtspunkt gelegen, aber eingedenk ihres Nachnamens schien das nicht sehr wahrscheinlich zu sein, denn in der hier versammelten Menge würde sie nichts Höheres finden als sich selbst. Es handelte sich deshalb wohl eher um einen Fall mangelnder Konzentrationsfähigkeit oder einfach um chronische Langeweile. Was auch immer, es war klar, daß sie sich bereits ausgeklinkt hatte.

«Ich kannte sie», sagte Peggy. «Wenn auch nicht so gut wie ihr Pferd Rita. Das Fohlen kam nämlich auf meiner Farm zur Welt und wuchs dort auf. Das häßlichste Pferd, das man sich vorstellen kann. Säbelbeine, dünner Hals, Beulen an den Beinen. Alles verwuchs sich, nur die verdammten Beulen blieben. Ich wußte nicht, was es war, versuchte jedoch alles, sie wegzukriegen. Aber vergeblich. Aus dem Fohlen wurde schließlich das hübscheste Pferd, das ich je zu Gesicht bekommen hatte, und es konnte springen! Traumhaft. Und was für eine Freude an der Bewegung. Allerdings habe ich auch noch keine Stute erlebt, die derartige Schwierigkeiten mit dem Rossen hatte wie die Rita. Selbst Regumate half da nicht.»

Wenn eine solche Stute rossig wird, sieht man sich besser vor. Sie stellt dann die Ohren auf, tritt, beißt, schreit und sagt jedem, der ihr mit einem Sattel zu nahe kommt: Verpiß dich, aber schnell. Sie hat nur eines im Kopf, und das ist nicht diese Art der Reiterei. Wenn man Glück hat, kann eine tägliche Dosis Regu-mate, eines synthetischen Hormons, diese Anfälle von Widerborstigkeit mildern. Rita aber hatte offensichtlich kein Glück gehabt.

«Wo ist die Stute jetzt?» fragte ich.

Peggy schüttelte den Kopf, und die Härchen auf meinen Armen stellten sich auf. Ich wußte, was kam. Wenn es um Pferde geht, habe ich einen sechsten Sinn. Nein, das Glück war ganz und gar nicht auf Ritas Seite gewesen.

«Sie stand bei dem Pony im Stall. Keiner konnte rechtzeitig zu ihr gelangen. Aber selbst wenn, sie hätte sich nicht von der Stelle gerührt. Bekanntlich macht ja Feuer selbst das vernünftigste Pferd verrückt, und Rita war es eh schon.»

Jetzt war es an mir, den Kopf zu schütteln. Ein Versicherungsbetrug reichte mir eigentlich, jedenfalls soweit es dabei auch um die Quälerei von Pferden ging. Wie oft kann man vor dem Computer sitzen und sich die Augen aus dem Kopf weinen?

Ich sagte: «Erinnert das vielleicht an Wally Hempstead?»

Das ließ die gute Sprinkle aufhorchen. «Jetzt weiß ich Ihren Namen wieder», sagte sie. «Sind Sie nicht die Reporterin, die über Wally Hempstead geschrieben hat?»

Sie lächelte nicht, als sie das sagte, weshalb ich ziemlich sicher war, daß sie mir nicht die Hand schütteln und meine Arbeit loben würde. Ich nickte und wappnete mich innerlich gegen den Angriff.

«Die American Horse Show Association hätte Sie zusammen mit Lindemann und den anderen vom Turniersport ausschließen sollen. Jemand, den ich kenne, hat Ihre Artikelserie gelesen und gemeint, Ihre Fakten seien alle falsch, und Sie hätten uns als eine Bande verwöhnter reicher Leute dargestellt, die nichts Besseres zu tun haben als Pferde umzubringen.»

Ich hätte gern etwas zum Schuster und seinen Leisten und zum Tragen passender Schuhe angemerkt, aber sie fing schon wieder an, sich im Saal umzusehen. Ich war absolut sicher, daß alle unsere Fakten gestimmt hatten. Henry hatte darauf bestanden, daß wir alles, die Kommasetzung eingeschlossen, dreifach überprüften. Damals hätte ich ihn am liebsten erwürgt, aber jetzt wäre ich ihm gern um den Hals gefallen. Selbst bei der Darstellung ihrer Leute hatten wir uns an sachliches Berichten gehalten. In dieser Frage waren

Henry und ich am Anfang natürlich auch geteilter Meinung gewesen. Ich hätte die Story lieber forscher geschrieben, eher in der Art eines Features. Aber er hatte sich durchgesetzt. Die Serie enthielt keine einzige bissige oder abfällige Bemerkung, obwohl es an Anlässen dazu wahrlich nicht gemangelt hätte. Alles hatte Freds Tut-es-auch-niemandem-weh-Filter unbeanstandet passiert.

Ich suchte in meiner Handtasche nach einer Visitenkarte, fand eine und schrieb Freds Namen und Telefonnummer darauf.

«Hier, geben Sie die doch bitte Ihrer lesenden Freundin», sagte ich, an Sprinkle gewandt. «Und sagen Sie ihr, sie soll eine Liste der in unserer Serie enthaltenen Fehler und Irrtümer machen und dann Fred, den Chefredakteur des *Appeal*, anrufen.»

«Ach, seien Sie doch nicht albern», sagte daraufhin Sprinkle, und diesmal wanderte ihr ganzer Leib auf der Suche nach Anregenderem mit ihren Blicken mit.

«Machen Sie sich Sprinkles wegen keine Gedanken», meinte Peggy. «Noch ehe sie nach Hause geht, hat sie alles schon wieder vergessen. Aber was Wally Hempstead betrifft, so dürfen Sie ihn nicht in einem Atemzug mit Jim Benson oder Charlie Laconte nennen. Weiter von der Wahrheit entfernt könnten Sie gar nicht sein, denn es war ganz bestimmt nichts dieser Art. Nach Josanes Unfall konnte Charlie das Pferd nicht einmal mehr verschenken. Niemand wollte es haben. Die Familie hatte die Stallmiete nicht mehr bezahlen können, und so war Charlie auf der Stute sitzen geblieben. Dieses Pferd hat niemand umgebracht, um an Geld zu kommen. Selbst wenn Charlie gewollt hätte, hätte er die Stute nicht versichern können, denn die Versicherer sind inzwischen sehr viel vorsichtiger.»

Zwei tote Pferde, zwei tote Kinder. Keine Geldspur. Was

tun? Darüber mußte ich mit Henry nachdenken, den ich im Augenwinkel sich sehr angeregt mit Topping Mundell unterhalten sah. Ich mußte zugeben, daß sie eine wirklich gutaussehende Frau war. Natürlich war sie groß und schlank, denn sie war schließlich Reiterin. Aber da war mehr als nur ein vollkommener Körper. Sie hatte ein ungewöhnliches Gesicht – mittelwestlich weit wie die dortigen Ebenen, die Augen ein wenig weiter auseinanderstehend als normal, eine vollendet geformte Nase, und jene vollen, sinnlichen Lippen, von denen Männer träumen. Nicht zu vergessen ihr Haar – lang und rot wie meins. Weiter reichten die Ähnlichkeiten allerdings nicht – sie hatte das perfekte Mädchenhaar der Art, von der ich in meiner gesamten Schulzeit bis zum College geträumt hatte, die Art, die nie auf Orangensaftdosen aufgerollt, mit dem Bügeleisen flachgepreßt oder zwecks Erlangung knitterfreier Wellen mit heißen Lockenwicklern geschmort werden mußte. Toppings Haar war wie flüssiger Bernstein, der ihr über den Rücken rann.

Schön, sie sah gut aus, aber Josane war auch eine Schönheit gewesen – und was hatte es ihr gebracht? Sie war wahrscheinlich ermordet worden.

«Was hielten Sie von Josane? Ich habe sie mal bei einer Miss-America-Wahl kennengelernt, und sie war so was von nett ...»

«Das war ja wohl auch ihr Job, oder nicht?» sagte Peggy.

Ich gewann den Eindruck, daß immer, wenn ich etwas Positives über Josane äußerte, es Peggy als ihre Pflicht ansah gegenzusteuern. Aber eine derart schnelle abfällige Bemerkung hatte ich nicht erwartet. Ich konnte sie richtig den Rücken krümmen sehen, ein lautes Miau hören. Ich hatte gar nicht gewußt, daß sie zu so etwas in der Lage sein könnte. Es hieß immer von ihr, sie sei der Inbegriff der Südstaatenmatrone, das heißt dazu erzogen, zu lächeln, huldvoll zu sein und niemals etwas Unfreundliches über andere zu sagen, es sei denn, es handelte sich um General William T. Sherman oder seinesgleichen.

Josanes Name mußte etwas in Peggy ausgelöst haben, was stärker war als diese Prägung. Allerdings nicht für lange, denn schon lächelte sie mich wieder an und meinte: «Na, das sollte nicht häßlich klingen, aber sie war schließlich eine Schönheitskönigin.»

«Aber was mag hinter dem schönheitsköniglichen Lächeln gesteckt haben?» fragte ich. «Etwas, was jemanden den Wunsch verspüren ließ, diesem Lächeln ein Ende zu machen, und zwar ein endgültiges?»

«Nattie, Sie können wohl nur noch an Mord denken», antwortete Peggy. «Breezy, was meinst du? Hat Josane irgend jemanden so verrückt gemacht, daß er sie ermordete, wobei ich nicht ihr verrücktes Pferd meine? Hat Toppy mal was erwähnt, daß Josane Streit mit jemandem hatte? Und zwar so heftig, daß es sie das Leben kostete?»

Wieder ging etwas zwischen den beiden hin und her.

Breezy Mundell schenkte mir ihr Reicheleutelächeln (nicht zuviel davon, man wollte ja schließlich keinen Gefühlsausbruch mimen) und sagte: «Ich nehme an, jeder kann jeden so in Rage bringen. Aber das war ganz bestimmt nicht der Fall. Soweit ich weiß, mochten alle Josane sehr gern. Warum sollte ihr also jemand etwas antun wollen? Nun ja, ich wußte zwar, daß sie und meine Tochter zusammen geritten waren, aber wir sprachen nie über das, was sich zugetragen hat. Wenn Sie mich jetzt entschuldigen wollen. Peggy, ich will mich noch ein bißchen mit Charlie unterhalten.»

Ein Königreich für einen Pullover! Diese Dame könnte gut ihre eigene Klimaanlage sein. Und bildete ich mir das nur ein, oder hatte ich bei ihr wirklich so einen bestimmten Unterton gehört, als sie sagte, «alle» hätten Josane «sehr» gemocht? Ich brauchte dringend weitere Anmerkungen zu dem Gesagten, aber Peggy lieferte sie mir leider nicht. Obwohl ich es versuchte. Sie schwieg jedoch so beharrlich wie bei meinem Versuch herauszufinden, ob etwas Wahres an der Äußerung von Annies Mutter über Josane war, nämlich daß diese reihenweise ältere Herren verschlungen habe. Peggys Lippen blieben verschlossen. Die Bemerkung über die Schönheitskönigin bezeichnete offenbar die äußerste Grenze, die zu überschreiten sie nicht gewillt war.

«Gibt es vielleicht sonst noch etwas, was Ihnen zu Josane einfällt?»

«Nattie», antwortete Peggy, «Sie reiten Ihre wunderbare Stute gerade so, wie Sie Fragen stellen. Sie lassen einfach nicht locker. Aber Sie können bohren, soviel Sie wollen, Sie werden immer nur auf einen Reitunfall stoßen und auf nichts anderes. Da Sie das, wie ich ja weiß, von weiteren Fragen nicht abhalten kann, würde ich an Ihrer Stelle vielleicht dort drüben weitermachen.»

Ich folgte ihrem Blick bis zu einem Mann, der an der Tür stand. Mitte bis Ende Dreißig, nicht allzu groß, wahrscheinlich so etwa eins achtundsiebzig und eher schlank. In der Mitte gescheiteltes weißblondes Haar, im Nacken ein kleines Pferdeschwänzchen. Sehr blaue Augen. Es fehlten nur noch ein Hering in der rechten Hand und eine Flasche Aquavit in der linken, und er hätte auf jedem für Skandinavien werbenden Plakat abgebildet sein können. Diejenigen, die diesen Typ mögen, würden den Burschen wohl als hübsch bezeichnet haben – aber ich durfte mich leider nicht zu ihnen zählen. Ich kann nichts Attraktives an solchen die Frauenherzen betörenden Männern entdecken, selbst wenn sie wie nordische Götter aussehen.

«Er war Josanes Freund», sagte Peggy. «Das ist Flip Nilson.»

19

«Glauben Sie nichts von dem, was Sie über mich hören.»

Ich hatte kaum meinen Namen und das ergänzende Ich-bin-eine-Freundin-von-Annie gesagt, da wehrte sich Flip schon gegen seinen Ruf.

«Und was sollte ich glauben?»

«Alles, was Sie von mir hören», sagte er. Er war daran gewöhnt, daß er auf Frauen Eindruck machte. Das verriet mir sein Lächeln – es war das breite, ungezwungene Lächeln eines Mannes, der wußte, wie man sie packte.

«Na gut», sagte ich, ohne sein Lächeln zu erwidern, «dann fangen wir doch mal bei Josane Ashmore an.»

Das machte seinem Lächeln ein Ende. Er war entweder ein sehr guter Schauspieler, oder allein schon die Erwähnung des Namens seiner Freundin machte, daß der Lack der Großspurigkeit Risse bekam. Der Na-komm-schon-Baby-Blick in seinen Augen wich dem Ausdruck so tiefer Betroffenheit, daß selbst ich mich versucht fühlte, diesen Neandertaler in die Arme zu nehmen und «Aber, aber, ist ja schon gut!» zu ihm zu sagen.

«Warum interessieren Sie sich für Josane?» fragte er und setzte hinzu: «Sie ist tot, und es gibt nicht mehr dazu zu sagen, als daß mit ihr auch ein Stück von mir zu Grabe getragen worden ist. Wieso stellen Sie Fragen? Hat das etwas mit Josanes verrückter Mutter zu tun?»

Ich gab ihm meine Karte und stellte mich in der von Fred Richards geforderten und also beim *Appeal* üblichen Form vor.

«Ich denke an eine Story über Josane und ... ja, ich habe ihre Mutter interviewt, die ...»

Flip setzte sich in Bewegung, und ich griff nach seinem Arm.

«Warten Sie, lassen Sie mich ausreden», sagte ich. «Ich gehe der Frage nach, wie Josane gestorben ist, aber ich habe keine Ahnung, was sich eigentlich zugetragen hat. Nach allem, was ich weiß, war es ja wohl ein Reitunfall, aber das kann Josanes Mutter einfach nicht hinnehmen. Sie kann Josane nicht loslassen. Wenn einer, dann sollten Sie das verstehen können. Sagten Sie nicht, mit Josane sei auch ein Stück von Ihnen begraben worden? Nun, bei der Mutter war es nicht nur ein Stück, sondern so gut wie alles. Schenken Sie mir nur ein paar Minuten Ihrer Zeit.»

Flip blieb stehen. Ich nahm die Hand wieder von seinem Arm.

«Nicht hier», sagte er. «Das ist kein Ort dafür. Morgen früh um acht, das Rail Shop in The Plains. Aber ich werde Ihre Fragen nur unter einer Bedingung beantworten: Schaffen Sie mir Josanes Mutter vom Hals. Sagen Sie ihr, daß ich Josane geliebt habe und ihr niemals etwas hätte antun können.»

Ich konnte nicht anders, als an Annie zu denken, die mir erzählt hatte, daß sie mal von ihm geschlagen worden war. Das mußte mir im Gesicht geschrieben gestanden haben.

«Sie sind mit Annie befreundet», sagte er, «warum sollten Sie mir also Glauben schenken? Aber was zwischen Annie und mir passiert ist, ist schon sehr lange her. Ich kann es nicht ungeschehen machen, jedoch war ich damals ein anderer Mensch. Josane hat mich wachgerüttelt. Wissen Sie, was ich damit sagen will?»

Ich schüttelte den Kopf. «Nicht so ganz.»

«Ich erkläre es Ihnen morgen», sagte er. «Lassen Sie es uns für heute genug sein. Es vergeht kein Tag, an dem ich es nicht hier in meinem Herzen fühle.»

Er ballte die Hand zur Faust und schlug damit auf seine Brust – sehr kräftig, vielleicht kräftiger, als er es vorgehabt hatte.

«Vier Jahre, und es schmerzt noch so, als wäre es erst gestern geschehen.»

Seine Augen wurden feucht, und er wandte sich ab. «Wir sehen uns morgen», sagte er und ging zur Tür.

Brrr, tat er mir etwa leid? Es war Zeit für eine kleine Dosis Realität. Ich ging an dem – dankenswerterweise geschlossenen – Sarg vorbei und erinnerte mich dabei daran, daß es da ja zwei Tote gab, die auf verdächtige Weise zu solchen gemacht worden waren, und auch daran, daß alle im Todestrakt einsitzenden Verbrecher immer ihre Unschuld beteuerten.

Es war eigenartig, daß Nilson überhaupt hier war. Das waren doch alles Leute vom Turnierzirkus, und außer seiner Beziehung zu Josane konnte ich keine weiteren Verbindungen erkennen. Die anwesenden Burschen waren in der Mehrzahl schwul, und ich konnte mir einfach nicht vorstellen, daß Nilson, der Weiberheld, mit einer Bande von Männern rummachte, die bei seinem Anblick aus dem Häuschen geraten mußten.

Ich durfte nicht vergessen, ihn nach seiner Beziehung zu Jim Benson zu fragen. Und danach, wie er eigentlich zu dem albernen Namen Flip gekommen war.

Ich sah mich nach Henry um und hoffte, seine Aufmerksamkeit auf mich lenken zu können, was aber nicht sehr wahrscheinlich war, da er sich immer noch mit Topping Mundell unterhielt. Ich konnte das Energiefeld zwischen ihnen förmlich tanzen sehen. Das war ein einziges Sich-Anlächeln, weshalb ich kehrtmachte, um mir jemanden zu suchen, den ich befragen konnte, oder irgend etwas, was mich beschäftigt hielt, bis die beiden mit ihrer Anlächelei fertig waren.

Ich spürte ein Pochen auf meiner Schulter und drehte mich um. In Höhe meiner Augen erschien ein großer Busen.

Ich blickte zu der Besitzerin dieser gewaltigen Brust auf und sah eine Frau, die ungefähr in meinem Alter sein mußte, schulterlanges braunes Haar und haselnußbraune Augen hatte und so strahlend lächelte, daß ich nicht fürchten mußte, von ihr wegen nicht erbetener Teilnahme an der Totenwache oder -besichtigung oder wie immer das hieß vor die Tür gesetzt zu werden.

«Hi», sagte die Frau. «Sie sind Annie Hoskins Freundin, stimmt's?»

«Da haben Sie recht», antwortete ich, lächelte und streckte die Hand aus. «Nattie Gold. Woher wissen Sie?»

«Annie sagte: ‹Klein, langes rotes Haar und sieht so aus, als fürchtete sie sich vor gar nichts›.» Sie schüttelte mir die Hand.

«Tja, bezüglich der ersten beiden Feststellungen hat sie wohl recht», sagte ich. «Aber bringen Sie mich in die Nähe eines Oxers, und schon bin ich ein bibbernder Feigling. Okay, Sie kennen mich also, ich jedoch Sie nicht.»

«Ich bin Karen Rose, die Managerin von Charlies Stall. Annie sagte, Sie würden mir gern ein paar Fragen zu Josane stellen?»

«Auch das ist zutreffend», antwortete ich, vergaß Henry und seine spatzenhirnige Schöne und quetschte Karen aus. Ich fragte sie nach Charlie, Jim, Josane und dem kleinen Mädchen, das ums Leben gekommen war, und Karen – soviel stand bald fest – redete gern und schien zu absolut allem eine Meinung zu haben.

Was Josane anging, war sie ganz offenkundig ein Fan.

«Ich erinnere mich noch an ihren ersten Tag bei uns im Stall», sagte Karen. «Ich war fest entschlossen, sie zu hassen, weil sie so verdammt hübsch war und noch dazu so eine Art hatte, die Männer zu noch blöderen Narren zu machen, als sie es so schon sind. Dann aber zeigte sich, daß sie viel intelligenter war als alle Schönheitsköniginnen, die ich kannte. Ich versuchte, sie nicht zu mögen, aber es ging nicht. Sie war so nett wie hübsch.»

Ihre Antwort auf die Frage nach Josanes Tod war dieselbe wie die aller hier – es war ein häßlicher Reitunfall gewesen, zu dem es hatte kommen müssen. Sie sagte, sie habe zigmal miterlebt, wie Josane vom Pferd geflogen sei. «Ich hörte auf zu zählen, nachdem ich alle Finger und Zehen durchhatte.»

Karen lachte. Es war eher ein irres Gekicher, das einen glauben ließ, sie sei nicht ganz richtig im Kopf. Im Lauf unserer Unterhaltung stellte sich jedoch heraus, daß sie fünf Sprachen sprach, gerade die sechste lernte, allmorgendlich fachfraulich die Entwicklung ihrer Geldanlagen prüfte und deutsche Romane in deutscher Sprache las.

«Verstehen Sie mich nicht falsch», sagte Karen, «Josane war keineswegs eine lausige Reiterin. Auf jedem normalen Pferd war sie eine gute, aber Rita war kein ganz normales. Rita war wie eins dieser hochbegabten Kids, die mit neun ihren Doktor machen. Intelligent und talentiert, aber unter der Oberfläche irgendwie vermasselt. Total vermasselt.»

Ich bat Karen, mir den Tag, an dem Josane gestorben war, genauer zu schildern. Ich suche, sagte ich, nach irgendeinem Anhaltspunkt. Nach einer Unstimmigkeit im Polizeibericht, einem relevanten Detail, das nicht erfaßt worden war, nach irgend etwas, ich wisse auch nicht, was.

Der Tagesablauf war der folgende gewesen: Karen hatte zugesehen, wie Josane ihre Stute striegelte und sattelte, wobei sich beide über ihr neuestes Männerproblem unterhielten. Über Karens, nicht über Josanes. «Wenn es um Männer ging, bestand Josanes einziges Problem darin, daß es zu viele waren. Sie hätte jeden haben können, und nach allem, was ich so mitbekam, hatte sie auch. Ihr war wahrhaftig voll eingeschenkt worden, immer wieder. Was mich an die erstaunliche Tatsache erinnert, daß das Mädchen jeden gewünschten Absatz aus der Bibel zitieren konnte. Josane sagte, sie sei von ihrer Mutter immer zum Auswendiglernen angehalten worden und habe schon mit zehn Jahren die halbe Bibel hersagen können.»

Eine Bibelsprüche sprudelnde Femme fatale, die sich reichlicher Männerbekanntschaften erfreut hatte und deren Nase das weiße Zeug nicht fremd gewesen war. Josane war offenbar ein ganzes Bündel von Widersprüchen gewesen – was in meinen Augen einen Menschen erst interessant macht. Es tat mir zunehmend leid, daß ich ihr im wirklichen Leben nie begegnet war.

Ich lenkte das Gespräch zum Thema zurück, nämlich zu Josanes letztem Ritt, wobei sich mir die Frage stellte, ob ein Wechsel des Sattel- oder Zaumzeugs bewirkt haben könnte, daß das Pferd durchgedreht war. Vielleicht hatte eine andere Trense oder ein neuer Gurt die so schon gereizte Stute irritiert? Aber ich hatte auch da kein Glück, denn Karens Aussage zufolge war alles so wie immer gewesen – Zaumzeug, Trense, Sattel, ja sogar die Satteldecke, alles.

«Und wenn ich mich richtig erinnere», sagte Karen, «dann hatte sie Ritas Beine auch noch mit irgendeiner Beulensalbe eingerieben und ihr Gamaschen verpaßt. Josane wollte mit Rita unbedingt in der Klasse der Green Conformation Hunters antreten. Und das bei den Beinen des Pferdes! Ich brauche Ihnen ja nicht zu sagen, daß ein Gaul da keinerlei Schönheitsfehler haben darf, schon gar keine unebenen Beine. Dann kann man sein Nenngeld gleich in den Ofen stecken. Aber Sie kennen Josane, das heißt, ich nehme an, Sie kannten sie gar nicht ... wenn sie sich was in den Kopf gesetzt hatte, dann war sie nicht mehr davon abzubringen, und man konnte sich entsprechende Versuche getrost sparen.»

Ich mußte zugeben, daß Annie bezüglich einer Ähnlichkeit zwischen Josane und mir recht hatte – auch ich konnte in der Gewißheit des sicheren Sieges einen Esel zu einem Sturheitswettbewerb herausfordern.

Ich fragte Karen, in welcher Stimmung Josane gewesen sei, und meinte, sie habe sich ja möglicherweise über irgend etwas aufgeregt und das Pferd damit in Unruhe versetzt.

«Sie scherzen wohl», antwortete Karen. «Josane war an jenem Tag richtig high, aber das hatte nichts mit Drogen zu tun. Obwohl ich Ihnen für den Fall, daß Sie das noch nicht wissen sollten, gleich sagen kann, daß sie mit ein paar Koksköppen Kontakt hatte. Von Zeit zu Zeit brauchte sie das. Keine wilden Orgien, nur hin und wieder ein klein wenig Kokain. Aber an jenem Tag war sie zwar high, aber high aus lauter Freude am Dasein. Sie war ja normalerweise schon das, was man übersprudelnd nennen könnte, aber an diesem Tag platzte sie fast. Sie war am Vormittag wegen ihrer Scheidung in Warrenton gewesen. Ich nehme an, daß das gut gelaufen war, oder irgendwas im Anschluß daran noch besser, denn bei ihrer Rückkehr zum Stall war sie richtig aufgedreht. Aufgedreht wie jemand, der gerade aus dem Bett eines neuen Gespielen kommt. Wenn ich raten sollte, würde ich sagen, daß es nicht dieser Schönling, dieser Karatemeister, war, den sie besucht hatte.»

Scheidung? Reenie hatte weder eine Ehe noch eine Scheidung erwähnt. Ich mußte herausbekommen, warum sie sich in diesem Punkt so bedeckt gehalten hatte. Selbst ich weiß, daß der erste, der in Verdacht gerät, immer der Ex ist. Was Josanes Liebesleben anbetraf, so hatte Karen allerdings vollkommen recht. Ich entsann mich nämlich, im Polizeibericht etwas von einem Spermatest gelesen zu haben und daß ich mich darüber gewundert hatte. Wie auch immer, sie hatten einen gemacht und festgestellt, daß Josane in den letzten Stunden ihres Lebens mit irgend jemandem im Bett gewesen war. Labortechnisch gesprochen, war es zu spät gewesen, um noch ermitteln zu können, wer dieser Jemand gewesen war. Ich mußte also auf die altmodische Methode des Herumfragens zurückgreifen.

«Flip? Warum nicht er?»

«Die beiden waren gerade am Auseinanderdriften», antwortete Karen. «Er hatte es vielleicht noch nicht mitbekommen, aber es war so. Sie hatte mir mal anvertraut, daß er sie erdrücke.»

«Interessante Wortwahl», sagte ich. «Erdrücken auch im Sinne von umbringen?»

Karen lachte erneut, und ich sah, wie sich dabei ihre gewaltige Brust hob und senkte. Ich weiß ja, daß auf Männer große Milchdrüsen anziehend wirken, aber ich bin trotzdem froh, daß ich an meiner Vorderseite nicht solche zusätzlichen Fleischmassen mit mir herumschleppen muß.

«Annie meinte, Ihre Phantasie sei so üppig wie Ihr Haar», sagte Karen. «Mord? Du liebe Güte. Also ich weiß nicht ...»

Ich ging zum Mal-angenommen-Modus über. «Mal angenommen, *jemand* – wir lassen das im Augenblick noch offen – war Josane bei ihrem Ausritt gefolgt oder hatte gewußt, wo sie entlangkommen würde, und ihr aufgelauert. Ferner mal angenommen, dieser Jemand hatte Josanes Pferd ordentlich erschreckt, indem er just in dem Augenblick, in dem sie um eine Ecke kam, mit einem Laken oder einer Plastiktüte gewedelt hatte, so daß das Pferd vor Schreck übergeschnappt war, wozu es bei Rita ja, soviel ich weiß, nicht gar so viel brauchte. Also: Das Pferd war durchgegangen. Josane, nicht gerade eine Margie Goldstein, war heruntergefallen. Angenommen, dieser Sturz war nicht schwer genug gewesen, um sie ernsthaft zu verletzen. Das bedeutete, daß der genannte Jemand den Job selbst zum Abschluß hatte bringen und ihr den Schädel mit einem Stein einschlagen müssen.»

«Junge, Junge, Sie haben wirklich eine rege Phantasie. Sie sollten fürs Fernsehen schreiben», kommentierte Karen meine Annahmen. «Ich meine, möglich wäre es natürlich. Die Scheiße ist nur, daß alles möglich ist. Ich möchte Ihnen beileibe nicht reinreden, aber meinen Sie nicht auch, daß Sie bei all Ihrer Vermuterei nicht doch eine Vorstellung davon haben müßten, über wen Sie Vermutungen anstellen?»

«Tja, wie wär's denn mit Flip?»

Sie legte eine Hand auf ihr Kinn und hob die Augenbrauen. «Flip? Ich weiß, daß Annie Ihnen erzählt hat, wie er mit ihr, Annie, umgesprungen ist, und ich bin sicher, daß Sie schon gehört haben, wie eifersüchtig er bei Josane war. Er konnte es nicht ertragen, wenn sie einen andren auch nur ansah, geschweige denn mit ihm sprach. Und vor Josanes Tod hatte er oft damit angegeben, daß der Sheriff mal gemeint hatte, er solle seine Hände als Waffen registrieren lassen. Er ist in Karate ganz groß. Aber Mord? Wie ich schon sagte, möglich ist alles. Aber ich habe ihn eigentlich immer für eher harmlos gehalten. Ganz bestimmt ist er es jetzt, wo er doch Jesus oder wen immer gefunden hat. Selbst als er noch mit Josane zusammen war, hatte ich immer den Eindruck, daß er ein Hund ist, der viel bellt und ergo nie beißt. Darüber muß ich noch mal nachdenken. Inzwischen lassen Sie uns Ihr Mal-angenommen-Spiel weiterspielen. Mal angenommen, er war's nicht. Was dann? Alle, die ich kenne, haben Josane geliebt, ausgenommen vielleicht ein paar der Frauen, deren Ehegatten Josanes wegen den Verstand verloren hatten. Aber ich kann mir einfach keine sechzig Jahre alte Dame der Gesellschaft Middleburgs vorstellen, die in ihren feinen Leinenschuhen von Gucci durch die Wälder rennt und nach einem Stein oder irgend etwas sucht, das schwer genug ist, um Josane damit den Schädel einzuschlagen. Sie?»

Damit hatte sie nicht ganz unrecht, aber es gab ja schließlich auch so etwas wie den Mord auf Bestellung. Diese Theorie kaufte mir Karen allerdings ebenfalls nicht ab. Sie meinte, dazu wäre die Pferdewelt zu klein, es hätte Gerede gegeben, und der angeheuerte Killer wäre längst ermittelt worden. Aber da sie jemand war, der sich gern alle Optionen offenhielt, setzte sie ihr Alles-ist-Möglich hinzu und erklärte sich bereit, sich für mich umzuhören. Da mir keine Fragen zu Josane mehr einfielen, dachte ich, ich könnte vielleicht Henry bei seiner Story behilflich sein und noch ein paar Erkundigungen über Jim Benson einziehen. Ich kam also auf den Stallbrand und den Vater des kleinen Mädchens zu sprechen.

Karen lächelte nicht, als sie sich zu dem Mann äußerte.

«Er ist gefährlich», sagte sie. «Er wird bis ans Ende seiner Tage jemanden zu finden versuchen, dem er die Schuld am Unfall seiner Kleinen geben und den er dafür büßen lassen kann. In der Stadt nennen wir ihn den Heizer. Ich weiß, die Polizei sagt, er habe den Stall nicht angezündet, aber ich meine, das ist Blödsinn. Ich hoffe, sie kriegen ihn wegen Jims Tod dran.»

«Mal angenommen, er hat es nicht getan?»

«Ausgeschlossen», antwortete Karen. «Wer sonst hätte ein Interesse an Jims Tod haben sollen?»

Ich durfte die Liste leider nicht erwähnen und antwortete deshalb: «Ich weiß es nicht. Sagen Sie's mir.»

«Niemand, so einfach ist das», sagte sie. «Und kommen Sie mir nicht mit Charlie. Zum einen war er im Stall, als es passierte. Ich weiß das, weil ich selbst auch dort war. Zum anderen würde Charlie Jim nie und nimmer etwas zuleide getan haben. Und ich meine nie und nimmer. Klar, sie hatten gute und schlechte Zeiten, aber nennen Sie mir einen Menschen, bei dem das anders ist. Im Prinzip waren sie wie Ozzie und Harriet.»

Ich hatte Charlie eigentlich nie als Verdächtigen angesehen. Wenn er in Frage gekommen wäre, dann hätte er schon längst die Polizei auf dem Hals gehabt und säße in Untersuchungshaft. Aber wenn Josane Kontakt zur Drogenszene gehabt hatte, dann konnte das leicht auch für Jim und Charlie gelten. Sie wären nicht die ersten Turnierleute gewesen, die die Hälfte ihres Vermögens wegschnupfen oder die wegen eines schiefgegangenen Deals ins Kittchen wandern. Ich fragte so vorsichtig wie möglich, denn es war nicht zu übersehen, daß Karen Jim und Charlie so treu ergeben war wie ein Hund.

«O Mann, jetzt fangen Sie aber an, mir auf den Geist zu gehen», sagte Karen. «Ich weiß ja, daß Sie bloß Fragen stellen. Aber es ist die Art von Fragen, die die falsche Art von Gerede auslöst. Deshalb lassen Sie's jetzt mal gut sein. Jim und Charlie hatten keinen schmutzigen Knochen im Leib, und ihre Nasen waren so rein wie frisch gefallener Schnee, was kein Wortspiel sein soll. Sie wußten, daß sich Josane mit einer üblen Bande rumtrieb, und keine zwei Wochen vor ihrem Tod haben die beiden noch mit ihr darüber gesprochen. Sie waren an dem Punkt angelangt, das Mädchen in hohem Bogen aus dem Stall rauszuschmeißen. Wo es um den Stall ging, wollten Jim und Charlie mit Drogen nichts am Hut haben. Egal, wer es war. Es spielte für sie keine Rolle, wieviel Geld Josane hatte, beziehungsweise wer es hatte und ihr gab.»

Die Geldspur! Sie hatte ich völlig vergessen. Ich hatte mir im Fach «Investigative Berichterstattung» eine Sechs verdient, denn schließlich ist das der erste Bereich, wo man nach Hinweisen sucht. Und ich wäre fast davongezogen, ohne auch nur eine einzige Frage gestellt zu haben!

«Okay, okay», sagte ich, «kein Wort mehr über Jim und Charlie, es sei denn, es gelte festzuhalten, wie toll sie sind und waren. Aber noch eine Frage zu Josane. Sie hatte ja ganz offensichtlich jede Menge Knete. Wo kam die her? Doch wohl kaum aus ihrem kleinen Laden, oder?»

Karen lachte wieder, und ich war froh, daß sie zu jenen gehörte, die ihre Verärgerungen schnell vergessen können.

«Sie meinen den Dazee Cutter?» sagte sie. «Haben Sie Middleburg schon mal an einem Sonnabend erlebt? Ströme von Touristen wandern dann auf der Suche nach Keramikkühen von Geschäft zu Geschäft. Und Josane hatte einen Haufen davon, zusätzlich zu all dem Pferdekram. Doch, sie verdiente da gutes Geld. So viel immerhin, daß das Mädchen, das im Laden arbeitete, die Hälfte einsacken konnte, ohne daß es Josane je aufgefallen wäre. Aber das ist der Punkt. Dieser Laden war im Grunde nur dazu da, Josane beschäftigt zu halten, und nicht dazu, ihre Rechnungen zu bezahlen. Sie verfügte über eine bessere Einkommensquelle, die die Einnahmen im Laden zu Peanuts machte.»

Ich wollte eine Frage mit «Was» beginnen, kam aber über das W nicht hinaus.

«Wie ich schon sagte, ihr ward voll eingeschenkt. Sie hielt sich einen älteren Herrn, dessen Augenstern sie war. Sie hat mir nie verraten, um wen es sich handelte, aber der Bursche hatte zweifelsohne einen Haufen Geld von der Höhe des Mount Everest und keinerlei Bedenken, den Zaster für sie auszugeben. So konnte sie zum Beispiel Rita kaufen.»

Entweder hatte Josane die Identität ihres Gönners (die höfliche Umschreibung für einen ein Mädchen aushaltenden alten Knacker) tatsächlich nie preisgegeben, oder die Mafia von Middleburg hatte sich vor Daddy Pfeffersack gestellt und ihn geschützt. Wie auch immer, eins war sicher: Niemand würde mir in schöner Offenheit anvertrauen, wer dieser großherzige Mensch gewesen war. Das gefürchtete Aktenstudium ließ sich also wohl kaum umgehen. Meine Fresse, das bedeutete mindestens einen Tag mit Henry im Archiv!

Ich fragte Karen, was aus Lannie Post, der langfingrigen Helferin Josanes, geworden sei. «Nicht viel», lautete die Antwort. Josane habe nicht Anzeige erstattet, sondern ihr nur geraten, sich nie wieder bei ihr blicken zu lassen.

«Josane war einfach nur froh», sagte Karen, «Lannie auf diese Weise losgeworden zu sein. Denn ich glaube nicht, daß Lannie das Geld um des Geldes willen geklaut hat. Das ist der schaurige Teil der Geschichte, und ich weiß, daß er seltsam klingt. Woran Lannie gelegen war, war nicht das Geld, sondern Josanes Beachtung, und die ganze Klauerei war nur ihre abartige Methode, dieses Ziel zu erreichen. Lannie hatte was für Josane übrig, womit ich nicht sagen will, daß die beiden etwa Lesben gewesen wären. Josane war's jedenfalls ganz bestimmt nicht. Nein, das war komplizierter als schlichter Sex. Josane hatte Lannie in gewisser Weise unter ihre Fittiche genommen, ihr beigebracht, wie man Make-up benutzt und sich richtig anzieht. Nach einer Weile sah Lannie total verändert aus. Hol's der Geier, es ist schon erstaunlich, was so ein bißchen Make-up ausmachen kann. Josane hat mich auch mal so richtig ordentlich zurechtgemacht, und da sah selbst ich wie so ein bescheuerter Filmstar aus. Aber wenn Sie mich fragen, Lannie war eine echte Spinnerin. Sie tauchte zu jeder Tages- und Nachtzeit bei Josane auf, rief sie dauernd an, richtete es oft so ein, daß sie dieselben Klamotten anhatte. Wenn sie im Laden gesehen hatte, was Josane trug, ging sie kurz weg und zog sich entsprechend um. Das ging über mein Fassungsvermögen.»

Jetzt ergab manches einen Sinn, wenn auch auf makabre Art und Weise. Ich hätte alle meine Ersparnisse verwettet (wenn sie nicht schon für Brenda draufgegangen wären), daß Lannie Post die Fahrerin des DAZCUTR war. Was hieß, daß sie ziemlich kleinwüchsig sein mußte, denn niemand, der größer war als ich, hätte bei so weit vorgezogenem Sitz hinter das Steuer gepaßt.

«Wie groß ist Lannie?»

Karen sah mich an, als gäbe es keine dümmere Frage.

«Wie bitte?» sagte sie. «Sie wollen ihre Größe wissen? Was hat die denn mit der ganzen Sache zu tun? Gott im Himmel, Sie stellen vielleicht Fragen. Etwa Ihre Größe, vielleicht zwei Zentimeter kleiner und zehn Pfund schwerer.»

Ich klärte sie auf und erzählte ihr von dem Auto, dem Nummernschild und dem so weit nach vorn gezogenen Fahrersitz.

«Hm», meinte Karen, «ich weiß nicht, was für ein Auto Lannie fährt, aber es würde mich überhaupt nicht wundern, wenn das ihres wäre. Verstehen Sie jetzt, was ich mit schaurig meine? Tja, ich muß mich noch mit jemandem unterhalten. Rufen Sie mich an, wenn es noch Unklarheiten gibt.»

Karen schrieb ihre Telefonnummer auf die Rückseite einer Karte des Bestattungsinstituts. Irgend etwas rumorte noch in mir herum, aber es wollte mir nicht einfallen, was es war. Dem Rat einer Freundin meines Vaters folgend, sagte ich im stillen «Gib's her!» zu mir. Es mag ja seltsam klingen, aber es funktioniert in neun von zehn Fällen. Ich sagte es noch einmal und wußte nicht, was nun zuerst kommen würde, die Antwort meines Gedächtnisses oder Karens Abgang.

Gerade als sie sich von mir wegdrehte, fiel es mir ein, und ich legte ihr schnell die Hand auf den Arm.

«Noch eine letzte Frage», sagte ich, «und dann höre ich für heute abend auf, Sie zu pesten. Wenn Rita wirklich ein so verrücktes Pferd war, was hatte sich Josane dann dabei gedacht, ohne Begleitung ins Gelände zu reiten?»

Karen lachte einmal mehr. «Sie sollten inzwischen wissen, daß sich Josane von niemandem etwas sagen ließ, was sie nicht hören wollte. Sie hatte weder Luft noch graue Zellen zwischen den Ohren, sondern Beton.»

20

Henry mußte sich schließlich doch von Topping losgerissen haben, denn als ich zu ihr hinsah, sprach sie mit jemand anderem.

Also mußte ich nach Henry suchen. Ich sah mich im Raum um und entdeckte ihn in einem Grüppchen von Männern. Es gelang mir, seine Aufmerksamkeit auf mich zu lenken, und deutete auf meine nicht vorhandene Armbanduhr, als müßte ich dringend irgendwohin. Wir hatten uns ja nach einer Stunde am Sarg treffen wollen, und die Stunde war um.

Ich bewegte mich schon mal dorthin und baute mich neben einem riesigen Zweig von etwas Weißem und Wächsernem auf. Noch ein Unterschied zwischen Juden und Christen. Der Tod. Ich hasse Beerdigungen, vor allem wenn ich mir das Herz aus dem Leib heulen muß, fände aber trotzdem ein paar Zweiglein von irgend etwas Hübschem ganz nett. Die Juden kriegen jedoch keine Blumen, wenn sie gestorben sind, sondern Steine. Ehrlich. Wenn man einen jüdischen Friedhof besucht, dann legt man zum Zeichen, daß man dort gewesen ist, ein Steinchen auf den Grabstein. Es geht überhaupt sehr viel spartanischer zu als bei den christlichen Bestattungen – von der Jim Bensons gar nicht zu reden. Über seinem Sarg mußten mindestens fünf Floristen den Inhalt ihrer Kühlräume ausgeleert haben. Und was für ein Sarg. Der Junge machte sein letztes Nickerchen in einer reichverzierten dunklen Edelholzkiste, die so spiegelglatt war, daß man darin seine Tränen die Wangen hinablaufen sehen konnte. Dazu Verschlüsse und Angeln aus Messing, und innen drin wahrscheinlich mehr blaugrüner Satin, als in drei Freudenhäusern von New Orleans zu finden ist.

Henry trat zu mir und Jim.

«Na», sagte ich und achtete darauf, daß mich meine Stimme nicht verriet, «was hast du herausbekommen? Irgendwas Interessantes? War das Topping Mundell, mit der du dich unterhalten hast?» Ich setzte im stillen «... drei ganze Stunden lang!» hinzu.

«Ja, war sie», antwortete Henry. «Sie kennt dich und dein Pferd und ist von deinen reiterlichen Fähigkeiten sehr beeindruckt. Nattie, du hast dein Licht unter den Scheffel gestellt.»

«Ist das wahr? Aber habt ihr außer über mich auch noch über anderes sprechen können? Vielleicht über das anstehende Thema?»

Ich legte die Hand auf den Sarg und lächelte.

«Natürlich haben wir. Wozu sind wir denn sonst hier?»

Ich lächelte weiter und kniff mir in die Hand, damit ich es nicht aussprach. «Okay», sagte ich, «schieß los.»

Ich mußte anerkennen, daß Henry eine ganze Menge an Informativem aus Topping herausgeholt hatte. Vielleicht hatte er sie ja tatsächlich nur interviewt und die Eifersucht mein Urteilsvermögen getrübt – weshalb ich ja auch immer sage: Bloß keine Redaktionsromanzen! Nicht daß ich mich je an meinen eigenen Rat gehalten hätte. Schon in der auf meinen Umzug nach Charlotte folgenden Nacht war ich einem großen, schlaksigen Reporter aus Tennessee erlegen, der ein beachtlicher Geschichtenerzähler gewesen war, aber nicht nur das gewollt hatte. Unglückseligerweise war seine poetische Seele das einzige gewesen, was mich zu ihm hingezogen hatte, weshalb wir schon bald als Freunde geschieden waren. Er hatte sich dann dem Fernsehen zugewandt und ich mich einem kleinen Reporter aus New Jersey, der so gefühlvoll gewesen war wie Sylvester Stallone, sonst aber einfach süß. Es geht mir halt wie meinem Vater Lou – wenn es um das andere Geschlecht geht, denke ich immer mit dem falschen Körperteil.

Wie sich herausgestellt hatte, hatte Jim Benson mit Tabak zu tun gehabt. Sehr viel sogar. Seiner Familie gehörte nicht nur die Farm, auf der er ermordet worden war und die Topping als «diese kleine Kälberfarm» bezeichnet hatte, sondern dazu noch ein gutes Stück des südlichen virginischen Piedmont, wo keine Kühe gezüchtet, sondern Nutzpflanzen angebaut wurden. Genauer: die Killerpflanze. Benson verdankte sein Vermögen dem Tabakanbau. Großvater Benson hatte, wie es aussah, einen Teil jener Anbauflächen an sich gebracht, die 1946 von der Bundesregierung verteilt worden waren. Zu dieser Zeit hatte die Regierung die Kontrolle des Angebots übernommen – und damit auch die über die Nachfrage, wodurch sie die Preise so hoch halten konnte, wie es ihr die edlen Senatoren von North Carolina empfahlen.

Folgt man dem, was Topping Henry erzählt hatte, so hielten die Bensonschen Anbauflächen die Bladstoneschen Zigarettenmaschinen schon seit Jahren am Laufen.

«Das Interessanteste ist», sagte Henry, «daß Benson nie geraucht hat und keinen Raucher in seiner Nähe ertragen konnte. Dafür waren ihm aber die Einkünfte seiner Tabakfarm überaus lieb. Toppy sagte, er sei im Geldausgeben ganz groß gewesen, und offensichtlich gab es ja auch genug auszugeben, zumal er einziges Kind war. Aber sie meinte auch, er habe sich, was die Herkunft seines Geldes anging, immer fast schon entschuldigt.»

Ich beachtete das Toppy hier und das Toppy da nicht, sondern hörte mir auch noch den Rest dessen an, was Henry über Benson in Erfahrung hatte bringen können. So zum Beispiel, daß Topping Benson noch am Tag vor seinem Tod gesehen hatte, und er ihr sehr geistesabwesend vorgekommen war. So, daß er eine schwierige Beziehung zum Vater hatte, der ein tyrannischer Bursche war, den Lebensstil seines Sohnes mißbilligte und ständig damit drohte, ihn zu enterben.

Wenn ich es richtig sah, bedeutete das wohl auch, daß sich Bensons Vater als großer Frauenheld sah und die Tatsache nicht verwinden konnte, daß sich das Produkt seiner Männlichkeit als schwul herausgestellt hatte. Ich fragte mich, wie er damit zurechtkommen würde, daß sein einziges Kind jetzt nicht mehr lebte. Ich war froh, die Nacht nicht im Kopf dieses Mannes zubringen zu müssen.

Dann war es an mir, Henry zu berichten, was ich erfahren hatte. Ich erzählte ihm von dem anderen Vater, dem «Heizer», der den Tod seiner Tochter nicht verwunden hatte. Henry und ich waren uns einig, daß der Mann wahrscheinlich nichts mit Bensons Tod zu tun hatte, daß wir der Sache aber trotzdem nachgehen mußten. Man weiß ja auch nie. Vielleicht hatte der «Heizer» doch auf eine definitive Art Rache geübt, und vielleicht bestand zwischen Bensons Tod und dem Briefe schreibenden Irren gar kein Zusammenhang. Es hatte schon merkwürdigere Dinge gegeben.

Jemand mußte mit Bensons Eltern reden, und ich war erleichtert, daß das nicht ich war. Obwohl ich Reporterin aus Leidenschaft bin, hasse ich meinen Beruf, wenn ich sehe, wie einer meiner Brüder einer tränenüberströmten Mutter, die gerade die Nachricht erhalten hat, daß ein Verrückter ihre gesamte Familie ausgelöscht hat, ein Mikro unter die Nase schiebt. Als ich noch für die Nachrichtenredaktion gearbeitet hatte, mußte ich viele solche Besuche machen und fühlte mich hinterher immer irgendwie schmutzig. Mir ist Wurscht, was die Redakteure sagen – es ist und bleibt ein Einbruch in die Privatsphäre, und die Sache mit dem Recht der Öffentlichkeit auf Information ist in allen Fällen der Trauer Käse.

Ich kann nicht behaupten, daß Henry allzu versessen darauf war, mit den alten Bensons zu sprechen – jedenfalls nicht gleich und hier im Bestattungsinstitut. Er machte «hm» und «äh» und schließlich einen Plan – er würde sie später in der Woche anrufen. Eine weise Entscheidung.

«Und was ist mit Topping?» fragte ich.

«Wie, was ist mit Topping?»

Da stand für mich fest, daß Henry anderes im Kopf hatte als einen Zeitungsartikel.

«Ich frage nicht, ob ihr beide euch was für den Neujahrstag vorgenommen habt, sondern ich meine, was mit Topping und der M-Verbindung ist. Du weißt schon, ihr Vater, Santee Mundell. Er ist doch der Mr. M auf der Hitliste des Spinners.»

«O das», sagte Henry. «Ich habe ihr nichts von der Liste gesagt. Ich möchte nicht, daß zu viele Leute davon wissen, und warum sollte ich sie unnötig beunruhigen. Sie hat ein sehr gutes Verhältnis zu ihrem Vater. Ich weiß nicht, ob dir bekannt ist, daß Topping nach dem Auszug ihrer Mutter beim Vater geblieben ist. Und da war sie gerade acht Jahre alt. Sie liebt ihn abgöttisch.»

«Du hast recht», sagte ich und rang mir ein Lächeln ab. «Und was ist mit der Tabak-Connection? Was hat Topping gesagt, womit ihr Daddy seinen Lebensunterhalt verdient? Ich weiß nur, daß er irgendeine Firma hat, die ihm ganze Müllautos voll Geld heranschafft.»

«Mundell Industries», sagte Henry. «Industriechemikalien. Ich weiß noch nicht, ob es auch eine Tabak-Verbindung gibt, und wenn ja, welche. Toppy sagte, die Firma ihres Vaters habe überall auf der Welt Töchter, und es sei möglich, daß eine davon mit Tabak zu tun habe. Sie wußte aber nicht mehr darüber. Übrigens glaube ich, daß du sie falsch eingeschätzt hast. Sie reitet nicht nur. Wußtest du, daß sie für diese Region etwas ins Leben gerufen hat, was sich ‹Therapeutisches Reiten› nennt, ein Verein, für den sie auch die anfallenden Verwaltungsaufgaben erledigt? Offensichtlich ist es landesweit das erfolgreichste Programm seiner Art.»

«Nein, Henry», sagte ich, «ich kann nicht behaupten, das gewußt zu haben. Das ist schon beeindruckend, denn diese Programme wirken bei Kindern Wunder. Ich nehme an, Topping ist eine rothaarige Mutter Teresa ohne Falten. Was soll ich sonst sagen?»

Er warf mir einen komischen Blick zu, so als wäre er nicht ganz sicher, ob ich das ernst oder ironisch gemeint hatte. Aber ich hatte für heute genug vom Tod und davon gehört, wie toll die kleine Miss Mundell war. Als nächstes würde er mir sicher erklären, daß sie nicht das Spatzenhirn war, für das ich sie hielt, sondern daß sie an seiner Uni studiert hatte, das heißt an der Harvard University.

Ich mußte jedoch unbedingt mit Topping reden. Karen zufolge war sie ja mit Josane eng befreundet gewesen und häufig zusammen mit ihr ausgeritten. Ich sah zu ihr hinüber. Sie unterhielt sich gerade mit drei zueinander passenden Middleburgerinnen – groß, schlank, das Haar geschmackvoll zurückgekämmt zu kleinen Pferdeschwänzchen, die so stramm waren wie ihre kleinen Popos, und alle nicht gerade sehr aufregend, aber doch gut gekleidet. Ihr bloßer Anblick machte, daß ich mich exakt so fühlte wie bei den Reitturnieren, nämlich so als käme ich von dem

Planeten Du-gehörst-nicht-zu-uns-und-wirst-es-nie-tun. Mein Bedürfnis, mich in diese Gruppe hineinzudrängen, war ungefähr so groß wie mein Verlangen nach einer weiteren Begegnung der nächtlichen Art mit Outerbridge Duncan.

Außerdem rumorte es in meinem Magen so laut, daß Henry schon ein paarmal auf meinen Bauch hinuntergesehen hatte. Es war lange nach zwölf und die Eliminationsphase längst vorbei. Mein Körper, dressiert wie ein Pawlowscher Hund, wußte, daß es an der Zeit für mich war, etwas Substanzielleres zwischen die Zähne zu kriegen. Ich würde Topping später zu erwischen versuchen, vielleicht im Stall.

«Henry», sagte ich, «laß uns einen Happen zu uns nehmen und dabei darüber nachdenken, was wir als nächstes tun. Okay?»

Er sah sich im Saal um und dann auf seine Uhr. «Eine gute Idee. Nur noch eine Sekunde.»

Wie ein Torpedo schoß er auf Middleburgs eigene Heilige der behinderten Kinder zu. Ein Lippenlesen war mir versagt, weil ich die Gesichter nur von der Seite sah, und mit starrem Blick hinglotzen mochte ich auch nicht. Immerhin bekam ich mit, wie sie etwas auf einen Zettel schrieb.

«Gehen wir», sagte Henry. «Ich habe Toppy gefragt, ob sie mit zum Essen kommt, aber sie will zum Reiten. Bei diesem Wetter! Ihr Reitersleute seid schon ein verrückter Haufen. Sie empfahl das Coach House.»

«Dann soll's auch das Coach House sein», sagtc ich mit äußerster Großmut.

21

Als Henry und ich aus dem Bestattungsinstitut herauskamen, war das Auto mit dem DAZCUTR-Nummernschild natürlich schon weg. Was hatte ich auch erwartet? Ein Geschenk der für die investigativen Reporter zuständigen Götter – also etwa Lannie Post, die mit irrem Blick in ihrem Auto saß und ein Schild in der Hand hielt, auf dem MÖGLICHE MORDVERDÄCHTIGE zu lesen stand?

So etwas konnte ich vergessen. Diese Story brachte Arbeit mit sich, und zwar eine ganze Menge. Die große Frage war, ob ich die Zeit dafür haben würde, denn ich mußte noch immer ein Thema für meine der Mode gewidmete Sonntagskolumne finden – und den Quark dann auch noch schreiben.

Das Coach House lag nur ein kleines Stück die Straße hinunter und war ein entzückendes Haus, das man reich mit Kieferngirlanden und roten Samtbögen geschmückt hatte. Innen sah es sogar noch weihnachtlicher aus. Glöckchen an den Türen, Lämpchen in den Fenstern, Musik in der Luft. Und ich hatte immer gedacht, Charlotte sei, was die Kunst der Dekoration anging, nicht zu schlagen.

Wir bestellten – Henry einen Burger, ich eine Gemüsesuppe und einen Salat. Ich bin schon seit fünfundzwanzig Jahren Gelegenheitsvegetarierin, genauer gesagt seit sich mein Lieblingsvetter vom Fixer zum Gemüsefreak gewandelt und die ganze Familie für eine rein pflanzliche Ernährung gewonnen hatte. Die Suppe war so heiß und beruhigend, wie es Suppen sein sollen. Henry verschlang seinen Fleischklops mit drei Bissen, und es blieb nur ein Klecks Ketchup auf seinem Kinn davon übrig. So etwas führt immer wieder zu einer sehr interessanten Frage: Sagt man seinem Gegenüber, daß ihm sein Mittagessen am Kinn klebt, oder tut man so, als wäre sein Gesicht nicht mit Ketchup beschmiert? Ich wüßte die richtige Antwort nur zu gern. Versuchsweise machte ich eine Bewegung mit den Fingern, und Henry begriff, was ich damit sagen wollte.

«Ich bin ein ungesitteter Esser», meinte er. Keine Verlegenheit, kein Stolz, nur die Feststellung einer Tatsache.

«Wie sehen deine Pläne aus?» fragte ich und setzte hinzu: «Ich muß mir Charlie Lacontes Stall ansehen, Lannie Post finden, meine Modekolumne für Sonntag schreiben, herausfinden, wer Josanes rätselhafter Gönner war, mit Josanes Scheidungsanwalt sprechen, ihren Ex-Mann ausfindig machen, die Schwester im Krankenhaus finden, die gesagt hat, Josane habe komisch gerochen, Josanes Freund interviewen, mich mit Topping unterhalten und ermitteln, wer, was, wo, wann und warum Josane umgebracht hat. Und das alles bis Freitag. Irgendeine Anregung?»

Henry lachte, aß eine seiner Fritten und faßte sich prüfend ans Kinn.

«Alles vollkommen sauber», sagte ich. «Hast du nicht auch mal Benimmkurse oder so was besucht?»

«Das ist Jahre her», antwortete er. «Alles weg. Ich habe Toppys Telefonnummer. Hier, ruf sie an und mach einen Termin aus. Sie ist sehr zugänglich.»

«Das habe ich gesehen», sagte ich und nahm den Zettel, den er mir zuschob.

«Was alles andere angeht», meinte Henry und überging meine letzte Bemerkung, «so denke ich, daß du Candace anrufen und ihr sagen mußt, daß es zur Aufklärung eines vier Jahre alten Mordfalles mehr braucht als zwei oder drei Tage. Wie wäre es, wenn du morgen mit mir nach Leesburg führst, um dort die Bücher einzusehen? Das wäre die effizienteste Methode festzustellen, wo Josane all das Geld her hatte.»

Ich wollte schon zustimmend nicken, als mir Flip wieder einfiel.

«Geht nicht», sagte ich. «Ich bin morgen früh zu einem Interview mit Josanes früherem Kavalier verabredet.»

Ich erzählte Henry von Flip, und dann unterhielten wir uns noch eine Weile über Josane. Lannie Post und ihre Fixierung interessierte ihn, nicht jedoch die Tatsache, daß ich mit einem angeblichen Brutalo verabredet war, der auch Frauen geschlagen haben sollte. Was erwartete ich denn auch? Er war weder meine Mutter noch Jude. Seine Sorgenschwelle war unendlich viel höher als die meiner Leute. Das hatte ich erleben können, als mich mal jemand in der Redaktion per Telefon bedroht hatte. Er war ganz sicher gewesen, daß diese Drohungen bedeutungslos waren, während ich keinen Zweifel gehabt hatte, daß ich mir schon am nächsten Tag die Radieschen von unten ansehen würde. Die Wahrheit hatte dann irgendwo in der Mitte gelegen, das heißt ich mit gebrochenen Knochen draußen im Wald, übel zugerichtet und aus erster Hand erfahrend, welche Kraft im Gebet steckt.

«Wie wäre es, wenn ich die Bücher erst übermorgen einsähe? Du hast doch mindestens zwei Tage dort zu tun, oder nicht?» fragte ich.

Natürlich hatte er. Bei Henry konnte sich das auch gut zu einer einwöchigen Grabungsarbeit auswachsen. Wir einigten uns, daß ich meine erste Lektion im Lesen von Kleingedrucktem erst in zwei Tagen erhalten sollte.

«Wollen wir heute abend zusammen essen gehen?» fragte ich.

«Leider», antwortete Henry, und ich wußte, was kam. «Leider hat Toppy für mich schon ein Treffen mit ihrem Vater arrangiert und mich zu sich zum Esen eingeladen.»

«Oh», sagte ich. «Das ist ja toll. Mach für mich Notizen über das herrschaftliche Haus.»

Ich hätte fast etwas weitaus Häßlicheres hinzugefügt, woran mich aber die Kellnerin hinderte, die wissen wollte, ob wir einen Nachtisch wünschten.

Henry entschied sich für eine hausgemachte warme Pfirsichpastete, was überaus verlockend war. Ich liebe süße Sachen, aber das Leben im Land der Großen und Schlanken wirkt sich nun einmal auf den Appetit einer Frau aus. Vor allem, wenn es sich um eine handelt, die Hochleistungen auf dem Laufband vollbringt und trotzdem noch einen beachtlichen Hüftumfang hat.

«Ich passe», sagte ich deshalb zu der Kellnerin. «Nur eine Tasse heißes Wasser mit Zitrone.»

Der Nachtisch kam und verschwand – auf schnellstem Wege. Und so mußten wir entscheiden, was wir als nächstes tun wollten. Es war klar, daß uns unsere jeweiligen Storys in unterschiedliche Richtungen führten. Die Frage war nur, wie. Henry ging zum Münzfernsprecher und suchte im Telefonbuch eine Autovermietung, während ich (wohl wissend, daß sich Candace eher den rechten Arm abhacken als die Rechnung für einen Leihwagen absegnen würde) Annie anrief. Als ich vor einer Woche bei ihr angefragt hatte, ob wir bei ihr wohnen könnten, hatte sie mir einen Wagen angeboten. Jetzt nahm ich sie beim Wort.

«Kein Problem», sagte Annie. «Du kannst den Suburban haben. Ich lege die Schlüssel in deinem Zimmer auf die Kommode.» Das war Musik in meinen Ohren, denn der Suburban ist schon seit zwanzig Jahren das Auto meiner Träume.

«Hast du eine Verleihfirma gefunden?» fragte ich Henry.

«Ja, hier in der Straße», antwortete er.

Wir bezahlten unsere Rechnung und verließen das Restaurant. Wer hatte denn da die Klimaanlage hochgedreht? Ich hatte es vorher schon draußen kalt gefunden, aber jetzt kam es mir eisig vor. Wir machten uns auf den Weg Richtung

Tankstelle. Auf halber Strecke entdeckte Henry einen Zeitungskasten. Wenn einer süchtig ist! Bei diesen arktischen Temperaturen mußte er unbedingt in seinen Taschen nach Vierteldollarmünzen suchen, nur um im *Fauquier Times Democrat* nachlesen zu können, was es im Bezirk Fauquier an Neuigkeiten gab. Derweil hüpfte ich wie blöd herum und versuchte, das Blut in meine abgestorbenen Zehen zurückzutreiben.

«Mach zu, Henry!» rief ich schließlich, «ich friere mir die Gesäßbäckchen ab. Laß uns endlich zur Tankstelle marschieren, die sieht beheizt aus.»

Der Wind wehte jetzt wirklich stark, packte mein Haar und verwirbelte es um mein Gesicht, während Henrys Schopf wie eine von Krämpfen gebeutelte Fahne schlug und flatterte. Als er endlich seine Zeitung hatte, packte ich ihn am Mantel und zerrte ihn zur Straße zurück.

«Ich halt das nicht mehr aus», schrie ich gegen das Tosen des Windes an. «Laufen wir rüber, los, die Tankstelle ist ja nicht mehr weit.»

Wir rannten los, stemmten uns mit eingezogenem Kopf gegen den Wind. Aber als mein rechter Fuß auf die Straße hinaustrat, hörte ich es.

«HALT!»

Es war dieselbe Stimme, die ich vor zwanzig Jahren als Studienanfängerin schon einmal gehört hatte. Da hatte ich mit meinem Fahrrad wartend an einer Ampel gestanden. Als sie auf Grün gesprungen war, hatte ich meinen Drahtesel auf die Straße hinausgeschoben und dann in meinem Kopf eine ruhige, todernste Stimme mit Nachdruck «HALT!» sagen hören. Mein linkes Bein war in der Bewegung erstarrt, und im gleichen Augenblick war ein Lastwagen bei Rot durchgerast und hatte mein Fahrrad und zwei Fußgänger neben mir mitgerissen.

«HALT!» sagte die Stimme, und ich gehorchte. Ich packte Henry mit aller Kraft am Mantel und riß ihn so heftig zurück, daß er auf den Hintern fiel. Im selben Augenblick spürte ich einen kalten Luftzug und sah Metall so dicht an uns vorbeisausen, daß wir es hätten berühren können. Ein Schritt weiter, und wir wären dran gewesen.

«Großer Gott», sagte ich, «wenn ich nicht stehengeblieben wäre, hätte es uns wie Kegel umgehauen. Was, zum Teufel, ist hier eigentlich los? Zweimal an einem Tag, das ist doch wohl ein bißchen viel. Dieser ganze investigative Schweinkram, also ich weiß nicht, vielleicht hätte ich doch lieber bei den Schulterpolstern bleiben sollen.»

Henry stand auf, sah sich um und versuchte wohl, seine Gedanken zu ordnen, denn er sagte kein Wort. Ich dagegen brabbelte mit einem Wahnsinnstempo vor mich hin – das ist meine Reaktion auf Streß, und ich denke, daß als Streß gelten kann, wenn man in weniger als drei Stunden zweimal das Ziel vergeblicher Mordanschläge gewesen ist.

«Hast du das gesehen, Henry? Jemand hat versucht, uns umzubringen. Schon wieder! Wer stochert in diesem Nest und provoziert die Wespen, du oder ich? Oder wir beide?»

Er klopfte schmutziges Grau von seinem Allerwertesten. «Du bist ja stärker, als man denkt, Nattie.»

«Henry, wir wollen doch jetzt nicht meine körperliche Fitneß erörtern. Wer, verdammt, ist da hinter uns her?»

«Es war wahrscheinlich ein Besoffener, der noch in Festtagslaune ist und uns nicht gesehen hat. Wir unsererseits waren ja schließlich auch einigermaßen unachtsam.»

«Unachtsam? Du sprichst von Unachtsamkeit, wenn gerade jemand versucht hat, uns umzubringen? Henry, wir wollen doch mal die Tatsachen festhalten. Eben hat jemand versucht, uns zu überfahren. Stimmst du dieser Feststellung zu?»

«Ich sage weder ja noch nein. Es ist möglich, aber nicht wahrscheinlich. Jetzt laß uns das tun, was wir gleich hätten tun sollen, nämlich zur Ampel gehen und die Straße dort überqueren.»

Ich zog seinen Mantel auf und klopfte mit dem Finger auf seine Brust. «Hallo, jemand zu Hause? Läßt so etwas dein Herz nicht ein ganz klein wenig schneller schlagen?»

Noch bevor er antworten konnte, legte ich die flache Hand auf seine Brust. Was Henry sagte, war häufig nicht das, was er empfand. Sein Herz schlug heftig gegen den blauen Stoff.

«Du lebst also doch», sagte ich.

«Los», erwiderte er, «gehen wir.»

Wir erreichten die Tankstelle ohne weitere Zwischenfälle. Wir hatten uns beide das vorbeirauschende Fahrzeug nicht näher angesehen, was aber angesichts des heftig wehenden Windes und der Tatsache, daß ich Henry im Stil eines Sumo-Ringers zu Boden geworfen hatte, nicht allzu verwunderlich war. Der Mann an der Tankstelle meinte jedoch, er habe einen hellen Lieferwagen «mit gewaltig überhöhter Geschwindigkeit» vorbeirasen gesehen.

Die Frage war jetzt, wer einen hellen Lieferwagen fuhr und versuchte, mich und / oder Henry in definitiverer Form von der Rumfragerei abzubringen.

22

Henry setzte mich bei Annie ab, und wir gingen getrennter Wege. Ich traf im Haus nur Rosalita an, die irgend etwas Delikates kochte und dabei genug Knoblauch verwendete, um die Vampire – und mit ihnen hoffentlich auch Outerbridge Duncan – auf Distanz zu halten. Ich fand die Wagenschlüssel auf der Kommode, erledigte ein paar Telefonate und setzte mich dann hinters Steuer. Diesmal überprüfte ich die Bremsen sofort und bevor ich in die kurvenreiche Zufahrt einbog. Sie waren so gut, wie es Suburban-Bremsen nur sein können, was nicht eben viel besagt. Ich liebe dieses Auto, aber wenn man es abbremsen will, bedarf es dazu einer ziemlichen Kraftanstrengung. Man muß praktisch den Fuß raushalten und über den Asphalt schleifen lassen, bis das Ding endlich zum Stillstand gekommen ist.

Aus diesem Grund fuhr ich langsam.

Zunächst wollte ich zu Lannie Post und mit ihr sprechen. Ihre Nummer stand nicht im Telefonbuch und war auch über die Auskunft nicht zu erfahren gewesen. Karen hatte gesagt, Lannie habe Arbeit in einer Futtermittel- und Zoohandlung in Marshall oder Warrenton gefunden. Ich hatte den Laden in Warrenton angerufen, wo man aber nichts von einer Lannie Post wußte. In Marshall dagegen war mir Erfolg beschieden gewesen. Der Mann dort hatte mir gesagt, sie liefere gerade Futtermittel an Kunden in der Gegend von Middleburg und The Plains aus und müsse jeden Augenblick zurück sein.

Ich fuhr auf der Zulla Road von Middleburg nach Marshall. Was für eine Straße! Das liebliche Hügelland, ein Meer von Feldern, die mit alten Steinmauern oder Holzzäunen eingefaßt waren, erstreckte sich bis zum Horizont. Ich durchfuhr dieses Traumland, das fest in der Hand der Reichen ist, und folgte der Straße bis nach Marshall und dorthin, wo die Wirklichkeit wieder beginnt. Das ist da, wo ein gewaltiger weißer Betonklotz auftaucht, der zu einem Filmset gehören könnte und auf dem in großen schwarzen Artdeco-Buchstaben FAUQUIER LIVESTOCK INC. zu lesen steht. An der Stirnseite ziehen sich lange Roststreifen vom Blechdach aus abwärts, und hinter den Mauern befinden sich unendlich viele Ställe und Boxen, in denen Hunderte von Tieren darauf warten, durch den kleinen Versteigerungsring getrieben zu werden. An den Dienstagen ist das Zuchtvieh dran – Färsen, Kälber, Bullen, was die Farmer halt so zu verkaufen haben. Ich kenne das Gebäude allerdings von Auktionen her, die an jedem zweiten Samstag eines Monats stattfinden – da werden Pferde und Ponys verhökert. Annie hatte mich vor Jahren einmal zu einer solchen Auktion mitgenommen. Ich war vorher noch nie bei einer gewesen und hatte mir hinterher gewünscht, ich wäre zu Hause geblieben. Da geht es nämlich um die vergessenen Gäule, auf die der Roßschlachter wartet, wenn sie nicht das Herz oder Auge einer erbarmenden Seele ansprechen. Es war unerträglich gewesen.

Ich fuhr an der Auktionshalle vorbei, über die Bahnlinie hinweg und nach Marshall hinein. Man mag gar nicht glauben, daß sich beide Orte, Middleburg und Marshall, Stadt nennen. Sie verhalten sich zueinander wie die Reitjagd zum Jagdrennen. Die Voraussetzungen sind zwar dieselben, aber was dann folgt, hat kaum noch viel miteinander zu tun. Das Jagdrennen war ja mal als eine in die sportliche Arena verlegte Reitjagd gedacht gewesen, bei welch letzterer rotberockte, hornblasende Reiter und Reiterinnen durch Wald und Feld hinter Hunden herjagen, die ihrerseits den Fuchs hetzen. So die ursprüngliche Absicht vor ungefähr einer Million Jahren, als sich der Vater des modernen Springsports, George Morris, noch nicht hatte rasieren müssen. Heute ist sein Bart wohl schon eher weiß als braun, und der Sport, den er vervollkommnet hat, unendlich weit von seinen Ursprüngen entfernt.

Wie der ursprüngliche reitende Jäger, so muß Marshall arbeiten, um sich seinen Lebensunterhalt zu verdienen. Ich fuhr die Hauptstraße hinunter – zwei Haushaltswarengeschäfte, ein Supermarkt, eine Möbelpolsterei, ein Postamt und ein Laden für Autoteile – aber keine Futtermittel- und Zoohandlung. Deshalb bog ich links ab, wo ich sie tatsächlich fand. Und vor dem gelben, schindelgedeckten Haus stand Lannies roter Toyota mit seinen DAZCUTR-Nummernschildern. Daneben waren noch ein paar andere Autos geparkt, so daß nicht viel Platz blieb. Ein Nachteil des Suburban ist, außer seinen schlechten Bremsen, daß er sich nur so schwer einparken läßt. Man muß entweder die Kunst beherrschen, sich in Lücken zu quetschen, ohne dabei den ganzen Wagen zu zerbeulen, oder sich ordentlich Bewegung verschaffen und eine Meile weit vom Ziel der Reise entfernt parken. Ich entschied mich für das letztere, weil es nicht mein Suburban war. Ich fand schließlich auf einem kiesbestreuten Platz ein Fleckchen, das groß genug für meinen Schlitten war.

Gerade als ich Notizblock und Stift aus meiner Handtasche angelte, hörte ich ein Auto vorbeifahren und sah, wie es vor dem Hintereingang der Futtermittel- und Tierhandlung hielt. Es war ein weißer Lieferwagen, dem eine Person in grünem Parka entstieg. Lannie. Sie rannte in den Laden hinein, denn offensichtlich schätzte sie das kalte Wetter so sehr wie ich.

Ein weißer Lieferwagen. Und sie hatte just zu der Zeit in Middleburg Waren ausgeliefert, als Henry und ich fast überfahren worden wären ... Aber das wäre zu leicht gewesen, und ich gehöre nun mal nicht zu den Glückspilzen. Es gibt Leute, denen immer alles leichtfällt und die durchs Leben gleiten, als hätten sie einen Jetstream erwischt. Ich erwische normalerweise eher die Turbulenzen. Deshalb fiel es mir so schwer zu glauben, daß ich auf Anhieb die Antwort auf alle meine Fragen gefunden haben sollte. Aber man kann ja nie wissen – vielleicht hatte ich inzwischen meine Karmaschulden beglichen und stand im Begriff, mich auf meinen ersten Jetstream zu schwingen.

Ich machte mir schnell ein paar Notizen – zu dem Laden, zu Lannies Lieferwagen, zu dem seltsamen Gebäude, vor dem ich geparkt hatte, zu der Tierarztpraxis im Haus daneben, das heißt zu allem, was meine Aufmerksamkeit erregte. Es sind schließlich die Details, die eine lebendige Story ergeben. Die Schwierigkeit liegt darin zu entscheiden, welche man verwenden soll.

Ich sah mich noch einmal um und wappnete mich dann gegen den Angriff. Dick in Daunen, Wolle und Flies eingehüllt, folgte ich Lannies Beispiel und rannte los. Nur daß ich auf den Vordereingang zustürzte.

Lannie stand hinter dem Ladentisch und half einer Dame mit winselndem Jack Russell, ein geeignetes Halsband für ihren abscheulichen kleinen Terrier auszuwählen. Es tut mir leid, daß ich mich so abfällig über diese Hunderasse äußern muß, aber die letzte Besitzerin eines Jack Russell, mit der ich mich unterhielt, hatte sich gerade nach einer Auseinandersetzung mit ihrem Liebling die Lippe nähen lassen müssen. Ich weiß ja, daß der Pfarrer John Russell im alten England diese Züchtung vor mehr als hundert Jahren geschaffen hatte, weil den Bauern an einem Tier gelegen gewesen war, das die Füchse zur Strecke bringen konnte, die ihnen die Hühner und Lämmer stahlen – schon weil eine tägliche Fuchsjagd mit Meute und allem Drum und Dran nicht in Frage gekommen war (und außerdem auch gar nicht so effektiv gewesen wäre). Aber irgendwo auf dem Weg war die Sache dann außer Kontrolle geraten und der Hund zu einem reizbaren kleinen Störenfried geworden, der erst seinen Napf leerfrißt und dann Nachbarskatzen zerfleischt. Die Züchter entschuldigen das mit zu starker Inzucht, aber was erwarten sie denn von einer Rasse, die dazu herangezüchtet worden ist, ihr Jagdwild zur Strecke zu bringen? Und der unerzogene Jack-Russell-Terrier stürzt sich nun mal auf alles, sei es Fuchs, Ratte, Murmeltier, Katze oder Schäferhund.

Ich stellte mich neben die Papiersäcke mit Melasse-Pellets und sah mich um. Mir war noch nicht nach Aktion zumute. Draußen war es kalt, und der leicht klebrige, bernsteinfarbene Geruch der Melasse und des Getreides erwärmte mich – wie die Melasse-Pellets ein Pferd. Im Winter wählt man ein süßeres, schwereres Futter, damit die Pferde ordentlich was zu verbrennen haben. Auch mir hat dieses Futter übrigens jahrelang sehr gut geschmeckt.

Lannie hatte schon eine ganze Reihe verschiedener Lederhalsbänder durchprobiert. Aber die Frau war so heikel wie ihr Hund, und man hätte die Behauptung wagen können, daß sie auch so aussah wie er. Langer Körper, kurze Beine, spitze Nase. Deshalb muß man ja bei der Anschaffung eines Hundes so vorsichtig sein. Mir wollte mal jemand einen süßen kleinen Basset schenken, aber dieses Geschenk mußte ich leider dankend ablehnen. Ein kurzbeiniger, vierschrötiger Hund mit überaggressiver Persönlichkeit? Nein danke. Den Rest dieses Hundelebens hätten alle immer gedacht, wie nett es doch sei, daß ich meinem Hund in Aussehen und Verhalten so ähnlich bin.

Der kleine Kläffer biß plötzlich kräftig in Frauchens Hand hinein, was eine willkommene Abwechslung bot. Lannie kümmerte sich jetzt um die blutende Frau, weshalb sie nicht sehen konnte, wie ich sie anstarrte, um mir ihr Aussehen fest einzuprägen. Es fiel mir schwer, irgendeine Ähnlichkeit mit Josane zu entdecken. Als die letztere gestorben war, mußte mit ihr auch Lannies Bestreben, ihr zu gleichen, dahingegangen sein. Hatte Josane glänzend ausgesehen, so wirkte die Lannie, die ich vor mir hatte, ausgesprochen fade. In jeder Beziehung. Um mit ihrer Kleidung zu beginnen – es war eine Zusammenstellung all jener Schmutzfarben, die ich so liebe: Graublau, graurot, grauweiß, graubraun und graugrau. Ich huldige der Farbenfreude, und alles mit Grau oder Braun darin verursacht mir ein Gefühl größter Niedergeschlagenheit. Und genauso sah Lannie aus – müde, zerschlagen, nur auf den Augenblick wartend, wo sie mit ihrem höckrigen braunkarierten Sofa eins werden und in die Glotze schauen konnte.

Lannies hellbraunes Haar hing ihr strähnig auf den Rükken hinab – man konnte darin nur den deutlichen Wink der Haargötter sehen, daß es an der Zeit sei, mal wieder zum Friseur zu gehen. Sie trug keinerlei Make-up und hätte um die Augen herum gut eine ordentliche Schicht vom Abdeckstift gebrauchen können.

Natürlich trug auch das schmutzfarbene karierte Flanellhemd nicht zur Verbesserung ihres Aussehens bei, das keineswegs übel war. Sie hatte recht große braune Augen, eine annehmbare Nase, die gerader und kürzer war, als es meine je sein würde, und eine glatte Haut. Ihr Gesicht war eher rundlich, und die Spitzen ihrer Ohren schauten aus dem Haar heraus.

Ich hätte um mein Mittagessen gewettet, daß sie als Kind Dumbo gerufen worden war. Ich weiß aus eigener Erfahrung, wie grausam Kinder sein können. Mit einem Kopf voller widerspenstiger orangefarbener Haare, einem Gesicht voller Sommersprossen, einem Gebiß, das eines Esels würdig gewesen wäre, und einem schreienden Elternpaar, das sich hatte scheiden lassen, als eine geschiedene Frau noch als leichtes Mädchen angesehen wurde, war ich während meiner ganzen Kindheit stets ein Objekt der Hänselei gewesen. Ich weiß nicht, wie oft ich mir solche witzigen Bemerkungen wie «He, du, dein Haar brennt!», «Besser tot als rot im Kopf», «Biberschnauze» und «Fleckenfratze» hatte anhören müssen. Aber eine Zahnspange hatte schließlich meine Zähne gerichtet, mein Haar hatte seine ursprüngliche Farbe behalten, und die Sommersprossen waren mit der Zeit verschwunden. Außerdem hatte ich mir eine brauchbare Faust zugelegt, die ich so manchem meiner Peiniger ins Gesicht pflanzte. Wenn man nicht so aussieht wie alle anderen, braucht es einige Härte, um seine Kindheit zu überstehen und sich dabei so etwas wie Selbstachtung zu bewahren. Wie es aussah, war Lannie davon nicht allzuviel geblieben.

Ich fühlte mich vesucht, zu ihr hinzugehen, ihr auf das Ende ihres zusammengesackten Rückgrats zu hauen und zu sagen: «Sei endlich du selbst, Mädchen!» Ich begriff, warum Josane Mitleid mit ihr gehabt hatte. Lannie war so bemitleidenswert wie all die traurig dreinblickenden jungen Hunde, die ich in Tierheimen gesehen hatte. Allerdings war da auch noch diese Sache mit dem weißen Lieferwagen und die Möglichkeit, daß sie erst vor kurzem versucht hatte, mich umzubringen.

Die Dame mit dem Hund entschied sich schließlich für ein Lederding mit eingestanztem Muster, das wie eine mißglückte Nachahmung von Zügeln aussah. Von teuren Zügeln! Dann sah ich, wie die gute Frau die Miniversion einer Pferdedecke von Baker zur Hand nahm, die man an ihrem marineblauen, beigefarbenen und schwarzen Karomuster erkennt. Ob sie ihrem Fido vielleicht auch noch Stiefelchen kaufte?

Stiefelchen für Fido – Bingo! Ja, das machte der Modekolumnenpanik dieser Woche ein Ende, denn ich hatte endlich ein Thema: Was modebewußte Hunde tragen.

Den Artikel konnte ich im Nu zusammenschreiben. Ein paar Telefonate, um von entsprechenden Läden Informationen einzuholen, und das eine oder andere Zitat von Hundebesitzern, aus dem hervorging, daß sie ihre wertvollen Jack-

Russell-Terrier – der offizielle Hund der Reiterwelt – nie schutzlos der Kälte aussetzten. Ich konnte sogar ein oder zwei Geschäfte im Verbreitungsgebiet unseres Blattes kontaktieren und so Candace für mein Thema erwärmen

Endlich war die ihren Köter für den Winter einkleidende Dame fertig und ging. Als ich zum Ladentisch trat, klingelte das Telefon. Lannie ging an den Apparat, und ich konnte sie mir auch noch aus der Nähe ansehen. Ich liebe Pferde zwar abgöttisch, würde jedoch nie soweit gehen, mit ihnen meinen Leib zu schmücken. Das sah Lannie offensichtlich anders. Bei ihr war von Kopf bis Fuß alles Pferd – an den Ohrläppchen kleine Pferdeköpfe, am Handgelenk ein Armband in Form eines Hufeisens, auf dem graugrünen Shirt unter dem Flanellhemd und über dem Herzen zwei winzige galoppierende Pferde, an der linken Hand zwei Silberringe, einer mit Pferdekopf, einer mit Pferdehintern, und um den Hals ein Goldkettchen mit Anhänger, das heißt mit zwei zu einem Herzen zusammengefügten Hufeisen, zwischen denen irgend etwas glitzerte. Wäre sie Annie, Topping oder eine der begüterten Turnierreiterinnen gewesen, hätte ich gesagt, daß es ein Diamant war. Aber Lannie arbeitete in einem Laden und hatte davor Geld gestohlen, weshalb anzunehmen war, daß ihr die Mittel für einen echten Klunker dieser Größe fehlten. Für solche Menschen hat Gott ja schließlich den Zirkon erfunden.

Lannie sah zu mir her und lächelte. Ihre Lippen formten ein «Bin gleich da».

Anders als Henry, hatte ich meine Attacke nicht in allen Einzelheiten durchgeplant, sondern mir nur allgemein zurechtgelegt, was ich sagen wollte. Aus diesem Grund mußte ich erst einmal sehen, wie sie reagierte. Manche Menschen haben etwas dagegen, mit Reportern zu sprechen, und müssen erst beschwatzt werden. Bei anderen wirkt die Nähe eines Vertreters der Medien so, als drehte man einen Wasserhahn auf, und man bringt sie kaum mehr zum Schweigen. Wahrscheinlich sehen sie in uns den schnellen Weg zum Fünfminutenruhm.

Ich spielte das Hallo-ich-bin-Nattie-vom-*Appeal*-Spiel und gab ihr meine Karte. Ihr Gesicht blieb ausdruckslos, was mir verriet, daß sie nicht wußte, was folgen würde. Als ich ihr dann sagte, ich sei dabei, Leute für eine Story über Josane zu interviewen, war es so, als hätte ihr jemand einen Schlag in die Magengrube verpaßt.

Ich konnte einfach nicht glauben, daß ich solches Glück haben sollte. Was würde sie als nächstes tun? Sofort ein Geständnis ablegen oder sich der Polizei stellen? Sagt man nicht manchmal von einem Ereignis, es sei zu schön, um wahr zu sein?

So war's auch.

Denn was folgte, war alles andere als ein Geständnis – und so verblüffend, daß sich meine Hoffnung, inzwischen frei von Karmaschulden zu sein, als eitel erwies.

«Eine Story über Josane?» sagte sie. «Lieber Gott, ich hoffe nur, Sie nehmen nicht all diese üblen Männergeschichten mit rein, oder doch? Sie sagten, Sie hätten Leute in Middleburg interviewt? Mit wem haben Sie denn dort bisher gesprochen? Etwa mit diesen schicken Damen der Stadt? Nichts für ungut, aber ich wette, ich kann Ihnen sagen, was die von sich gegeben haben. Ich wette, die haben nur über die Männer reden können, darüber, wie alle Männer ganz vernarrt in Josane waren und wie Josane die Männer geliebt hat. Nur, daß sie es etwas anders ausgedrückt haben, nicht wahr? Ich hab das alles schon gehört. Sie wußten nicht, daß ich zuhörte, habe ich aber. Ich wette, sie haben Josane so geschildert, als wäre sie so was wie eine Nutte gewesen. Das liegt an ihrem Aussehen. Josane war nicht nur hübsch, sondern mehr als das und ließ die anderen alle aussehen wie einen Haufen Putzlumpen. Deshalb waren sie eifersüchtig. Eifersüchtig, weil ihre Männer ganz hingerissen von Josane waren. Ich wette, die haben Ihnen nicht die guten Seiten Josanes geschildert, oder doch? Ich weiß, was für einen Artikel Sie schreiben wollen. So eine Story ist nicht recht. Ich weiß, was ihr Zeitungsfritzen immer haben wollt, nämlich Geschichten über Drogen und Sex. Egal, ob sie stimmen oder …»

Es sah ganz so aus, als wollte Lannie ewig so weiterreden. Deshalb unterbrach ich sie: «Augenblick, einen Augenblick mal. Ich arbeite nicht für ein Revolverblatt, sondern für den *Charlotte Commercial Appeal.* Wir haben schon zwei Pulitzer bekommen, und zwar für hervorragende und, wie ich sagen darf, sorgfältige Berichterstattung. Ich will nicht über Josane schreiben und sie durch den Dreck ziehen, sondern ich möchte herausfinden, ob sie ermordet worden ist.»

Das stoppte Lannies Redefluß.

«Ermordet?» sagte sie mit leiser, unsicherer Stimme. «Josane hatte einen Reitunfall. Es war ein Reitunfall. Niemand hätte Josane je umbringen wollen. Diese Damen in Middleburg waren wahrscheinlich auch nicht unglücklich darüber, daß sie von ihren Männern in Ruhe gelassen wurden. Aber außer diesen Weibern haben alle Josane geliebt. Alle.»

«Sie eingeschlossen?»

Lannie erstarrte und sah mich an. Ich kannte diesen Blick – mein Pferd Brenda schaut so, wenn sie an einem Felsen, einer Plastiktüte oder einem unbekannten Schatten vorbeikommt, das heißt an Dingen, die ihr, wie sie fest glaubt, körperlichen Schaden zufügen werden. «Gott ja, ihr Zeitungsleute holt immer alles auf diese Ebene runter.»

«Auf welche Ebene?» sagte ich. «Ich frage doch bloß, ob Sie sie auch geliebt haben. Ich liebe meine beste Freundin, und das bedeutet nicht, daß ich etwas anderes bin als ein Mensch, der seine beste Freundin liebt. Ich würde alles für sie tun, und Sie können mir glauben, daß ich es in etwa sogar schon getan habe. Ich weiß, wie stark die Bindungen zwischen Freundinnen sein können.»

Lannie entspannte sich. «Es war schwer, Josane nicht zu mögen. Sie war vollkommen, aber nicht so, daß sie selbst das gewußt hat und unangenehm geworden ist. Sie hatte alles. Und damit meine ich nicht nur ihr Aussehen, sondern sie war auch immer glücklich und fröhlich. Man brauchte bloß in ihrer Nähe zu sein, und schon bekam man das Gefühl, ebenfalls glücklich und fröhlich zu sein. Verstehen Sie, was ich sagen will? Haben Sie schon mal einen solchen Menschen getroffen, mit dem man nur zusammenzusein braucht und schon fühlt man sich viel lebendiger? Josane ist immer so gut drauf, daß man bald auch ...»

Reenie war anscheinend nicht die einzige, die sich nicht von Josane Ashmore zu lösen vermochte. Wie sie, geriet auch Lannie beim Sprechen über die Freundin in die Gegenwartsform, und wie sie hätte auch Lannie den ganzen Tag lang von nichts anderem reden können. Womit sie gerade anfangen wollte.

Ich beschloß, sie eine Weile zu lassen, bevor ich das Gespräch in Richtung des gestohlenen Geldes steuerte und die Frage stellte, wo sie an dem Tag, an dem Josane den Tod gefunden hatte, gewesen war. Manche Interviews lenkt man und legt ihren Ablauf fest, aber bei anderen – und ich glaube, das sind die ergiebigeren – läßt man sich einfach von der Situation, wie sie sich entwickelt, leiten. Im Augenblick war die Situation so, daß Lannie mit dem Reden über Josane noch nicht fertig war, was sein Gutes hatte, denn mit jeder Geschichte, die sie von der Freundin erzählte, wurde mein Bild von ihr klarer. Kam hinzu, daß ich die Sache mit dem

Geld und dem Rausschmiß sowieso nur mit der allergrößten Behutsamkeit ansprechen konnte.

Lannie hing über eine Stunde lang ihren Erinnerungen nach. Ich stellte zwar auch ein paar Fragen, versuchte aber meistens nur, mir so unauffällig wie möglich zu notieren, was sie mir erzählte. Es überraschte mich zu erfahren, daß sie Josane in Lacontes Stall kennengelernt hatte und daß sie dort als Pferdepflegerin tätig gewesen war. Karen, die Managerin des Reitstalls, mit der ich mich im Bestattungsinstitut unterhalten hatte, hatte das mit keinem Wort erwähnt.

Folgte man Lannie, so hatte sie sich um Josanes Pferd Rita gekümmert, als wäre es ihr eigenes kleines Töchterchen.

«Sie glauben gar nicht, wie ich das Fell dieser Stute zum Glänzen gebracht habe», sagte Lannie. «Wenn ich mit ihr fertig war, glänzte ihr Fell wie Josanes Haar. Man sieht das auf den Bildern nicht so, aber Josane hatte diese Art von braunblondem Haar, das ganz unglaublich glänzt. Wenn sie in der Sonne stand, sah es grad so aus, als funkelte es. Und wenn sie neben Rita stand, also so etwas haben Sie noch nicht gesehen. Dann sahen beide ganz toll aus, wie ein Kalenderbild oder so etwas. Ich fand es gar nicht schön, wenn Josane ihre Reitkappe aufsetzte.»

Was ich weiter oben über beste Freundinnen gesagt habe, ist eine Sache – dies aber wurde allmählich zu einer ganz anderen. Ich liebe Gail, wie man seine beste Freundin nur lieben kann, aber so von ihrem glänzenden Haar schwärmen? Nein, das würde ich nie. Lannies Verhältnis zu Josane wurde von Sekunde zu Sekunde eigentümlicher. Aber auch eigentümlich genug für einen Mord?

Vielleicht. Die Welt ist voller eigentümlicher Leute, die eigentümliche Dinge tun. Man lese nur täglich die Zeitung, irgendeine.

Lannie redete und redete. Sie war ganz eindeutig in

schönstem Schwung, und ich sah zum ersten Mal Farbe in ihrem Gesicht, hörte Begeisterung in ihrer Stimme. Sie sprach endlos über Josane und Rita, erzählte mir, daß die Stute meistens gutartig gewesen sei, jedoch wie alle Pferde, die sie erlebt habe, hin und wieder auch unausstehlich.

«Dann mußte Charlie sie reiten und ihr eine Lektion erteilen», sagte Lannie. «Manchmal führte das allerdings zu nichts. Wenn es ein paar Tage dauerte oder es vor oder bei den Turnieren dazu kam, verpaßte er ihr Ace, das Valium der Pferdeindustrie, und stellte sie ruhig, damit Josane sie reiten konnte.»

Daß sie im Stall den pharmazeutischen Weg gewählt hatten, war nicht so überraschend – überraschend war eher Lannies Mitteilungsdrang. Alle bedienen sich solcher Mittelchen, aber sie sprechen nur wenig oder gar nicht darüber. Schließlich ist der Einsatz von Ace bei Turnieren nicht erlaubt – der Trick besteht halt darin, sich nicht erwischen zu lassen, was aber nicht allzuschwer ist. Es gibt jede Menge Turniere der Kategorie A, bei denen die Drogenleute gar nicht erst auftauchen, und wenn sie es doch tun, erfahren es alle sofort, manchmal schon im voraus.

Was nicht bedeutet, daß nie jemand erwischt würde. Der beste Teil der Zeitschrift *Horse Show*, des Mitteilungsblattes der American Horse Show Association, sind die letzten Seiten, wo man die gesperrten Pferde und Leute aufgelistet findet. Erst vor einem Monat wurde Tony Kutter, auch «Apotheker» genannt und einer der besten Pferdetrainer Georgias, zur Zahlung von 2500 Dollar verdonnert und für sechs Monate gesperrt, weil ein Test ergeben hatte, daß er seinem Klassepferd Speak to Me Dormosedan verabfolgt hatte. Dieses Beruhigungsmittel ist so stark, daß schon ein kleiner Rest auf der Injektionsnadel ausreicht, einen wild blickenden, durchgedrehten Gaul so sittsam wie ein Schulpferd herumgaloppieren zu lassen. Tommy war damit bereits zum zweiten Mal auf die Liste der bösen Buben geraten. Noch einmal, und die ASHA konnte ihn theoretisch auf Lebenszeit sperren.

Natürlich ist das bloße Theorie, und es bedeutet noch lange nicht den endgültigen Abschied vom Pferdegeschäft und vom großen Geld. Man sehe sich nur Paul Valliere an – er kauft, verkauft und trainiert nach wie vor Pferde, als hätte er nie einen Gaul der Versicherungssumme wegen getötet. Und alle tun so, als handelte es sich nur um ein Kavaliersdelikt. Aber der Kerl hat sein Pferd mit elektrischem Strom umgebracht! Er sollte zum Teufel gejagt werden oder – besser noch – ein Kabel an den Arsch und eins an den Hals geklemmt bekommen und unter Strom gesetzt werden, damit er mal erlebt, wie das ist, wenn man von innen nach außen durchgebraten wird. Genau das hatte er mit seinem Pferd gemacht.

Oje, und ich mache mich über die Leute lustig, die kein Ende finden können! Aber bei dieser Pferdeabmurkserei sehe ich rot – oder schlimmer noch, ich fange an, wie ein Republikaner zu reden.

Ich atmete einmal tief durch, um mich abzuregen, und wandte dann meine Aufmerksamkeit wieder Lannie zu. Sie erzählte immer noch von Josane und Rita. Das Pferd kam dabei mal gut und mal schlecht weg. In einem Satz war es das herrlichste Geschöpf seit Aphrodite, im nächsten «dieses blöde Miststück».

«Mir ist egal, was Sie oder Josanes Mutter denken», sagte sie. «Ich weiß, daß Josane heute noch leben würde, wenn dieses Pferd nicht gewesen wäre. Und Charlie Laconte. Wenn jemand an einem Mord schuldig sein sollte, dann ist er es. Er sollte im Sarg liegen, nicht Josane, denn er hätte ihr das Pferd niemals verkaufen dürfen. Der hatte nur das Geld im Kopf. Fragen Sie ihn mal, fragen Sie ihn, ob Jim ihn verlassen und mit einem Haufen unbezahlter Rechnungen sitzenlassen wollte. Deshalb hat er Josane das Pferd aufgeschwatzt.»

Das war eine neue Version, der es nachzugehen galt. Ich fragte sie, woher sie ihre Informationen habe. Ob von Josane? Nein, Josane würde nie etwas Schlechtes über Charlie gesagt haben. Nein, sie wisse ganz einfach, daß es so gewesen sei.

Man hüte sich vor Wörtern wie «aber» und «einfach». Das habe ich vor Jahren gelernt – zusammen mit der akrobatischen Fähigkeit, meinen Urin unendlich lange bei mir zu behalten. Mein Vater Lou hatte die dreihundertfünfzig Dollar für zwei Wochenendseminare springen lassen, bei denen man zur Erleuchtung hingeprügelt wurde. Davor hatte er mir schon einen TM-Kurs bezahlt, wo ich lernte, mich ins Nirwana davonzusingen – fünfundsiebzig Dollar, ermäßigter Preis für Studenten. Diese Kurse haben mich zwar auf dem Pfad nicht sehr viel weiter vorankommen lassen, mich immerhin aber gelehrt, daß man mit Leuten, die die Wörter «aber» und «einfach» benutzen, gar nicht erst zu diskutieren braucht. «Aber» negiert alles, was davor steht, und «einfach» zeigt an, daß es dem Sprecher völlig Wurscht ist, daß die Erde erwiesenermaßen rund ist – für ihn ist und bleibt sie einfach flach.

Ich verfolgte die Frage nach den Informationsquellen Lannies nicht weiter. Es bestand *einfach* kein Anlaß …

Mich interessierte augenblicklich viel mehr, wie sie es eigentlich von der Pferdepflegerin zur Verkäuferin gebracht hatte. Die Tatsache, daß sie jetzt in diesem Laden arbeitete, hatte sie ihrer Langfingrigkeit zu verdanken. Aber ich fragte mich, ob nicht ein anderer leichtfertiger Teil ihrer Anatomie, nämlich ihr loses Mundwerk, für die dieser Veränderung vorangegangene, nämlich für den Umzug vom Stall in Josanes Laden, verantwortlich gewesen sein könnte.

«Warum haben Sie die Stelle gewechselt?» fragte ich. «Gab's im Stall Probleme?»

Sie schüttelte den Kopf. «Nix dergleichen», antwortete sie. «Ich hätte mich nie verändert, wenn Josanes Helferin im Laden nicht vom Pferd gefallen wäre.»

Lannie hatte damals mitgekriegt, wie Josane am Telefon jemandem von dem Unfall berichtete. Mit mehr Schwung, als ich ihr zugetraut hätte, war sie zu Josane hinmarschiert und hatte sie gefragt, ob sie die Stelle haben könne.

«Sobald sie aufgelegt hatte, ging ich zu ihr», sagte Lannie. «Und wissen Sie, was Josane tat? Das meine ich, wenn ich sagte, sie war so freundlich und das alles. Ich war eine einfache Pferdepflegerin, eher ein Stallknecht, aber das machte ihr gar nichts aus. Sie legte den Arm um mich und sagte, wenn ich den Job haben wolle, dann bitte, gern. Vorausgesetzt, Charlie würde nicht zu sauer auf sie, weil sie mich ihm weggestohlen hätte. Ist das zu fassen? Ich war nur eine Pferdepflegerin, aber sie gab mir das Gefühl, ein As zu sein, das es wert war, ‹weggestohlen› zu werden!»

Ich wußte nicht, wie lange Lannies Boß seiner Angestellten gestatten würde, rumzustehen und mit mir zu schwatzen. Deshalb war es besser, endlich die Frage nach dem Geld loszuwerden. Sie hatte länger als eine Stunde über die hl. Josane geredet und schien jetzt so fügsam zu sein wie ein guttrainiertes, durchlässiges Pferd.

Trotzdem mußte ich aufpassen. Nach meinem Eindruck entzündete Lannie zwar immer noch allabendlich Weihrauch vor dem Bild ihres Idols, aber andererseits hatte sie ihm ja auch heimlich in die Kasse gegriffen.

Wie also die harte Frage formulieren? Ich dachte eine Weile darüber nach, während Lannie weiter davon berichtete, wie Josane sie untergebracht hatte und sie sich ein paarmal auch zu einem Doppelrendezvous verabredet hatten.

«Nicht, daß das je richtig funktioniert hätte», sagte sie. «Ich mochte den einen Kerl, gut, aber es wurde nix draus. Trotzdem war es ein großer Spaß, sogar mit Flip, der so ein Blödmann war, jedenfalls meistens. Josane machte alles zu einem großen Spaß.»

Lannie schwieg eine Weile, spielte wahrscheinlich im Kopf ihre privatesten Bandaufzeichnungen dieser Nächte ab. Ich ließ noch ein paar Sekunden verstreichen und sagte dann mit größtmöglicher Behutsamkeit: «Lannie, ich muß Sie noch etwas fragen, und bitte nehmen Sie es mir nicht übel. Wenn Sie an meiner Stelle wären, würden Sie diese Frage auch ste ...»

Ich mußte den Satz gar nicht zu Ende sprechen.

«Sie wollen nach dem Diebstahl fragen?»

Ich nickte.

«Ich habe es getan, und daraufhin hat sie mich rausgeschmissen», sagte Lannie. «Das mußte sie. Was hätte sie denn sonst tun sollen? Es war nicht ihre Schuld. Sie mußte. Hätten Sie doch auch getan, oder nicht?»

Ich wußte nicht, was ich sagen sollte – mit diesem *mea culpa* hatte ich nicht gerechnet.

«Warum?» fragte ich.

«Das habe ich Ihnen doch schon gesagt», antwortete Lannie, und das so barsch, daß ich schon befürchtete, sie könnte das Gespräch jeden Augenblick beenden. «Sie mußte mich rauswerfen. Es war nicht ihre Schuld.»

«Nein», sagte ich, «das meine ich nicht. Ich meine, warum Sie das Geld genommen haben. Hatten Sie nicht Angst, erwischt zu werden? Vor allem von Josane, an der Ihnen doch so viel lag?»

Lannie schnappte sich einen Putzlumpen und fing an, den Ladentisch mit mehr Ellbogenschmiere abzuwischen, als erforderlich gewesen wäre. Schön, der Jack Russell hatte die Hand seines Frauchens angeknabbert und dabei war ein bißchen Blut auf den Ladentisch getropft, aber Lannie schrubbte ihn, als wäre sie Lady Macbeth.

«Ich weiß nicht», sagte sie und wischte noch kräftiger. «Ich weiß es nicht. Ich hab das Geld eben genommen. Sagte ich doch. Ist schließlich egal, warum. Ich habe dieses gottverdammte Geld genommen, okay? Gibt es sonst noch etwas, was ich für Sie tun kann? Man sieht's hier nicht so gern, wenn ich mich allzulange mit Kunden unterhalte.»

Sie drehte sich abrupt um und fing an, die Hundehalsbänder, die an der Rückwand hingen, neu zu ordnen.

Ich würde jetzt nicht mehr sehr viel weiterkommen. Sie wollte offensichtlich nicht mehr.

«Noch eine letzte Frage», sagte ich. «Wo waren Sie an dem Tag, an dem Josane starb?»

Sie wandte sich mir blitzschnell wieder zu.

«Oh, Sie glauben also, ich hätte Josane umgebracht? Bloß weil ich das mit dem Geld zugegeben habe, meinen Sie, ich hätte sie auch ermordet, was? Wenn jemand Josane umgebracht hat, dann dieser verrückte Freund von ihr. Fragen Sie den mal nach seinen tödlichen Waffen, nach seinen Händen. Fragen Sie ihn. Warum tun Sie das nicht? Und nach seinen Stimmungen. Sie kommen ihm besser nicht zu nahe, wenn er in Wut gerät, und das war wegen Josane sehr oft der Fall. Nur zu Ihrer Information: Ich würde mir eher die Hand abhacken als zulassen, daß Josane irgend etwas Schlimmes zustößt. Wenn Sie's unbedingt wissen wollen: Ich war an dem Tag zu Hause und krank. Ich hatte eine Magenverstimmung und mußte mich alle zwei Minuten übergeben. Zufrieden?»

«Hm, die Polizei meint, Sie seien nicht zu Hause gewesen.»

«Da irrt die Polizei.»

Das Telefon klingelte, und das machte unserem Gespräch ein Ende. Lannie stürzte sich mit einem Eifer in das Ferngespräch, als hätte Josane aus dem Jenseits angerufen.

23

Ein solches Glück war ihr leider nicht beschieden – AT&T hat noch keine Verbindung dorthin geschaltet. Obwohl das, wie ich höre, nur noch eine Frage der Zeit und der Patentierung ist. Jedenfalls behauptet das ein Mandant meines Bruders Larry.

Larry hat eine Nische gefunden und verteidigt vor allem alternative Heiler, die die Regierung am liebsten aus dem Lande gejagt sehen würde. Zu seinen Mandanten gehört zum Beispiel ein Arzt, der Kinder mit inoperablem und unbestrahlbarem Gehirnkrebs behandelt. Obwohl dieser Mann schon viele Kinder gerettet hat, verfolgen ihn die Gesundheitsbehörden und die Justiz mit einem Ingrimm, daß man glauben könnte, er sei ein approbierter Zwillingsbruder Charlie Mansons, nur noch weitaus übler.

Was nicht heißt, daß es Larry nicht auch mit einem Haufen Spinner zu tun hätte. Da ist beispielsweise der Reverend Dr. Miguel De Jesus, der AIDS-Patienten mit Hühnerscheiße und Walsperma massiert. Und eben auch dieser Mr. Twilight Zone, der möchte, daß Larry ihm seinen interdimensionalen Kommunikator zum Patent anmeldet. Das ist das Telefon für Verbindungen zum Jenseits. Larry sagt, er habe es einmal ausprobiert, aber immer nur ein Besetztzeichen zu hören gekriegt. Der Erfinder schwört jedoch, daß er nur noch ein Jahr oder so brauche, bis er die letzten Kinderkrankheiten des Geräts beseitigt habe.

Schade, daß ich nicht so lange warten konnte – ich hätte einen direkten Draht zu Josane gut gebrauchen können. So, um sie zu fragen, was ihr an jenem Tag im Wald zugestoßen war. Und bei der Gelegenheit hätte ich auch gleich noch meinen Stiefvater anrufen können, um herauszufinden, ob seine Erscheinung damals, als ich von Brenda heruntergefallen war und mir das Bein gebrochen hatte, nur ein Produkt meiner endorphinbeflügelten, überaktiven Phantasie gewesen war oder die Erfahrung einer Sterbenden (trotz der Tatsache, daß ich ja dann gar nicht gestorben war).

Aber wenn ich es recht bedenke, hätte ich ihm wohl nur gesagt, wie sehr wir ihn alle vermissen – und die Sache mit seiner Erscheinung übergangen. Sie war für mich ganz real gewesen, und das genügte. Ich denke eben gern, daß er da ist und über mich wacht. Es ist mir ganz Wurscht, ob das wissenschaftlich beweisbar ist oder nicht. Die Wahrheit ist nun mal hin und wieder eine total subjektive Angelegenheit.

Das war in Josanes Fall ganz sicher so. Alle hatten ihre jeweils eigene Ansicht, wenn es darum ging, wer sie gewesen und wie sie gestorben war, und alle hielten natürlich ihre eigene Ansicht für die Wahrheit. Und ich hatte mir unseligerweise die hoffnungslose Aufgabe gestellt, herauszufinden, wessen Wahrheit denn nun eigentlich die wahre war.

Mein Eindruck, daß Lannie Post zu den Tatverdächtigen gehörte, hatte sich verstärkt. Gleichwohl verließ ich den Laden so, wie ich schon Reenie Ashmores Haus verlassen hatte, nämlich mit schwerem Herzen. Es sah nicht so aus, als würde Reenie je in der Lage sein, ihr Leben wieder zusammenzustückeln, und was Lannie anging, so stellte sich die Frage, ob es im Falle ihrer Unschuld überhaupt noch etwas zusammenzustückeln geben würde.

Was war das doch für ein deprimierender Tag – nicht einmal der Versuch, mich gegen das aggressive Wetter zu verhärten, konnte zur Hebung meiner Stimmung beitragen. Ich mußte irgend etwas Frivoles tun. Angesichts der Anfälligkeit der Familie meines Vaters für schwere, anstaltswürdige manische Depressionen frage ich mich immer dann, wenn mich traurige Gedanken überkommen, ob diese Anwandlung vielleicht zu einem schweren Absturz führen könnte, von dem ich mich nie wieder erhole – wie meine Tante Shirley oder auch mein Onkel Maury, der seine letzte Nacht auf Erden in nächster Nähe des Auspuffrohrs seines Chryslers verbracht hat.

Hm, und was könnte frivoler sein als die Mode? Ich würde mir damit Candace vom Hals und die Traurigkeit aus dem Sinn schaffen. Ein paar Anrufe bei Hundebesitzern und Zoohandlungen, und schon würde ich stillvergnügt wieder alles bewältigen können, weitere Interviews in Sachen Josane eingeschlossen.

Ich fuhr auf dem Weg, auf dem ich gekommen war, zu Annie zurück und fühlte mich schon in dem Augenblick, in dem ich in die Zulla Road einbog, wieder erheblich munterer. Als ich Annies Haus erreicht hatte, waren Tante Shirley und ihre dunklen Tage schon wieder weit, weit weg.

«Henry, also der Mann, mit dem Sie hergekommen sind, der hieß doch so, ja? Sein kleiner Junge hat schon viermal angerufen. Ich hoffe, es ist nichts Schlimmes», sagte Rosalita, die mir mit besorgtem Blick die Tür geöffnet hatte. Ich dankte ihr, und sie gab mir den Zettel mit der Nummer.

«Ihre Mutter, sie hat auch angerufen», sagte Rosalita noch und entfernte sich dann.

Ich hatte keine Ahnung, wo Henry steckte oder wann er zurück sein würde. Deshalb tat ich das einzige, was mir zu tun blieb, und rief seinen Anrufbeantworter beim *Appeal* an, um dort die Aufforderung zu hinterlassen, möglichst schnell seine Kinder anzurufen. Ich hatte kaum wieder aufgelegt, als das Telefon klingelte. Da dies nicht mein Haus war, hob ich nicht ab. Aber Rosalita tat es. Sie kam mit demselben besorgten Blick in die Bibliothek, mit dem sie mir die Haustür geöffnet hatte.

«Sein Junge ist wieder dran. Sprechen Sie mal mit ihm?»

Ich hob den Hörer ab und sagte: «Hallo.»

«Ist mein Daddy okay?» Für mich hören sich alle kleinen Kinder gleich an, aber wenn ich hätte raten sollen, hätte ich gesagt, daß diese Stimme nach noch kleiner klang.

«Hank?» fragte ich.

«Ist mein Daddy okay?»

Stur wie sein Vater.

«Ihm geht's sehr gut», sagte ich. «Ist da Hank oder Chet?»

«Hank. Wenn es ihm gutgeht, wo ist er dann?»

«Er geht seiner Arbeit nach, Hank. Er ist nicht da, weil er Leute interviewen muß. Gibt's Probleme? Hast du was? Oder Chet?»

Die letzten Fragen gingen ins Leere. Nach ein paar Sekunden ließ sich eine weibliche Stimme vernehmen. Marthas Stimme.

«Ist dort Maddie?»

«Nattie», antwortete ich. «Worum ging es eben eigentlich?»

«Oh, das war Hank. Er ist überzeugt, daß Henry etwas zugestoßen ist. Ich konnte ihn nicht beruhigen, deshalb hat er immer wieder angerufen. Sind Sie sicher, daß alles okay ist?»

«Jetzt ja.» Dann berichtete ich ihr kurz von unserer morgendlichen Auseinandersetzung mit dem Tod.

«Nun, das ist nicht das erste Mal, daß so etwas passiert ist», sagte Martha. «Aber wenn man Henry fragt, dann schreibt er es dem Zufall zu. Hank ist ein komisches Kind. In vielem wie Henry, analytisch denkend, emotional zurückhaltend. Aber anders als Henry, hat Hank noch eine ganz andere Seite. Schon seit er sprechen kann. Er hat schon immer mit Phantasiefreunden gespielt. Und nach dem Tod seines Großvaters hat er angefangen, mit ihm zu sprechen ... Ich weiß, es klingt verrückt.»

«Für mich nicht», sagte ich. «Aber Henry hält mich ja auch für eine große Spinnerin, weil ich an all dieses Zeug glaube.»

Martha lachte. «Ich weiß haargenau, was Sie meinen. Ich war für Henry immer eine große Strapaze, weil ich Chet Atkinson lieber mochte als Beethoven und immer ein paar Seminare schwänzte, während er das nie tat. Ich bin sicher, Sie haben schon bemerkt, daß Spontaneität nicht gerade seine Stärke ist.»

Wir lachten. Ich konnte die Jungen im Hintergrund herumschreien hören.

«Klingt ganz so, als hätten Sie einiges am Hals. Sagen Sie Hank, er soll sich keine Sorgen machen. Und wenn ihm wieder sonderbar zumute wird, soll er mich anrufen. Ich hör's mir an.»

«Sie haben aber auch Ihr Tun», sagte Martha.

Ich mochte sie. Henry hatte, was Frauen anging, einen guten Geschmack. Jedenfalls bis zu diesem Tage gehabt. Was war das mit Topping Mundell? Na ja, schön, wie ich schon sagte – keine Redaktionsromanzen!

Außerdem hatte ich Besseres zu tun, als über Henrys Liebesleben nachzusinnen. Zum Beispiel mußte ich meine Mutter anrufen und dann die Sonntagskolumne schreiben.

«Nattie», sagte meine Mutter und klang munterer als in den vergangenen sechs Monaten, «ich habe noch einiges über deinen Hinton Allard herausgefunden. Nora und ich waren in Winston-Salem und haben dort ein bißchen rumgeschnüffelt. Ich erzählte dir doch von dieser Anwaltskanzlei, zu deren Partnern er gehörte. Allard war ihr großer Prozeßführer. Er gilt, oder besser: galt, als brillanter Anwalt. Angeblich konnte er jeden aus allem rauspauken. Wie ich gehört habe, kommt der Geldsegen für Allards Kanzlei von Bladstone Tobacco. Ich weiß, daß die eine ganze Armee von Hausjuristen beschäftigen, aber da ging es um was ganz Großes, und sie brauchten einen Spezialisten. Wir wissen noch nicht, worum genau es ging, und fahren morgen noch einmal hin, aber ich glaube, es hatte etwas mit der Sammelklage von Krebserkrankten zu tun.»

Bingo! Die Tabakverbindung war damit bestätigt. Wenn ich das Henry erzählte!

«Mom», sagte ich, «wenn ich dir durch den Telefondraht hindurch einen Kuß geben könnte, dann täte ich es. Das ist ein großartiges Ergebnis. Danke.»

«Ich habe auch noch andere Fühler ausgestreckt», sagte sie. «Und wie gesagt, wir fahren morgen noch mal hin. Ich ruf dich an. Ich muß sagen, Nat, das macht richtig Spaß.»

Spaß! Das war ein Wort, von dem ich nicht geglaubt hatte, daß es meiner Mutter je wieder über die Lippen kommen würde. Ihr machte etwas Spaß – das Leben ging wirklich weiter!

Ich meinerseits war jetzt auch so richtig in Schwung. Als nächstes ging ich die Haute Couture an, Abteilung Hündchen. Und zwei Stunden später war die Sache konzipiert, geschrieben und durch den Cyberspace nach Charlotte rübergeschickt. Wen juckte schon, wenn der Artikel nicht den Penney-Missouri-Feature-Preis erhielt? Mich jedenfalls bestimmt nicht. Wenn sie mich nicht bald aus dieser Sparte rausholen, weiß ich nicht, was ich noch tun werde. Leider zeitigt heutzutage die Androhung der Kündigung seitens eines Angestellten keine allzu große Wirkung mehr. Bei dem Zeitungssterben, den Aufkäufen und den Mittelkürzungen sind im Journalismus Jobs so schwer zu finden wie ehrliche Pferdehändler.

Ich war heilfroh, daß ich mir die Mode vom Hals geschafft hatte, wenigstens für diese Woche. Bis zum Dunkelwerden blieb mir noch eine Stunde. Die Kälte ist nicht das einzig Schlimme am Winter. Wenn ich die Welt geschaffen hätte, dann wären die Lichter nicht schon um halb fünf ausgemacht, die Farben Grau, Braungrau, Beige und Mauve von der Erde verbannt worden!

Ich hatte eigentlich vorgehabt, zu Lacontes Stall zu fahren, um Karen noch einige Fragen zu stellen und mich dort gründlich umzusehen. Das war nämlich genau der Ort, den ich für die Details brauchte. Wenn ich eine Story über die letzten Tage Josanes schreiben wollte, dann war es erforderlich, mit Worten ein lebendiges Bild des Stalls zu malen und Aussehen, Gerüche und Geräusche zu schildern.

Aber für derart intensive Erkundigungen war die Zeit zu knapp. Ich sah zum Telefon hin, das ja der beste Freund des Reporters ist. Die Leute denken immer, daß so ein Reporter den ganzen Tag umherläuft und sich bei der Verfolgung unwilliger Interviewpartner den Trenchcoat schmutzig macht. Einer derartigen Vorstellung kommt bei uns allenfalls unser Fotograf Torkesquist nahe. Was mich betrifft, so verbringe ich wenigstens achtzig Prozent meiner Zeit in der Redaktion, wo mir ein Telefonhörer aus dem rechten Ohr wächst.

Und so verbrachte ich auch den Rest dieses Nachmittags.

Ich beobachtete dabei, wie der Himmel langsam dunkler wurde und ein immer trübseligeres Grau annahm, bis auch noch die letzte Andeutung von Farbe in die Schwärze der Nacht hineingesaugt wurde. Die Wanduhr zeigte dreiundvierzig Minuten nach vier. Noch nicht fünf, und schon herrschte Zubettgehdunkelheit!

Da Lannie noch weniger über die Scheidung Josanes gewußt hatte als Karen, mußte ich auf andere Weise versuchen, ihren Anwalt ausfindig zu machen und herauszufinden, warum Josane am Tag ihres Todes so glücklich gewesen war.

Ich wollte das Umherlaufen meinen Fingern überlassen. Wie viele Anwälte würde es in dieser Gegend schon geben. Ich holte mir die Gelben Seiten für die Bezirke Fauquier und Loudoun und sah unter «Rechtsanwälte» nach. Und da hatte ich es – fünf Seiten voller Anwälte, die alle um Mandanten buhlten. Wenn ich sie alle anrufen wollte, würde ich noch bei Sonnenaufgang am Apparat sitzen.

So kam ich nicht weiter. Ich mußte Reenie anrufen und hatte nicht die geringste Lust dazu. Es war nicht nur, daß ich nicht in der Stimmung dazu war, sondern auch, daß es auf meine Telefonrechnung gehen würde, die ich am Ende des Monats zwar einreichen konnte, dabei aber hoffen mußte, daß die Zentrale nicht inzwischen die Rückerstattung solcher Kosten gestrichen hatte. Ich überwand mich.

«Reenie? Hier ist Nattie Gold», sagte ich. Ich informierte sie so kurz und wirtschaftlich wie möglich darüber, mit wem ich bislang gesprochen hatte.

«Ich habe nicht viel Zeit, deshalb möchte ich Sie im Augenblick nur eines fragen: Stand Josane im Begriff, sich scheiden zu lassen? Wieso haben Sie mir nichts davon gesagt?»

Stille. Und noch mehr Stille. Ich hatte gewußt, daß die Frage sie völlig durcheinanderbringen würde, denn es ist ja nicht so, als gehörte eine Ehe zu jenen geringfügigen Einzelheiten, die zu erwähnen man so leicht vergessen kann. Aber ich wollte auch nicht, daß sie – eventuell auf meine Kosten – in eine Erdumlaufbahn davonglitt.

«Reenie? Sind Sie noch da?»

Endlich Wörter. «Ich wollte nicht, daß Sie schlecht von Josane denken.»

«Weil sie geheiratet hat?»

«Nein, wegen der Scheidung. In unserer gesamten Familie gibt es niemanden, der sich hat scheiden lassen. Unsere Kirche hält das für nicht recht. Der Pfarrer sagt, der Herr habe einem den Lebenspartner ausgewählt, und man stelle sich nicht gegen den Plan des Herrn. Josane ging einfach auf und davon, heiratete und rief uns erst hinterher an. Sie sagte, sie habe nicht gewollt, daß ein großer Aufstand gemacht würde. Sie hat ihren Mann nie mitgebracht und uns vorgestellt. Ich habe ihn nur einmal kurz in ihrem Haus getroffen. Aber zu dem Zeitpunkt waren die beiden einer Trennung schon sehr nahe.»

Ich konnte spüren, daß Reenie drauf und dran war, das Epos der Ehe ihrer Tochter zu erzählen. Ich brauchte im Augenblick jedoch eher eine Kurzgeschichte. Den Rest konnte ich dann in der Redaktion auf Kosten des *Appeal* ergänzen.

«Reenie», sagte ich, «Sie hätten mir das sagen sollen. Oder zumindest der Polizei. Der Ex-Ehemann ist immer der erste Tatverdächtige.»

«Er hätte ihr nie und nimmer etwas angetan», erwiderte Reenie. «Außerdem hätte es nichts Gutes gebracht, sondern alle Leute nur dazu veranlaßt, schlecht von Josane zu denken. Zu denken, sie sei etwas, was sie gar nicht ist.»

«Hören Sie mal, Reenie. Meine Eltern wurden geschieden, als ich zehn Jahre alt war, und deshalb habe ich noch lange nicht schlecht über meine Mutter gedacht. Würden Sie so gut sein, und mir seinen Namen sagen, damit ich mal mit ihm sprechen kann?»

«Es wäre nicht gut gewesen, seinen Namen der Polizei oder Ihnen zu nennen.»

«Und wieso nicht?»

«Nicht gut», sagte Reenie. Sie driftete schon wieder davon.

Ich konnte hören, wie bei jeder schweigend vergehenden Sekunde die Kasse von Bell Tel klingelte.

«Wieso nicht, Reenie?» drängte ich. «Was kann es schaden, sich mal mit ihm zu unterhalten?»

Wieder Stille. Ich hätte gern durch den Draht gelangt und die Antwort aus ihr herausgeschüttelt. Ich wußte, sie war eine trauernde Mutter, aber trotzdem ...

Endlich! «Schaden kann's nicht, nein. Denke ich mal. Aber Sie können nicht mit ihm sprechen. Niemand kann es. Der einzige, der es jetzt noch kann, ist der barmherzige Gott. Der Mann ist gestorben. Ungefähr ein Jahr nach dem, was mit Josane passiert ist. Er kam bei einem schweren Autounfall ums Leben. Josanes Anwalt, ein wirklich netter Mensch mit Namen Snowdon Cox, hat mich angerufen und es mir mitgeteilt.»

Noch ein toter Körper, noch eine Leiche. Damit waren es sechs, wenn man Henrys und meine Story zusammennahm: 1. Josane, 2. ihr namenloser Ehemann, 3. Jim Benson, 4. das kleine Mädchen mit dem Pony, 5. das Pony und 6. Josanes Pferd Rita. Und hätten Henry und ich am Morgen ein bißchen weniger Glück gehabt, dann wären wir die Nummern sieben und acht gewesen.

Die Zahl der Toten stieg unverhältnismäßig stark an. Ich fühlte mich langsam wie in einem Krimi von Agatha Christie – «Und dann waren da ...» Bei ihr waren es aber nie mehr als zehn Leichen, während man in unserem Fall noch nicht sagen konnte, wo das alles einmal enden würde.

24

«O Gott, o Gott, was ist das denn? Es ist doch nicht zu fassen, daß jemand so krank ... Mutter, Bridge!»

«Beruhigen Sie sich doch. Lassen Sie mich das nehmen, hier, geben Sie's her. Jetzt setzen Sie sich erst einmal.»

Ich sprang vom Stuhl auf und lief zur Haustür, von wo die Stimmen kamen. Eine kreidebleiche Annie hielt einen ihrer Schuhe am ausgestreckten Arm, während Henry bemüht war, sie zu beruhigen. Ohne Erfolg.

«Mutter! Wo steckst du denn? Mutter!»

Auch Henry sah stark mitgenommen aus. Aber offensichtlich war der Grund nicht Annie. In dem Augenblick, in dem er meiner ansichtig wurde, stürzte er auf mich zu und packte meinen Arm. «Was ist mit den Jungs? Ist Chet oder Hank etwas passiert? Bei Martha geht niemand dran, und das Telefon hier war dauernd besetzt. Du sagtest, es wäre dringend.»

«Ach das», sagte ich. «Nichts ist passiert, alles in Ordnung. Hank hatte nur das ungute Gefühl, daß dir etwas zugestoßen sei, das ist alles.»

Henrys Schultern entspannten sich, und seine Hand fiel von meinem Arm herab. Annie hatte sich derweil in der Diele auf ein sehr teuer aussehendes Sesselchen gesetzt, wobei sie immer noch den anstößigen Schuh vor sich hin hielt.

Ich wandte meine Aufmerksamkeit jetzt dieser Krise zu. «Annie, was, um alles in der Welt, war da eben los? Und was ist mit deinem Schuh?»

Sie sah auf ihren Schuh, und plötzlich mußte ihr bewußt geworden sein, daß sie ihn noch immer in der Hand hielt, denn sie ließ ihn fallen, und er polterte laut auf den Parkettboden. Als er dort lag, sah ich auch, warum sie ihn nicht wieder angezogen hatte. An dem schwarzen Leder haftete irgendein schleimiges, klebriges Zeug.

«Bäh», sagte ich. «Wo bist du denn reingetreten? In was Überfahrenes?»

Henry war inzwischen in die Küche gelaufen, kam mit einer Rolle Küchenkrepp zurück und ging damit vor die Haustür hinaus.

«Ich weiß nicht, wo ich reingetreten bin», sagte Annie. «Was immer es war, es lag draußen auf der Treppe. Der arme Henry wollte auch gerade ins Haus, und es tut mir leid, daß ich mich wie eine Idiotin aufgeführt und derart rumgekreischt habe. Du siehst, ich hätte nie Medizin studieren können.»

Sie lachte, und die Sonnenbräune kehrte langsam in ihr Gesicht zurück.

«Okay, okay», sagte ich. «Aber würde mir mal jemand verraten, weshalb das Geschrei?»

Annie streckte einen langen, schlanken Zeigefinger aus. Mein Blick folgte ihm bis zu dem wieder hereinkommenden Henry und seiner Hand. Igitt! Was er darin hielt, war für meinen Geschmack ein bißchen zu organisch.

«Da bin ich voll rein», sagte Annie. «Die Schuhe sind hin.»

Ich sah auf sie hinab: Bruno Maglis. Einmal in Matschiges hineingetreten, und zweihundertfünfzig Dollar waren futsch. Ich hätte die Dinger ja saubergemacht, aber wenn ich je so viel für Schuhe ausgegeben hätte, dann hätte ich sowieso zu ihrem Schutz Plastiktüten drübergezogen. Um auf Nummer Sicher zu gehen.

«Jetzt sag mir doch endlich einer, was hier gespielt wird!»

Annie räusperte sich. «Wenn wir das wüßten, würden wir's dir sagen. Ich kam nach Hause, ging zur Haustür und spürte plötzlich etwas Weiches, Nasses unter meinem linken

Fuß. Ich schaute nach unten und sah unter meinem Schuh dieses Ding dort. Da war es schon zu spät, ich hatte es schon breitgetreten. Wie ich schon sagte, auch Henry wollte gerade ins Haus gehen – oder besser: rasen.»

«Die telefonische Nachricht», sagte Henry erläuternd.

«Alles klar», sagte ich. «Aber warum hast du nach deiner Mutter geschrien?»

«Als ich auf meinen Schuh runtersah, bemerkte ich ein Stück Papier oder einen Umschlag oder irgend so etwas, und darauf stand ‹Mr. und Mrs. Duncan›.»

«Einen Augenblick», sagte ich. Ich ging nach draußen, und die kalte Luft schlug mir ins Gesicht, als hätte ich eine Ohrfeige bekommen. Ich sah auf die Treppenstufen hinunter und dort einen dunklen Fleck von irgendwas. Ich beugte mich tief darüber und roch daran – in Erinnerung an den Biologieunterricht in der achten Klasse bei Mrs. Brackett und ihren in Gläsern hockenden Fröschen. Ich sah mich suchend nach dem Stück Papier oder was immer es war, was Annie gesehen hatte, um. Ich konnte nichts finden. Die Kälte fing schon an, sich in meine Gliedmaßen hineinzufressen, als ich ein Stück von der Treppe entfernt auf der gefrorenen Erde eine Weihnachtskarte ohne Umschlag entdeckte. Hinten stand ‹Mr. und Mrs. Duncan› drauf, und auf der Vorderseite war ein Weihnachtsmann mit knallroten Backen und einem Ist-das-Leben-nicht-toll-Lächeln abgebildet. Ich faltete die Doppelkarte auseinander – innen stand in fröhlichem Grün gedruckt: «Frohe Weihnachten!»

Darunter aber hatte jemand mit der Schreibmaschine in nicht ganz so fröhlichem Schwarz geschrieben:

Mr. Duncan – das haben Sie ihm angetan! Dafür müssen Sie bezahlen. Ihr müsst alle bezahlen.

Das heute war nur der Anfang von Ihrem Ende.

Ich habe gehofft, dass es Sie nicht umbringen würde, denn das wäre ein zu schneller Tod gewesen. Es sollte Ihnen nur einen Schrecken einjagen. So wie es ihm an dem Tag, an dem man ihm Bescheid sagte, einen Schrecken eingejagt hat. Er musste dann den Rest, der ihm noch blieb, mit dem Wissen leben, dass er bald sterben würde. So wie Sie jetzt.

Als Sie verunglückt sind, sahen Sie da die Gesichter all derer vor sich, die Sie umgebracht haben? Hörten Sie ihr Weinen, Schreien und Ächzen? Hörten Sie, wie die Betroffenen um den Tod baten, weil ihre Schmerzen zu unerträglich waren?

Es ist nicht fair, wenn Sie und Ihresgleichen einen schnellen Tod sterben, einen ohne die Schmerzen, die er hatte. Aber das ist alles, was ich tun kann, Herr, sag ihm, dass es alles ist, was ich tun kann. Ich gebe mir Mühe, tue mein möglichstes für Dich und ihn, aber es ist so schwer.

Ich trug die Karte ins Haus, um sie Henry zu geben, aber er hatte keine Hand frei – in der einen hielt er die Papiertücher und in der anderen das Schlabberzeug des Verrückten.

«Oh», sagte ich und nahm ihm die Küchenkrepprolle ab. Das andere würde ich ganz bestimmt nicht anrühren. Ich rollte ein paar Bögen ab und machte damit auf dem Fußboden einen Landeplatz für das Wasimmer.

«Laß es fallen», sagte ich und zeigte auf die papierene Unterlage auf dem Boden. Aber Henry bückte sich und legte es vorsichtig darauf ab. Ich hätte es einfach runterklatschen lassen.

«Sieh dir das mal an», sagte ich. «Dein Brieffreund wird richtig kreativ. Was kommt als nächstes? Gesottene Haustiere in der Küche? Duncan soll noch mal sagen, seine Bremsschläuche seien nicht durchgeschnitten worden!»

Annie stand auf und ging in schiefer Körperhaltung zu Henry. Sie hatte ihren rechten Schuh noch an. Da sie Henry genetisch gesehen näher stand als ich, konnte sie ihm über die Schulter schauen, während ich allenfalls in der Lage war, ihm unter dem Arm hindurchzuspähen.

«Es hat was mit der Tabakgeschichte zu tun, über die ihr gestern gesprochen habt, nicht wahr?» sagte sie.

Ich nickte.

«Das dachte ich mir. Ich hoffe, ihr nehmt Duncan seine gestrige Vorstellung nicht ab. Ich kenne Bridge gut genug, um zu wissen, daß ihm Ihre Fragen, Henry, sehr unangenehm waren. Nachdem ich euch eure Zimmer gezeigt hatte, kam ich an der Bibliothek vorbei und hörte, wie er mit jemandem telefonierte. Ich weiß nicht, wer es war, bin aber sicher, daß es um Henry und diese Briefe ging. Ich hörte, wie er sagte: ‹Ich dachte, Sie würden diesem ganzen Schlamassel endlich mal ein Ende machen. Ich sagte Ihnen doch, daß das für uns sehr unangenehm werden könnte. Es ist der Reporter, der Tim Bakker hinter Gitter gebracht hat.› Dann bemerkte er mich und legte auf. Er war sehr wütend darüber, daß ich mitgehört hatte.»

«Woher willst du das wissen?» fragte ich.

«Nun ja, er rauschte an mir vorbei, ohne mir eine gute Nacht zu wünschen», antwortete Annie und sah mich an, als erklärte das wirklich alles.

In meiner Familie findet die Empörung ihren Ausdruck in Geschrei, Gezeter, Gebrüll, Türenschlagen, Apfelsaftflaschenschmeißerei, Küchenmessertänzen und was weiß ich noch allem. Es ist ein Wunder, daß noch keiner/keine meiner Angehörigen im Gefängnis gelandet ist. Mein Stiefvater David pflegte unsere Gefühlsausbrüche als den Polnyakoff-

Fluch zu bezeichnen – Polnyakoff ist der Mädchenname meiner Großmutter.

«Er hat nicht ‹gute Nacht› gesagt?» rief ich. «Was macht ihr Leutchen eigentlich, wenn ihr mal echt sauer seid? Weigert euch, bei Tisch ‹bitte› und ‹danke› zu sagen, oder was?»

«Sehr komisch», gab Annie zurück. «Ich bin bei dir zu Besuch gewesen und habe erlebt, wie ihr euch Luft macht. Ich weiß nicht, was schlimmer ist, eure Hysterie oder unsere Verweigerung.»

Ich hoffte, Henry würde sich einschalten und sich für Sein Volk stark machen. Ich drehte mich zu ihm um, aber er war gar nicht mehr da. Aus dem Augenwinkel sah ich, wie er sich förmlich in den Telefonhörer hineinkrümmte, mit dem auch ich am Nachmittag eins geworden war. Ich mußte keine begnadete Wetterin sein, um zweifelsfrei zu wissen, mit wem er sprach.

Ganz sicher nicht mit Topping.

Er telefonierte mit Hank. Ich konnte das zum einen an der Art erkennen, wie er in den Apparat hineinschmolz, und zum anderen an seinem blöden Lächeln und dem zuckersüßen Ton seiner Stimme. Eine Frau weiß, wenn ein Mann mit seinen Kindern spricht – zumal wenn sie den betreffenden Daddy schon mal im Zustand der totalen Hingerissenheit erlebt hat.

«Hat sich Hank denn nun wieder beruhigt?» fragte ich ihn, als er wieder zu uns hereinkam.

«Weiß ich nicht», knurrte er. «Da war immer noch keiner.»

Soviel zu meinen deduktiven und intuitiven Fähigkeiten!

«Oh», sagte ich und wußte dem nicht viel hinzuzusetzen – außer vielleicht eine Anspielung auf seine abendliche Verabredung. Aber erstaunlicherweise hielt ich den Mund. Vielleicht hat ja die drei Jahre währende Therapie bei meinem Guten Doktor Grass doch mehr bewirkt, als nur meine Krankenversicherung in Rage zu bringen. Obwohl das schon Grund genug war, sie fortzusetzen – auch wenn ich die Hälfte der Sitzungen verschlief.

Vielleicht war ich ja auch nur, um mal auf das eigentliche Thema zurückzukommen, zu abgelenkt durch das Stück Performance Art auf dem Boden, das heißt von dem Körperteil von irgend jemandem oder irgend etwas und den Flüssigkeiten, die Annies Vor-Bürgerkriegs-Fußboden befleckten.

«Was meinst du, was das ist? Das Offensichtliche?» fragte ich Henry und sah wieder auf das anstößige Ersatzteil hinunter.

«Keine Ahnung», sagte Henry. «Sehen wir es uns doch mal genauer an.»

Wir ließen uns auf Hände und Knie nieder und besahen uns das Etwas aus nächster, schon fast intimer Nähe. Annie nahm Abstand davon.

«Wenn ihr nichts dagegen habt», meinte sie, «überlasse ich die Untersuchung euch.»

Hingekuschelt auf das Küchenkreppbett lag eine dicke Scheibe von etwas, was wie eine Kreuzung von Mokkaeis und Frischkäse aussah. Henry drückte mit dem Finger darauf.

«Es ist fester, als es aussieht. Ich bin kein Pathologe, aber wenn ich die bisher eingegangenen Briefe in Betracht ziehe, so neige ich dazu, mich dir anzuschließen und für das Offensichtliche zu votieren. Es ist wahrscheinlich ein Stück ...»

«Lunge.»

Henry und ich drehten uns um. In der Tür stand Outerbridge Duncan mit vor Widerwillen verzogenem Mund. Er sah aus, als hätte er die Nacht zusammen mit einem aufgedunsenen Kranken in einem Schlafwagenabteil verbracht.

«Das ist eine Lunge, verdammt und zugenäht», sagte er. «Ich habe genug Propagandamaterial der Krebs- und Lungenligen gesehen, um eine Lunge noch aus zweihundert Metern Entfernung erkennen zu können. Sie glauben ja gar nicht, mit was für Sachen die die amerikanische Öffentlichkeit eindecken.»

«Die schicken Ihnen Lungen zu?» fragte ich. «Zu Weihnachten? Wie froh das stimmen muß.»

Duncan lächelte nicht. «Natürlich keine Lungen. Bilder, Zeichnungen, Abhandlungen. Genug, um die Anschaffung eines Reißwolfs zu rechtfertigen.»

«Als wenn Sie nicht schon einen von der Größe des Pentagons hätten», murmelte ich.

«Bitte?» sagte Duncan.

«Sie hat gefragt, ob das Ihrer Meinung nach eine menschliche Lunge ist», schaltete sich Henry ein und funkelte mich dabei an.

Duncan bückte sich und besah sich die Lunge aus der Nähe, schob sie mit seinem Montblanc-Füller hin und her.

«Eine menschliche, soviel steht fest», sagte er schließlich. «Gott bewahre, die entweihen doch kein Tier. Und es ist zudem eine kranke Lunge, eine gesunde wäre weit weniger fest, mehr so wie diese Blisterverpackungen. Die an Blumenkohl erinnernden Auswüchse da in der Mitte sind ein todsicheres Merkmal. Lungenkrebs. Die werden natürlich die Zigaretten dafür verantwortlich machen. Aber das war wahrscheinlich eher Asbest oder eine ererbte Anfälligkeit.»

«Wer macht die Zigaretten dafür verantwortlich?» wollte Henry wissen.

«Die Fanatiker. Diese PETA-Typen, die Frauen mit Blutbeuteln bewerfen, weil sie Pelzmäntel tragen. Jede Branche hat welche, die unsere unglückseligerweise eingeschlossen.»

Hätte Henry mich nicht schon so böse angefunkelt, hätte

ich jetzt gesagt: «Nun, Sie bringen ja schließlich auch drei Millionen Menschen pro Jahr um.»

Duncan wandte sich an Annie. «Laß uns das hier wegmachen, bevor deine Mutter nach Hause kommt. Sie wäre über diesen Anblick wohl kaum sehr erfreut.» Dann rief er zur Küche hin: «Rosalita, kommen Sie mal mit einem Eimer her.»

«Ist so etwas schon mal passiert?» fragte Henry.

«Nein, das ist neu», antwortete Duncan. «Müssen die Festtage sein. Dieser ganze Eierflip bringt alle gehörig in Schwung.»

«Was ist mit dem Auto?» erkundigte ich mich.

«Nicht so schlimm, wie man hätte erwarten können», sagte Duncan. «Sie haben mir versichert, wenn sie die Dellen ausgebeult und die Airbags erneuert hätten, wäre der Wagen wieder so gut wie neu. Sogar besser, denn sie hätten auch die Sache mit den Bremsen geklärt. Mein Mechaniker meinte, bei diesem Modell seien schon öfter derartige Probleme aufgetreten.»

Henry gab ihm die Weihnachtskarte und sagte: «Ich glaube, es war mehr als das, oder nicht?»

Duncan klappte die Karte auf. Als er sie gelesen hatte, waren seine Wangen so knallrot wie die des Weihnachtsmanns.

«Rosalita, wo bleibst du denn?» rief er laut. Die Karte steckte er in seine Brusttasche.

«Wie ich vorhin schon bemerkte, versetzen die Feiertage alle in eine unangenehme Erregung. Wenn Sie mich jetzt bitte entschuldigen.»

Er wollte sich umdrehen und weggehen, aber Henry legte ihm eine Hand auf die Schulter.

«Sir», sagte er, «wenn ich Ihnen gerade noch ein paar Fragen stellen dürfte?»

Man konnte die Rädchen in Duncans Hirn förmlich surren hören, wie er seine Möglichkeiten schnell er- und abwog. Nicht mit Henry reden und dadurch dessen Hartnäkkigkeit steigern oder mit ihm sprechen und darauf setzen, daß er, Duncan, ein verschlagenerer Schachspieler war als Henry?

Es war gut, daß ich der Wetterei bereits abgeschworen hatte. Ich hätte nämlich nicht gewußt, auf wen ich mein Geld setzen sollte. Henry war zwar kaum zu schlagen, aber Duncan war ein professioneller Lügner.

«Na schön, ich habe ungefähr zehn Minuten Zeit», sagte Duncan. «Kommen Sie auf einen Drink mit in die Bibliothek.»

Duncan vollendete seine Kehrtwendung, Henry folgte ihm – und ich ebenfalls.

Ich wollte gerade sagen: «Für mich keinen Alkohol mehr, danke», als Duncan meinte: «Entschuldigen Sie, Nattie, aber ich glaube, diese Unterredung ist eher eine Sache zwischen Henry und mir, wenn es Ihnen recht ist.»

Natürlich war es mir nicht recht, aber ich lächelte süß, als wäre er der Stiefvater meiner besten Freundin, der seinen widerlichen Mund nie auf den meinen gedrückt hatte.

«Ich verstehe», sagte ich. «Und ich glaube nicht, daß ich später irgendeine Klarstellung brauche. Trotzdem Dank.»

Er warf mir einen Mengele-Blick zu und ging mit Henry hinaus. Zurück blieben ich, Annie und das Ding.

«Rosalita, ich habe Sie gebeten, die Schweinerei da drin wegzumachen», hörte ich Duncan draußen sagen. Da wurde mir klar, warum er und seinesgleichen die Schimpfkanonaden, das Gezeter und die Messerwerferei nicht brauchten. Sie konnten allein schon mit dem Tonfall ihrer Stimmen mehr Angst einjagen als jedes Geschrei. Es war keine Frage, daß Rosalita, wenn sie die Sache hier drin nicht schleunigst beseitigte, ganz schnell selbst rausgeschmissen würde. Ich hörte, wie sie sich entschuldigte, in die Küche schlurfte und dann in unsere Richtung geklappert kam.

Annie stand auf und kam zu mir. Diesmal ging sie gerade. Sie hatte den rechten Schuh auch ausgezogen.

«Ist er zudringlich geworden?» fragte sie. Ihr Gesicht sah angespannt aus, und sie war offensichtlich wütend. Ich hatte diesen Blick in ihren Augen schon einmal gesehen – nämlich als ihr Vater unangekündigt, ungebeten und ohne Begründung im College und dort in ihrem und meinem Schlafraum aufgetaucht war.

Ich wollte mich zwar nicht noch unbeliebter machen, aber auch um keinen Preis lügen und diesen Widerling dekken.

«Woher weißt du?» fragte ich.

«Das hat er schon mal fertiggebracht. Ich dachte, ich hätte ziemlich unmißverständlich klargemacht, was im Wiederholungsfall passieren würde. Nicht unmißverständlich genug, wie ich sehe. Ich habe Mutter nichts davon gesagt, weil sie im Moment recht glücklich mit ihm zu sein scheint. Und ich kann eine weitere Hochzeit von ihr einfach nicht mehr ertragen. Du erinnerst dich sicher noch, zu was für einem Jahrhundertereignis sie meine gemacht hat. Ihre sind genauso, wenn nicht noch pompöser. Und das geht immer so weiter. Ich glaube, sie heiratet nur deshalb immer wieder aufs neue, weil die ganze Planerei ihrem Leben für ein paar Monate Sinn gibt.»

In diesem Augenblick kam Rosalita mit einem Eimer und Plastiktüten herein. Sie blickte sehr bekümmert drein.

«Kommen Sie, Rosalita», sagte Annie, «lassen Sie mich das erledigen. Und machen Sie sich seinetwegen keine Sorgen. Gehen Sie ihm einfach aus dem Weg.»

Die Frau wollte Einwände erheben, aber Annie behielt die Oberhand und schickte Rosalita in die Küche zurück.

«Er ist nicht nur ein Möchtegern-Schürzenjäger, sondern behandelt auch die Leute, die für uns arbeiten, wie Sklaven», sagte Annie und steckte die Hand in eine Plastiktüte. Dann schloß sie die Augen, ergriff die Lunge und schob sie mitsamt der papierenen Unterlage in eine zweite Tüte. Ich nahm den Schwamm aus dem Eimer und wischte den Fleck weg.

«Laß uns zum Essen weggehen», sagte Annie. «Heute abend kann ich seinen Anblick nicht mehr ertragen.»

Ich zögerte. Der Duft von Rosalitas Knoblauchgebräu stieg mir verführerisch in die Nase, und außerdem hatte ich keine fünfundzwanzig Dollar übrig.

«Du bezahlst, wenn ich dich in Charlotte besuche», sagte Annie. «Heute bist du mein Gast.»

Ich gab keine Widerworte, kehrte auch nicht meinen Stolz heraus. Zum einen hatte ich keinen, und zum anderen war Annies Ururgroßvater der zweite Mann nach Cornelius Vanderbilt gewesen, was ungefähr so war, als wäre man heute der zweite Mann nach Bill Gates, der inzwischen nach allem, was ich gelesen habe, einen Wert erreicht haben soll, welcher der Hälfte unserer Staatsverschuldung entspricht.

25

«Sie haben Post.»

Wie ich schon sagte, bin ich ein Cyberjunkie. Ich hatte die Zähne noch nicht geputzt, mir den Schlaf noch nicht aus den Augen gerieben, da war ich schon in das elektronische kollektive Bewußtsein eingestöpselt und empfangsbereit.

Ich schaltete die muntere Mailbox an.

Sechs Nachrichten. Zwei von meinen reiterlichen Cyberkumpeln (Naglady und Whinney), eine von Jean, der Zahnärztin-Redakteurin, deren Textbehandlungen schmerzfrei waren, eine von meinem Freund in L. A. und die letzte von jemandem, den ich nicht kannte. Wenn neu und alt zur Wahl stehen, entscheiden sich die Leute mit den klassischen Merkmalen der hysterischen Persönlichkeit immer für neu. Wenigstens in diesem einen Punkt bestätigte ich meinen Guten Doktor Grass und wählte die rätselhafte Tür Nummer sechs – an357@anon.penet.fi.

Ich hätte doch erst die anderen Nachrichten lesen sollen – dann wäre ich vielleicht für die Bedrohung meines Lebens wach genug gewesen.

NATALIE GOLD – JOSANE AHMORE IST TOT. LASSEN SIE ES DABEI BEWENDEN. SOWOHL ZU IHREM EIGENEN ALS AUCH ZUM VORTEIL ANDERER. MÖGEN SIE SICHERE UND FRÖHLICHE FESTTAGE VERBRINGEN.

Großartig! Das letzte Mal hatte mein Anrufbeantworter als Überbringer schlechter Nachrichten und Morddrohungen fungiert, diesmal kamen sie auf der Datenautobahn dahergerauscht. Es gibt Menschen, die sollten sich wohl besser von der Elektronik fernhalten – und es wurde zunehmend deutlicher, daß ich zu ihnen gehörte.

Ich mag ja ein Cyberjunkie sein, aber das bedeutet noch lange nicht, daß ich mehr von der Sache verstand, als man braucht, um seine Mailbox aufzumachen. Ich hatte also keine Ahnung, was die Antwortadresse zu bedeuten hatte oder wie ich sie finden könnte. Wenn das überhaupt möglich war. Wer immer mir diese fröhlichen Festtagswünsche geschickt hatte, war sicher schlau genug gewesen, seine / ihre elektronischen Spuren zu verwischen. Um sicherzugehen, schickte ich die geheimnisvolle Adresse und einen Hilferuf per E-Mail an Margot, die Computerexpertin des *Appeal*. Wobei mir allerdings noch einfiel, daß sie in der zweiten Nachtschicht arbeitete, ich also mindestens zwölf Stunden lang mit keiner Antwort rechnen konnte.

Wer immer mir die Nachricht geschickt hatte, mußte mich entweder kennen oder die Augen beziehungsweise die Brille haben, die man braucht, um die kleine Schrift des *Chronicle of the Horse* lesen zu können. Niemand sonst konnte wissen, daß mein *Nom de space* Brenda Starr lautete.

Es war nicht gerade eine Morgen-wirst-du-tot-sein-Drohung, kam einer solchen aber doch so nahe, daß ich mich fragte, ob die Modeberichterstattung nicht doch ihre Vorteile hatte. Über Calvin Klein oder Ralph Lauren konnte ich wenigstens schreiben, was ich wollte, und dabei einigermaßen sicher sein, daß sie mich nicht mit einem Lieferwagen umzunieten versuchten. Obwohl ich da hinsichtlich der Käufer, Berater und Besitzer von Coplon, Dillard und Belk (Charlottes Versionen von Macy, Bloomingdale und Saks) nicht ganz so sicher sein konnte, hatte sie meine Kolumne in den zurückliegenden drei Jahren doch häufig erheblich irritiert. Denn wo es um Mode geht, folge ich gern der Einsicht des Autors Kingsley Amis: Das Schreiben hat wenig Sinn, wenn man damit niemanden ärgern kann.

Ich las den Rest meiner E-Mail. Jean berichtete mir von der alljährlichen Essenseinladung unserer lieben Candace. Einmal mehr alles mit Kiwi garniert. Und dieses gebratene Ding mit den fransigen kiwifarbenen Manschetten an den Beinen. Und Obstsalat auf kiwifarbenen Tellern. Ein Alptraum!

Candace war sehr modebewußt und immer bestrebt, mit der Zeit zu gehen. Deshalb war es auch nicht gar so erstaunlich, daß diese Dinnerpartys immer von recht schickimickihafter Art waren. Ich schickte die Nachricht zurück:

Jean – was, gar keine Tomatenblumen? Wie stehen die Chancen, für meine Story eine Verlängerung bewilligt zu bekommen? Hat den Anschein,

ALS WÄREN MEINE AUGEN GRÖSSER ALS MEIN MAGEN GEWESEN – NAT

Meine Pferdefreundinnen teilten mir den neuesten Tratsch mit. Ein gewisser blonder, schöner und launischer Trainer, den wir kannten und der sich erst kürzlich von einem anderen schönen, aber nicht blonden und launischen Trainer getrennt hatte, wollte heiraten. Das Überraschende daran war, daß er eine Frau zu ehelichen gedachte.

Und dann war da noch die Nachricht von meinem Filmfreund, der, wie sich zeigte, im Kinowunderland tatsächlich über sehr gute Kontakte verfügte und so etwas über Christopher Carey in Erfahrung hatte bringen können.

NATS, BABY, WIE HAT DICH DIE KUNDE VON CAREY UND SEINEN POSTALISCHEN PROBLEMEN DA DRAUSSEN IM LAND DER BAUMWOLLE ERREICHT? BERÜHMTHEITEN KRIEGEN EINE MENGE IRRE BRIEFE. DU WEISST JA, DER SCHRITT VOM FAN ZUM JÄGER KANN EIN VERDAMMT KLEINER SEIN. ABER WAS ICH KÜRZLICH GEHÖRT HABE, GEHT ÜBER IRRE WEIT HINAUS. JEMAND HAT CAREY EINEN KÖRPERTEIL GESCHICKT. MEINE QUELLE WUSSTE NICHT GENAU, WELCHEN, ABER ES HANDELT SICH WOHL UM IRGENDEINE INNEREI. DU DENKST GERADE, DU HÄTTEST DIE TRÜBSTE NEUIGKEIT GEHÖRT, UND SCHON KOMMT WAS NOCH VIEL SCHLIMMERES.

Diese Nachricht war es wert, Henry zu wecken. Aber dann beschloß ich, ihm noch ein bißchen mehr Zeit in der Koje zu gönnen. Das war allerdings die schiere Selbstsucht, denn ich wollte an diesem Tag nicht mit einem übelgelaunten Henry umgehen müssen. Er war schließlich am gestrigen Abend erst sehr spät zurückgekommen. Nicht, daß ich etwa auf ihn gewartet hätte. Aber ein großer Bursche wie er macht eben auf Holzdielen immer genug Lärm, um eine leichte Schläferin wie mich zu wecken.

Ich brannte darauf zu erfahren, was Duncan ihm erzählt hatte, und auch darauf, ihm von den Ergebnissen der Schnüffelei meiner Mutter zu berichten. Außerdem hätte ich auch nichts dagegen gehabt, etwas über das herrschaftliche Haus der Mundells und (in dem Umfang, in dem er bereit war, es mitzuteilen) über Topping und ihren Vater zu hören. Ich wollte ihn noch eine halbe Stunde oder so in Ruhe lassen und ihn dann raushauen.

Ich ging in die Küche hinunter, wo Rosalita schon zugange war. Sie bot mir einen Kaffee an. Ich nahm ihn dankend in Empfang und brachte mein klägliches Spanisch zur Anwendung – ich kam über «Gracias» nicht hinaus. Rosalita lächelte und machte sich wieder an die Arbeit – sie buk Brötchen, die so gut aussahen, daß ich meinen Körper in seiner Eliminationsphase stören mußte.

Dann ging ich wieder nach oben, zog mich an und suchte zusammen, was ich für das Interview mit Flip Nilson brauchte. Da ich eine Sprinterin bin, war ich in weniger als zehn Minuten fertig. Es war noch Zeit übrig, die es totzuschlagen galt, weshalb ich die Illustrierten zur Hand nahm, die ich aus dem Hause Bladstone mitgenommen hatte. Die Demi-Moore-Ausgabe von *Vanity Fair* hatte ich mir zu Gemüte geführt und konnte sie aussortieren. Ich wollte sie schon in den Papierkorb werfen, als ich den Jahresbericht des Bladstone-Konzerns darin stecken sah, den ich als Lesezeichen verwendet hatte. Jahresberichte sind mit ihren lobhudelnden Texten und schlechten Fotos eigentlich ein Witz, gehören für mich aber zur amerikanischen Volkskunst. Sie sind unsere Version bestimmter Devotionalien, die die Jungfrau Maria und das Jesulein darstellen und in Mexiko sehr beliebt sind. Ich blätterte das Ding durch, besah mir die tatsächlich schlechten Fotos und überflog die beschönigenden Bildunterschriften. Sieh mal, Nattie, sagte ich zu mir, es gibt doch etwas Schlimmeres als die Modeberichterstattung – du könntest schließlich auch so einen Quark schreiben müssen.

Die Bilder waren wirklich ziemlich blöde. L. M. und seine Leute allüberall. Der seit zwanzig Jahren Zigaretten rollende Rufus White auf Seite 3, der Marketingchef Stanley Burns auf Seite 7, der weißbekittelte Wissenschaftler Peterson Scott auf Seite 10 …

Noch mal. Peterson Scott? Der verrückte Botaniker und Mandant meines Bruders, der Mann, der die Pflanzen-DNS umbaute?

Ich las die Bildunterschrift: «L. M. Bladstone unterhält sich mit dem namhaften Wissenschaftler Peterson Scott (früher am MIT tätig) im Forschungslabor von Mundell International Enterprises, einem Tochterunternehmen von Bladstone Inc. in Richmond. ‹Wir suchen ständig nach Möglichkeiten, eine noch milder schmeckende Zigarette zu produzieren›, sagt Mr. Bladstone. ‹Noch milder im Geschmack, als die Natur selbst sie hätte hervorbringen können.›»

Mundell Enterprises? Mundell wie Santee und Topping Mundell? Das war also die Tabak-Verbindung! Ich fragte mich, ob Henry das schon wußte, und ich fragte mich auch, ob mein Bruder Larry ahnte, was sein Botaniker-Mandant eigentlich trieb. Ich sah auf die Uhr. Hol's der Geier, Henry konnte den versäumten Schlaf auch später noch nachholen. Die Neuigkeiten waren zu gut, um ihn noch länger in Ruhe lassen zu können.

Ich huschte in unser gemeinsames Bad und klopfte an seine Tür. Ich hörte ein dumpfes «Herein» und folgte der Aufforderung. Da lag Henry, bis zum Hals unter seiner Daunendecke vergraben.

«Jetzt hör dir mal an, was ich herausgefunden habe. Ich

habe was bei dir gut», sagte ich und ließ mich neben ihm auf der Bettkante nieder.

«Und auch dir einen recht guten Morgen, Nattie. Wie viele Tassen Kaffee hast du denn schon intus?»

«Erst eine, und es war entkoffeinierter. Du bist bloß so mißmutig, weil du in dieser Nacht nur zwanzig Minuten Schlaf bekommen hast. Es ist aber nicht meine Schuld, daß du aus warst, bis die Eulen schlafen gingen. Du wirst nicht raten, wie Toppings Vater in das Tabak-Bild paßt.»

Henry schloß die Augen und drehte sich von mir weg. «Mundell International Enterprises betreibt für Bladstone in Richmond ein Forschungslabor.»

«Oh», sagte ich und drehte ihn wieder zu mir zurück. «Okay, das weißt du also. Aber ich wette, das weißt du noch nicht.» Ich berichtete ihm, was meine Mutter über Hinton Allard und seine anwaltliche Tabak-Verbindung herausgefunden hatte. «Und jetzt das Finale», sagte ich und klappte den Monitor meines Laptop auf. «Sieh dir das mal an.»

Ich zeigte Henry die Nachricht meines Freundes in L. A., woraufhin sich Henry steil im Bett aufsetzte und den Computer zu sich heranzog. Bei dieser heftigen Bewegung rutschte die Decke runter – so weit, daß ich mitbekommen konnte, was er im Bett trug, nämlich nichts. Und so weit, daß ich sehen konnte, was da oberhalb seiner linken Arschbacke prangte.

«Henry!» sagte ich so schockiert, wie ich es schon lange nicht mehr gewesen war. «Eine Tätowierung? Auf deinem Allerwertesten? Du? Henry B. Goode, unser Meister Proper?»

Henrys Gesicht nahm die Farbe seiner Alma mater an – Karmesinrot.

Er riß die Bettdecke über den erwähnten, so schön verzierten Körperteil und räusperte sich.

«Ach das», sagte er. «Wie denn, du siehst in mir nicht den Tätowiertyp? Vielleicht ziehe ich mir ja auch freitagabends eine Lederjacke an? Sind etwa nur dir allein Ausbrüche gestattet?»

«Ausbrüche sind eine Sache», erwiderte ich, «aber zuzulassen, daß einem so ein Harley-Bursche Nadeln voller Tinte ins Fleisch steckt, das ist eine andere. Okay, wie besoffen bist du denn gewesen?»

Henry lachte. «Besoffener als je zuvor in meinem Leben. Zum ersten und zum letzten Mal. Es war der Abend, an dem sich Martha die Jungs geschnappt und mich verlassen hatte. Les Restenbacher, der Polizeireporter, der in seinem Auto oder in Herrentoiletten schläft, je nach Außentemperatur, hatte das irgendwie mitgekriegt und kam vorbei. Er hatte seine Scheidung gerade hinter sich, weshalb er ja in sein Auto gezogen war. Er nahm mich in eine ziemlich trübe Bar mit. Ich hätte weggehen sollen, mochte aber nicht allein sein. So tranken wir denn und tranken. Als wir schließlich gingen, konnte ich mich kaum noch auf den Beinen halten. Er auch nicht. Aber irgendwie schafften wir es bis zu Sunny's Tattoo. Er bekam die Schlange, ich die Rose.»

«Es haut mich um», sagte ich. «Zu viele Überraschungen an einem einzigen Morgen. Dafür bin ich zu zartbesaitet. Eine Tätowierung auf Henry Goodes Steiß, du lieber Himmel! Ich bin platt. Aber warum eine Rose?»

Henry sah mich eine Weile schweigend an und sagte dann mit einem traurigen, erinnernden Lächeln: «Als Martha ging, sagte sie, sie könne einfach nicht mehr mit jemandem zusammenleben, der sich nicht einmal die Zeit nähme, an den Rosen zu riechen.»

«Oh», sagte ich nur – jetzt war die Reihe an mir zu schweigen. Henry dagegen fuhr fort: «Soviel zu den Rosen. Ich werde deine Mutter anrufen und mich bei ihr bedanken.

Allards Tabak-Verbindung ist interessant. Ich würde gern noch mehr über diese Sammelklage in Erfahrung bringen.»

«Das könnte sie für dich machen», sagte ich. «Sie hat die Verbindungen, und sie meinte, es mache ihr Spaß. Das allein ist mir schon mehr wert als ein Pulitzer. Glaubst du noch immer, daß Allard lediglich wegen Trunkenheit am Steuer ins Gras beißen mußte? Und was ist mit Careys Organspender?»

Henry sah wieder auf den Monitor des Laptop.

«Das ist, verdammt, eine größere Sache, als ich gedacht hatte», sagte er. «Ich habe so das Gefühl, daß ich mal innehalten und intensiv darüber nachdenken muß, was das alles zu bedeuten hat. Für die Story und für die Leute auf der Liste. Es ist wahrscheinlich meine Pflicht, mich mit allen in Verbindung zu setzen und sie zu warnen. Und es bedeutet, daß das eine Wahnsinnsstory ist. Eine, die sicher viele Journalisten gern haben würden.» Er holte tief Luft und schüttelte den Kopf. «Ich muß mal ein Weilchen darüber nachdenken.»

Natürlich mußte er ein Weilchen darüber nachdenken. Er war nun mal ein echter Wiederkäuer.

«Was ist mit der Polizei?» fragte ich. «Rufst du sie an?»

«Wahrscheinlich», antwortete er. «Zunächst will ich aber den Anwalt des *Appeal* kontaktieren und ihn um Rat fragen. Das letzte, was ich werden möchte, ist ein Arm des Gesetzes. Andererseits hat es im Zusammenhang mit der Liste schon zwei Tote gegeben. Deshalb habe ich wahrscheinlich gar keine andere Wahl. Wenn wir jedoch mit der Polizei zusammenarbeiten, kann es gut sein, daß die Sache schon in den Sechs-Uhr-Nachrichten gebracht wird, und da habe ich meinen Artikel noch nicht annähernd fertig. Alles sehr vertrackt. Warum rufst du inzwischen nicht deinen Bekannten auf der Liste, diesen Künstler, an? Stell doch mal fest, was für Post er bekommt und ob er irgendwas mit Tabak zu tun hat. Ich denke, wir müssen ihn jetzt über die Liste informieren. Kann man ihm vertrauen?»

«Jeder kann's, nur ich und mein Herz dürfen es nicht.»

Henry sah mich an und bekam den Kern der Sache erstaunlich schnell mit.

«Oh», sagte er, «das habe ich nicht gewußt. Möchtest du lieber nicht?»

«Doch, doch, ich schaff das schon. Und außerdem wird's Zeit, diese Wunde mal endgültig zuzunähen.»

Ich sah auf die Uhr. Mir blieben noch zwanzig Minuten, um nach The Plains zu kommen, wo ich mit Flip verabredet war.

«Wer hat denn nun gestern abend das Schachspiel gewonnen, du oder Duncan? Erzähl's mir in Kurzform, ich muß gleich weg. Und gib ein paar Leckerbissen dazu, wenn du nichts dagegen hast. Ich meine Topping und so.»

Ich würde sagen, das Gespräch zwischen Henry und Duncan hatte mit einem Remis geendet. Duncan hatte zugegeben, daß schon diverse Mordanschläge auf ihn verübt worden waren, jede Verbindung mit den anderen Leuten auf der Liste jedoch abgestritten. Henry gehörte leider nicht zu denen, die von irgend etwas eine Kurzfassung liefern können, weshalb der Bericht über das zehnminütige Gespräch mit Duncan auch zehn Minuten in Anspruch nahm. Ich mußte los, oder ich erschien mit schon unverschämter Verspätung zu meinem Treffen.

«Erzähl mir heute abend von Mundell», sagte ich und lief zur Tür.

«Nattie, noch eine Sekunde», rief Henry. «Ich dachte, es würde dir nichts ausmachen, und habe Toppy erzählt, daß du an einer Story über Josane Ashmore arbeitest. Sie ist sehr interessiert und würde dir gern behilflich sein, soweit ihr das möglich ist. Sie war ja sehr eng mit Josane befreundet. Sie ist den ganzen Tag zu Hause und meinte, du könntest doch nach deinem Gespräch mit Josanes Freund bei ihr vorbeikommen. Sie wohnt nicht allzuweit von The Plains entfernt an der Halfway Road, neben den Duvalls. Du kommst an dem Hinweisschild vorbei.»

26

The Plains.

Ein seltsamer Name für eine Stadt im leicht gewellten Hügelland Virginias. Kansas, Indiana, Nebraska, North Dakota, Florida, ja, die wissen, was flaches Land ist – aber The Plains, Virginia? Gut, wer war ich, um daran herumzukritteln?

Ich fuhr die Halfway Road entlang und durch weite, etwas flachere Felder, die einen betrübten Mittelwestler vielleicht an zu Hause erinnern konnten – wenn er denn heimwehkrank oder kurzsichtig genug war.

Die Halfway Road war eine weitere dieser Straßen, die durch stinkreiches Reiterland führten. Hier wohnten die Duvalls (zur Zeit allerdings nicht, weil seine Tango lehrende Frau mit dem Pool-Menschen durchgebrannt war) und die Mundells, deren Haus ich in der Ferne liegen sah.

Ich kam nur wenige Minuten vor der vereinbarten Zeit in The Plains und bei einem Wegweiser an, dessen Arme unter Angabe der Meilen den Weg zu allen möglichen Orten dieser Erde wiesen – von Paris, Virginia (14) bis Shanghai (7396). Natürlich erwies es sich als problematisch, meinen Schlitten in der Nähe des Rail Stop zu parken, weshalb ich so lange weiterfuhr, bis ich eine Lücke fand, in die ich hineinkam, ohne zurücksetzen zu müssen. Dann rannte ich zum Restaurant.

Das Rail Stop war offensichtlich einmal genau das gewesen – eine Haltestelle der Eisenbahn. Der Kassierer saß in einem alten Fahrkartenhäuschen, und die Wände waren mit Zügen und Reitjagdszenen bemalt.

Ich sah Flip beim Kassen-Fahrkartenschalter stehen.

«Hi», sagte ich. «Dank für das Interview.»

Wir setzten uns in einen Erker ans Fenster, tauschten ein paar freundliche Bemerkungen über das Wetter aus und bestellten. Ich weiß nicht, ob ich hungrig oder nervös war, jedenfalls bestellte ich mehr als nur einen Kaffee, nämlich ein Käse-Zwiebel-Omelett und Roggentoast. Zum Teufel mit der Fitneßdiät! Mein Magen meuterte, und ich war es müde, mir sein dauerndes Gebarme anzuhören.

Als der Kaffee kam, unterhielten wir uns schon recht angeregt. Noch nicht über Josane – zunächst ging es ja darum, irgendeinen Anfang zu finden. Und da bot sich sein Name an. Ein Spitzname aus Kindertagen, der von seinem Bruder stammte, welcher den eigentlichen Namen, Philip, nicht richtig hatte aussprechen können. Und dann, was er in Middleburg und in den Pferde- und Reiterkreisen trieb. Er arbeitete für das Familienunternehmen – Winner's Circle Farm Products, eine Firma, die von Luzerneballen bis zu Einreibemitteln für Pferde alles herstellte und verkaufte.

«Ich habe mein ganzes Leben hier verbracht», sagte er. «Bin hier geboren, aufgewachsen, zur Schule gegangen. Ich habe mal daran gedacht, mich zu verändern, vollkommen neu anzufangen, mit unbeschriebenem Blatt sozusagen. Aber dann ist mir klargeworden, daß es sich auch nur um einen Umweg gehandelt hätte. Wo ich auch hingegangen wäre, ich hätte doch nie den Ort gewechselt. Das Blatt hätte vielleicht ein bißchen anders ausgesehen, aber das Geschriebene darauf nicht.»

Ich empfand Ratlosigkeit. Ich, die ich über jene DNS-

Struktur verfügte, die einen Menschen impulsiv, unternehmungslustig, unbeständig, reizbar, launenhaft und überspannt sein läßt, hatte einige Mühe, ihn zu verstehen.

«Der dauernde Ortswechsel ist nur ein Davonlaufen vor sich selbst», sagte er. «Ich habe lange gebraucht, bis mir das klar war.»

Mein Name sei Grashüpfer!

Unser Essen kam – zwei schön lockere Omeletts mit richtigen Pommes frites. Ich spießte ein Kartoffelstück auf und steckte es in den Mund. Ah, wieder daheim! Der Süden war – gastronomisch gesehen – Roggenbrotland. Seit drei Jahren hatte ich nicht mehr in eine ordentliche hausgemachte Fritte gebissen (diese Streichholzdinger, die man überall bekommt, zählen nicht).

Ich bemerkte, daß sich Flip nicht heißhungrig auf sein Essen stürzte, sondern ganz ruhig aß – offensichtlich tat er alles mit großer Ruhe, was mich nervös machte. Wenn ich ihn beschreiben sollte, würde ich wohl das Wort «gelassen» verwenden. Was er auch war, bis ich auf Josane zu sprechen kam.

«Nun denn», sagte ich zwischen zwei Happen. «Da ich ja an einer Story über Josane arbeite, würde ich Sie gern bitten, mir von Ihrer letzten Begegnung mit ihr zu erzählen.»

Ich sah, wie sich die Muskeln in seiner Hand spannten.

«Wir wechselten Worte.»

«Was für Worte?»

«Angesichts ihres Todes die falschen. Worte, von denen man an jedem Tag seines Lebens wieder wünscht, sie zurücknehmen zu können. Worte, die sich nicht gut anhören, wenn eine Reporterin danach fragt. Aber eines kann ich Ihnen sagen: Ich bin nicht zurückgekehrt, um sie zu schlagen oder ihr zu folgen oder was immer Sie oder Josanes Mutter vielleicht denken. Ich gestehe offen, daß ich mich, was

Frauen angeht, immer saublöde angestellt habe. An jenem Tag, an Josanes letztem Tag, erklang der Weckruf, obwohl ich hinterher noch eine ganze Weile gebraucht habe, bis ich ihn hörte. Ich war noch nie in meinem Leben so außer mir gewesen, und ja, ich hätte sie umbringen können. Aber ich habe es nicht getan. Statt dessen bin ich davongestürzt und ins Studio gegangen.»

«Studio?» fragte ich.

«Seven Mountains, ein Kung-Fu-Zentrum in Leesburg. Ich bin seit meinem sechsten Lebensjahr Karatekämpfer, habe Turniere gewonnen, immer mehr Gürtel bekommen, alles über die asiatischen Kampfsportarten gelernt, aber nie begriffen, wozu sie eigentlich dienen. Ich fand zumeist den Gedanken, daß ich einen Menschen mit meinen Händen töten könnte, einfach nur lustig.

Jahrelang hat ein Bursche, der Pferdetransporter verkauft, versucht, mich dazu zu überreden, mit ihm ins Seven Mountain zu gehen. Er lernt bei dem dortigen Meister. Ich nehme an, er sah etwas in mir, was alle in mir sehen, nur ich nicht. Gerade an jenem Morgen hatten wir uns mal wieder unterhalten, und er hatte mich einmal mehr auf das Studio angesprochen. Das muß noch in meinem Kopf gesteckt haben, denn als ich dann von Josane weglief, fiel es mir plötzlich ein. Ich wollte jedoch nicht in dem Zustand, in dem ich mich befand, hingehen, deshalb fuhr ich ein paar Stunden im Gelände herum, um mich zu beruhigen. Im Studio lernte ich dann Tom kennen, den Lehrer meines Freundes. Tom hat mein Leben verändert. Nicht sofort. Ich meine, ich bin nicht gleich an jenem Abend als ein anderer Mensch nach Hause gekommen. Tom hat mir nur die Tür geöffnet und mir den Weg gewiesen. Gehen mußte ich ihn dann selber.»

Flip trank einen Schluck Kaffee und schwieg. Leerstellen in Unterhaltungen erwecken unweigerlich den Wunsch in mir, sie zu füllen. Ich zwang mich diesmal jedoch, nicht loszuplappern. Eine Tasse Kaffee später fing Flip wieder zu sprechen an.

«Es ist ein langer Weg, und ich weiß, daß ich noch kaum losgegangen bin. Das Problem ist, daß man sich leicht verläuft. Ich vor allem, wenn es um die Frauen geht. Frauen. Da biege ich immer falsch ab.»

Er sah von seiner Kaffeetasse auf und schenkte mir sein Killerlächeln. Ich konnte mir gut vorstellen, wie viele erwartungsvolle junge Schöne er schon mit diesem Grinsen und seinen blauen Kinderaugen niedergestreckt hatte. Er war ein großartig aussehender Mann, und ich beneidete ihn nicht darum. Schönheit dieser Art ist ein Fluch. Ich hatte das bei einer Collegefreundin erlebt, die an ihrer eigenen unglaublichen Schönheit zerbrochen war. Sie war ein kluges Mädchen gewesen, aber niemand – einschließlich ihrer selbst – hatte sie als solches ernst genommen, weil keiner je über ihr Gesicht hinausgelangen konnte. Da behielt ich doch lieber meine lange, gebogene Nase und mein wanderndes linkes Auge.

«Wenn Sie ihn kennenlernen würden, ich meine den Tom, dann würde Ihnen wahrscheinlich überhaupt nichts an ihm auffallen. Er ist ein ganz bescheidener, stiller Mensch. Aber er ist angekommen. Nur redet er nicht darüber oder tut groß damit. Man merkt es an seiner Friedfertigkeit. Er hat den Weg selbst gefunden und meint, das sei keine große Sache, wir würden ihn alle kennen. Das Ironische sei, daß wir alle von dort losgingen.»

Flip schwieg kurz und setzte dann hinzu: «Mag sein, daß das so ist. Für mich bleibt das Problem, daß mir Tom die Tür zu spät aufgemacht hat, zu spät, um mir noch bei Josane zu helfen. Als ich an jenem Abend zurückkam, war sie tot. Wie gesagt, ich brauchte eine Weile, bis ich den Weckruf hörte. In den folgenden drei Wochen habe ich nur getrunken und versucht, sie zu vergessen. Deshalb habe ich auch alle ihre Sachen zur Müllkippe gebracht – ich bin sicher, Josanes Mutter hat Ihnen das erzählt. Ich wollte alles vergessen. Alles.

Ich weiß, daß das zu meiner Reise gehört, aber das Wissen macht nicht, daß man sich besser fühlt. Wissen ist so berauschend, wie Frauen es sind. Auch so ein Weg, wo man sich leicht verläuft. Man läßt sich zu dem Glauben verleiten, das Wissen verhelfe zu Antworten. Gut, das tut es auch, aber es sind meistens Antworten auf die falschen Fragen.»

Der Kopf sank Flip auf die Brust, und er weinte. Er versuchte nicht, die Tränen wegzuwischen. Ich sah zu, wie sie auf sein Omelett hinabtropften. Nach einer Weile sah er auf und sagte: «Fragen, alle stellen immer Fragen. Habe ich Ihre beantwortet?»

Ich hätte mich gern noch länger mit ihm über seine mystischen Wanderungen unterhalten, aber ich mußte ihn jetzt endlich dazu bewegen, von seinem letzten Tag mit Josane zu berichten.

«Flip», sagte ich deshalb sanft, «was ist an jenem Nachmittag, an dem Sie so außer sich geraten sind, geschehen?»

Er sah mich an. Das helle Blau seiner Pupillen vor dem Hintergrund der blutgeröteten Augäpfel.

«Was geschehen ist?» fragte er zurück. «Was geschehen ist? Ich bin zur falschen Zeit bei Josane aufgetaucht. Sie kam in einem Morgenrock an die Tür, in einem, den ich ihr geschenkt hatte, und sie hatte nichts darunter an. Ihr Gesichtsausdruck verriet mir, was sie getrieben hatte. Ich versuchte, in ihr Schlafzimmer einzudringen, um festzustellen, wer es war. Ich hätte ihn umbringen können. Aber Josane stellte sich mir in den Weg. ‹Was hat es für einen Sinn?› sagte sie immer wieder. Ich hätte leicht an ihr vorbeigekonnt, aber dann erschien dieses verrückte Mädchen aus dem Laden.»

«Lannie?» fragte ich.

«Ja, die. Sie rauschte herein, als wäre sie Superfrau oder so was, und schrie mich an, ich solle sofort abhauen. Dann zog sie eine Pistole aus der Handtasche und bedrohte mich damit. Eine Pistole! In Virginia darf ein durchgedrehtes Weibstück wie die mit einer verdeckten Waffe rumlaufen! So etwas von schwachsinnigen Gesetzgebern! Sie hätte damit auf mich geschossen. Ich weiß auch nicht, warum sie eine Pistole dabei hatte, vor allem, wo sie zu Josane sagte, sie sei vorbeigekommen, um ihr eine Flasche von irgendwas, was sie für Rita zusammengemixt hatte, zu bringen. Ich bin gegangen und habe so nie erfahren, wen Josane in ihrem Schlafzimmer versteckt hatte.»

«Was war mit Lannie?»

«Wie, was war mit Lannie? O Mann, die ist eine Spinnerin. Ich habe Josane immer wieder gesagt, sie solle sich von ihr trennen. Aber das war nicht Josanes Art. Lannie tat ihr leid, und sie meinte, es sei ihre Pflicht, dem Mädchen zu helfen. Und sehen Sie sich an, was passiert ist. Lannie hat Josane Geld gestohlen. Das überraschte mich übrigens sehr, denn Lannie betete Josane förmlich an. Ich dachte, Lannie sei eine Lesbe, bis Josane sie mal mit jemandem zusammenbrachte und wir alle zusammen ausgingen. Das war schon ein merkwürdiger Abend. Lannie war in den Kerl verschossen, aber ich glaube, ihre Gefühle wurden nicht erwidert. Als wir ihn nach Warrenton zurückbrachten, fragte Lannie ihn immer wieder, ob er sie anrufen würde und wann. Schließlich mußte Josane ein Machtwort sprechen, denn sonst hätte Lannie Snowdon nie aus dem Auto steigen lassen.»

«Snowdon?» fragte ich. «Snowdon Cox, der Anwalt?»

Flip nickte. «Ja. Kennen Sie ihn?»

«Noch nicht», antwortete ich. «Aber ich werde erst abreisen, wenn ich seine Bekanntschaft gemacht habe. Josanes Mutter sagte, er habe sich um Josanes Scheidung gekümmert.»

«Das ist er. Er soll ein guter Anwalt sein, aber er ließ sich mit dieser Scheidung wirklich Zeit. Ich dachte damals, das sei es, was der Heirat von Josane und mir im Weg stünde. Jetzt weiß ich, daß ich im Weg stand. Ich habe keine Ahnung, wie sie ihn gefunden und warum sie ihn engagiert hat, aber der Preis stimmte. Die beiden hatten sich irgendwie so geeinigt, daß Josane so gut wie keine Kosten entstanden.»

Irgendwie geeinigt – in der Tat! Er hatte den Vormittag bei ihr verbracht, und ich fragte mich, ob es nicht auch Snowdon Cox gewesen sein könnte, mit dem Josane ihren letzten Nachmittag verbracht hatte.

Ich bediente mich meiner noch feinfühligeren Methode und fragte so sanft wie möglich, ob Snowdon Cox der geheimnisvolle Mann im Schlafzimmer hätte sein können.

Flips Gesicht nahm einen unglücklichen Ausdruck an, und auch ich war unglücklich. Es ist nicht schön zu sehen, wenn jemand zutiefst verletzt ist, auch wenn es sich bei diesem Jemand um einen potentiellen Mörder handelt. Flips Geschichte von dem neu gefundenen spirituellen Weg könnte ja ebendies gewesen sein – eine Geschichte. Vielleicht war ja alles, was er mir erzählt hatte, gelogen, und er war Josane doch bei ihrem Ausritt gefolgt und hatte sie totgeschlagen. Sollte dem so sein, dann wäre er ein verdammt guter Lügner. Oder ein Psychopath, der seine Wahnvorstellunen in Tatsachen verwandelte.

«Ja doch, alles ist möglich», sagte er. «Kein Mann hätte sich die Gelegenheit entgehen lassen, mit Josane zusammenzusein. Snowdon Cox? Könnte sein. Wenn ja, dann war es vielleicht doch kein Reitunfall. So verrückt, wie Lannie nach Snowdon und überhaupt war, hätte beides zusammen, also die Tatsache, daß sie ihn mit Josane erwischt und daß diese dann sie entlassen hatte, durchaus ausreichen können, diese Bekloppte total ausrasten zu lassen. Sie hätte Josane auf dem Reitweg leicht finden können, denn sie kennt die Wege so genau wie ein Bluthund.»

Flip schob den Teller mit dem halb gegessenen Omelett und den guten, nicht angerührten Fritten in die Mitte des Tisches.

«O Mann» sagte er, «das alles noch einmal durchkauen zu müssen, macht mich ganz krank. Ich kann nicht aufhören, an den Tag zu denken und mich zu fragen, warum Josane sterben mußte. Ich gehe im Kopf alles immer wieder durch und denke, sie könnte vielleicht noch am Leben sein, wenn ich nicht so ein Hitzkopf gewesen wäre oder mich anders verhalten hätte. Das dreht sich und dreht sich in mir wie eine Betonmischmaschine.

Als ich an den Punkt gelangt war, wo ich an überhaupt nichts anderes mehr denken konnte, riet mir Tom, über die Frage des Leidens zu meditieren. Wenn ich jedoch herausfinden wolle, wozu das Leiden gut sei, dann müsse ich auch nach der Freude fragen. Diese Fragen stelle ich mir nun schon seit vier Jahren ... Tom meint, ich würde irgendwann Frieden finden. Darauf warte ich immer noch.»

Ich auch.

27

Yin und Yang. Flip Nilson und Topping Mundell. Vom anscheinend Durchgeistigten zu wahrscheinlich totaler geistiger Leere.

So glaubte ich – oder wollte ich glauben.

Wie sich jedoch herausstellte, war Topping keineswegs das schöne, aber leere Gefäß, das ich erwartet hatte. Und sie war auch keine von denen, die mich immer einschüchtern, das heißt keine dieser arroganten Turnierreiterinnen, keine dieser schmalhüftigen, wohlerzogenen, herablassenden, reichen Mädchen, die mir immer das Gefühl verleihen, wieder in der 9. Klasse zu sein. Das war das Jahr gewesen, als ich aus der armen Stadtschule in die ach so vornehme Bala Cynwyd Junior High School gekommen war, um dort auf Randy Zoloff und all ihre Freundinnen in modischem Outfit zu treffen, die sich über so gut wie alles an mir, die Kleidung eingeschlossen, lustig machten.

Nichts da. Topping war, wie ich mir widerwillig eingestehen mußte, in Ordnung. Und das nicht nur, weil sie mir mindestens fünfzehnmal sagte, was für ein wunderbares Pferd Brenda sei.

Ich traf gegen halb zehn bei ihr ein. Sie öffnete mir selbst. Das Haus war groß, aber nicht halb so herrschaftlich wie Annies. Genaugenommen war es ein bißchen altersmatt und hatte seltsame Fußböden, nämlich kein Parkett, sondern Linoleum in schwarzweißem Schachbrettmuster. Ich fühlte mich versucht, darauf herumzusteppen.

«Kommen Sie mit in die Küche», sagte Topping. «Ich backe gerade Kuchen. Daddy hat heute Geburtstag. Kaffee?»

Ich hatte bereits vier Tassen getrunken, alle nicht entkoffeiniert.

«Ich vibriere schon so», sagte ich, «daß ich mir selbst als Massagestab dienen könnte.»

Topping lachte. «Henry und Karen meinten beide, Sie seien ein lustiger Mensch. Ich bin froh, daß Sie gekommen sind. Nicht nur, weil ich ein herzhaftes Lachen gut gebrauchen kann, sondern auch, weil mich Ihre Story über Josane interessiert. Alle hier sind der Ansicht, es sei ein Reitunfall gewesen, aber wenn Sie anderer Meinung sind, dann will ich Ihnen gern so gut helfen, wie ich kann. Josane war meine beste Freundin, war so etwas wie eine ältere Schwester. Es fällt mir immer noch schwer zu glauben, daß sie nicht mehr da ist. Aber lassen Sie mich jetzt nicht damit anfangen, denn dann heule ich den ganzen Tag, und das soll ja schließlich ein glücklicher Kuchen werden, kein trauriger.»

Sie rührte mit einem alten Mixmaster aus den siebziger Jahren den Schokoladenguß an und sagte nach einer Weile: «Es klingt wahrscheinlich verrückt, aber ein Grund, warum Josanes Tod so schwer hinzunehmen ist, ist die Tatsache, daß sie viel zu lebendig war, um zu sterben. Verstehen Sie, was ich sagen will?»

Ich wollte ihr jetzt nicht mit meinen Leidensgeschichten kommen, aber ich wußte sehr wohl, was sie meinte. Manche Menschen sind wirklich viel zu lebensvoll für den Tod, und David war einer von ihnen gewesen.

«Es hört sich keineswegs verrückt an», sagte ich, «und ja, ich weiß, was Sie sagen wollen.» Ich unterdrückte meine Tränen.

Topping sah auf die Uhr und stellte die Laufzeit des Teigkneters ein. «Es klingt ein bißchen kitschpostkartenhaft, aber Josane hat ihr Leben gelebt. Wann immer ich sie traf, war sie glücklich. Sie war wirklich erstaunlich. Nichts konnte sie deprimieren. Ich weiß, es klingt eigenartig, aber wenn ich traurig bin, habe ich das Gefühl, daß sie noch da ist und versucht, mich aufzumuntern. So, fertig», sagte sie und stellte den Mixer ab. «Mit wem außer dem ausgeflippten Nilson haben Sie denn sonst noch gesprochen?»

«Ausgeflippt?»

«So bezeichnen wir ihn seit seiner Wiedergeburt», sagte Topping. «Als ob er sich auch nur ein kleines bißchen verändert hätte. Ich glaube ihm kein Wort. Vor allem nicht mehr, seit ich seinen Meister oder Guru oder was immer kennengelernt habe. Wenn er so aufgeklärt ist, wie kommt es dann, daß er kaum abwarten konnte, bis seine Frau aus dem Zimmer war, um sich auf mich zu stürzen? Die sind sich gleich, der Flip und der Tom. So heißt er doch, nicht wahr? Ein kurzer Rock oder enge Jeans, und schon versucht es Flip wieder mit seinen alten Tricks.»

Topping schüttelte den Kopf. «Die Menschen ändern sich nie wirklich, oder doch? Wie auch immer, ich hörte, daß Sie auch mit Lannie sprechen wollten? Wie ist das ausgegangen? Du liebe Güte, nach Flip, Lannie, mir und Annie müssen Sie ja in dem Glauben wieder aus Middleburg abreisen, wir seien hier alle verrückt oder wohlhabender, als gut für uns ist, oder beides.»

Der Gedanke war mir in der Tat schon gekommen, aber ich hatte ihn schnell verscheucht.

Ich erzählte ihr ein wenig von meiner Begegnung mit Lannie. Ich ging nicht ins Detail, und das war auch nicht nötig. Wie alle anderen hier glaubte auch Topping, bei Lannie sei mindestens eine Schraube locker.

«Verrückt, die Frau ist total verrückt», sagte sie. «Aber ich glaube, daß sie es nicht auf eine gefährliche Art und Weise ist. Sie kann einem leid tun. Ich nehme an, Sie wissen, daß sie mal als Pferdepflegerin im Stall gearbeitet hat. Sie kann und konnte keiner Fliege was zuleide tun, Josane schon gar nicht. Josane war das Beste, was ihr je widerfahren war, und das wußte Lannie auch. Aber der Flip, also das ist eine ganz andere Geschichte. Ihn habe ich seit jeher für gefährlich gehalten. Ich habe oft miterlebt, wie Josane mit blauen Flecken zum Stall kam. So oft kann man gar nicht vom Pferd fallen. Sie gestand mir schließlich, daß er sie schlug und herumstieß. Und es brauchte auch nicht viel, ihn dazu zu bringen.

Ein falscher Blick oder ein zu freundliches, einem anderen Mann zugedachtes Lächeln. Natürlich trug Josane selber nicht gerade dazu bei, solche Ausfälle zu verhindern, denn sie war die größte Flirterin, die ich je erlebt habe. Aber das entschuldigt nicht Flips Verhalten. Ich versuchte, sie dazu zu bewegen, eine Unterlassungsklage anzustrengen, aber sie wollte nicht, daß jemand davon erfuhr. Sie sagte mir immer wieder, sie werde das selbst regeln. Und am Tag vor ihrem Tod teilte sie mir mit, daß sie sich von Flip trennen wolle.»

Topping holte mit dem Finger ein bißchen Kuchenteig aus der Schüssel und kostete ihn. «Meine Lieblingsbeschäftigung. Wollen Sie auch mal?»

«Aber wie», sagte ich und steckte den Finger hinein. Sie war als Köchin eher von meiner Art, das heißt in puncto Krankheitserreger nicht allzu besorgt. «Köstlich. Deutscher Schokoladenkuchen?»

Sie nickte. «Daddys Lieblingskuchen. Ich weiß nicht, ob Ihnen Henry das weitergesagt hat, aber Sie haben ein wunderschönes Pferd. Sie können sich wirklich glücklich schätzten, so eins gefunden zu haben. Das gelingt einem wohl nur einmal im Leben, und ich bin noch auf der Suche.»

Sie lachte. «Und suche und suche. Ich bin da wie dieses kleine rosa Duracell-Häschen, das läuft und läuft. Bei den Männern geht es mir auch so. Sie wissen ja, zu jedem Töpfchen gehört ein Deckelchen. Das muß man nur erst mal finden.»

Jetzt lachte ich. «Manche Töpfe sind so komisch gebaut, daß kein Deckel draufpaßt», sagte ich. «Und ich glaube, zu denen gehöre ich. Danke für das Brenda-Kompliment. Offensichtlich habe ich damit meinen Glücksvorrat aufgebraucht. Ich wünschte, ich hätte was übrig, um doch noch einen Deckel zu finden.»

«Sie müssen bloß weitersuchen, immer weitersuchen»,

sagte Topping. «Genau das habe ich Josane auch gesagt. Flip war nichts für sie. Wissen Sie, der Gedanke ist mir noch gar nicht gekommen, aber vielleicht hat ja Josane an jenem Morgen mit Flip Schluß gemacht. Vielleicht war das der Auslöser.»

Ich lehnte mich auf meinem Küchenstuhl zurück. «Wie meinen Sie das?»

«Na ja, wenn Flip schon bei einem zu freundlichen Lächeln ausgerastet ist, dann doch wahrscheinlich erst recht bei so einer Mitteilung. Flip wußte, daß Josane täglich um etwa dieselbe Zeit ins Gelände ritt, und er kennt die Wege so gut wie jeder andere hier.»

Topping hielt den Finger ein paar Sekunden lang in die Schüssel mit der Glasur und leckte ihn dann ab. «Mmm, das wird Daddy mögen. Wissen Sie, ich muß so oft denken, daß ich an jenem Tag mit ihr ausgeritten wäre, wenn Thrill nicht ein Eisen verloren hätte. Und daß sie dann jetzt vielleicht noch am Leben wäre.»

Ich kannte ihr Pferd Thrill. Als die Mundells den Hengst gekauft hatten, war es das beste Nachwuchs-Springpferd im Land gewesen. Ich hatte gehört, daß die Mundells zusätzlich zum Kaufpreis von 150 000 Dollar weitere 90 000 geboten hatten, damit Topping es noch vor Beginn der Hallensaison bekam. Der Trainer/Besitzer hatte (erstaunlich anständig, wie er war) diese Extrazahlung dankend abgelehnt, weil Topping schon ein Jahr lang so hart mit dem Pferd gearbeitet hatte, um sich für die Hallenturniere zu qualifizieren. Und weil es aus Altersgründen ihre letzte Chance gewesen war, in der Junioren-Klasse anzutreten. Am Ende hatte sich das alles als gleichgültig erwiesen, denn die Verbindung hatte nur gehalten, bis Topping auf Rox-Dene umgestiegen war. Und sie hatte das eine Pferd so schlecht geritten wie das andere.

Sie war zwar nicht die allerbeste Reiterin, aber man konnte ihr eine gewisse Anerkennung doch nicht versagen, nämlich für ihren Durchhaltewillen: Egal, was passierte, sie machte weiter. Irgendwie tat sie mir leid. Da konnte sie sich die allerbesten Pferde leisten, aber kaum heil über einen Parcours kommen.

«Josane hätte mit diesem Pferd niemals allein ins Gelände reiten dürfen», sagte sie. «Aber Sie haben sicher auch schon gehört, wie unmöglich es war, Josane von etwas abzubringen. Wir nannten sie im Stall immer Esel, weil sie so störrisch war.»

«Wann haben Sie von dem Unfall erfahren?» fragte ich.

«Charlie rief mich früh am Abend hier an. Ich wußte sofort, daß etwas passiert war, denn er war völlig außer sich. Rita war mit wildem Blick, aber ohne Josane zum Stall zurückgekommen. Er wollte wissen, ob ich etwas von Josane gehört hätte. Das hatte ich nicht, und ich fuhr sofort zum Stall, um suchen zu helfen. Wir konnten sie aber nicht finden, und es wurde bald dunkel. Alle waren in Panik, vor allem Charlie. Schließlich fanden wir sie doch noch. In der Nähe eines Baumes. Sie hatte ihren Schutzhelm verloren und sich, wie es aussah, den Schädel eingeschlagen.»

«Sie hatte den Helm verloren?» fragte ich nach. «Aber trug sie denn keinen mit Kinnriemen?»

«Nein, die mochte sie nicht», antwortete Topping. «Das einzig Schlechte, was ich Josane nachsagen könnte, ist, daß sie ein bißchen eitel war. Sie sagte immer, die vorgeschriebenen Kopfbedeckungen sähen aus wie Footballhelme.»

Vorgeschrieben allerdings nur für Junioren, nicht für Erwachsene. Sie trug keinen richtigen Helm mit Riemen, weil sie nach den blödsinnigen Vorschriften der ASHA nicht mußte.

Topping beförderte den Kuchenteig in drei mit Pergamentpapier ausgelegte Formen und schob diese vorsichtig in den Backofen.

«Wissen Sie, daß deutscher Schokoladenkuchen auch Henrys Lieblingskuchen ist?» fragte Topping. «Ist das nicht komisch?»

«Was für ein Zufall», sagte ich.

Henry und Topping – das hatte ich ganz vergessen. Nun, ich kam zu dem Schluß, daß ihm auch Schlimmeres hätte widerfahren können. Sie war freundlich und keineswegs so ein Schwachkopf, wie ich gedacht hatte. Ganz im Gegenteil – als sie mich durchs Haus führte, sah ich im Arbeitszimmer ihres Vaters ihr College-Diplom an der Wand hängen. Magna cum laude der Brown University. Nicht gerade Harvard, aber auch nicht ganz schlecht.

Wir gingen in den ersten Stock hinauf. Im Treppenhaus hing ein lebensgroßes Porträt Toppings und eines älteren Herrn, der vor ihr saß. Schiefergraues, mit Weiß durchsetztes Haar, der Gesichtsschnitt ganz der der alteingesessenen Familien, einer, der einem das Gefühl gibt, «Ja, Sir» sagen zu sollen – Daddy Mundell war schon ein recht gutaussehender alter Bock. Bei den Eltern hatte Topping, was das Aussehen anging, wirklich das große Los gezogen.

«Hübsches Bild», bemerkte ich.

«Meinen Sie?» sagte Topping. «Manchmal mag ich es, und manchmal denke ich, Daddy ist überhaupt nicht gut getroffen. Nun ja, aber kommen Sie mit in mein Zimmer, ich möchte Ihnen ein paar Fotos von Josane zeigen.»

Ihr Zimmer lag am Ende eines Flurs. Darin war die Zeit stehengeblieben. Gab es in Middleburg wirklich nur Verrückte? Das Zimmer sah so aus, als wohnte eine Elfjährige darin. Alles puppenstubenhaft – rosa Wände, ein weißes Himmelbett, Spitzenvorhänge, Plüschtiere und überall Bänder von Turnieren.

Sie bemerkte, wie ich mich umsah, und sagte: «Oh, dieses Zimmer, das hat doch was, oder nicht? Daddy verspricht mir zwar schon seit Ewigkeiten, daß wir es mal renovieren, aber er hat ja immer so viel zu tun und nie Zeit.»

«Doch, das hat was», sagte ich. «Da möchte man in Lackschuhchen und weiße Söckchen schlüpfen. Ich muß gestehen, daß ich als Kind für ein Zimmer wie dieses – und am anderen Ende des Flurs einen Daddy – hätte morden können.»

«Wo war Ihr Vater?» erkundigte sie sich.

Ich gab die verkürzte Version der Geschichte meiner vaterlosen Kindheit zum besten, das heißt ersparte ihr die blutrünstigen Einzelheiten, die der Gute Doktor Grass so gern mit mir erörtert, immer und immer wieder.

«Ach Gott», sagte Topping, «das ist ja wirklich alles ganz schrecklich. Wie Sie wissen, sind die Therapeuten ja der Ansicht, nichts sei für die Entwicklung eines Mädchens wichtiger als ein Vater. Ich weiß nicht, was ich getan hätte, wenn ich an Ihrer Stelle gewesen wäre.»

Du hättest Wände um dich herum hochgezogen, dachte ich. So wie ich. Wände, von denen du gehofft hättest, daß sie nicht einstürzen.

«Ich bin durchgekommen, ohne auseinanderzubrechen. Aber wenn Sie genau hinschauen, können Sie sehen, wo ich zusammengeleimt bin. Die meisten Leute halten das für Falten», sagte ich und lachte. Man baut sich Schutzwände und lernt zu lachen, wenn es am meisten schmerzt.

«Nattie Gold», sagte Topping und stimmte in mein Lachen ein, «Sie haben kaum ein Fältchen im Gesicht. Ich hoffe, ich sehe nur halb so gut aus wie Sie, wenn ich mal Ihr Alter erreicht habe.»

Au. Es ist nicht so, daß ich schon so alt wäre, um ihre Großmutter sein zu können. Sie ist siebenundzwanzig, ich bin siebenunddreißig. Uns trennen ganze zehn kurze Jährchen.

Sie zog eine Schublade auf und kramte darin herum, bis sie einen Stapel Fotos gefunden hatte, den ein Gummiband zusammenhielt. «Hier», sagte sie, «ich glaube, da sind ein paar dabei, die ich kurz vor ihrem Tod beim Reitstall aufgenommen habe. Ich habe sie hier vergraben, weil ich immer so traurig werde, wenn ich sie mir anschaue.»

Ich sah die Bilder flüchtig durch. Kein Zweifel – Josane, Josane und Rita, Josane und Topping. «Darf ich sie mir mal ausborgen?» fragte ich. «Ich weiß auch nicht, warum, aber es hilft mir beim Schreiben, wenn ich eine sehr klare Vorstellung von den Menschen habe, über die ich zu berichten versuche.»

«Wie ich schon sagte, will ich Ihnen gern behilflich sein», meinte Topping. «Wenn Sie sie nicht mehr brauchen, schikken Sie sie mir einfach mit der Post zurück oder geben Sie sie Henry mit. O Gott, Henry! Ich habe ganz vergessen, Ihnen zu sagen, daß er angerufen und um Ihren Rückruf unter Annies Nummer gebeten hat. Das tut mir aufrichtig leid.»

«Kein Problem», sagte ich. «Er möchte wahrscheinlich nur unser geplantes Aktenstudium im Bauch des Bezirksgerichts von Loudoun festklopfen. Ich kann gar nicht sagen, wie sehr ich mich darauf freue, einen ganzen Tag lang stapelweise staubige Bücher durchzusehen, um herauszubekommen, wer Josanes Laden gesponsert hat. Topping, ich würde ein Leben lang Ihre allerbeste Freundin sein, wenn Sie mir sagen könnten, wer es gewesen ist. Das würde mir die Mühsal der Lektüre dieser Minischrift ersparen.»

«Wissen Sie», sagte Topping, «ich habe mich das auch schon oft gefragt. Josane hat sich, was ihre Privatangelegenheiten anging, immer sehr bedeckt gehalten. Ich glaube, in diesem Fall hatte sie Angst, Flip könnte dahinterkommen. Aber ich höre mich sehr gern mal für Sie um. Gehen wir wieder runter, dann können Sie telefonieren und ich kann nach meinem Kuchen sehen.»

In die Küche zurückgekehrt, machte Topping den Backofen auf, und wir besahen uns die in ihren Formen aufgehenden Kuchen. Sie schloß den Ofen wieder und sagte: «Noch ein paar Minuten.»

Ich angelte mir das Telefon und wählte Annies Nummer. Kaum fing es an zu klingeln, da hörte ich ein lautes Krachen. Ich fuhr herum und sah, daß eine rötlich getigerte Katze eine Schüssel von der Anrichte gestoßen hatte.

«Du Scheißkatze», schrie Topping. Aber die Katze schrie noch lauter, als Topping sie unsanft ein gutes Stück über das Schachbrettmuster des Fußbodens davonbeförderte. «Du blödes Vieh, ich wette, die sind wegen dir zusammengefallen.»

Topping öffnete die Ofenklappe, und tatsächlich sahen ihre Kuchen jetzt so aus wie Reifen, aus denen jemand die Luft abgelassen hatte. Sie knallte die Klappe wieder zu und schaute sich suchend um – wahrscheinlich nach der Katze. Aber da bemerkte sie, daß ich sie ansah.

«Tut mir leid, Nattie», sagte sie. «Ich nehme an, ich brauche Ihnen nichts über das Temperament der Rotschöpfe zu erzählen. Ich wollte ja nur, daß das perfekte Kuchen werden. Tja, vielleicht ...»

«Hier bei Duncan», hörte ich in meinem anderen Ohr. Ich hob den Finger und formte mit den Lippen das Wort «Augenblick».

«Oh, hallo Rosalita», sagte ich. «Ist Henry noch da?»

«Gold, ich wollte dich gerade abschreiben», sagte Henry. «Läuft das Interview mit Topping gut? Gib's nur zu, sie ist nicht so, wie du gedacht hast, nicht wahr? Wie auch immer, ruf zu Hause deinen Vermieter an. Er hat dich hier ausfindig gemacht und meint, es sei wichtig.»

O Scheiße, meine Miete! Ich wette, daß der verdammte Scheck geplatzt war. Nicht schon wieder! Der Mann war ja ein netter Kerl und verzichtete immer auf die Gebühr von fünfundzwanzig Dollar für zurückgewiesene Schecks. Aber es wurde langsam schon peinlich.

Ich rief meinen Hauswirt an. «Jim?» sagte ich. «Hi, Nattie hier. Hören Sie, das mit dem Scheck tut mir echt leid. Geben Sie ihn noch einmal zur Bank, ich verspreche Ihnen, es wird nie ...»

«Einen Augenblick mal, Nattie. Ihr Scheck ist in Ordnung. Wegen so etwas würde ich Sie doch nicht anrufen. Nein, es ist was Wichtigeres. Der Mann, der unter Ihnen wohnt, rief mich heute morgen an, weil er in der Nacht in Ihrer Wohnung Lärm gehört hatte. Er wußte, daß Sie nicht da sind, und meldete sich deshalb bei mir. Ich wollte nicht in die Wohnung gehen, ohne vorher mit Ihnen gesprochen zu haben.»

Oje, stöhnte ich innerlich auf, noch ein Einbruch! Eine Liebesgabe von meinem anonymen E-Mail-Partner oder einfach ein zum städtischen Leben dazugehörendes willkürliches Verbrechen? Nicht, daß ich mich beschweren durfte – nach dem ersten Einbruch hatte mich Tony zum Einbau der teuersten Schlösser zu überreden versucht, aber ich hatte doch wieder die billigsten besorgt.

«Noch einen Einbruch halte ich nicht aus», sagte ich zu Jim. «Ja, bitte, gehen Sie rein. Hier ist die Nummer, unter der ich zu erreichen bin. Rufen Sie mich von meiner Wohnung aus an, aber bitte verschweigen Sie mir, wenn jemand wieder meine Plastikpferdchen zerschlagen haben sollte.»

«Lou!» brüllte ich ins Telefon. «Setz dein gottverdammtes Hörgerät ein!»

Der Mann in meiner Wohnung war Lou. Jim hatte zurückgerufen und berichtet, ein Fremder habe schnarchend auf meinem Bett gelegen, und er, Jim, habe fast mit einer Schaufel auf ihn eindreschen müssen, um ihn wach zu bekommen. «Behauptet, er sei Ihr Vater, und dieser Krach in der vergangenen Nacht, das sei er gewesen, er habe gemacht, was er als die zwanzig Riten der Verjüngung bezeichnete. Man schließt die Augen und dreht sich in fünf verschiedenen Stellungen um sich selbst.»

Jim hatte die Polizei anrufen wollen, aber als ich das mit den Verjüngungsriten hörte, hatte ich Jim beruhigen können.

Ich hörte das schrille Jaulen näher kommen.

«Okay, Nattie, ich hab's drin.»

«Lou, was zum Teufel machst du denn da?» erkundigte ich mich. «Ich dachte, du wärst mit Mrs. Flock in Stonehenge?»

«Machu Picchu», sagte er. «Wir sind seit gestern zurück.»

«Und warum bist du nicht bei ihr drüben? Du wolltest doch zu ihr ziehen, damit du mich bis zum Ende meiner Tage mit Karottensaft versorgen kannst.»

Ich hörte ein Kichern. Ah, das bedeutete Ärger. Mein Vater kicherte nur, wenn er nervös war.

«Was ist los, Lou, hat sie dich rausgeschmissen?»

«Nicht ganz», sagte er und kicherte wieder. «Ihr gefiel ein Bild nicht, das ich aufhängen wollte. Sie mochte die Energie nicht, die davon ausging.»

«Was für ein Bild?»

«Dieses Poster, das wir beide in Kopenhagen gekauft haben.»

«Du meinst den ‹Schrei› von Edvard Munch? Dieses schreiende Mädchen? Kein Wunder, daß sie was dagegen hat. Ihr habt euch nur wegen dieses Posters getrennt?»

«Vielleicht gab's noch ein paar andre Gründe.» Mehr Gekicher, und da wußte ich, daß es zwischen den beiden endgültig aus war. Ich hoffte nur, daß er sie nicht so angequält hatte, daß sie fortan nicht mehr mit mir sprach. Bis zu ihrem interkontinentalen Tango mit meinem Vater war sie mir nämlich stets eine gute Nachbarin gewesen.

«Wie lange willst du bleiben?» erkundigte ich mich.

«Ich kann auch ins Obdachlosenheim zu Father Divine oder ins Lemon Grass Institute zurück, wenn's Probleme macht.»

«Nein, nein, bau deinen Futon auf und bleib, solange du willst. Das ist schon in Ordnung. Du kannst die Einbrecher abschrecken.» Ich legte auf.

«Ich dachte, Ihr Vater wäre weg», sagte Topping.

«Er ist wieder da, mehr als da.»

«Das ist doch großartig. Sie Glückliche», meinte sie.

«Ja, ich Glückliche», sagte ich. «Aber jetzt muß ich erst einmal einen Mörder suchen. Und zusehen, daß ich vor der Bestattung Charlie und Karen erwische. Ich danke Ihnen für das Gespräch. Rufen Sie mich bei Annie an, wenn Sie etwas in Erfahrung gebracht haben.»

Topping nahm ihre Kuchen und warf sie in den Abfalleimer. «Nun, da fange ich wohl besser mal von vorne an», sagte sie. «Sie wollen zum Stall raus? Wissen Sie, Sie hätten sich das Frühstück mit Flip ... ich weiß doch, daß mit diesem Höhlenmenschen zu speisen kein Spaß war ... Sie hätten sich das gut sparen und sich mit ihm draußen im Stall unterhalten können. Er arbeitet nämlich dort als Mechaniker. Spätvormittags. Übrigens, sind Sie noch vor dem Abendessen wieder bei Annie?»

«Ich denke schon. Warum?»

«Würden Sie so gut sein und Henry etwas von mir geben?» Sie verließ die Küche und kam mit einer CD zurück. Auf der Hülle war mit Tesafilm ein Briefumschlag befestigt.

«Tu ich gern», sagte ich und steckte CD und Brief in meine Manteltasche.

«Wir sehen uns dann auf Paper Chase», sagte Topping, als ich mich zum Gehen wandte.

«Wie bitte?»

«Das ist die Farm von George. Henry sagte mir, daß Sie dort an einem Kurs teilnehmen. Ich auch. Vielleicht können wir dort ja zusammen zum Mittagessen gehen.»

«Wenn mir dann noch nach Essen zumute ist», sagte ich.

Ich stieg in Annies Suburban und ließ den Motor an. Die CD drückte mich, weshalb ich sie aus der Tasche zog und auf den Beifahrersitz warf. Schlecht getroffen – sie landete auf dem Boden, und der Umschlag fiel ab. Ich angelte mir die CD und sah nun den Titel.

Rums! Ein harter Schlag in die emotionale Magengrube.

Dorothy hatte wohl doch recht – Henry bedeutete mir mehr, als ich zugeben wollte. Ich war sprachlos, als ich auf dem Titel Seals Gesicht sah, denn da wußte ich schon, was auf der Rückseite war. Und natürlich fand ich, als ich die CD rumdrehte, Topping Mundells Handarbeit – der Titelsong «Kiss from a Rose» war mit hellem Lippenstiftrot unterstrichen und ein kleines Herzchen danebengemalt.

Die Rose. Wie es schien, war ich nicht die einzige, die in den zurückliegenden vierundzwanzig Stunden Henrys Blumenschmuck entdeckt hatte. Ich besah mir den Umschlag. Er war zugeklebt. Sollte ich, oder sollte ich nicht? Ich überlegte just so lange, wie es dauerte, diese Frage auszusprechen. Hol's der Geier, da hatte ich eben noch mehr Karmaschulden abzubezahlen.

Ich zog den Zettel vorsichtig heraus. Toppings Schreibkunst war so großartig wie sie selbst. *Lieber Henry, ich habe den vergangenen Abend unendlich genossen. Wenn du dies hörst, dann denk an mich. Gruß – Toppy.*

Meine rationale Seite wußte, daß Henry jedes Recht hatte, zu tun, was ihm zu tun beliebte, und mit wem. Aber hatte meine rationale Seite schon jemals die Oberhand gehabt? Ich sah auf das Lenkrad und meine Hände hinab. Ich hielt das Steuer umkrampft wie Henry, als er am Vortag um unser Leben gekämpft hatte. Und dann sah ich auf den Tacho. Hundertdreißig. Und es war auch nicht gerade das Band einer schnurgeraden Straße, auf was ich dort entlangraste.

Ich war dabei, mich selbst – oder schlimmer noch: einen anderen Menschen – umzubringen. Ich befahl mir, mich zu beruhigen. Du bist gut, gab der kleine Mann in meinem Kopf fauchend zurück.

Ich werd es dir zeigen!

«Ohm-nahmah-schie-vija, ohm-nahmah-schie-vija ...» fing ich an, vor mich hin zu singen und damit die Stimme des kleinen Mannes in die hinteren Winkel meines Bewußtseins zurückzudrängen. Mein Vater kommt immer wieder mal mit was an, was tatsächlich funktioniert – ich denke da beispielsweise an seine Yamswurzelkapseln, die ihn, mich und meinen skeptischen Bruder bei Laune halten. Dieser blödsinnige Singsang gehörte gleichfalls dazu. Ich weiß auch nicht, warum es funktioniert, aber das tut es. Ich fuhr bald schon langsamer und dachte nicht mehr an Henry und Topping, sondern an das Ziel meiner Fahrt.

Der Reitstall. Josanes Stall. Es war Zeit, Einzelheiten in sich aufzunehmen.

«Halten Sie nach den weißen Koppelzäunen Ausschau, Sie können uns nicht verfehlen», hatte Karen gesagt.

Das war kein Scherz gewesen. Von der Straße aus gesehen,

erinnerte die Farm mit ihren vielen Meilen weißer Holzzäune und dem mit weißen Portalsäulen geschmückten Herrenhaus in der Ferne an Tara. Ein hübsch gemaltes königsblaues und weißes Schild wies zur SUMMER RIDGE FARM hin. Ich fuhr die lange Zufahrt entlang, eine Allee von Riesenulmen, die es mit den Bäumen der Queens Road in Charlotte hätten aufnehmen können, vorbei an einem turnierplatzgroßen Sandgeviert voller schicker Hindernisse und einem nierenförmigen Teich, und gelangte zum Stall. Das, was ich nun vor mir hatte, ging allerdings über die lexikalische Bedeutung des Wortes «Stall» weit hinaus – das Stall zu nennen, wäre ungefähr so gewesen, als hätte man das Hotel Vierjahreszeiten als Motel bezeichnet.

Ich fuhr auf den Parkplatz und hielt neben einem weißen Lieferwagen. Auf seiner Tür war dasselbe geschmackvolle blaue Logo aufgemalt wie auf dem Schild an der Einfahrt: SUMMER RIDGE FARM. Noch ein weißer Lieferwagen. Ich spähte auf der Fahrerseite durch die Scheibe und sah, daß der Schlüssel im Zündschloß steckte. Noch ein weißer Lieferwagen, der für jeden übergeschnappten Idioten, der eine spielverderbende Fahrt zu unternehmen gedachte, bereitstand.

Ich ging zum Eingang des Stalls. Als er gebaut worden war, hatte jemand ganz offenkundig ein paar Dollar übrig gehabt. Obwohl ich eigentlich den Charme alter Stallgebäude vorziehe, hätte ich mit diesem glücklich werden können, auch wenn stilistisch alles ein bißchen durcheinanderging. Während das Haus nach reinster Scarlett O'Hara aussah, war der Stall eine Studie in Heinrich dem Wasweißichwievielten – Neo-Tudor mit Fachwerk, dunklen Deckenbalken und Giebeln, wohin das Auge blickte.

Der Innenraum war erstaunlich groß und luftig, und die langen Asphaltgänge waren von einer Breite, daß drei Pferde aneinander vorbeigekommen wären, ohne daß eines die Ohren protestierend nach hinten hätte drehen müssen. Die Pferdedecken, die so sauber waren, daß man ein neugeborenes Kind zum Schlafen darauf hätte betten können, hingen vor jeder Box sorgfältig zusammengelegt über Messingstangen. Neben den Decken waren Schildchen mit den Namen der jeweiligen Bewohner angebracht – in schöner weißer Handschrift auf königsblauem Grund.

«Hallo», rief ich laut. Keine Antwort. Ich ging den Mittelgang hinunter. Ich war wirklich ins Hollywood der Pferde geraten – was Rang und Namen hatten, das war hier versammelt und kaute in erstklassigen Boxen mit malmendem Geräusch Büschel erstklassiger Luzerne. Trump Card, Brass Ring, Fritz and Bill, Camden Yards, Savoy – alle da, wohlgenährt, glänzend und bereit, die Wettbewerber hinter sich zu lassen.

Trotz seiner Pechsträhne hatte Charlie Laconte immer noch eine ganze Reihe betuchter Klienten, die die besten Pferde kauften und Riesensummen dafür zahlten, daß ihre Gäule auch die besten blieben. Mit Training, Pflege und Turniereinsätzen kostete das die Besitzer mindestens vier- bis fünftausend Dollar pro Pferd und Monat, und die meisten dieser Leute hatten zwei oder drei Pferde hier stehen.

Ich klopfte an die Bürotür. Keine Antwort. Ich drehte am Türknauf. Die Tür war offen. Schick hin, Schick her (und der Stall war der schickste, den ich seit langem gesehen hatte), es handelte sich insofern immer noch um einen einfachen Stall, als er so kalt war wie das Herz eines Politikers, was auch die herrlichen Giebeldächer nicht besser machten. Meine Hände und Füße fingen an abzusterben, und da ich wußte, daß das Büro geheizt war (das sind sie nämlich immer – damit die Leute und ihre Jack-Russell-Terrier nicht frieren müssen), ging ich dort hinein.

Wie in den meisten Turnierställen waren auch hier die Wände mit den Fotos siegreicher Pferde und Reiter bedeckt. Obwohl ich schon so viele Pferdebilder gesehen habe, schaue ich sie mir immer noch gern an – wie ich auch den Geruch eines verschwitzten Pferdes immer noch mag. Als ich im Krankenhaus gelegen hatte, um mir mein gebrochenes Bein zusammenschrauben zu lassen, hatte ich Gail gebeten, mir einen Stapel des *Practical Horseman* und die schmutzigste Pferdebürste, die sie finden konnte, mitzubringen, damit ich meine Nase tief in die schweißbedeckten Borsten stecken und den berauschenden Duft heraussaugen konnte. Sucht bleibt Sucht. Nicht umsonst wird Heroin auch «Horse» genannt.

Ich kletterte über ein Gewirr schwerer schwarzer Schläuche hinweg und an Wauwis königsblau gepolstertem Körbchen vorbei, um zu der gegenüberliegenden Bilderwand zu gelangen. Ich besah mir die Fotos sehr genau, zuerst das Pferd, dann den Reiter oder die Reiterin. Bei den Pferden nirgends ein baumelndes Knie – sie sprangen alle wie die Eselhasen, was die Bekränzung der Wände mit dreifarbigen Championatsbändern erklärte. Bei den Reitern sah das etwas anders aus. Mit Ausnahme Charlies und Jims (beide ritten mit lehrbuchhafter Vollkommenheit, so daß selbst George Morris nichts an ihnen aussetzen konnte) legten die anderen Reiter und Reiterinnen eher Zeugnis von der Großherzigkeit ihrer Tiere ab. Ellbogen flogen, Hacken zeigten nach oben, Knie klammerten, Augen blickten zu Boden, Rücken waren gekrümmt. Was für eine Ansammlung schlechter Haltungen. Wie für eine reiterliche Unruhmeshalle festgehalten.

Ich entdeckte Topping, die ihren Körper über Thrills Hals geworfen hatte, während der große Braune tapfer bemüht war, sie trotzdem über die Hürde hinwegzutragen. Es gab noch weitere Bilder, die Topping zeigten – auf verschiedenen Pferden. Dann ein paar von einem Burschen auf einem großen Fuchs, dem ich schon mehrfach bei Turnieren begegnet war. Soweit ich mich erinnern konnte, war er zwar ein einigermaßen guter Reiter, hatte aber einen mangelhaften Sinn für Geld bewiesen und Charlie 75 000 Dollar für ein Pferd gezahlt, das nur dann zu einem Handwechsel bereit war, wenn Charlie im Sattel saß.

Dann ein Pferd, das ich auch wiedererkannte. Mein Himmel, was für ein schönes Tier! Es war Rita beim Sprung über einen Buschoxer. Geritten wurde sie von Charlie. Beide boten ein Bild der Vollkommenheit, und der Anblick machte, daß sich die Härchen auf meinen Armen aufstellten. Auf dem Foto daneben war ebenfalls Rita zu sehen. Offensichtlich war es dasselbe Turnier, nämlich Upperville, denn nur dort standen mitten im Ring Bäume. Auf diesem Bild hielt Josane die mit der dreifarbigen Rosette des Champions geschmückte Rita am Zügel. Ich ging ganz nah heran, weil ich sehen wollte, ob die Inschrift auf den Bändern zu entziffern war. Ich kniff die Augen zusammen. Da stand:

Upperville Green Conformation Champion

Das war ja seltsam. Ich war immer davon ausgegangen, daß die Stute wegen der vielen Knubbel an ihren Beinen nicht in dieser Klasse hatte antreten können, spielen da doch Körperbau und Aussehen eine Rolle.

Ich sah mir auch noch die anderen Bilder an, und so fand mich Karen.

«Oh, hallo», sagte ich. «Ich hoffe, Sie haben nichts dagegen. Ich sehe mir so gern Pferdebilder an.»

«Deshalb sind Sie hergekommen?» fragte Karen. «Um die Bilder anzuschauen?»

«Das und um mich umzusehen und noch ein paar Fragen zu stellen», antwortete ich.

«Gottchen, Sie sind ja so hartnäckig wie eine Erkältung», bemerkte Karen. «Mir fällt nichts mehr ein, was ich Ihnen noch sagen könnte, aber fragen Sie nur.»

Das tat ich. Zuerst fragte ich, warum sie mir verschwiegen hatte, daß Lannie mal Angestellte des Stalls gewesen war.

«Weil Sie nicht danach gefragt haben», sagte Karen. «Und ich war der Meinung, es sei nicht meine Sache, Ihnen das mitzuteilen. Ich dachte, wenn Lannie wollte, daß Sie's erführen, würde sie Ihnen schon selbst sagen, daß sie mal hier gearbeitet hat und gefeuert worden ist.»

«Gefeuert?»

«Oh, diesen Teil der Geschichte hat sie Ihnen auch zu erzählen vergessen, was? Große Überraschung. Fragen Sie sie selbst. Sie müßte in ein, zwei Stunden hier sein und Futtermittel liefern. Ja, ich habe sie hier achtkantig rausgeschmissen. Ich hatte zu oft miterleben müssen, wie sie Pferde von Kunden auf den Kopf schlug.»

«Und ich habe Lannie für ein gequältes, aber sanftes Geschöpf gehalten», sagte ich.

«Ja, wie kommen Sie denn darauf? Sie hat mal ein Pferd so hart mit einer Eisenkette geschlagen, daß es am Kopf eine Narbe zurückbehielt. Was dachte sie sich dabei? Der Besitzer hätte uns aus Haus und Hof klagen können.»

«Welches Pferd war das? Rita?»

«Machen Sie Witze? Das war doch Josanes Pferd. Lannie hätte nie etwas getan, was Josane gegen sie aufgebracht hätte. Außerdem ging Rita nicht in den Conformation-Klassen an den Start.»

Ich zeigte auf das Foto an der Wand.

«Einmal», sagte Karen. «Nur ein einziges Mal. Das Pferd hat da gesiegt, weil Josane irgendeinen Scheiß von Wundermittel gefunden hatte, das die Beulen an ihren Beinen abschwellen ließ. Aber das Mittel wirkte nur dieses eine Mal.»

«Was hat sie genommen?» erkundigte ich mich. Brenda hatte auch ein paar Beulen, von denen ich sie gern befreit hätte, und sei es auch nur zeitweilig.

«Irgendeine DMSO-Mixtur, mehr weiß ich auch nicht. Und das auch nur, weil ich die Beine der Stute damit einreiben mußte. Igitt, ekelhaftes Zeug. Ich schmeckte den ganzen Tag nach ranzigem Knoblauch und verdorbenen Austern.»

Igitt stimmte. Ich kannte das Zeug aus eigener Erfahrung, denn ich hatte es ein paarmal bei Brenda angewendet. DMSO steht für Dimethylsulfoxid und ist ein nur im tierärztlichen Bereich zugelassenes Mittel, das wirksam ist, aber einen großen Nachteil hat: Man braucht tatsächlich nur flüchtig damit in Berührung zu kommen, und sofort schmeckt man danach – sehr lange.

«Hatten Sie keine Handschuhe an?»

«Doch, aber sie hatten ein kleines Löchlein, das ich nicht gesehen habe. Mehr braucht es nicht, und deshalb laß ich die Finger davon. Sie könnte es von Lannie bekommen haben, denn die ist ja eine kleine Apothekerin. Mit ihren vielen Flaschen voller selbstgemachter Kräutermittel für Pferde. Ich glaube, sie verkauft ihr Zeug sogar in ihrer Zoohandlung. Andererseits benutzt Lannie für gewöhnlich nur Kräuter und Sojasoße, oder was immer das für ein braunes Dreckzeug ist. Josane hätte das Mittel also auch von jedem anderen bekommen haben können. Sie war richtig versessen darauf, diese Beulen wegzukriegen. Vielleicht weiß Charlie mehr. Ich frage ihn mal, wenn Sie wollen.»

«Das wäre toll. Oder besser noch: Ich frage ihn selbst, wenn er da ist.»

«Ach, lieber nicht», sagte Karen. «Er ist ein Nervenbündel und fängt bei jedem Wort an zu heulen. Lassen Sie ihn noch eine Weile in Ruhe. Er kann Ihnen auch nicht mehr sagen als ich. Sparen Sie ihn aus, okay?»

«No problemo», sagte ich und hob die Hände. «Noch ein paar Fragen, und dann würde ich mich gern ein bißchen umsehen, wenn ich darf.»

«Schießen Sie los und bleiben Sie, solange es Ihnen beliebt. Sie könnten mir heute abend sogar das Füttern abnehmen, sollten Sie hier übernachten wollen.»

«Was ist aus Josanes Reitzeug geworden?»

Karen lachte. «Das meinte ich, als ich sagte, ihre Leute seien komisch. Da ist die Tochter umgekommen, und die Mutter geifert hier rum, daß Josanes Sachen weg seien. Ich meine, das wäre den meisten in so einem Augenblick doch schnurzpiepegal. Offensichtlich ihr nicht. Sie konnte es gar nicht abwarten, an Josanes Sattel ranzukommen. Ich nehme an, sie wußte, wieviel die Tochter dafür bezahlt hatte. Es gibt ja auch kaum teurere als die von Butet. Ich bin sicher, sie hat ihn verkauft, bevor noch der Boden über Josanes Grab wieder zugefroren war. Und ich glaube, sie hat auch das Zaumzeug und die Stiefel an sich genommen. Nicht den Helm. Den wollte sie nicht einmal sehen, was man ihr jedoch kaum verübeln kann. Aber auch der war von allerbester Qualität und nicht angeknackst oder gar zerbrochen.»

«Wie konnte sie nur mit einem Helm ohne Kinnriemen reiten.»

«Was sagen Sie da?» fragte Karen. «Josanes Helm hatte doch einen. So oft, wie sie von dem Gaul runtergefallen ist, hätte Charlie sie nie und nimmer ohne reiten lassen. Ich hol den Helm mal her, bin gleich wieder da.»

Nach ein paar Minuten kam Karen mit einer weißen Pappschachtel zurück.

«Ob ich mir den wohl mal für ein paar Tage ausleihen dürfte?» fragte ich.

«Ich habe eine noch bessere Idee. Sie sehen nicht so aus,

als fürchteten Sie sich vor Geistern. Deshalb: wenn er paßt, gehört er Ihnen. Ein Geschenk aus dem Jenseits.»

Ich nahm den Helm aus dem Karton. Er sah noch wie neu aus. Ich schob das Haar auf meinem Kopf zusammen und setzte den Helm darauf. Er paßte wie angegossen.

«He», rief Karen aus, «da kommt mir eine noch viel, viel bessere Idee. Ihr Reitlehrer ist doch Rob. Wie ich ihn kenne, läßt er Sie alle seine Pferde reiten, auch die dummen. Sie können also reiten. Peggy Eames war auch voll des Lobes, und wenn Sie die Queen-Peggy-Prüfung bestanden haben, dann sind Sie, was mich betrifft, okay. Also, ich muß zu dieser blödsinnigen Bestattung, habe da aber ein paar Pferde, die noch bewegt werden müssen. Wenn die noch länger stillstehen, bringen sie ihre Besitzer um, sobald die zu ihrem sonntäglichen Ausritt erscheinen. Was meinen Sie? Hätten Sie Lust, ein oder zwei zu reiten? Ich denke, ich könnte auch ein Paar Reithosen auftreiben, die so in etwa passen.»

Angebote dieser Art konnte ich noch nie ausschlagen. Vor allem dann nicht, wenn die Pferde zu den Millionen-Dollar-Babys gehörten. Und Karen fand tatsächlich Reithosen, die mehr oder weniger paßten.

«Sie können sich auf ihm im Kreis drehen, sich auf seinen Hals setzen, alles, ihm macht das nichts», sagte Karen und zeigte auf den Grauschimmel in der ersten Box. «Der kann Spaß verstehen. Muß er auch. Sie sollten mal sehen, was der alles über sich ergehen lassen muß. Wenn Sie Zeit genug und Lust haben, können Sie auch die Stute neben ihm reiten. Sie hat nicht ganz so viel Humor wie der Graue, aber sie tut Ihnen nichts. Ich möchte nicht unhöflich sein, aber ich muß los. Große Scheiße, ich gehe so gern zu Beerdigungen, wie ich Kondome auswasche.»

«Einen Augenblick», sagte ich. «Noch eine Frage. Fahren Sie den Lieferwagen, der draußen vor dem Stall steht?»

«Noch eine Autofrage?» sagte Karen. «Himmel, nein, ich fahre den schwarzen Beemer, der hinter dem Haus geparkt ist. Der weiße ist der Lieferwagen der Farm.»

«Bleiben die Schlüssel immer stecken? Und wer kann ihn fahren?»

«Ich ziehe die Schlüssel nie ab», antwortete sie. «Auf diese Weise gehen sie nicht verloren. Wer das Ding fahren kann? Alle, die den Führerschein haben, denke ich. Oder ihn auch nicht haben. Der Stallbursche benutzt ihn manchmal, die Boxenmieter tun's, auch ein paar der Mütter. Wer möchte, kann ihn haben. Brauen Sie sich eine Theorie zusammen?»

Ich erzählte ihr, wie Henry und ich am Vortag mit knapper Not dem autofahrenden Tod entgangen waren und daß der Mann von der Tankstelle gesehen hatte, wie ein heller Lieferwagen vorbeigerast war.

«So ein Quark», meinte Karen, «das ist etwa so hilfreich wie ein Eiswürfel im Winter. Ich könnte Ihnen ohne groß nachdenken zu müssen mindestens fünf helle Lieferwagen nennen. Und da sind noch nicht Nilson und sein Alter dabei, die eine ganze Flotte davon haben. Übrigens, reiten Sie lieber in der Halle, da macht Ihnen der Wind nicht so zu schaffen.»

Ich sattelte den grauen Wallach, der in der ersten Box stand. Moonstruck. Ich hatte schon von ihm gehört – er war in der Kinderabteilung immer unter den erstplazierten und brachte all die kleinen Zappelphilippe über die Runden, die ihm auf den Rücken gepackt wurden. Ich rieb sein Gesicht und blies ihm in die Nase.

«Fertig, Jungchen?»

Nun, er sagte nicht nein, und ich führte ihn über die Rampe hinunter in die Halle. Ich sank bis zum Knöchel in den weichen Belag ein. Zwar kannte ich das Material nicht, wußte aber, daß es sein würde, als ritte man auf einem Kissen.

Und so war es auch. Bei diesem luxuriösen Bodenbelag und Moonstrucks luftgefedertem Trab war mir, als wäre ich in den Reiterhimmel entrückt worden. Ah, genau das war es, was ich brauchte. Vier Tage nicht im Sattel, das ist das äußerste – danach werde ich so unerträglich, daß ich mich selbst nicht mehr ertragen kann.

Ich trabte in Kreisen durch die Halle. Es brauchte nur den leichtesten Schenkeldruck, und schon war mein Wunsch für ihn Befehl – Moonstruck war der Inbegriff dessen, was man als ein «durchlässiges» Pferd bezeichnet. Diese Leute mochten ja monatlich mehr bezahlen müssen, als ich bei meinem ersten Zeitungsjob verdient hatte, aber wenigstens bekamen sie etwas für ihr Geld. Es dauert lange, bis ein Pferd so gut reagiert.

Moonstrucks Galopp war noch weicher als sein Trab und verhalf mir zu diesem so schönen Pferdegefühl. Was scherten mich jetzt noch Henry und Topping? Was Candace und was dieser garstige E-Mail-Absender? Was machte es mir, daß Lou auf Dauer bei mir eingezogen war? Alles egal. Ich saß auf einem Pferd und dirigierte es mit leichten Hilfen. Das reichte mir völlig aus.

Dem Grauen schien der Galopp so viel Spaß zu machen wie mir. Er hatte die Ohren aufgestellt und mußte nicht groß zum Vorwärtsgehen ermuntert werden. Wir ritten tief in eine Ecke der Halle hinein, und plötzlich drehten sich seine Ohren nach hinten, nach vorn, wieder nach hinten. Das Pferderadar, das ständig nach Luchsen und Berglöwen oder sonstigen Raubtieren sucht, die vor unendlich langer Zeit die Pferde draußen in der Wildnis als willkommene Mahlzeit angesehen hatten. Obwohl die Pferde schon seit Tausenden von Jahren domestiziert sind, ist das Fluchtverhalten fester Bestandteil ihres Erbguts geblieben. Womit auf vornehme Weise gesagt ist, daß ein Pferd vor so gut wie allem, den eigenen Schatten eingeschlossen, Reißaus nimmt.

«Ruhig, Junge, ruhig», sagte ich und strich ihm mit der Hand über den Hals, um ihn von seinen Urfeinden abzulenken. Ich setzte mich ein wenig tiefer in den Sattel, nur für den Fall, daß sich meine Beruhigungsversuche als nicht ausreichend herausstellen sollten. Aber meine Besorgnis war unbegründet. Ich parierte zum Trab und ließ ihn dann an langem Zügel im Schritt gehen, ihn seinen Hals strecken.

Wir durchritten denselben Winkel, der ihn vor ein paar Minuten so beunruhigt hatte. Ich wollte mich gerade zurücksetzen, als wir beide aus dem Augenwinkel etwas neben uns bemerkten. Ich sah genauer hin und stellte fest, daß am Fenster ein schwarzes Stück Plastik herumflatterte. Es fiel mir schwer zu glauben, daß ein teurer Laden wie dieser Mülltüten als Luftklappen verwendete.

Ich als menschliches Wesen weiß, daß mir eine Plastiktüte nichts anhaben kann, es sei denn, ich zöge sie mir über den Kopf. Moonstruck aber teilte meine frohe Gewißheit nicht. Ein erneutes Flattern jagte ihm einen gehörigen Schrecken ein, und er bockte. Das wäre noch auszusitzen gewesen, aber der Wind schien heftiger geworden zu sein, denn plötzlich wurde das Flattern immer heftiger und lauter. Es klang in meinen Ohren überhaupt nicht nach Berglöwe, aber was wußte ich, was in Moonstrucks instinktbeherrschtem Kopf vorging? Er krümmte den Rücken und hob ab. Das tat auch ich – und so wurden wir getrennt.

Wie immer dauerte es drei Stunden, bis ich auf dem Boden gelandet war. Wenn man vom Pferd fliegt, registriert der Kopf alles im Zeitlupentempo. Man hat Stunden, in denen man sich fragen kann, welchen Körperteil man sich jetzt wieder brechen wird. Aber statt eines Schlags war es diesmal eher ein Zischen. Der tolle Bodenbelag! Ich stand wieder auf, und zu meiner großen Freude schmerzte nichts.

«Mein lieber Mann», sagte ich zu dem munter bockenden, auskeilenden Pferd und sah noch eine Weile seiner Rodeo-Vorstellung zu. Schließlich beruhigte sich der Graue wieder, und ich fing ihn ein. Ich führte ihn zu dem erschrekkenden Fenster, damit er mit der Plastiktüte und allem, was er darin sah, Bekanntschaft machen konnte. Zu seiner Erleichterung und meiner Überraschung war sie jedoch fort – davongeweht, um eine andere Kreatur zu erschrecken.

Ich führte ihn zum Aufsitzblock und stieg wieder in den Sattel. Ja, ich saß wieder auf, wie es Pferdemenschen nun einmal tun, auch wenn es bedeuten kann, daß sie fortan im Rollstuhl durchs Leben gleiten.

Der Rest meines Ritts verlief ereignislos. Moonstruck hatte sich bei seinem kleinen Ausbruch derart verausgabt, daß er kaum noch traben mochte, was mir nur recht war. Ich sah nämlich auf die Uhr an der Wand und stellte fest, daß es schon später war, als ich gedacht hatte. Ich hätte zwar gern, durfte den Tag aber leider nicht reitend verbringen. Die humorlose Stute in Moonstrucks Nachbarbox mußte auf einen anderen Jockey warten. Ich schrieb einen Zettel für Karen und dankte ihr für den Ritt. «Sie hatten, was Moonstruck angeht, völlig recht, er ist ein Witzbold. Nochmals Dank, Nattie.»

Ich sorgte noch dafür, daß alles in vollkommener Ordnung war – keine Sattelspuren auf Moonstrucks Rücken, kein Heuhalm auf dem Asphalt des Ganges – und ging dann zu meinem Wagen. Ich öffnete die Tür des Suburban – und was fand ich? Eine schwarze Mülltüte, die um das Lenkrad gewickelt war, und eine daran hängende kurze Nachricht:

Pferde erschrecken vor den blödsinnigsten Dingen, nicht wahr? Lassen Sie Josane in Frieden ruhen, oder der nächste wird nicht nur ein leichter Sturz. Menschen können beim Reiten ums Leben kommen, aber das wissen Sie doch schon, oder nicht?

29

Eigentlich hätte ich mich ängstigen müssen. Aber da kommt mir der Polyakoff-Fluch zustatten – ich war viel zu wütend, um Angst zu haben.

Ich stieg ins Auto, rollte die schwarze Plastiktüte zusammen und warf sie neben mich, wo sie bei Henrys Rosen-CD auf dem Boden landete.

Annies Haus war nicht allzuweit weg, und ich mußte dringend mal duschen und mich umziehen. Außerdem mußte ich einen Plan machen, damit ich nicht wie Josane in kalter Erde endete.

Zunächst galt es, Margot, die Cyberreiterin des *Appeal*, zu kontaktieren und ihr zu sagen, daß sich die Lage zuspitzte und ich unbedingt wissen mußte, wer mir diese mysteriöse E-Mail geschickt hatte. Ich stürmte ins Haus, warf meine Handtasche auf den Tisch in der Diele und rannte in mein Zimmer, wo mein Laptop auf der Kommode ruhte. Dann lief ich wieder nach unten und ins Wohnzimmer, um mich an die telefonische Nabelschnur zu hängen.

Und wen anderes traf ich dort an als Henry in seiner Redaktions-Coverboy-Pose? Er hatte den Telefonhörer ans Ohr geklebt und ließ seine Finger wie kleine Fred Astairs über die Tasten seines Laptop tanzen.

«Ja was?» sagte ich. «Warum springst du denn nicht in den staubigen Archiven des Loudouner Bezirksgerichts im Dreieck?»

Er lächelte, hob den Zeigefinger und sagte: «Noch eine Sekunde, Nat.»

Wenn ich nach dem gehe, was ich dann tat, muß ich dem Guten Doktor Grass für den Rest des Lebens die Hälfte meines verfügbaren Einkommens zahlen.

«Lieferservice Gold für Mr. Rose», sagte ich laut, sein noch nicht beendetes Telefongespräch mißachtend. «Es kommt von Ihrer Gärtnerei.»

Ich warf ihm die CD in den Schoß und ließ mich in jenen chintzbezogenen Sessel fallen, in dem ich an unserem ersten Abend hier so Großes mit meinem Mundwerk vollbracht hatte.

Ich hörte zu, wie Henry sein Gespräch beendete. Er legte auf, nahm die CD und las das angeheftete Briefchen.

Sein Gesicht lief rot an – es war etwa der Rotton seiner Tätowierung.

«Worüber bist du denn so sauer?» fragte er. «Hast du mich etwa mit CDs rumschmeißen sehen, als du die Nacht bei Tony verbracht hattest?»

«Das ist was anderes», sagte ich.

«Ach. Was ist denn daran so anders? Hast du mal an die Möglichkeit gedacht, daß auch zwischen Toppy und mir nichts gewesen sein könnte?»

Woher wußte er, daß Tony in jener Nacht nicht hatte jagen wollen?

«Hat dir das Tony gesagt?»

Er nickte. Und ich hatte immer gedacht, Jungs unterhielten sich nur über Football und technisches Spielzeug!

«Tony wollte nicht, daß ich dachte, er stünde uns beiden im Weg. Wie wenig weiß er doch von dir und davon, daß du das selbst recht erfolgreich besorgst.»

Ich sprang auf. «Was soll das heißen, ich besorge das recht erfolgreich? Und du?»

«Was ich?» sagte Henry und sein Gesicht wurde noch röter. «Was willst du damit sagen? Habe ich auf der Fahrt hierher einen Streit darüber angefangen, wen ich interviewen sollte? Hab ich auf deiner Story rumgetrampelt? Habe ich versucht, dich mit einer fliegenden CD zu kastrieren? Also, Nattie, was ich? Ach, schon gut, vergiß es, vergiß, daß ich was gesagt habe. Toppy ist wenigstens nett.»

«Ja, das sind Meerschweinchen auch», sagte ich. Wenn ich wirklich den dritten Weltkrieg hätte auslösen wollen, dann hätte ich noch hinzugesetzt: «Die haben etwa denselben Appetit und Drang – sie bumsen alles, was sich bewegt, Brüder, Väter, einfältige Reporter!»

Aber ich hielt den Mund und ließ mich in den Sessel zurückfallen. Ich wünschte, ich wäre irgendwo anders, weit weg von diesem Mann, der einen wirklich irritieren konnte.

«Was machst du eigentlich hier?» fragte ich schließlich und beendete damit unser bockiges Schweigen. Ich fügte noch hinzu: «Und um das klarzustellen: Was du mit Topping Mundell getrieben oder nicht getrieben hast, ist nicht mein Bier. Zu deiner – und Tonys – Information sei gesagt, daß ich nicht deshalb so wütend bin ... jedenfalls nicht ausschließlich deshalb.»

«Mal wieder Candace?» erkundigte sich Henry.

«An diese Möglichkeit habe ich noch gar nicht gedacht», antwortete ich. «Aber wenn Middleburg inzwischen nicht zu unserem zentralen Verbreitungsgebiet geworden ist, glaube ich nicht, daß sie ihren Thron verläßt. Nicht einmal, um mich zu massakrieren, was auf ihrer Wunschliste sicher ganz oben steht. Gleich nach der Ausschaltung der gesamten Führungsspitze des *Appeal*, damit sie endlich die Macht übernehmen kann.»

Henry kam zu mir herüber und setzte sich neben mich, wobei seine langen Beine kurz mein Knie streiften. Ich sehe im allgemeinen keine Aura, aber selbst einem Blinden hätte die zwischen uns tanzende Spannung nicht entgehen können.

«Nattie», sagte Henry, «hat jemand versucht, dir was anzutun? Bist du deshalb so in Rage?»

Ich nickte und fischte den Zettel aus meiner Tasche. «Da, lies mal», sagte ich. «Dieser Idiot hat es geschafft, mich vom Pferd zu ...»

«Vom Pferd? Du bist geritten?»

O Mann, nur jetzt nicht wieder das! Ich wußte, daß Henry der Ansicht war, ich hätte Besseres zu tun, als zu reiten, und ich wollte ihn genau dies nicht schon wieder sagen hören. Aber der gute Henry überraschte mich gleich in zweifacher Hinsicht. Erstens: Als ich ihm berichtet hatte, wie es zu dem Ritt gekommen war, sagte er lediglich: «Ein Jammer, daß er dir den Spaß verdorben hat.» Und zweitens: Er zeigte sich hinsichtlich meiner Sicherheit besorgt! Unglaublich. Bis zu diesem Augenblick war ich eigentlich nicht beunruhigt gewesen. Aber wenn Henry besorgt war, dann mußte auch ich befürchten, daß es Anlaß zu Besorgnis gab.

«Offensichtlich machst du jemanden mit deiner Rumfragerei sehr nervös», meinte er. «Laß uns vorsichtig sein, ja? Von jetzt an sag mir, wo du hin- und wann du zurück sein willst, okay?»

«Henry», sagte ich, «du sprichst wie ein Redakteur.»

«Ich spreche als dein Freund», erwiderte er, beugte sich vor und strich mir mit den Fingern über die Wange. «Als jemand, dem an dir mehr gelegen ist, als du zuzulassen bereit bist.»

«Da hast du recht», sagte ich. Ich griff nach seiner Hand und hielt sie gegen mein Gesicht gedrückt. Mit der anderen Hand griff ich nach ihm und zog ihn zu mir heran.

Dann küßte ich ihn, langsam und sanft. Ich glaube, das

war für uns beide ein Schock. Ich sah die Überraschtheit in seinen Augen und küßte ihn heftiger. Goldene Funken wirbelten durch mich hindurch. Mein Blut geriet in ziemliche Wallung, und nach Henrys Reaktion zu urteilen, ließ auch ihn die Sache nicht kalt.

Ihn weiter küssend, rutschte ich aus meinem Sessel und zu ihm aufs Sofa. Er beugte sich in mich hinein, und wir sanken hinab. Wir küßten und küßten und küßten uns – ich war schon seit Jahren nicht mehr so in Fahrt gewesen.

«Entschuldigung.»

Ich war völlig durcheinander. Ich wußte nicht nur nicht, wo ich mich befand, sondern auch nicht, zu wem diese Stimme gehörte.

«Es tut mir furchtbar leid.»

Ich hielt den Atem an, öffnete die Augen und erinnerte mich wieder. Annies Haus. Ich befand mich in Annies Haus und wußte jetzt auch, wessen Stimme das war.

«Mr. Duncan», sagte ich.

«Bridge», sagte er.

«Bridge», sagte ich und machte eine Pause, die lang genug war, um wieder in normalem Rhythmus zu atmen und nicht wie eine japsende läufige Hündin. Und auch lang genug, um mir zu überlegen, was ich weiter sagen sollte. «Hat sich der Wind gelegt? Ist es draußen noch so kalt?»

Henry hatte als Mann andere Sorgen als das Atmen. Er setzte sich auf, bewegte sich ein bißchen hin und her und legte sich den Laptop auf den Schoß, womit er einen neuen Anwendungsbereich für tragbare Computer schuf, an den noch nicht einmal Bill Gates gedacht haben dürfte.

Als Henry schließlich alles gerichtet hatte, sagte er: «Bridge, wie nett, Sie zu sehen. Nattie und ich haben uns gerade mit den Grundlagen der Mund-zu-Mund-Beatmung befaßt.»

Er lachte. Als Bridge nicht darauf einging, fuhr er fort: «Sie kaufen mir das also nicht ab. Glauben Sie mir eher, wenn ich Ihnen sage, daß sich in North Carolina die Reporter so miteinander unterhalten?»

Bridge lächelte jetzt oder grinste anzüglich, je nach Blickwinkel. Was mich betraf, so war es das letztere. «Tut mir leid, daß ich Ihre Unterhaltung unterbrochen habe», sagte er schließlich. «Ich bin gleich wieder weg, dann können Sie sie fortsetzen.»

Ich stand auf. «Meinetwegen müssen Sie nicht wegrennen. Ich muß mich mal vom Schmutz befreien.»

Ich wankte mit weichen Knien in mein Zimmer und drehte den Kaltwasserhahn der Dusche voll auf. Das brachte meine innere Quecksilbersäule schnell wieder runter und bescherte mir einen klaren Kopf. Was hatte ich da gerade getan? Wie hatte ich nur so dumm sein können? Die Paarung hieß Henry und Topping, nicht Henry und Nattie. Das verarbeite erst einmal, Miß Erst-handeln-und-dann-Nachdenken!

30

«Okay», sagte ich, «zurück zur ursprünglichen Frage: Warum bist du hier und nicht in Leesburg, um dir bei der Suche nach Hinweisen die Augen zu verderben?»

Henry hatte wieder seine Reporterpose eingenommen, während ich geduscht, schmutzfrei und abgekühlt war. Und Bridge fort – er pries wahrscheinlich in Ländern der Dritten Welt und bei amerikanischen Jugendlichen die Segnungen des Rauchens.

«Änderung der Prioritäten», antwortete Henry.

«Und was heißt das?»

«Ich dachte mir, ich verschiebe das Aktenstudium auf morgen und gehe mal der Sache mit den Lungenstücken nach», sagte er. «Es ist wahrscheinlich nicht ganz so einfach, an menschliche Organe heranzukommen. Aber ich hoffe, sie können mir den Weg zu Bensons Mörder weisen.»

«Du scheinst ganz sicher zu sein, daß er von diesem Irren umgebracht worden ist. Was ist mit dem Vater dieses kleinen Mädchens? Karen meinte, der sei gefährlich.»

Henry nahm seinen Notizblock vom Tisch. «Gefährlich nur sich selbst. Ich bin zu ihm gefahren, nachdem wir miteinander gesprochen hatten. Hier, hör dir das mal an.» Er überflog seine Notizen und fand das Zitat. «‹An den meisten Tagen komme ich nicht mal aus dem Bett raus. Und wenn, dann gehe ich in ihr Zimmer und sitze nur da. Gehe hin, wenn die Sonne aufgeht, und dann geht sie wieder unter. Ich bin immer noch dort. Wo soll ich sonst hin?› Er hat Jim Benson nicht umgebracht, Nat. Sein Kummer macht ihn völlig unfähig, und er hat ein solides Alibi – er lag nach einem Selbstmordversuch im Krankenhaus und ist erst gestern entlassen worden. Aber es sollte mich nicht wundern, wenn er schon bald wieder eingeliefert würde. Vielleicht könntest du mal deine Dame von den Compassionate Friends auf ihn ansetzen, einen Kontakt herstellen. Ich habe noch nie jemanden so leiden sehen. Selbst als Vater kann ich mir seinen Schmerz nicht vorstellen …»

«Tu's nicht», sagte ich. «Tu dir das nicht an. Gib mir seinen Namen, ich rufe heute noch Christine Motley an und bitte sie, sich mit ihm in Verbindung zu setzen.»

«Danke, Nattie.»

Ich stand bei dem Sessel, Henry beim Telefon. Dieses alte, verlegene Schweigen. Einer mußte etwas DAZU sagen. Und ich hatte mir unter der eiskalten Dusche geschworen, das Geschehene ungeschehen zu machen.

«Henry», sagte ich deshalb, «zu vorhin. Ich habe mich hinreißen lassen. Ich nehme an, wenn Bridge nicht hereingekommen wäre, täte uns das alles jetzt noch viel mehr leid.»

«Leid tun?» sagte er. «Warum tut es dir leid?»

«Zunächst einmal wurden wir wie ein paar Teenager mit einem Überschuß an Hormonen auf Daddys Couch erwischt. Dann ist da diese kleine Sache zwischen dir und Topping Mundell. Dann ist da die weitaus gewichtigere Frage, was passiert sein könnte. Wir können kaum über einen Absatz reden, ohne daß du mich verbesserst oder ich rasend werde, und wir waren dabei, äh, dabei ...»

«Sag's doch, Nattie. Wir waren dabei, uns auf der Couch zu lieben.»

«Ja, das», sagte ich. «Ich hätte es vielleicht nicht so vornehm ausgedrückt.»

«Nun, was denkst du, was wir jetzt tun sollen?» fragte er.

«Ich weiß es nicht», antwortete ich. Das lief gar nicht so, wie es nach meinen Vorstellungen hätte laufen sollen. Ich konnte hören, wie mein Entschluß zerbröckelte. «Ich weiß es nicht.»

Tust du doch. Sag ihm einfach, er soll's vergessen.

«Ich weiß es nicht», sagte ich noch einmal und vergaß dabei mein Drehbuch. Ich fing an zu improvisieren, redete zwar wieder, dachte aber nicht einmal darüber nach, vergaß alle Lektionen bezüglich der Frage, warum es so töricht ist, auf diese Weise vorzugehen. «Vielleicht sollten wir zusammen essen gehen und dabei unsere Möglichkeiten erörtern.»

Henry lächelte und wollte etwas sagen. Aber dann legte er nur den Kopf zurück und rief: «Verdammt!» Nach einer kleinen Pause setzte er hinzu: «Nattie, ich würde ja liebend gern mit dir essen gehen, aber ...»

Das große ABER. Ich hob die Hand. «Sprich nicht weiter. Laß mich mal. Aber ... du hast Toppy versprochen, du würdest ihre Fenster streichen oder ihr den Abfalleimer rausbringen oder ihr wieder deine Rose zeigen.»

«Nattie, einen Augenblick mal.»

«Vergiß es, Henry, vergiß es ganz einfach. Ich habe Arbeit. Und ich darf nicht vergessen, daß ich versprochen habe, dir bei deiner zu helfen, nicht wahr?»

Ich stürmte hinaus und hinauf in mein Zimmer. Dort konnte ich jedoch nichts anderes tun als dumpf vor mich hinbrüten. Deshalb ging ich weiter den Flur entlang bis zu Annies Tür und klopfte. Sie war nicht da, und so ging ich hinein, um ihr Telefon zu benutzen.

Christine Motley hob nach dem vierten Klingeln ab.

Wir tauschten die üblichen Höflichkeiten aus, und dann fragte sie: «Nattie, ist etwas? Sie klingen nicht gut, irgendwie beunruhigt. Kann ich Ihnen behilflich sein?»

Das rückte die Dinge wieder zurecht. Diese Frau hatte die schmerzlichsten Zeiten durchleben müssen und fragte mich nach meinem kleinen Kummer.

«Nein, mir geht es gut», sagte ich und zwang mich, es auch zu glauben. Dann erzählte ich ihr, wo ich war, an was ich arbeitete und von dem Mann mit der toten Tochter.

«Geben Sie mir seine Nummer», sagte Christine, «ich rufe ihn gleich an. Dann rufe ich die Kollegin dort oben an und sage ihr Bescheid. Aber erwarten Sie nicht zuviel, Nattie. Manche Menschen sind unerreichbar. Ich habe die Befürchtung, daß Reenie Ashmore auch zu ihnen gehören könnte. Ich denke, es ist großartig, daß Sie den Tod der Tochter untersuchen. Vielleicht verhilft ihr ja die Antwort zu ein bißchen Frieden ... Übrigens, wie haben Sie eigentlich von dem Mann erfahren?»

Ich sagte ihr, daß ich zusammen mit Henry Goode hier

oben sei, und er den Mann im Zusammenhang mit Recherchen zu einer anderen Story kennengelernt habe.

«Henry Goode?» sagte Christine. «Der Reporter von der Bakker-Story? Sie sind mit ihm dort oben? Wie das? Haben Sie beide sich mal wieder zusammengetan?»

«Bis auf weiteres unwahrscheinlich. Wir würden uns dabei nur gegenseitig umbringen. Vielleicht tun wir's auch noch ohne eine gemeinsame Story. Nein, Henry hat einen eigenen Auftrag.»

Ich ließ sie mir absolute Verschwiegenheit zusichern und erzählte ihr von der Liste und den Lungenstücken.

«Das ist ja wirklich schaurig», sagte sie. «Leuten Organe zuzuschicken! Aber Kummer läßt Menschen die verrücktesten Dinge tun. Auf seltsame Weise hat er viel mit der Liebe gemein – beide können einen gesunden Menschen in den Wahnsinn treiben.»

«Da haben Sie den Nagel auf den Kopf getroffen», sagte ich.

«Mir war doch gleich, als hätte ich so etwas in Ihrer Stimme gehört», meinte Christine. «Es muß Henry sein. Hatten Sie eine Meinungsverschiedenheit?»

«Das wäre stark untertrieben. Männer! Ich weiß wirklich nicht, ob sie all die Mühe wert sind.»

Christine lachte. «Na ja, sie können einen manchmal schon zur Weißlut bringen, klar, aber lassen Sie sich von mir sagen: Es ist die Mühe wert, alles und immer wieder. Ich habe Jahre gebraucht, um das zu begreifen. Als ich Landon verlor, dachte ich, mein Leben sei zu Ende. In gewisser Weise war es das ja auch. Ein Teil davon war es und wird es immer sein. Ich hatte ein Loch im Herzen und ich mußte lernen, auch ohne dieses Stück von mir weiterzuleben. Das hat lange gedauert und ich habe dabei fast mich und meine Ehe totgemacht. Ich weiß, es ist immer die Gegenwart, es ist immer der jeweilige Tag, was zählt, aber man sollte auch daran denken, daß es irgendwann keinen nächsten Tag mehr gibt. Verstehen Sie mich, Nattie, oder muß ich zum Holzhammer greifen? Lassen Sie sich nicht von den törichten Dingen beirren. Okay, okay, jetzt steig ich wieder von meiner Seifenkiste runter.»

«Christine», sagte ich, «was mich angeht, so können Sie jederzeit auf ihre Seifenkiste steigen. Was Sie da sagen, ist ja richtig, aber vielleicht brauchen Sie doch den Holzhammer, um es an dem widerlichen kleinen Mann in meinem Kopf vorbeizukriegen, der mir immer wieder Sachen vermiest.»

Christine lachte noch fröhlicher. «Oh, Sie meinen Jesse? Den habe ich auch. Ich nenne ihn Jesse, weil er ein durchtriebener Bursche ist und so ein Ekelpaket wie unser lieber Senator. Stopfen Sie ihm das Maul, Nattie.»

Sie hatte ja so recht, und diese Einsicht hätte mich fast dazu bewegt, nach unten zu gehen und mit Henry zu reden. Aber nur fast, denn mein Jesse, der Fiesling, ergriff das Wort und vereitelte den Vorstoß.

Wenn man durcheinander ist, dann lenke man sich ab. Ich tat dies, indem ich mich darauf konzentrierte, was ich noch alles zu erledigen hatte – den unbekannten E-Mail-Absender ermitteln, die Schwester, die Josane im Krankenhaus versorgt hatte, interviewen und, wenn ich schon in Warrenton war, Josanes Anwalt und möglichen Liebhaber Snowdon Cox aufsuchen, ferner den Futtermittelladen anrufen und feststellen, ob Lannie vielleicht gerade eine Lieferung zum Stall gebracht hatte, als mich die Plastiktüte mit der Nase voran aus dem Sattel hatte fliegen lassen, des weiteren feststellen, ob Flip eventuell dort gewesen war, herausfinden, warum Topping diese kleine, Josanes Helm betreffende Lügengeschichte erzählt hatte, und – sollte ich Henry gegenüber wieder ein bißchen mehr Großmut aufbringen können – meinen Bruder Larry anrufen, um in Erfahrung zu bringen, was sein verrückter Botaniker im Dienst eines Tabakkonzerns trieb, und schließlich meinen alten Freund John finden und ihn fragen, wie ein Künstler und die Zigarettenindustrie zusammenpassen.

Ich rief zunächst in der Redaktion an. Wie schon geahnt, hatte ich kein Glück, ja es war schlimmer als befürchtet: Margot hatte ein paar Tage Urlaub genommen. Ich stöpselte meinen Laptop ein und versuchte, sie im Cyberspace zu finden. Sie hatte meine Anfrage noch nicht beantwortet, weshalb ich ihr einen erneuten Hilferuf schickte.

Wenigstens ein kleiner Segen war, daß keine neue E-Mail auf mich wartete. Die Tatsache, daß er mich in der Reithalle auf die Fresse hatte fliegen sehen, hatte vielleicht meinen bemühten Mörder für den Augenblick besänftigt.

Der Mann von dem Futtermittelladen sagte, Lannie könne nicht ans Telefon kommen, weil sie gerade auf Liefertour sei. «Wohin?» fragte ich so unschuldig wie möglich.

«Richtung The Plains, Aldie und Middleburg. Ich glaube, Summer Ridge, Plain Bay und Woodhall stehen auf dem Plan.»

Summer Ridge – sie war also dort gewesen. Die Frage war nur: Wann. Als ich dort geritten war? Und Flip? Ich rief beim Stall an und ließ das Telefon eine scheinbare Ewigkeit klingeln. Ich wußte ja, daß Charlie und Karen bei der Bestattung waren. Schließlich meldete sich auch jemand – und zwar Flip. Ich legte wieder auf und hoffte, daß er keine Anruferanzeige hatte.

Sie hätten es also beide gewesen sein können. Oder weder die eine noch der andere.

Ich rief im Krankenhaus an. Die Schwester hatte erst in einer Stunde Dienst. Auch Larry war noch nicht in seiner Kanzlei. Und nach einer Unterhaltung mit Topping war mir nicht zumute. Es blieb also nichts übrig, als DEN Anruf zu machen.

John und ich hatten uns seit jenem Abend vor vielen, vielen Jahren und den Tränen im Northern Lights in New Paltz nicht mehr gesehen. Ich wählte seine Nummer (ja, ich wußte sie noch, sie war meinem Gedächtnis eintätowiert), und es meldete sich ein alter Mann mit schwerem spanischem Akzent. Er sprach kaum Englisch und hatte keine Ahnung, wer oder wo John Osborne war. Deshalb rief ich als nächstes einen gemeinsamen Freund an, der mir sagte, John sei schon vor ein paar Jahren nach New York gegangen. Er gab mir die Nummer seiner Arbeitsstelle.

«Arbeit wie Studio?» fragte ich.

«Nein, Arbeit wie Arbeit. Büro, Schlips, Erscheinen pünktlich um neun. Und wenn sie einen auffordern zu springen, dann fragt man: ‹Wie hoch?› So Arbeit. Hier ist die Nummer.»

Das klang gar nicht nach dem John, den ich gekannt hatte. Ich wählte die Nummer, und eine effiziente Stimme meldete sich mit einer langen Reihe von Namen. Der Johns war nicht dabei.

«Ich hätte gern John Osborne gesprochen.»

«Einen Augenblick bitte.» Ich war nicht ganz sicher, ob ich da mit einem Menschen oder einer Maschine sprach. Ein paar Sekunden später war die Stimme wieder da. «Mr. Osborne ist heute in unserem Büro in Washington und dort unter der folgenden Nummer zu erreichen …»

Er war in Washington, D.C.! In der Hauptstadt des Landes, nur knapp achtzig Kilometer entfernt. So nahe waren wir uns seit meinem Umzug in den Süden nie gekommen. Ich wählte die Washingtoner Nummer – und es meldete sich, ich schwör's, dieselbe Stimme und rasselte dieselbe lange Reihe von Namen herunter.

«John Osborne.»

«Einen Augenblick, bitte.»

Was sagt man zu jemandem, wenn das letzte Gespräch mit einem peinlichen, erniedrigenden Geflenne geendet hatte?

«John Osborne.»

«Ah», sagte ich. «Rate mal, wer hier ist. Ich gebe dir einen Hinweis: Ich habe die türkisfarbenen Seidenstolen rausgeschmissen.»

«Nattie? Bist du das wirklich?»

«Ja, aber nur in telefonischer Gestalt.»

«Verdammt, ich habe diese türkisfarbenen Stolen so gemocht. Ich habe nie wieder eine solche Nacht erlebt ...»

Ich hatte mir an diesem Tag schon genug Ärger eingehandelt und sagte deshalb nicht, daß er daran hätte denken sollen, als er mich davon in Kenntnis gesetzt hatte, daß unsere Beziehung die Magie und das Prickelnde eingebüßt habe, ihr der Kick fehle.

«Dazu hat Gott das Gedächtnis erfunden», sagte ich nur. «Aber wie ist es dir denn so ergangen?»

Wir lieferten uns gegenseitig eine stark verkürzte Lebensübersicht. Ich erzählte ihm auch, daß ich gerade in Upperville sei und versuche, den Mörder einer Frau zu finden. Er war auf seinen Job nicht eingegangen, weshalb ich ihn danach fragte.

«John, du kennst mich ja als ziemlich direkt. Ich frage deshalb ohne Umschweife: Was, zum Teufel, hast du mit Tabak zu tun? Ich dachte, du wolltest der nächste Edward Hopper werden?»

Schweigen. Keine schlagfertige Antwort. Schließlich sagte er: «Nattie, du redest nie lange drum rum. Wie konnte ich das vergessen? Es freut mich zu hören, daß du dir treu geblieben bist – Mörder jagen, das ist ja höchst eindrucksvoll.»

Die Modeberichterstatterei hatte ich nicht erwähnt.

«Eindrucksvoll nur an den richtigen Tagen», sagte ich. «Zurück zum Tabak. Du warst doch, soweit ich weiß, Künstler?»

«Ich war, da hast du recht», antwortete er. «Dann aber ging ich auf die Vierzig zu, und vierzig plus mittellos, das nahm sich nicht gar so gut aus. Mein Auto brach langsam zusammen, ich wohnte noch immer in der kleinen Dachwohnung in Plattekill ... ich weiß auch nicht, wie's kam, aber ich wurde dieses Daseins müde ... Hör mal, ich muß gleich zu einer Besprechung und bin noch überhaupt nicht vorbereitet. Du bist in Upperville? Liegt das nicht vor den Toren von Middleburg? Wie wär's, wenn wir heute abend zusammen essen? Ich hole dich ab. Halb acht?»

Der andere kleine Mann in meinem Kopf – der, der glaubt, er beschütze mich – tobte in meinem Schädel rum und schrie: «Nein, nein und nochmals nein! Du bist wohl total übergeschnappt. Glaubst du, ich will hinterher den Mist zusammenkehren, wenn er dich wieder in Stücke gerissen hat?»

Ich stieß ihn zurück – sollte er sich doch mit Jesse prügeln.

«Halb acht? Prima», sagte ich und beschrieb ihm den Weg.

31

Mehr als alles auf der Welt hasse ich – von Beige und Graubraun einmal abgesehen – Auseinandersetzungen. Deshalb schlüpfte ich aus dem Seitenausgang hinaus und machte leise die Tür hinter mir zu.

Gerade als ich losfuhr, kam Henry zur Haustür heraus. Er

versuchte nicht, mich aufzuhalten, und hätte er es getan, wäre ich nicht stehengeblieben.

Ich sah im Rückspiegel, wie er in der Tür stand, tiefe Falten auf seiner Stirn, die ihn wie einen Shar-pei, einen dieser zerknitterten chinesischen Hunde, aussehen ließen. War es Gekränktheit, Verwirrung, Überraschung, Wut oder alles zusammen?

Später. Ich würde dieser Frage später nachgehen, wenn wir uns wieder beruhigt hatten. Meine Fahrt war bereits ordentlich geplant, ein sicheres Zeichen dafür, daß mit mir etwas nicht stimmte. Daß ich auf die Karte geguckt und nachgesehen hatte, wie ich fahren mußte, war nur ein Ablenkungsmanöver von vielen gewesen – eine Methode, dem auf der Hand Liegenden aus dem Weg zu gehen. Ich verhielt mich wie eine Idiotin.

Nachdem ich mich ein paarmal verfahren hatte (soviel zum Thema Planung), gelangte ich nach Warrenton. Da ich noch Zeit hatte, bis die Krankenschwester zum Dienst erschien, steuerte ich auf direktem Weg die Anwaltskanzlei von Snowdon Cox an, wobei ich mich der Hoffnung hingab, daß ein Kleinstadtanwalt wie er in seinem Büro sitzen und keine Klienten zu verarzten haben würde.

Wie ich gehört hatte, sollte Warrenton ein hübsches Städtchen sein, aber das ließ sich allenfalls von seinem Zentrum mit den schönen alten Häusern und den engen Gassen sagen.

Ich fand die Kanzlei schneller als befürchtet, nämlich beim Gerichtsgebäude gleich um die Ecke. Ich parkte den Wagen (Halleluja, ich fand direkt vor dem Haus eine Lücke) und ging über einen kleinen gepflasterten Hof zum Büro von Cox.

Seine Sekretärin lieferte den Beweis dafür, daß ich mich tatsächlich im Süden befand, denn sie behandelte mich mit einer Zuvorkommenheit, wie sie der Norden nicht kennt. Ich fühlte mich wie bei einem Ersteklasseflug mit der Concorde. Ich weiß auch nicht, woher das kommt, aber diese Südstaatler nehmen die Sache mit der Höflichkeit wirklich ernst. Selbst meine Großmutter, die rothaarige, temperamentvolle geborene Polnyakoff hatte, als sie mal bei mir zu Besuch gewesen war, mit niemandem einen Streit anfangen können.

Ich schlug das Angebot eines Kaffees aus, denn ich wollte schließlich bei meiner Unterhaltung mit Cox nicht nervös rumzappeln. In weniger als einer Minute war die Sekretärin wieder da und führte mich in das Büro – ein Anwaltsbüro, das wie alle Anwaltsbüros dieser Welt aussah. Es wäre dem Raum sicher gut bekommen, wenn sich mein Stiefvater David seiner noch hätte annehmen können. David hatte zu seinen Lebzeiten Ausstellungsräume von Möbelmärkten gestaltet – und auch die Kanzlei meiner Mutter. Als er damit fertig gewesen war, hatte alle Welt darüber gesprochen und der *North Carolina Lawyer* sogar in seiner Weihnachtsnummer Bilder davon gebracht.

«Was kann ich für Sie tun, Miss Gold?»

Snowdon Cox saß noch auf seinem Stuhl, aber ich konnte trotzdem schon sagen, daß er ein großgewachsener Mann war. Ein sehr großgewachsener. Etwa eins fünfundachtzig oder mehr. Er hatte dunkles, krauses Haar, ein schmales Gesicht, eine lange Nase, dunkle Augen und die längsten Wimpern, die ich je bei einem Mann gesehen hatte. Kein Grau, keine Falten, keine Hängebacken. Ich hielt ihn für Ende Dreißig, Anfang Vierzig. Bei guten Erbanlagen konnte er auch noch ein bißchen älter sein.

Ich vermochte zu sehen, was Josane in ihm gesehen hatte, vor allem im Unterschied zu Flip mit seinem weißblonden Haar und seinen Gletscheraugen, der nur aus harten Kanten und rechten Winkeln zu bestehen schien. Snowdon Cox dagegen wirkte so, als wäre er von seiner an warmen Kakao erinnernden Stimme bis zu seinen braunen Samtaugen mit feinkörnigstem Sandpapier glattgeschliffen worden.

«Ich bin Reporterin des *Charlotte Commercial Appeal*», hob ich an und sagte dann mein Sprüchlein auf, das mit der Ich-schreibe-an-einer-Story-über-Formel des *Appeal* endete.

«Josane Ashmore», sagte er. «Sie ist jemand, an den ich oft denke. Wie geht es ihrer Mutter?»

«Nicht sehr gut», antwortete ich. «Sie kommt über den Tod ihrer Tochter nur schwer hinweg und glaubt, Josane sei möglicherweise ermordet worden.»

«Ich weiß, ich weiß», sagte er. «Ich bin dem sogar selbst nachgegangen. Dachte, wenigstens das sei ich Josane schuldig. Ich fürchte nur, daß es eine ziemlich klare Sache ist: Reitunfall, Kopfverletzung.»

«Mr. Cox, würden Sie mir wohl ein paar Fragen beantworten?»

«Nennen Sie mich bitte Snowdon. Ich habe bis zu meinem nächsten Termin noch zehn Minuten Zeit. Die gehören alle Ihnen.» Sein Lächeln war so sanft und beruhigend wie sein Blick.

Ich fragte nach Josanes Mann und der Scheidung. Irgendeine Bitterkeit? Streit um Geld oder Vermögensanteile? Eifersucht?

«Nein, das größte Problem war, einen Termin zu finden. Er war beruflich viel unterwegs, verkaufte, wenn ich mich recht erinnere, Sportausrüstungen. Da war keinerlei Bitterkeit, ganz im Gegenteil. Sie waren am Anfang sehr gute Freunde gewesen und schieden als solche. Er hätte ihr nie weh getan, falls sie das denken sollten. Ich glaube, er war es, der Josanes Mutter auf die Idee mit dem Mord gebracht hat.

Nur wenige Tage vor seinem Tod rief er mich an und sagte, er habe ein paar neue Hinweise erhalten, denen er gerade nachgehe. Merkwürdig, daß ich mich noch an den Wortlaut erinnern kann: ‹Ich bin da wirklich auf was gestoßen, ich glaube, ich hab's.› Das erregte natürlich meine Neugier. Er meinte, er habe Josanes Mutter noch nichts davon gesagt, weil er ihr keine falschen Hoffnungen machen wolle, er werde es ihr erst sagen, wenn er sicher sei, er sei es schon so gut wie. Er wollte am Telefon nicht weiter darüber sprechen, hatte aber auch keine Zeit, an jenem Tag noch vorbeizukommen. Er sagte, er müsse nach Richmond, und ich nahm an, es sei geschäftlich. Und dann erhielt ich die Nachricht, daß er bei einem Autounfall ums Leben gekommen war.»

Ich sah, wie meine Arme von einer Gänsehaut überzogen wurden. Noch eine Leiche. Wann hörte das Zählen endlich auf?

Ich erfragte die erforderlichen Einzelheiten zur Person des Ehemanns – Name, Anschrift usw. – und kam dann zu Lannie Post.

«Dieses Doppelrendezvous? Ich habe da mitgemacht, um Josane einen Gefallen zu tun», sagte Snowdon. «Anfangs war es noch ein großer Spaß, aber damit war es schnell vorbei, und am Ende wurde es ziemlich ungemütlich. Da kamen die dauernden Anrufe, ihr Auftauchen hier in der Kanzlei und bei mir zu Hause. Sie tat mir zwar leid, aber sie wurde zu einer solchen Plage, daß ich nicht mehr wußte, was ich tun sollte.»

«Was hat Lannie veranlaßt, die Verfolgung aufzugeben?»

Snowdon sah auf den Schreibtisch und seine gefalteten Hände hinab und schwieg.

«Snowdon», sagte ich nach einer Weile, «hat es irgend etwas mit dem Vormittag des Tages zu tun, an dem Josane starb?»

Da hob er schnell den Blick. «Wieso wissen Sie davon?»

«Das schien einen Sinn zu ergeben, war glücklich geraten, was immer», antwortete ich. «Flip erzählte mir, es sei jemand bei Josane gewesen, als er an jenem Vormittag zu ihr kam. Er wußte aber nicht, wer.»

«Mich mit einer Mandantin einzulassen, nun ja, das war nicht gerade sehr weise», sagte Snowdon. «Aber Josane war einfach unwiderstehlich. Alles an ihr. Sie war eine bemerkenswerte Frau. Ich denke oft, wenn sie nicht gestorben wäre … Wie auch immer, an jenem Morgen kam sie in meine Kanzlei, wir gingen Kaffee trinken und dann zu ihr. Wir waren etwa eine Stunde zusammengewesen, da erschien Flip. Ich mußte ihr versprechen, im Schlafzimmer zu bleiben, sie wollte keinen Streit. Flip ist ein rechter Hitzkopf, und wir befanden uns ja in einer, nun ja, kompromittierenden Situation. Ich hielt es deshalb auch nicht für allzu wünschenswert, daß Flip von uns erfuhr. Josane hatte mir gerade erst gesagt, daß sie mit ihm Schluß gemacht habe, weil er zu besitzergreifend geworden sei. Wir taten uns gegenseitig leid, weil ich kurz zuvor eine ähnliche Beziehung beendet hatte.»

Snowdon stand auf und trat ans Fenster. Ich hatte mich geirrt – er war doch nicht ganz so groß wie gedacht.

«Was passierte, als Lannie auftauchte?» fragte ich.

«Da war die Hölle los. Lannie schrie Flip an, drohte, ihn auf der Stelle umzubringen, wenn er Josane etwas antue. Schließlich verzog sich Flip. Und ich kam aus dem Schlafzimmer. Zu dieser Zeit rief mich Lannie täglich fünf-, sechsmal an. Sie können sich also vorstellen, was los war, als sie mich da aus Josanes Schlafzimmer kommen sah. Sie verlor völlig die Beherrschung, kreischte herum, daß sie betrogen worden sei. Ich wollte schon einen Krankenwagen rufen, aber davon wollte Josane nichts wissen. Sie beruhigte Lannie mit der Zusage, abends mit ihr essen gehen zu wollen. Nach längerer Zeit verzog sich die Freundin endlich.»

«War Josane beunruhigt?»

«Nein, nicht sehr», antwortete Snowdon. «Josane hatte eine ... wie kann man das am besten beschreiben? ... sie hatte ein heiteres Wesen. Ich blieb noch etwa eine Stunde bei ihr. Als ich dann wegmußte, hatten wir die Störung schon wieder vergessen. Wir waren beide sehr glücklich. Ich bin sicher, daß das der Anfang von etwas Dauerhafterem hätte werden können ...»

Das erklärte, warum Josane danach im Stall so fröhlich gewesen war. Karen, die Managerin des Stalls, hatte recht gehabt – Snowdon Cox war der neue Mann in Josanes Leben gewesen. Was für ein Unglück, denn an ihm hätte sie wohl festhalten können.

«Ich weiß, daß Sie der Ansicht sind, es sei ein Reitunfall gewesen», sagte ich. «Aber halten Sie es angesichts der Gefühlsausbrüche Flips und Lannies für gänzlich ausgeschlossen, daß sein oder ihr Zorn nicht doch für einen Mord an Josane ausgereicht haben könnte? Was macht Sie so sicher, daß es kein Mord war?»

Snowdon ging zu dem Stuhl, der neben dem meinen stand, setzte sich und sagte: «Sicher bin ich ganz und gar nicht. Mein Fachgebiet ist das Familienrecht, also Scheidungen, Sorgerecht, solche Sachen. Ich kann Ihnen gar nicht sagen, mit wie vielen Menschen ich Tag für Tag zu tun habe, die völlig außer sich sind, die schreien, drohen und so weiter. Aber in fünfzehn Jahren hat noch nicht einer seine Drohungen wahr gemacht. Man sagt in der Hitze des Augenblicks so viel. Kennen Sie das nicht? Aber heißt das auch, daß Sie zu einem Mord fähig wären?»

Las er Gedanken? Woher wußte er das von Henry und mir?

Snowdon fuhr fort: «Ich nehme an, es ist möglich, daß Josane ermordet wurde. Aber angesichts des Obduktionsbefundes und der Gegebenheiten des Falles ist es nicht wahrscheinlich. Das habe ich Josanes Mutter mehrfach gesagt. Sie will diese Antwort jedoch nicht hören. Aber ich frage Sie: Macht das Josane wieder lebendig? Verhilft es mir zu dem gemeinsamen Wochenende, das wir geplant hatten, oder sogar zu einem Zusammenleben? Würde es die Tränen der Mutter trocknen?»

«Nein», antwortete ich.

Snowdon sah auf die Uhr, und ich wußte, daß sich meine zehn Minuten dem Ende zuneigten.

«Nur noch zwei Fragen», sagte ich, «und dann lasse ich Sie in Ruhe. Wissen Sie, wer Josane das Geld für ihren Laden gegeben und ihr das Pferd gekauft hat? Hat sie jemals einen reichen, ihr zugetanen älteren Herrn erwähnt?»

Snowdon schüttelte den Kopf. «Nein, nie. Ich hatte immer angenommen, sie entstamme einer wohlhabenden Familie. Sie hatte das entsprechende Auftreten und verkehrte ja zudem in recht feinen Kreisen. Und auch bei der Scheidung spielte das Geld nicht die geringste Rolle. Aber nach ihrem Tod habe ich dann Andeutungen dieser Art gehört. Offensichtlich steht jeder einigermaßen wohlhabende Mann der Gegend in dem Verdacht, ihr heimlicher Liebhaber gewesen zu sein und ihr unbegrenzte Geldmittel zur Verfügung gestellt zu haben. Tut mir leid, aber ich kann Ihnen dazu wirklich nichts Genaueres sagen.»

«Sollten Sie etwas hören, lassen Sie es mich doch bitte wissen», sagte ich. «Noch ein Letztes: Kennen Sie eine Frau namens Topping Mundell?»

Über sein Gesicht huschte ein überraschter Ausdruck. «Aber natürlich kenne ich sie. Ich habe Toppy durch Josane kennengelernt, und wir waren mal verlobt.»

Die kommt was rum, diese Topping! «Tatsächlich?» sagte ich. «Und was dann? Eine Trennung in beiderseitigem Einverständnis?»

«Beiderseitig? In der Rückschau wahrscheinlich. Aber damals war Toppy vielleicht nicht ganz so einverstanden. Wir lösten die Verlobung sechs oder wie viele Monate vor Josanes Tod, weil wir doch nicht so gut miteinander auskamen, und der Altersunterschied ist ja auch recht beträchtlich. Toppy ist zwar eine wunderbare Frau, aber nach meiner Ansicht hätte sie vor einer Verehelichung gut noch ein bißchen erwachsener und vielleicht auch selbständiger werden können.»

«Wie haben Sie sich getrennt? In aller Freundschaft?»

«Natürlich», sagte Snowdon. «Ich treffe sie beim Jägerball in Middleburg. Wir tanzen. Wir trinken ein Glas Wein. Dann lächeln wir uns an und wenden uns anderen Gästen zu.»

32

Zurück nach New Jersey beziehungsweise Warrentons Imitation New Jerseys. Ich verließ die Altstadt und fuhr zum Fauquier Hospital, dem Bezirkskrankenhaus. Es liegt auf einem Hügel, der sich ohne Warnung aus dem Flachland erhebt und aussieht wie ein angeschwollener Pickel im Gesicht einer Fünfzehnjährigen. Obendrauf befindet sich eine moderne Ansammlung rechter Winkel und gläserner Flächen, die man leicht mit einem Holiday Inn verwechseln kann.

Sarah Carpenter, die Krankenschwester, die ich sprechen wollte, arbeitete nach wie vor in der Notaufnahme. Und da wir im Süden waren, hätten die anderen Schwestern gar nicht netter sein können, als ich im Krankenhaus nach ihr suchte.

«Da hinten, das ist sie, Schätzchen», sagte eine von ihnen und deutete auf eine recht große Frau mit birnenförmiger

Figur, die am Ende des Korridors stand. Sie hatte dunkelbraunes Haar, eine blasse Haut, trug eine große, randlose Brille und lächelte freundlich.

Ich stellte mich vor.

«Josane Ashmore?» sagte sie. «War das dieses wahnsinnig hübsche Mädchen, das mal hier eingeliefert wurde? Muß vor vier Jahren oder so gewesen sein. Ein Reitunfall, stimmt's?»

«Das ist das, was alle sagen», antwortete ich. «Sie haben ein gutes Gedächtnis.»

«Tja, wir kriegen einen Haufen Reitunfälle. Meistens gebrochene Knochen. Aber wenn jemand auf eine solche Weise stirbt, vergißt man es nicht so leicht. Und dieses Mädchen, das war überhaupt schwer zu vergessen. Gott im Himmel, was war sie schön. War sie nicht auch eine Miss Irgendwas?»

«Miss Connecticut», sagte ich. «Erinnern Sie sich auch noch an ihre Mutter? Sie sieht der Tochter sehr ähnlich. Wissen Sie noch, ob Sie mit ihr über Josanes Tod gesprochen haben?»

«Klar doch», antwortete Sarah Carpenter. «Da ich in der Notaufnahme arbeite, habe ich sehr oft mit trauernden Eltern zu tun, und ich habe noch nicht einen Vater und nicht eine Mutter vergessen. Wenn man Menschen unter diesen Schmerzen leiden sieht, dann bleibt es hängen. Ich glaube, die Schwestern tauschen deshalb gern die Station. Hätte ich auch fast getan. Ja, ich erinnere mich an die Mutter des Mädchens. Und Sie haben recht, sie sah ihrer Tochter sehr ähnlich. Sie kam ein paar Tage später her und fragte mich, wie der Körper ihrer Tochter aussähe und ob sie nur Kopfverletzungen oder auch andre gehabt habe. Sie wollte die Tatsache nicht akzeptieren, daß ihre Tochter tot war. Ich erlebe das dauernd, und ich kann es niemandem übelnehmen. Ganz und gar nicht.»

Ich sah, warum diese Frau die Krankenpflege zu ihrem Beruf gemacht hatte. Sie war ruhig, besänftigend und mitfühlend. Ein Jammer, daß sie nicht Medizin studiert hatte – die Welt könnte ein paar mehr Ärztinnen ihrer Art gut gebrauchen.

«Josanes Mutter sagte, Sie erinnerten sich an einen merkwürdigen Geruch.»

Die Schwester verzog den Mund und sah zur Decke hinauf. «Ein Geruch, ein Geruch, hmmm, lassen Sie mich nachdenken. Sie hat so viele Fragen gestellt, alles wissen wollen. Ein Geruch? O ja, jetzt erinnere ich mich. Die Mutter fragte mich, ob mir irgend etwas merkwürdig vorgekommen sei, irgend etwas. Das einzige, was mir dazu einfiel, war ein schwacher, eigentümlicher Duft. Aber ich sagte der Mutter auch, der könne von der Decke stammen, in die Josane eingewickelt gewesen war. Oder auch von einer anderen Person, also etwa von einem der Sanitäter, die ihre Tochter versorgt hatten.»

«Wissen Sie noch, was das für ein Geruch war?»

«Das klingt jetzt wahrscheinlich albern, aber ich dachte damals, sie röche ein wenig wie meine Großmutter.»

Ein Großmuttergeruch? Für mich wären das Bruststück, ein bestimmtes Eau de toilette und Pfefferminzdrops gewesen. Wer weiß, wie die läßlichen Sünden ihrer Großmutter aussahen. Vielleicht war sie eine Trinkerin gewesen und roch nach Johnnie Walker. Oder vielleicht war es einfach dieser Alte-Damen-Altersheim-Geruch. Ein bißchen Verfall, ein bißchen Talkumpuder, ein bißchen Haftcreme, ein bißchen getrocknete Tränen.

«War an dem Geruch irgend etwas Besonderes?» fragte ich. «So etwas wie Parfüm, ein spezieller Duft? Oder etwas Muffiges?»

«Meine Großmutter war eine sehr heikle Person», antwortete Sarah. «Ihr Haus war so makellos sauber wie sie selbst. Aber sie rauchte gelegentlich. Und obwohl alles, was sie anhatte, stets frisch gebügelt und gereinigt war, hatte sie doch immer so einen ganz leichten Aschenbechergeruch an sich, vermischt mit dem Duft des Parfüms, das sie gerade benutzte. Sie wäre tief gekränkt, wenn sie mich das sagen hörte. Nun, Sie wissen ja, daß einen Gerüche oft an bestimmte Orte oder Menschen denken lassen. Als ich mich damals über Josane beugte, mußte ich jedenfalls aus irgendeinem Grund an meine Großmutter denken. Erst als ihre Mutter herkam und mir all die Fragen stellte, wurde mir klar, warum.»

Josane hatte also nach Zigaretten gerochen. Nichts Außergewöhnliches, wenn sie geraucht hatte. Ich dankte Sarah, gab ihr meine Karte und bat sie, mich anzurufen, wenn ihr noch etwas einfallen sollte. Dann suchte ich einen Münzfernsprecher.

«Snowdon», sagte ich, «danke, daß Sie den Anruf angenommen haben. Nur eine schnelle Frage. Hat Josane Zigaretten geraucht?»

Er lachte. «Josane und Zigaretten rauchen? Kaum. Sie war eine entschiedene Anti-Raucherin und der Meinung, Zigaretten sollten verboten werden. Sie haßte Zigarettenrauch. Lannie war es streng verboten, im Laden zu rauchen, und wenn Flip qualmen wollte, mußte er aus dem Auto aussteigen.»

Flip und Lannie waren also beide Raucher. Na bitte. Und beide hatten – wie halb Middleburg – Zugang zu weißen Lieferwagen. Niemand hatte behauptet, daß dies eine leichte Sache werden würde, und ich war ein Hornochse gewesen, als ich Candace die Story für das Ende der Woche zugesagt hatte.

33

Ich wäre gern noch durch die Altstadt von Warrenton gebummelt, aber es war schon dunkel, und ich wollte so rechtzeitig wieder bei Annie sein, daß ich mich wenigstens noch umziehen und so unwiderstehlich wie gottgegebenermaßen möglich zurechtmachen konnte. Ich wollte John zwar nicht haben (zumindest dachte ich das), aber es sollte mir schon recht sein, wenn er mich würde haben wollen.

Henrys Auto war weg, das der Duncans ebenfalls. Annie kam aus dem Haus geschossen, als ich hineinschoß.

«Ich gehe mit einem alten Freund essen, weiß nicht, wann ich zurück sein werde», rief ich ihr zu.

Annie lächelte breit. Ich kannte dieses Lächeln – es war ihr Heißer-Typ-an-der-Angel-Lächeln. «Ich auch», sagte sie, «nur daß ich weiß, wann ich zurück sein werde – erst morgen. Wir sehn uns.»

Ich rannte nach oben, überlegte, was ich anziehen wollte, und stöpselte ein. «Sie haben Post.»

Ich hielt den Atem an und sah nach. Endlich eine Wende zum Besseren – zwei Nachrichten von Margot.

Nattie, ich hoffe, Du kannst schwimmen. Tut mir leid, aber ich kann Dir bei der hässlichen E-Mail nicht sehr viel weiterhelfen. Sie kam von einem sog. anonymen Remailer, auch anonymer Server genannt. Diese Dienste ermöglichen es einem, E-Mail an jemanden zu schicken, ohne dass der Name und Adresse des Absenders erhält (sie benutzen eine erfundene). Es gibt augenblicklich im Internet ungefähr ein Dutzend dieser Dienste. deine Post kam vom bekanntesten Remailer. Es ist ein Service-Unternehmen, das ein Bursche namens Johan Helsingius in Helsinki betreibt (man erkennt das an seiner Anschrift, die immer mit @anon.Penet.Fir endet.

Ich kenne Dich und weiss, dass Du da sitzt und Dich fragst, warum jemand diese Art von Dienst anbietet, für den man ja keine Gebühren erheben kann, weil alles anonym bleibt. Nun, zumindest Helsingius hat sich mal im *Wired Magazine* zu seinen Motiven geäussert: Ihm sei die lückenlose Überwachung der weitergabe von Informationen im stil etwa der Sowjetunion zutiefst zuwider.

Da ist was dran, zumal wenn man an die amerikanische Sucht denkt, immer alles kontrollieren zu müssen. In unserem Fall wäre es natürlich schön, wenn wir diesen Spinner ausfindig machen könnten. Tut mir leid, ich hab's versucht. – Margot

Und Margots Nachricht Nummer zwei:

Nattie, ich bin's noch mal. Erfuhr gerade von einem Cyberbuddy in Dänemark. Der kennt Helsingius und will mit ihm über Deine Nachricht sprechen. Vielleicht kann er uns zu einer Spur verhelfen. Ich sag dir morgen Bescheid. Ich hoffe, Du hast wenigstens die Hälfte der Story fertig, denn Candace hat sie schon für die Seite 1 am Sonntag zugesagt.

Noch einmal an die elektronische Nabelschnur, dann war ich fertig. Ich wählte die kostenfreie Nummer des *Appeal* an, obwohl man uns immer wieder einschärft, daß jeder Anruf fünfzig Cent kostet und es der Verwaltung gar nicht lieb ist, wenn wir sie benutzen. Ich gab den Code ein, der mir den Weg zu meinem Anrufbeantworter freigab. Vielleicht hatte mein Jägersmann ja inzwischen auch andere Übermittlungsschienen einbezogen. Und außerdem mußte ich als offizielle Modeberichterstatterin des *Appeal* nachschauen, welche Fragen Leserinnen beantwortet haben wollten, und das pronto. Ich hatte ganze zwei Stunden damit verbringen müssen, für eine Leserin in Gastonia Antwort auf die mir am Weihnachtstag übermittelte Frage zu finden, warum die Modeschauen immer mit den Hochzeitskleidern enden. Alle Häuser hatten die Meinung des Breitmaulfroschs geteilt, der bei Isaac Mizrahi die Anrufe beantwortete: «Symbolik, Schätzchen, ein Neuanfang, der Beginn von etwas Besonderem. Ha, Besonderes! Hochzeiten, Ehen, wer immer sich ausgedacht hat, die Bräute am Ende der Vorstellungen über den Steg zu schicken, ist nie verheiratet gewesen, das kann ich Ihnen sagen.»

Diesmal erwarteten mich aber keine Modefragen. Wahrscheinlich hatten alle Leserinnen unseres Blattes bereits entschieden, was sie zum Neujahrsfest anziehen wollten. Dafür lagen drei andere Nachrichten vor. Die erste von Gail, die so fröhlich war, wie ich sie noch nie erlebt hatte. Was machte Allie – legte er etwa ganz plötzlich einen vollendeten Handwechsel hin?

«Ich vermisse dich, Nattie, und Brenda tut's auch. Und ob du es glaubst oder nicht, selbst Rob hat deinen Namen erwähnt. Viel Glück bei Georgie!»

Georgie? Was für Drogen hatte sie denn geschluckt? Ich erfuhr es: «Rat mal, mit wem ich aus, genauer gesagt, drin war.»

Ah, ich wußte, von was sie so high war. Diese Droge war aufheiternder, stärker, süchtiger machender und gefährlicher als alles, was ein Chemiker zusammenbrauen kann – die Liebesdroge. Und wenn Gail ihr verfiel, dann richtig. O Mann, wer war es diesmal?

«Du errätst es nicht?» sagte sie. «Dann gebe ich dir einen Hinweis. Klick, klick. Noch immer nicht? Ihm mag ja ein Finger fehlen, aber die anderen neun weiß er sehr gut zu gebrauchen.»

Da war der Groschen endlich unten – Torkesquist! Sie hatte sich mit Torkesquist, dem verrückten Fotografen des *Appeal*, eingelassen. Das konnte nur mit einem Doppelmord oder mit Gott weiß was enden.

Als nächste war Henrys Stimme zu hören. «Nattie, das ist doch lächerlich, wir benehmen uns wie die Kinder. Ich habe Toppings Essenseinladung nur angenommen, weil sie sagte, ihr Vater könne mir weitere Informationen geben. Es war rein geschäftlich. Was die CD angeht: Ich habe ihr von der Tätowierung erzählt. Mit Worten. Sie hatte mich nach dem Dümmsten gefragt, was ich je getan hätte, und da nannte ich die Tätowierung. Können wir das also als erledigt betrachten? Okay? Interessante Neuigkeiten zur Lunge. Man kommt ja doch nicht so leicht an menschliche Organe heran. Es ist anzunehmen, daß der Absender in irgendeinem Bereich der medizinischen Versorgung tätig ist, höchstwahrscheinlich in der Pathologie. Entweder als Arzt oder als auf Autopsien spezialisierter Assistent. Letztere werden in der Branche etwas lieblos als ‹Diener› bezeichnet, und mir ist jetzt auch klar, warum. Wenn der Pathologe fertig ist, übernimmt der Diener. Er holt die Organe raus, näht die Leiche wieder zu und räumt überhaupt auf. Das engt den Personenkreis erheblich ein. Ich hoffe, dich heute abend zu sehen, wenn nicht, dann treffen wir uns morgen im Loudouner Bezirksgericht.»

Wie Scarlett schon sagte: Morgen ist ein neuer Tag. Vielleicht gelang es mir dann, mich meinem Alter entsprechend aufzuführen – und wenn schon nicht ganz, dann wenigstens halb.

Ich haute auf die Taste, um die letzte Nachricht abzuhören, und betete, daß es keine Morddrohung war. Ein Mensch kann nun mal nur eine bestimmte Anzahl von Attacken pro Tag verkraften. Ah, es war Christine Motley!

«Hi, Nattie. Also, ich habe mit Henrys Mann gesprochen, der seine Tochter verloren hat. Ich wünschte, ich hätte bessere Neuigkeiten, aber ihm geht es gar nicht gut. Wir tun unser Bestes, was jedoch manchmal nicht ausreicht. Das ist aber nicht der einzige Grund dieses Anrufs. Mir ist etwas eingefallen, was vielleicht für Henry interessant ist. Ich habe eine Freundin, deren Vater im vergangenen Jahr an Lungenkrebs gestorben ist. Wir unterhielten uns irgendwann später einmal über das Trauern. Ich nehme an, ich bin auf diesem Gebiet zu so etwas wie einer Expertin geworden. Nun, mir ist etwas wieder eingefallen, was sie mir bei dieser Gelegenheit erzählte. Da hatte sich nach dem Tod des Vaters jemand mit ihr in Verbindung gesetzt und sie eingeladen, sich einer Gruppe von Familien anzuschließen, die Angehörige durch Lungenkrebs verloren hatten. Es ging dabei um die Frage der Wiedergutmachung, um eine große Sammelklage. Sechs Monate später berichtete mir meine Freundin dann, sie sei da wieder ausgetreten, weil sich das alles sehr unangenehm entwickelt habe. Sie meinte, für ihren Geschmack sei bei der ganzen Sache zu viel Entrüstung und Fingerzeigerei im Spiel, und sie könne ein paar der Mitglieder einfach nicht ausstehen. Ich erinnere mich genau, daß sie vor allem in bezug auf zwei Leute das Wort ‹gefährlich› benutzt hat. Wie immer, vielleicht gibt es da ja einen Zusammenhang mit dieser Liste. Wenn Henry möchte, rufe ich die Freundin an und frage sie, ob sie bereit ist, mit ihm darüber zu reden. Ich hoffe, Sie beide vertragen sich wieder. Leben Sie wohl.»

Mit Hilfe der Diener-Theorie und Christines Nachricht kam Henry dem Mörder vielleicht, vielleicht auf die Spur.

Mir blieb vor dem Treffen mit John noch etwas Zeit. Statt auf und ab zu gehen und zu schwitzen, sah ich mir lieber die Fotos an, die mir Topping gegeben hatte. Ich schaute auf eine lächelnde Josane hinab. All diese Schönheit, die in der Erde vermoderte – welche Verschwendung! Ich sah die Bilder flüchtig durch. Josane hatte wirklich ein herrliches Körperchen und keine Hemmungen, es auch zu zeigen. Auf einem der Bilder hatte sie eine limonengrüne, tiefausgeschnittene Bluse an, die ihre – einigermaßen beachtlichen – Kurven knapp bedeckte.

«Sprich zu mir, Josane. Sag mir, was passiert ist. Verhilf deiner Mutter zu einem bißchen Frieden.»

Großartig, jetzt redete ich sogar schon mit Fotos! Aber wie heißt es doch gleich? Desperate Zeiten erfordern desperate Maßnahmen?

«Na los, Josane.»

Ich lauschte gespannt, hoffte auf ein himmlisches Flüstern. Was ich jedoch hörte, war der Wind, der draußen in den Bäumen rauschte. Ein Himmelsmorsealphabet? Kaum. Ich wollte die Fotos gerade wieder weglegen, als ich etwas bemerkte, was mir bisher entgangen war. Auf dem Foto mit der grünen Bluse sah ich etwas Glitzerndes an Josanes Hals, wenige Zentimeter über dem Brustansatz. Der Anhänger eines Halsbandes. Ich hob das Bild dichter vor meine Augen und strengte sie noch mehr an. Ohne Vergrößerungsglas konnte ich nicht absolut sicher sein, aber es sah doch stark nach zwei zu einem Herzen zusammengefügten Hufeisen aus, in deren Mitte etwas funkelte. Das Schmuckstück glich jenem, das an Lannies Hals gehangen hatte, aufs Haar.

«Das Country Cookin'? Wir haben uns seit mehr als drei Jahren nicht gesehen und sollen hier speisen, in diesem Essen-Sie-Soviel-Sie-wollen-Kartoffelbrei-und-Soße-Schuppen in Warrenton?»

«Ich dachte, du magst ein bißchen Kitsch.»

«Wenn ich zahlen muß, ist Kitsch klasse. Wenn du zahlst, wäre das Inn in Little Washington netter. Ich arbeite nämlich nicht für die größte Werbeagentur der freien Welt, sondern für die billigste Zeitungskette Amerikas.»

«Beim nächsten Mal das Inn, ich versprech's.»

«Welches nächste Mal? Es wird keins geben. Unsere nächsten Male kamen vor drei Jahren an ihr Ende, du erinnerst dich?»

Zwanzig Minuten zusammen, und schon stritten wir uns – nun ja, so wie Henry und ich uns streiten. Damit niemand zu der Ansicht gelangt, ich sei ein streitlustiger Mensch, möchte ich zu meiner Verteidigung vortragen, daß es keineswegs immer so gewesen ist. John und ich hatten uns früher nie gezankt – einfach weil gar nicht genug Stoff vorhanden gewesen war, über den wir hätten reden und folglich streiten können. Ich weiß auch nicht, warum ich mich so in diesen Kerl vernarrt hatte, aber ich hatte. Allerdings war es angesichts der wenigen gemeinsamen Interessen und der seltenen Gespräche durchaus sinnvoll gewesen, daß wir schließlich doch getrennter Wege gegangen waren. Es hatte nur drei Jahre und Rechnungen in Höhe von 13 000 Dollar von meinem Guten Doktor Grass gebraucht, um mich zu dieser Schlußfolgerung gelangen zu lassen.

Als John mich bei Annie abgeholt hatte, hatte er mich fest in die Arme genommen. Und ich bin froh, berichten zu können, daß da nicht die Spur eines Prickelns war, nicht die

Andeutung des alten «Laß das Essen Essen sein und komm ins Bett»-Geschäfts, das einst unser Dasein beherrscht hatte. Es war, als umarmte ich meinen Bruder. Und dabei sah John ziemlich unverändert gut aus.

«Okay, wir sitzen im Restaurant deiner Wahl», sagte ich. «Kannst du mir jetzt deine Verbindung zum Tabak erklären, oder muß ich erst einen Teller Grünzeug essen?»

John wollte etwas sagen, aber da kam die Kellnerin. Wir bestellten – das Gemüsebüfett für mich, Sirloin für ihn. Das Lokal war so voll, und es standen so viele auf einen Tisch wartende Leute in der Nähe des Büfetts herum, daß wir unsere Bestellung laut rufend aufgeben mußten.

«Laß uns einen Salat nehmen», sagte John. «Ich erzähle dir alles, während wir in der Schlange warten.»

Die Schlange war so lang, daß er mir gut Tolstois *Krieg und Frieden* hätte vorlesen können. Wir stellten uns hinter einer Dame an, die volles blondes Haar hatte und in einen engen lila Jogginganzug mit aufgestickten Goldblumen gezwängt war. Die Modetante in mir betrachtete sie einen Augenblick lang mit nachdenklichem Blick. Dann sagte ich jedoch zu John: «Ich warte!»

«Großer Gott, Gold, ich habe ganz vergessen, wie unbarmherzig du bist. Hör mal, das ist nichts, worauf ich sonderlich stolz bin. Wenn mir jemand vor zwanzig Jahren gesagt hätte, daß ich mal so etwas machen würde, dann hätte ich ihm eins aufs Maul gehauen. Ich weiß, es ist meine Schuld, aber das Leben hat eine komische Art, seltsame Wendungen zu nehmen ...»

«John, jetzt überspring mal die Mea-culpa-Einleitung und spuck's einfach aus. Wie schlimm kann's denn sein? Du produzierst doch nicht etwa Werbematerial für Moral Majority, oder?»

Er ließ den Kopf hängen und murmelte: «Schlimmer.»

Ich legte den Arm um ihn – nur auf schwesterliche Art. «Na los, John, ich bin nicht dein Richter, sag's einfach.»

«Paul Polar.»

«Hä?»

«Paul Polar. Polar Lights. Hast du ihn noch nie auf Plakatwänden, Omnibussen oder Anzeigentafeln gesehen? Na klar hast du. Das ist dieser ultracoole Eisbär, der alle Welt dazu zu bewegen versucht, die Polar Light, die in der Altersgruppe von achtzehn bis fünfundzwanzig meistverkaufte Zigarette, zu rauchen. Wahrscheinlich auch in der Gruppe der Zehn- bis Achtzehnjährigen, aber die erfassen wir nicht. Wozu auch? Unsere Kampagne zielt nicht darauf ab, jugendliche Raucher anzulocken. Nein, ganz und gar nicht. Die haben mir gesagt, ich solle eine Comic-Figur zeichnen, sie seien auf die reifen Raucher aus. So.»

«Du?» sagte ich. «Du hast das gezeichnet? Was bist du doch für ein Drecksack geworden! Nur, damit du diesen schicken Lexus fahren und dir wie ein großes As vorkommen kannst? Hast du denn gar kein Gewissen?»

«Nattie, noch vor zwei Minuten hast du gesagt, du wärst nicht mein Richter.»

«Das war zwei Minuten vor der Entdeckung, daß du persönlich für mehr als drei Millionen Tote im Jahr verantwortlich sein wirst, wenn diese Kids in die Gruppe der Lungenkrebs-Kandidaten hineingewachsen sind. Mir ist plötzlich der Appetit vergangen. Wir sehen uns am Tisch.»

Ich setzte mich an unseren Tisch. John hatte recht. Das Leben hatte eine komische Art, seltsame Wendungen zu nehmen. Ich mochte gar nicht glauben, daß ich mal wegen dieses Burschen bittere Tränen vergossen hatte.

Nach einiger Zeit kam John mit zwei Tellern vom Büfett zurück. «Da», sagte er, «ich glaube, ich weiß noch, was du gern ißt.»

Ich sah ihn nicht an, sondern beobachtete die Kellnerin, wie sie sich mühsam durch die Menschenmenge wand und Tabletts mit Essen an die Tische zu bringen versuchte. Das war sicher wieder kalt, wenn sie endlich ihr Ziel erreicht hatte.

«Ich habe seit Übernahme dieses Jobs mit mir gerungen», sagte John. «Manchmal bin ich soweit, daß ich den Bettel hinschmeißen möchte. Aber dann sind da die alten samtweichen Fesseln ... Ach, Nattie, hast du noch nie gegen deine hehren journalistischen Grundsätze verstoßen? Ein ganz klein wenig?»

Das ließ mich aufhorchen. Ich hatte ihm noch gar nicht von meinem anderen Zeitungshut erzählt – von der frivolen Kappe der Modeberichterstatterin, die ich ja meistens aufhatte.

«Schon gut, schon gut», sagte ich. «Ich werde sprechen und essen. Danke für den Teller. Selbst ich muß zugeben, daß das Gemüse gut aussieht. Also, hast du jüngst mal irgendwelche irre Post erhalten? Vielleicht ein Stück menschliche Lunge?»

John fiel die Gabel aus der Hand.

«Ich nehme das für ein Ja», sagte ich.

«Woher weißt du das?»

Ich informierte ihn über Henrys Liste und die Morde.

«O Scheiße», sagte er, «ich könnte ja der nächste sein.»

Ich schüttelte den Kopf. «Wahrscheinlich nicht. Du hast das Glück, daß dieser Mensch, er oder sie, bislang auf die alphabetische Ordnung fixiert ist. Soviel ich gehört habe, ist der Spinner bis zum D gekommen. Aber man weiß natürlich nie.»

In diesem Augenblick kam die Kellnerin. «Tut mir leid, daß es so lange gedauert hat, aber ich konnte kaum rumkommen.»

Sie setzte den Teller mit dem Steak, dem Kartoffelbrei und einer großen Portion pappiger brauner Soße vor John ab und wünschte einen guten Appetit.

«Ja», sagte ich, «guten Appetit.»

John stürzte sich wie ein Verhungernder auf sein Essen und kaute auf den Bissen herum, um beschäftigt zu sein und nicht sprechen zu müssen.

Wie in alten Zeiten – wir hatten uns nichts zu sagen. Nur diesmal nicht aus Mangel an Gesprächsstoff. Er kam nur einmal zum Luftschnappen hoch und sagte: «Ich habe noch nie gestampfte Süßkartoffeln gegessen. O Mann, tun die denn hier im Süden an alles Zucker dran?»

Ich zuckte die Achseln. Ich hatte keine Lust, über die kulinarischen Eigenheiten des Südens zu plaudern, jedenfalls jetzt nicht, wo wir wirklich mal miteinander reden mußten.

Als er schließlich seinen Teller leergegessen hatte, sagte er: «Ich hatte eigentlich gar keinen Hunger, aber essen erschien mir besser, als in deine anklagenden Augen zu sehen.»

«Du mußt ja nicht mit meinem gehobenen Zeigefinger leben», sagte ich. «Dich setzt doch viel eher deine eigene Seele, oder das bißchen, was davon noch übrig ist, unter Druck. Also, um wieviel Geld geht es denn nun eigentlich? Und wie bist du überhaupt an diesen Job rangekommen?»

John nippte an seinem Eiswasser, und dann erzählte er mir die Geschichte. Es tat mir zunehmend leid, so grob mit ihm umgesprungen zu sein. Es wäre wohl von jedem Menschen viel verlangt gewesen, eine so große Summe zurückzuweisen, und das mußte es ganz besonders für jemanden wie John sein, der nie Geld gehabt hatte und auch aus keiner Familie stammte, wo das Zeug im Überfluß vorhanden gewesen war.

«Du hast mit 175 000 Dollar per annum angefangen?» fragte ich nach. «Ein unbekannter Künstler, der fast eine viertel Million Dollar kriegt? Das klingt schief, John.»

«Es war nicht ganz eine viertel Million, obwohl es heute erheblich mehr ist, und ich war auch nicht mehr total unbekannt», erwiderte er. «Ich hielt mich als Freiberufler mit kleineren Werbeaufträgen über Wasser, an die ich nicht allzu viele Gedanken verschwendete. Aber dann zeichnete ich etwas – ein sprechendes Sofa war's –, für das ich einen Preis bekam. Und plötzlich war ich das große Wunderkind der Madison Avenue, allerdings mit neununddreißig auch das älteste, und wurde, du wirst's erraten, von den großen Agenturen umworben. Nun, ich entschied mich halt für die, die am besten zahlte.»

John trank ein paar Schlückchen von seinem Eiswasser und meinte dann: «Ist es so heiß hier drin oder liegt es an mir?»

«Mich darfst du das nicht fragen», erwiderte ich. «Ich friere im Oktober ein und taue vor März nicht wieder auf. Hast du damals gewußt, was für eine Arbeit dich erwartete?»

«Nein, blöderweise habe ich mir die Klientenliste nie angesehen. Aber um ehrlich zu sein, Nattie, und ich bin es müde, mich selbst zu belügen, ich glaube nicht, daß es viel geändert hätte, wenn mir die Kundschaft bekannt gewesen wäre. Sie hatten mir 50 000 pro Jahr mehr geboten als alle anderen, und 50 000 waren eine ganze Menge.»

«Für mich sind sie's immer noch», sagte ich. «Das ist mehr, als ich im Jahr verdiene.»

John lockerte seinen teuren Schlips und öffnete den obersten Knopf seines teuren weißen Hemdes. «Verdammt warm hier drin», sagte er. «Alle diese Leute ...»

«Für die Wechseljahre ist es noch ein bißchen früh», sagte ich. «Aber da du eh dem falschen Geschlecht angehörst ... vielleicht ist es dein Gewissen, das ein Loch in dich hineinbrennt.»

«Sehr komisch, Nattie. Und was hätten Sie an meiner Stelle getan, Fräulein Hochnase?»

Während ich noch über eine Antwort nachdachte, wurde John so weiß im Gesicht, daß es selbst bei Berücksichtigung seiner nordeuropäischen Herkunft ein wenig zu weiß war.

«John, geht es dir nicht gut? Du siehst elend aus.»

«Ich weiß nicht, Nattie», sagte er. Aus seiner Stimme klang Besorgnis, fast schon Panik. «Irgend etwas stimmt nicht. Mein Herz schlägt wie wahnsinnig, und ich verbrenne.»

Er legte die Hand auf seine Brust und fing an, nach Atem zu ringen. «Ich verbrenne, Nattie, und kriege keine Luft. Ich kriege keine Luft, ich kriege keine Luft.»

Rückblende zu David. Das waren genau die Worte, die er hervorgestoßen hatte, bevor er gestorben war.

Ich schoß hoch und schrie: «Hilfe! Ein Krankenwagen!»

Es wurde still im Restaurant, nur das Übelkeit erregende Röcheln Johns war noch zu hören. Ich sah, daß jemand zum Telefon rannte. Und daß John nach vorn fiel, mit dem Gesicht auf seinen leeren Teller.

«Hilfe, bitte helfen Sie doch!» schrie ich erneut. «Versteht einer was von Mund-zu-Mund-Beatmung?»

Einer? Eine tat's nicht! Immer hatte ich einen Kurs machen wollen, es aber wegen der Reiterei nie geschafft. Scheiß Selbstsucht. Mist, Mist, Mist. John rang mit dem Tod, und ich konnte nur rumkreischen wie eine Todesfee und sonst gar nichts.

Schließlich kam jemand. Und natürlich war es der lila Jogginganzug!

«Platz da, Schätzchen. Mal sehen, was ich tun kann.»

Im Nu hatte sie John auf dem Boden und küßte das Leben in ihn zurück.

«Ist der Krankenwagen noch nicht da?» stieß sie zwischen

zwei Atemzügen hervor. «Ruft noch mal an und sagt, sie sollen ein bißchen zumachen, sonst haben sie hier zwei zu verarzten.»

Als wäre dies ihr Stichwort gewesen, kamen die Sanitäter hereingestürzt und schoben mich zur Seite. Sie bearbeiteten John wie wild, drückten, stießen und stachen ihn.

«Kann ich mitfahren?»

«Sind Sie seine Frau?»

Ich schüttelte den Kopf.

«Tut mir leid.»

Die Frau in dem lila Jogginganzug kam zu mir und sagte: «Ich fahre Sie zum Krankenhaus. Ist nicht weit.»

«Glauben Sie, daß er es übersteht?» fragte ich.

Sie sah mich an. Schon ihr Gesichtsausdruck verriet mir ihre Antwort. «Wenn ich Sie wäre, würde ich jetzt den Herrn Jesus um einen Gefallen bitten.» Dann sah sie mich scharf an und fügte hinzu: «Oder wem sonst Sie Ihre Gebete zuschicken.»

Da war's wieder, immer dasselbe Lied.

Als sie John wegtrugen, sagte sie: «Beten Sie kräftig, Schätzchen. Der Junge könnte die Art von Hilfe brauchen, die man von Ärzten nicht kriegen kann.»

35

Als ich mit Halsy Cantrell – der Dame in dem lila Jogginganzug – im Krankenhaus ankam, war John nicht mehr da. Nicht im Sinne von gestorben, sondern nach den hektischen ärztlichen Zurufen zu urteilen, die durch den Flur hallten, schon in Behandlung. Und daß es ernst war, ging auch daraus hervor, daß niemand mit auszufüllenden Formularen über mich herfiel.

Halsy legte den Arm um mich und sprach beruhigend auf mich ein. Ich hätte mich am liebsten in ihrer Armbeuge verkrochen und sechs Monate verschlafen – oder wie lange es eben brauchen würde, bis all diese bösen Geschichten aufgeklärt waren.

«Was meinen Sie, Halsy, ob er durchkommen wird?»

«Ich glaube, das liegt beim Herrn, Schätzchen, und ich will nicht so tun, als wüßte ich, was Er mit dem Jungen vorhat.»

O nein, stöhnte ich. Spielten die da oben schon wieder Monopoly? Ich wollte gerade in echt blasphemische Gedanken ausbrechen, da sah ich eine Schwester auf den Flur herauskommen. Sarah Carpenter! Sie erkannte mich sofort und riß die Augen auf.

«Miss Gold?» rief sie. «Sie? Sind Sie mit ihm hier?» Sie deutete auf die Tür hinter sich.

Ich sprang auf und lief zu ihr. «Wie geht es ihm? Wird er leben? War es ein Herzinfarkt?»

«Ganz ruhig bleiben, Miss Gold. Er lebt, aber ihm steht eine schlimme Nacht bevor. Die Ärzte versuchen immer noch herauszufinden, was es ist.»

Ich sank auf die Knie und flüsterte: «Danke.»

«Ist bei Ihnen alles okay? Oder haben Sie das Gefühl, gleich ohnmächtig zu werden?»

Ich blickte zu ihr auf, sah ihr besorgtes Gesicht. «Nein, nein, alles in Ordnung. Kann ich bleiben? Bei ihm sein?»

«Gewiß doch. Ich halte Sie über seinen Zustand auf dem laufenden. Wir tun für ihn, was wir können.»

Sie drehte sich um und wollte davongehen. Nach ein paar Schritten kam sie jedoch noch einmal zurück und flüsterte: «Sie sollten vielleicht niemandem sagen, daß ich Ihnen das mitgeteilt habe, aber das Komische ist, daß ich vorhin beim Blutabnehmen genau denselben Geruch wahrgenommen habe wie bei Miss Ashmore.»

«Geruch?» fragte ich. «Der Aschenbechergeruch Ihrer Großmutter? John ist aber Nichtraucher, und wir haben auch in der Nichtraucherzone des Restaurants gesessen.»

«Seltsam, was?» sagte sie.

Ich nickte nur und setzte mich wieder neben Halsy. «Zigarettenrauch», murmelte ich vor mich hin.

«Was ist los, Schätzchen?» erkundigte sich Halsy.

«Oh, nichts, ich führe Selbstgespräche. Die Schwester sagte, John hätte ein bißchen nach Zigaretten gerochen, aber er raucht gar nicht.»

«Bäh, ich hasse diesen Geruch. Mein Daddy hat auch nie geraucht, aber du lieber Himmel, der stank vielleicht, wenn er aus seinem Garten kam. Er braute sich immer so eine Brühe aus Kautabak und irgendeiner Flüssigkeit zusammen und sagte immer, nichts hülfe besser gegen Schädlinge als das. Er hatte es von seinem Großvater, zu dessen Zeiten sie noch Nikotin in Flaschen gekauft und dazu verwendet hatten. ‹Ja, Sir›, pflegte er zu sagen, ‹nichts bringt einen Käfer – oder auch Menschen – sicherer um als dieses widerliche Zeug.›»

«Mein Gott, Halsy, Sie sind ein Genie!» Ich sprang auf und stürmte durch die Schwingtür, hinter der John auf einer dieser Tragen mit Fahrgestell lag und, wie es schien, von der gesamten Ärzteschaft des Bezirks behandelt wurde.

«Nikotinvergiftung», sagte ich sehr laut, um die Aufmerksamkeit auf mich zu lenken. Einer der Ärzte sah zu mir her. Dankenswerterweise tat er mich nicht als eine in der Notaufnahme herumgeisternde Irre ab.

«Woher wollen Sie das wissen?»

«Das ist eine zu lange Geschichte. Aber vertrauen Sie mir. Untersuchen Sie sein Blut oder was immer und stellen Sie den Nikotingehalt fest. Ich wette, er hat davon so viel in sich, daß es auch einen Elefanten umbringen würde.»

Der Arzt wollte weitere Fragen stellen, aber da ertönte plötzlich ein lauter Piepton.

«Er bleibt wieder weg», rief eine der Schwestern.

Der Arzt fuhr zu mir herum. «Sie müssen gehen. Ich überprüfe das mit dem Nikotin.»

Ich zog mich langsam zurück und sah dabei, wie sie genug Strom in John hineinjagten, um die Füllung zum Schmelzen zu bringen. Erst als der rhythmische Piepton wieder zu hören war, machte ich die Tür ganz zu und setzte mich neben Halsy.

«Er lebt noch», sagte ich, «aber nur noch soeben.»

«Gott sei Dank», sagte sie. Ich war noch nicht soweit, irgendwem zu danken. Eine Weile später kam Sarah heraus.

«Sie bringen ihn jetzt auf die Intensivstation. Da gibt es einen Warteraum. Gehen Sie doch mit Ihrer Freundin dorthin.»

Und wartend verbrachte ich den Rest der Nacht, ständig zwischen den Automaten, dem Warteraum und einem harten Metallstuhl neben Johns Krankenlager (für die erlaubten stündlichen Kurzbesuche) hin und her pendelnd. John sah schlimm aus – er hatte diese an schmutzige Flokatiteppiche erinnernde graue Farbe jener Patienten, die an allen medizinischen Geräten hängen, welche je erfunden worden sind. Er stöhnte sich aus der Bewußtlosigkeit heraus und wieder in sie hinein, und ich hielt seine Hand und sagte ihm, daß ich bei ihm sei.

Ich hatte versucht, Halsy dazu zu überreden, nach Hause zu fahren, aber sie wich und wankte nicht. «Ich habe doch jetzt ein persönliches Interesse an dem Knaben, Schätzchen.»

So durchwachten wir zusammen die Nachtstunden. Manchmal sprachen wir miteinander, manchmal nicht. Ich war sicher, daß sie betete, wenn wir schwiegen, während ich meine eigenen Gespräche mit Wemauchimmer führte. Ich hatte schon mein Lästermaul und meine Launenhaftigkeit als Opfergaben dargeboten und schließlich das Stadium der schieren Bettelei erreicht, als mir Sarah auf die Schulter tippte.

«Ich glaube, er ist jetzt über den Berg», sagte sie und lächelte mich dabei so freundlich an, daß ich sie am liebsten geküßt hätte. «Aber er wird noch eine Weile hierbleiben müssen. Vielleicht eine Woche, vielleicht auch länger.»

«Gott sei Dank», sagte ich und meinte, was ich sagte. «Was ist mit dem Nikotin? Ließ sich feststellen, ob es das war?»

«Unter uns, ja. Aber das soll Ihnen der Doktor selber sagen. Ich möchte nur wissen, wie es dazu gekommen ist.»

Das hätte ich auch gern gewußt. Aber es mußte im Restaurant passiert sein. Jemand war ihm gefolgt und hatte dann das Nikotin über seine Kartoffeln oder die Soße geschüttet, als sich die Kellnerin mit dem Tablett durch das volle Lokal gedrängt hatte. Und ich wußte auch, wer es gewesen war. Henrys Verrückter.

Schreck laß nach, Henry! Ich sah auf die Uhr an der Wand. Zwanzig nach zehn. Ich hatte unsere Verabredung im Loudouner Bezirksgericht ganz vergessen.

Ich fand einen Münzfernsprecher und rief beim Gericht an. Dort war jedoch noch kein großgewachsener Reporter aus North Carolina gesichtet worden. Ich versuchte es deshalb bei Annie – und Henry kam an den Apparat. Schon sein «Hallo» klang so, als sei ihm sein Lieblingshund eingegangen.

«Henry, Nattie hier, was ist los?»

«Nattie, Nattie, bist du das? Wo steckst du denn? Alles in Ordnung? Wo warst du? Ich dachte schon, du wärst tot.»

Was war das denn? Hatten wir vielleicht die Persönlichkeit getauscht? «Nun beruhige dich doch», sagte ich. «Mir geht es gut, aber mein Freund John, der Mr. O deiner Liste, der ist in einem kritischen Zustand.» Dann berichtete ich von meiner Nacht im Krankenhaus und erklärte, wie ich dorthin gelangt war.

Es stellte sich heraus, daß Henry vor lauter Besorgnis die ganze Nacht kein Auge zugetan hatte. In meiner Angst um John hatte ich vergessen, daß Annie ja nicht zu Hause gewesen war und deshalb niemandem hatte sagen können, wo ich abgeblieben war. Und weil wir noch nicht wieder miteinander sprachen, hatte ich Henry auch keinen Zettel hinterlassen. Als er gegen zehn Uhr abends zurückgekommen war, war kein Mensch im Haus gewesen – Annie hatte bei ihrem neuesten Freund geweilt, die Duncans über Nacht in Washington, Rosalita frei gehabt und ich war nirgends zu finden gewesen. Um Mitternacht hatte er angefangen herumzutelefonieren und dann gegen zwei die Polizei angerufen.

«Ich lebe», sagte ich. «So leicht wirst du mich nicht los. Aber, Henry, es sieht sehr so aus, als verlöre dein Spinner die Übersicht. Ich glaube, wir kriegen jetzt echte Probleme.»

«Was willst du damit sagen?» fragte Henry.

«O für Osborne kommt nicht gerade direkt nach D für Duncan. Dein Kerl ist durcheinandergeraten, ich meine, mit dem Alphabet. Ich glaube, das ist gar nicht gut. Vielleicht ein Kurzschluß. Oder er fühlt sich erwischt und hat's plötzlich eilig.»

«Ich hoffe, du hast nicht recht, aber für den Fall, daß doch ... also, ich habe Margot veranlaßt, per Computer nach Obduktionsexperten und vermißten menschlichen Organen zu suchen. Die Anwälte des *Appeal* haben sich heute morgen mit der Polizei in Verbindung gesetzt, und ich bin ziemlich sicher, daß die jetzt alle Leute auf der Liste informiert. Deshalb muß ich mich ranhalten und die Story fertig haben, ehe sich alle Journalisten North Carolinas darauf stürzen. Wie ist denn deine Mutter in Sachen Sammelklage weitergekommen?»

«O Scheiße, Verzeihung, ich meine, so ein Mist», sagte ich. «Ich habe total vergessen, dir von Christine Motley zu berichten. Du mußt sie sofort anrufen. Sie hat eine Freundin, die eine möglicherweise interessante Entdeckung gemacht hat.» Ich gab ihm Christines Nummer.

Henry legte nicht auf und schien zu zögern. «Mir geht es gut, Henry, wirklich», sagte ich deshalb. «Los, ruf diese Frau an. Eigentlich haben wir jetzt mal ein bißchen Glück verdient. Ach, noch eins, ich habe mich gestern total idiotisch aufgeführt, es tut mir leid.»

«Gehst du heute abend mit mir essen?»

«Ich wüßte nicht, was ich lieber täte», sagte ich und legte auf.

Jemand tippte mir auf die Schulter. Es war Halsy, und ihr Lächeln war so strahlend wie die Farbe ihres Jogginganzugs.

«Er ist bei Bewußtsein und möchte Sie sprechen.»

36

Ich verließ das Krankenhaus, nachdem mir John versichert hatte, daß er sich schon wieder sehr viel besser fühle. Er sah zwar nicht so aus und hörte sich auch nicht so an, konnte es aber wenigstens sagen. Die Ärzte bestätigten es – noch eine Woche im Krankenhaus, und er werde so gut wie ein neuer Mensch sein.

Halsy blieb wie eine Klette an mir hängen und bestand darauf, mich zum Country Cookin' zu fahren, wo ich Johns Lexus abholen wollte. Er hatte mir die Schlüssel gegeben.

Heuchlerin, die ich bin, sank ich sofort in den weichen Schalensitz und ließ den Motor an, ohne auch nur eine Sekunde daran zu denken, daß dieses Traumauto ja mit schmutzigem Geld bezahlt worden war.

Halsy hatte mich zum Abschied kräftig umarmt, aber doch nicht so kräftig wie ich sie. Als ich ihr hatte danken wollen, hatte sie nur die Hand gehoben und sich große Worte verbeten.

«Passen Sie auf sich auf und bleiben Sie in Verbindung mit mir – und dem Herrn», meinte sie, als sie zu ihrem Auto ging. «Haben Sie gesehen, was so ein bißchen Glauben ausmacht?»

Ich war so müde, daß ich fast die Straße nicht mehr sah, von den größeren Zusammenhängen gar nicht zu reden. Ich warf ihr eine Kußhand zu und winkte.

In dem Lexus fühlte ich mich wie die Prinzessin auf der Erbse. Ich hätte auch über einen Krater wegbrettern können und nichts gespürt. Henry wartete an der Haustür auf mich, und als ich eingetreten war, nahm er mich in die Arme.

«Nattie, du hast mir wirklich einen fürchterlichen Schrecken eingejagt, habe ich dir das schon gesagt?»

«Etwa fünfzehnmal», antwortete ich. «Wie war der Kuchen?»

«Kuchen? Wovon redest du?»

«Deutscher Schokoladenkuchen, dein Lieblingskuchen, du erinnerst dich?»

Er hatte keine Ahnung, wovon die Rede war. Ein gutes Zeichen. Irgendein gesunder Teil von mir schrie mir zu, ich solle den Schnabel halten und das Thema fallenlassen, und ausnahmsweise gehorchte ich mal. «Dich zu sehen ist auch schön», sagte ich und überließ mich seiner Umarmung.

«Ich stehe in deiner Schuld, Nattie», sagte er. «Christines Freundin war ein Volltreffer. Sie erzählte mir alles über diese

Gruppe, deren Mitglied sie mal gewesen war. In der ersten Sitzung, an der sie teilnahm, war es noch um die rechtliche Seite der Wiedergutmachung gegangen, bei der sechsten dann aber plötzlich um ganz andere, höchst eigene Formen. Sie ist wieder ausgetreten, weil bald nur noch von der Verschwörung der Tabakindustrie geredet wurde, die alles vertusche, von der Infiltration der Grundschulen bis zu Zigaretten mit superstarken, süchtig machenden Varianten des Nikotins. Sie dachte, die Leute seien verrückt, bis dann ein paar Wochen später herauskam, daß die Hersteller tatsächlich Zigaretten ‹würzen›.»

«Das ist ja ein Ding», sagte ich. «Und was trieb das Kartell nach Ansicht der Gruppe sonst noch alles?»

«Alles, was sich denken läßt. Manches davon ist so abartig, daß man gar nicht darüber nachdenken mag. Zum Beispiel diese Sache mit den Grundschülern, wozu die Veränderung der genetischen Struktur der Tabakpflanze gehört, die bewirkt, daß der Tabak einen süßen, bonbonartigen Geschmack bekommt. Aber ein paar andere Dinge klingen weit weniger unwahrscheinlich. So Werbekampagnen, die auf die weniger gebildeten Leute abzielen, oder Verleumdungskampagnen gegen bekannte Vertreter der Bewegung gegen das Rauchen, oder die Bestechung von Kongreßabgeordneten. Da ist zum Beispiel der Mr. G der Liste, der New Yorker Abgeordnete Booker Greene, der aus North Carolina stammt und den sie schon den Marlboro-Mann nennen ...»

«Halt mal», sagte ich, weil ich mich plötzlich an Johns Bemerkung über gestampfte Süßkartoffeln erinnert hatte. «Noch mal zurück zu der Bonbon-Geschichte. Hatten die Leute von der Gruppe irgendwelche Beweise, irgend etwas, womit sie ihre Anschuldigungen belegen konnten?»

«Christines Freundin erwähnte, daß eine der Frauen, eine der rabiateren, behauptet habe, einen Botaniker, der im Forschungslabor eines Tabakkonzerns mit der DNS herumexperimentiere, sei an sie herangetreten und habe ihr von seinen Versuchen erzählt, weil er sich schuldig fühle.»

«Ein Botaniker, der mit der DNS experimentiert?» sagte ich. «Wie viele kann es davon schon geben, Henry? Heute sind uns die Götter wohlgesinnt, denn ich gehe jede Wette ein, daß das Peterson Scott war, der verrückte Botaniker-Mandant meines Bruders.»

«Das käme sicher gelegen», meinte Henry. «Dieser Mann – hoffentlich Peterson Scott – hatte von der Sammelklage gehört. Und vom Verlust dieser Frau, deren Sohn gestorben war. Als sie erstmals zu den Sitzungen gekommen war, sei sie, so Christines Freundin, noch ein ganz normaler Mensch gewesen, wenn auch vom Schmerz niedergedrückt. Und von Schuldgefühlen.»

«Laß mich mal raten», sagte ich. «Die Frau hat geraucht, nicht wahr? Und sie meint, sie habe den Sohn durch ihr Rauchen zum passiven Raucher gemacht und so umgebracht?»

«Du hast teilweise recht», sagte Henry. «Sie hat geraucht, und der Sohn tagaus, tagein ihren Rauch eingeatmet. Aber das war es nicht ganz. Lange nachdem der Junge aus dem Haus gegangen war, packte sie irgendwann plötzlich die Angst vor Krebs, und sie hörte auf zu rauchen. Zu dieser Zeit aber rauchte ihr Sohn – und das bereits seit etlichen Jahren – zwei bis drei Schachteln am Tag. Die Mutter gab sich nun die Schuld daran, daß er durch sie das Rauchen angefangen und sie ihn später nicht gezwungen hatte, es wieder aufzugeben. Als ob man einen dreißigjährigen Mann dazu zwingen könnte. So alt war er, als er Lungenkrebs bekam. Das kommt in dem Alter gar nicht so selten vor, wie man meint. Man muß nur früh genug zu qualmen anfangen.»

Noch eine Leiche. Zwar war der Sohn selbst schuld, aber

das machte diesen Tod keineswegs erträglicher. Mir taten seine Mutter und all die gequälten Menschen in dieser Gruppe leid.

«Das ist die, die du suchst, Henry», sagte ich. «Ich weiß es. Denk doch mal, da ist diese Frau, die von Schuldgefühlen zermartert wird. Und die von Zorn erfüllt ist. Der Zorn treibt weit eher zum Handeln als die Schuld, und wenn dann zu ihm noch Schmerz hinzukommt, dann ist alles beisammen, was es braucht, um den Mr. Hyde in uns zum Vorschein kommen zu lassen. Ich spüre es in den Knochen, daß sie es ist. Du mußt sie schnell finden. Ich wette, sie sehnt ihren eigenen Tod herbei, und das macht sie um so gefährlicher.»

«Sie haben wahrscheinlich wie immer recht, Miss Gold», sagte Henry. «Okay, ich bin schon dabei, nach ihr zu suchen. Ich hoffe nur, du hast auch mit diesem Botaniker recht. Vielleicht kann er dazu beitragen, alles etwas zu beschleunigen. Zuerst aber brauche ich den Namen dieser Frau und ihren Beruf. Christines Freundin wußte nicht, was sie macht, nur, daß sie nicht Ärztin ist. Aber sollte sie so etwas wie eine MTA sein und etwas mit Autopsie zu tun haben, dann, glaube ich, wär's das.»

«Na, dann viel Glück bei der Suche», sagte ich. «Ich rufe gleich mal Larry an und befrage ihn zu Scott.»

Henry sah mich an. «Nattie, bitte versteh mich nicht falsch, aber du siehst fürchterlich aus. Ruf deinen Bruder an und dann leg dich schlafen.»

Er hatte recht. Ich sah fast schon so schlecht aus wie John. Aber Schlaf? Ich mußte doch meine Story schreiben. Nicht, daß die geringste Aussicht bestanden hätte, sie vor dem morgigen Kurs bei George Morris fertig zu bekommen und den von Candace vorgegebenen Termin einzuhalten. Aber bevor die Gerichte schlossen, mußte ich wenigstens noch herausbekommen, wer Josane finanziert hatte.

«Keine Ruhe für die Müden, Henry. Hast du etwa vergessen, daß wir mit ein paar Akten verabredet sind?»

Henry nahm mich bei der Hand und führte mich die Treppe hinauf. «Du hast eine Verabredung mit deinem Bett. Ich mach das mit den Akten, das ist in ein paar wenigen Stunden erledigt. Und ich bin dir ja noch was schuldig.»

Wer wollte sich streiten? Nicht ich. Nicht die geläuterte neue, Vulgärsprachliches meidende, vernünftige Nattie Gold.

Ich rief bei meinem Bruder an. Er war nicht da, aber seine Sekretärin gab mir Scotts private und dienstliche Nummer. Ich gab den Zettel an Henry weiter und begab mich dann in die Horizontale. Da erzähle mir einer was von Träumen! Henry deckte mich liebevoll zu und gab mir einen Gute-Nacht-Kuß. Ich hätte gern seine Hand gepackt und ihn neben mich gezogen, aber ich konnte gerade noch die Augen schließen, da war ich schon weg.

Das nächste, was ich mitbekam, war, daß mir jemand sanft auf die Schulter tippte. Ich streckte die Hand aus, um die seine zu ergreifen, und sagte mit noch geschlossenen Augen: «Henry.»

Dann öffnete ich sie. «Mr. Duncan! Raus! Hatte ich ni ...»

Er legte einen Finger auf meine Lippen. «Schschsch», machte er und sagte dann: «Ich bin geschäftlich hier, sozusagen. Schadensbegrenzung. Ich habe gerade das mit John Osborne erfahren. Wie ich höre, wird er überleben. Dieser Frau ... also, ihrem Treiben muß ein Ende gemacht werden.»

«Okay», sagte ich. «Da sind wir uns mal einig. Aber woher wissen Sie, daß es eine Frau war?»

«Wenn's was hilft, kann ich Ihnen ihren Namen geben.»

Ich setzte mich ruckartig auf. «Sie wissen ihren Namen? Ich nehme an, Sie kennen auch ihre Adresse?»

Er nickte.

«Was wissen Sie sonst noch? Und warum erzählen Sie mir das alles? Was ist da für Sie drin?»

«Sehr scharfsichtig. Ich mag gescheite Frauen.»

«Hören Sie auf, hören Sie ganz schnell auf, und fangen Sie an zu reden, bevor ich zu schreien anfange.»

«Sie heißt Susan Hancock. Sie wohnt in Greenboro, wo, glaube ich, auch Ihre Mutter wohnt, die Anwältin ist und auf Familienrecht spezialisiert, stimmt's? Mrs. Hancock ist, wie Henry inzwischen erraten haben dürfte, in der Autopsieabteilung des Moses Cone Hospital tätig. Ist dort nicht vor noch gar nicht allzu langer Zeit Ihr Stiefvater David Wolfe verstorben?»

«Sagen Sie mal, habt ihr da so etwas wie eine eigene CIA oder was? Ja, ja und noch mal ja», sagte ich. «Reden Sie weiter.»

«Wir wußten von Mrs. Hancocks kleiner Tragödie», sagte er.

«Kleine Tragödie? Ihr Sohn ist einen grauenvollen Tod gestorben. Das nennen Sie eine kleine Tragödie?»

«Angesichts des großen Ganzen ist es das, ja. Die Tabakindustrie ist eine der größten der Vereinigten Staaten. Wenn sie zusammenbricht, bricht das ganze Land zusammen. Denken Sie nur an die Arbeitsplätze, die verlorengehen, an die Kosten der Arbeitslosigkeit, das Ansteigen der Sozialkosten, Essenmarken und und und. Es könnte das Land in den Bankrott treiben. Mrs. Hancock war Mitbegründerin einer Gruppe, wie Sie ja bereits von Christine Motley wissen, stimmt's?»

«Genug, ich bin im Bild. Ihr Netz ist weitgespannt. Reden Sie weiter und kommen Sie zu der Frage, warum Sie das alles mir, einer Reporterin, die Sie für weniger als den letzten Dreck hält, erzählen.»

Er räusperte sich. «Es besteht kein Grund, gehässig zu werden. Die Gruppe von Mrs. Hancock hatte ursprünglich die Absicht, sich der juristischen Kanäle zu bedienen. Sie wollte im Namen aller Lungenkrebsopfer eine Sammelklage gegen die Tabakkonzerne anstrengen. Der Streitwert betrug zehn Milliarden. Das klang zunächst lächerlich, und einige von uns haben sich eins gekichert.

Dann aber nahm die Sache plötzlich eine Wendung zum Schlimmeren. Wir wußten schon lange, daß die Geschichte mit der Nikotinanreicherung eines Tages platzen würde, konnten aber nichts dagegen tun.»

«Obwohl Sie bestimmt nichts unversucht gelassen haben, nicht wahr?» sagte ich. «Was hat Ihr Verein allein an Anwaltshonoraren gezahlt, um die Bladstoneschen Untersuchungen zum erhöhten Nikotingehalt aus der Welt zu schaffen? Eine Million? Zwei?»

«Es genügt zu sagen, daß unsere Bemühungen vergeblich waren. Das und der wachsende Unmut der Öffentlichkeit über die Tabakindustrie ließen die Sammelklage der Gruppe Hancock ganz plötzlich gar nicht mehr so lustig aussehen. Ja, einer unserer mit der Sammelklage befaßten Anwälte, Hinton Allard – der verstorbene Hinton Allard, wie ich leider sagen muß –, gelangte zu der Schlußfolgerung, daß wir da in einige Schwierigkeiten kommen würden. Zehn Milliarden sind eine Menge Geld. Möglicherweise genug, um eine ganze Industrie zu ruinieren. Wir mußten etwas unternehmen.»

«Warum haben Ihre Leute sie nicht einfach ausgeschaltet? Sie aus dem Verkehr gezogen? Eine Kugel in den Kopf und Schluß?»

Auf Duncans Gesicht wurde kurz ein verkrampftes Lächeln sichtbar. «Wie ich sagte, mußten wir etwas unternehmen. Deshalb beschlossen wir, die Stoßrichtung der Gruppe zu ändern.»

«Wie macht man denn das? Implantate im Gehirn? Geheime Drogen?»

«Viel einfacher. Wir schleusten jemanden in die Gruppe ein, der die Leute aufhetzte und sie an die Ineffizienz des amerikanischen Rechtssystems erinnerte.»

«Sie meinen jemanden, der den Verein zu einer Selbstjustiz übenden Schutzgruppe umfunktionierte?»

«Ich nehme an, man könnte es so formulieren.»

«Und wen haben Sie für diesen Job angeheuert? Tim McVeigh? Oh, ich vergaß, der sitzt ja im Gefängnis.»

«Nun ja, wir fanden einen Mann, der, wie soll ich sagen, etwas gegen die Regierung hatte. Wir hielten ihn für einen dieser antikommunistischen, ultrakonservativen Typen und wußten nichts von seiner Beziehung zur Führung der White-Way-Miliz. Bis der Idiot dann im vergangenen Monat sich und zwei seiner Helfer in die Luft jagte, als sie ein Faß Düngemittel mit Benzin versetzten. Zum Unglück der drei hatte er dabei geraucht.»

«Das hat, nehme ich an, ein paar Löcher in Ihr Netz gerissen. Aber was hat er denn gemacht? Der Gruppe M16-Gewehre und ein Überlebenstraining verpaßt?»

«Nicht allen. Nur Susan Hancock. Wir haben leider seine psychische Verfassung nicht überprüft, was wir hätten tun sollen. Nach Aussage eines unserer Psychiater entwickelte Mrs. Hancock im Umgang mit ihm das, was man eine ‹geteilte Paranoia› nennt. Das hätte niemand vorhersehen können. Ja, sie war aufgebracht, aber das waren alle anderen Mitglieder der Gruppe auch. Wir wollten die Leute ja nur ablenken, sie davon abbringen, die Sache mit der Klage gegen uns weiterzuverfolgen. Wir hatten keine Ahnung, daß so etwas passieren könnte und würde. Und wir haben die Leidenschaft dieser Frau unterschätzt.»

«Da, schon wieder. Sie müssen wirklich ein seelenloses

Ungeheuer sein. Das ist nicht Leidenschaft, was die Frau treibt, sondern totale Hoffnungslosigkeit, ein wahnsinniger Schmerz, wie ihn Leute Ihres Schlages nie verstehen werden. Kommen Sie zur Sache, Duncan. Was wollen Sie von mir?»

«Wir können sie nicht finden. Wir wissen, daß sie irgendwo hier in der Nähe ist. Sie hat aber jeden Kontakt zur Gruppe abgebrochen. Wir glauben, sie spricht überhaupt nur noch mit Dr. Peterson Scott. Peterson Scott, der Mandant Ihres Bruders. Wir glauben, daß er mit Ihrem Bruder sprechen und ihm sagen würde, wo sie sich aufhält. Es ist im Interesse aller, wenn ihrem Treiben ein Ende gemacht wird.»

«Aller? Sie meinen, in Ihrem und all der anderen Scheißer auf der Liste? Vielleicht schlafe ich besser weiter und lasse Mrs. Hancock einen nach dem anderen umnieten.»

37

Ich lauschte und wartete, bis Duncan die Treppe hinuntergegangen war. Dann huschte ich in Annies Zimmer und rief beim Bezirksgericht an, wo ich einmal mehr nach Henry fragte. Diesmal hatte der Justizangestellte einen großgewachsenen Reporter aus North Carolina gesehen.

«Nattie, was gibt's?» erkundigte sich Henry.

Ich erzählte ihm von dem Gespräch mit Duncan, und er sagte: «Ich bin gleich da.»

«Halt, halt», rief ich. «Ich bin nicht gerne egoistisch, aber auch ich muß eine Story schreiben. Was ist mit dem alten Knacker?»

«Erledigt, gelaufen, gegessen», sagte Henry. «Willst du es gleich hören oder erst, wenn ich wieder da bin?»

«Henry, auch eine sofortige Befriedigung meiner Neugier kommt noch zu spät. Jack Kent Cooke?»

«Nix da, der hat genug mit seinem südamerikanischen Täubchen zu tun. Sitzt du? Es war kein anderer als Santee Mundell, Toppings Vater.»

«Meine Fresse. Ob sie das weiß? Gestern hat sie sich ganz sicher nicht so verhalten. He, warte mal. Reenie Ashmore erwähnte einen Europäer, sagte irgendwas von einem Akzent.»

«Hast du schon mal jemanden aus dem Flachland von Charleston reden gehört? Man denkt, die Leute dort kommen sonstwo her, nur nicht aus den Vereinigten Staaten. Mundell stammt von dort und spricht mit einem Akzent, wie ich ihn kaum je gehört habe. Der Dialekt ist interessant, denn ...»

«Henry, ich weiß, daß du viel für Geschichte übrig hast, und ich würde gern alles über die Entstehung dieses Dialekts erfahren, aber bitte später. Ich muß jetzt meinen Bruder suchen, okay? Aber erst einmal herzlichen Dank.»

Es war also Santee Mundell gewesen, der Josane den Laden, das Leben und das Pferd gekauft hatte. Jetzt mußte ich nur noch eine höfliche Form finden, in der ich Topping fragen konnte, ob sie wußte, daß Daddy ihre beste Freundin gebumst hatte.

Ich wählte noch einmal Larrys Nummer in Houston und sagte der Sekretärin, es sei sehr dringend. Aber das führte zu gar nichts, weil Larry nicht da war. Er weilte hoch oben im Himmelsblau und kurvte dort mit seinem Flugzeug herum.

«Sagen Sie ihm doch bitte, er möchte mich sofort anrufen, wenn er zurück ist», sagte ich. «Es geht um Leben oder Tod.»

Ich legte auf, und kaum ruhte der Hörer auf der Gabel, da klingelte es. Ich vergaß völlig, wo ich war, und meldete mich, als wäre ich bei mir zu Hause.

«Ich bin's, Nattie, ich bin angekommen», sagte eine Stimme.

Dann machte es klick. Wer anderes als Rob unterhielt sich mit mir in solcher Einsilbigkeit? Ich konnte es gar nicht fassen, daß ich Brenda total vergessen hatte. Ich hatte mich doch während des mittäglichen Ausruhens vom Aktenstudium mit Rob auf der Paper Chase Farm treffen wollen! Ich kritzelte auf einen Zettel: «Henry, in zwei Stunden bin ich zurück – Brenda ist da, hurra!» und schoß los.

Um ein Zusammentreffen mit Outerbridge Duncan zu vermeiden, lief ich zum Seiteneingang hinaus. In weniger als zehn Minuten war ich so glücklich, wie man es nur sein kann – Brenda stand neben mir und schnüffelte auf der Suche nach weiteren Karotten an meiner Hand herum.

Ich schlang die Arme um ihren langen, kupferfarbenen Hals und drückte ihn an mein Gesicht, immer wieder.

«Nattie, Sie bringen das Pferd noch um.»

«Es ist auch schön, Sie zu sehen, Rob», sagte ich und umarmte nun ihn.

«Sorgen Sie dafür, daß sie einen Kleiebrei bekommt», meinte er nur. «Es war eine lange Fahrt, und es ist kalt. Und zwei Eimer Wasser. Wenn sie nicht genug säuft, kann sie eine Kolik kriegen.»

Das veterinärmedizinische Seminar. Wir kauen diesen Stoff immer wieder durch – als ob ich nicht wüßte, wie empfindlich ein Pferdemagen ist!

«Keine Bange», sagte ich. «Ich gehe erst wieder, wenn sie was getrunken hat.» Dann brabbelte ich nur noch vor mich hin und wiederholte pausenlos, wie aufgeregt es mich mache, bei George Morris reiten zu können.

«Angenommen, er nennt mich dick und rund und mag die Art nicht, wie ich reite?»

«Sie können so gut reiten wie alle anderen hier», antwortete Rob. «Alles wird gut, wenn Sie sich ganz normal zurechtmachen. Sollten Sie jedoch mit schmutzigem Sattelzeug, heraushängenden Haaren oder in einem Ihrer roten Hemden auftauchen, dann kenne ich Sie nicht. Und es ist mir egal, mit was für Entschuldigungen Sie kommen. Ihre Tage, ein Mordanschlag, es ist mir Wurscht. Wenn Sie hier nicht sauber, ordentlich und normal erscheinen können, dann erscheinen Sie besser gar nicht.»

Sprach's und ging zum Pferdetransporter zurück.

«Wir sehen uns morgen früh», rief ich ihm nach. «Ich werde die Normale mit dem roten Haar sein.»

Ich führte Brenda in der Reithalle im Kreis, um ihr zu zeigen, daß da keine Berglöwen oder Kobolde in den Ecken lauerten. Sie ist zwar nicht gerade ein Angsthase, aber man kann nie vorsichtig genug sein. Nach dieser Übung brachte ich sie in ihre Box und suchte die Futterkammer, um mir Kleie zu holen. Eine Frau mit kurzgeschnittenem dunklem Haar brachte mich hin, half mir, den Brei anzurühren, und fragte, ob ich sonst noch etwas brauche. Sie war so nett, daß ich schon fast erwartete, sie würde mir auch noch die Reinigung des Zaumzeugs anbieten.

«Hallo, Jan», rief ihr jemand zu. «Telefon.»

Jan. Jan Neuharth? Das sollte die Tochter des Teufels sein? Ich konnte es nicht glauben. Ich wußte zwar nicht, was ich erwartet hatte, aber bestimmt keinen so herzlichen Empfang. Ihr gehörte der Stall, und sie war die Tochter jenes Mannes, der das Gesicht der amerikanischen Zeitungen grundlegend verändert hatte, nämlich Al Neuharths, des Vaters von *USA Today*. Als ich gesehen hatte, wo der Reitkurs stattfinden sollte, hatte ich gar nicht daran teilnehmen wollen. Aber dann war ich zu dem Schluß gekommen, daß ich Neuharth eigentlich keine Vorwürfe machen konnte – er hatte lediglich eher als andere bemerkt, daß unsere kollektive Aufmerksamkeitsspanne auf die der Fruchtfliege zusammengeschrumpft war, und sein Blatt entsprechend gestaltet.

Die Paper Chase Farm war ein Riesenunternehmen mit über einhundert Morgen Land, drei Ställen, fünfundfünfzig Boxen, siebzig Pferden und was sonst noch dazugehörte. Obwohl alles vom Feinsten war, roch es hier nicht so nach Geld wie auf der Summer Ridge Farm, wo Josane ihr Pferd stehen gehabt hatte. Paper Chase war kein Turnierstall, der Millionäre umsorgte, sondern man verdiente hier sein Geld damit, Leuten das Reiten beizubringen. Es waren mehr als hundert pro Woche. Die Stallmiete war zwar nicht ganz billig, aber damit reich werden konnte man angesichts der Kosten so eines Betriebes bestimmt nicht.

Ich brachte den warmen Brei in Brendas Box – oder besser, ich wollte ihn ihr bringen, konnte aber nicht, weil vor der Box etwas saß, was wie ein kleines langhaariges Pony aussah.

«O Verzeihung. Komm her, Mädel», sagte eine Frau, die ungefähr mein Alter, aber natürlich nicht meine Körpergröße hatte. Abgesehen von den Kids mit den ganz kurzen Steigbügeln sind in den Ställen grundsätzlich alle immer größer als ich.

«Donnerwetter!» sagte ich und hielt mich damit an den von mir in der vergangenen Nacht verabschiedeten, den Sprachgebrauch betreffenden Beschluß. «Das ist ja der größte Hund, den ich je gesehen habe, vor allem hier im Königreich von Jack Russell.»

«Irischer Wolfshund», sagte sie. «Ein richtiger Hund. Ich bin Amy Benjamin und reite im zweiten Kurs. Und Sie?»

«Dasselbe», sagte ich. «Nur daß ich Nattie Gold heiße. Und das ist Brenda Starr.»

Sie zeigte auf das graue Pferd in der Nachbarbox. «Das ist

Gertie. Hm, sind Sie auch so aufgeregt? Ich bin ja schon Rennen geritten, hoch, weit, tief, flach, alles, aber der Gedanke, daß mich George Morris reiten sieht, macht mir mehr zu schaffen als mein erstes Rendezvous.»

«Dito», sagte ich. «Aber wenn es ein Trost ist: Es soll die Sache wert sein. Angeblich reitet man hinterher wie Margie Goldstein. Oder fast, denn ich glaube, die kommt von einem anderen Stern. Und wie ist das Rendezvous verlaufen?»

«Fragen Sie mich nicht!»

Wir striegelten unsere Pferde und unterhielten uns dabei. Wie sich herausstellte, lebte und arbeitete Amy in Philadelphia. Es war erfrischend, mal wieder auf eine Reiterin zu treffen, die einen wöchentlichen Gehaltsscheck brauchte, um ihre Rechnungen bezahlen zu können. Sie war von Beruf Sozialarbeiterin und hauptsächlich in der Kinderbetreuung tätig.

«Kinderbetreuung?» fragte ich. «Gehört da auch so etwas wie therapeutisches Reiten dazu?»

«Aber ja doch», antwortete sie. «Das ist ein ganz erstaunliches Programm. Ich versuche zu erreichen, daß alle meine Kids daran teilnehmen können, vor allem die gestörten.»

«Verhaltensgestört?» sagte ich. «Ich dachte, das therapeutische Reiten sei für körperbehinderte Kinder gedacht.»

«Ich möchte ja nicht herzlos erscheinen, aber das liegt vor allem daran, daß sich mit ihnen besser werben, will sagen, stärker auf Herz und Gemüt der Geldgeber einwirken läßt. Haben Sie mal die Poster gesehen? Die gehen ans Herz, nicht wahr?»

Ich mußte ihr zustimmen.

«Aber die Kinder mit psychischen Problemen brauchen diese Therapie auch, vielleicht sogar noch dringender. Viele von ihnen sind mißbraucht worden und nie dahin gekommen, ihr Leben selbst gestalten zu können. Wenn die auf ein

Pferd steigen und dann entdecken, daß so ein Riesentier macht, was sie wollen, nun ja, dann ist das, ohne überdramatisch klingen zu wollen, für sie schon eine lebensverändernde Erfahrung. Es verhilft ihnen zu einer nie gekannten Selbstachtung.»

Sie erbat nichts, aber ich hatte bald Geburtstag, und meine Großmutter schickte mir aus diesem Anlaß immer ein paar hundert Dollar. Davon konnte ich gut etwas abgeben. «Wie heißt der Verein? Bitte geben Sie mir auch die Adresse, wenn Sie sie dabeihaben.»

«Das nicht, ich gebe sie Ihnen morgen. Aber der Verein nennt sich Mid-Atlantic Therapeutic Riding Program.»

«Oh», sagte ich, «leitet den nicht Topping Mundell?»

Amy warf mir einen komischen Blick zu. «Die Topping Mundell, die auf Summer Ridge reitet?»

«Ja», antwortete ich. «Groß, rothaarig, geradezu lächerlich hübsch, die Topping Mundell. Wie ich gehört habe, ist sie, was den Verein angeht, die große Macherin und Bewegerin. Sie soll ihn aufgezogen haben und sich um die Verwaltungsarbeit kümmern.»

«Nattie, wenn ich Sie wäre, würde ich das mal überprüfen. Sie leitet den Verein nicht, und ins Leben gerufen hat sie das Programm schon gar nicht. Ich habe sie bei einigen der Veranstaltungen gesehen, die der Mittelbeschaffung dienten, ja, aber weiter geht ihr Engagement nicht.»

Vielleicht war der Name, den ich in Erinnerung hatte, falsch – oder vielleicht hatte sie gelogen. Ich nahm mir vor, dazu Henry in nicht provozierender Manier zu befragen.

«Wäre nicht das erste Mal, daß meine Fakten nicht stimmen», sagte ich. «Ich bin gleich wieder da, muß nur mal telefonieren.»

Das Nikotindrama Johns und die Anwerbung für die kleine Erkundungsoperation Duncans hatten verhindert, daß ich mich auf meine eigene Mordgeschichte konzentrierte. Das Halsband! Ich mußte herausfinden, wie Lannie dazu kam, Josanes Halsband zu tragen. Ich wünschte, ich hätte die Zeit gehabt, zu ihr nach Marshall zu fahren, aber das ging nicht. Es blieb nichts übrig, als alle meine telefonistischen Fertigkeiten einzusetzen, um auf eine ganz und gar nicht bedrohlich wirkende Art und Weise zu eruieren, ob sie das Halsband aus Josanes Schmuckkassette genommen oder es sich von der Leiche geholt hatte.

Ich hielt den Hörer ein paar Zentimeter von meinem Ohr weg und machte mich auf das Schlimmste gefaßt.

Erstes Glück: Lannie war im Laden. «Hi, Lannie», fing ich an, «ich wollte Sie gestern nicht beunruhigen oder irgend etwas andeuten. Ich versuche nur, Josanes Mutter zu helfen. Sie haben Josane ja doch sehr gemocht und können deshalb verstehen, wie betroffen und durcheinander sie noch immer ist.»

«Was wollen Sie?» fragte Lannie. Zweites Glück: Sie hatte noch nicht wieder aufgelegt.

«Bitte verstehen Sie mich jetzt nicht falsch, aber Topping Mundell hat mir ein paar Fotos von Josane gegeben, und mir ist aufgefallen, daß sie auf einem so ein Halsband mit Anhänger trägt, wie Sie gestern. Ich habe mich deshalb gefragt ...»

«Ob ich das auch geklaut oder ihr vielleicht nach dem Mord vom Hals gerissen habe? Tut mir leid, daß ich Ihre kleine Theorie widerlegen muß. Ich habe es bei demselben Juwelier gekauft, der Josanes angefertigt hat. Ich habe ihn beauftragt, mir einen genau gleichen Anhänger zu machen. Fragen Sie ihn, er wird sich noch daran erinnern, weil er den Auftrag erst nicht annehmen wollte. Er gehört zu diesen Künstlertypen, die sich nicht wiederholen möchten. Sie finden ihn auf der Hauptstraße von Middleburg. Cogswell.»

«Danke», sagte ich. «Ich glaube übrigens, daß ich Sie gestern auf der Summer Ridge Farm verpaßt habe. Wollten Sie nicht am Vormittag Futtermittel anliefern?»

«Nein», antwortete sie, «ich habe es vormittags nicht geschafft und war erst nachmittags dort. Sonst noch was?»

Ha, das war wirklich klasse, Nattie. Gleich wird die CIA bei dir anklopfen und dich zu einer Bewerbung auffordern. Was hatte ich von Lannie erwartet? Ein Geständnis? Etwa: «Ja, ich habe Futter hingebracht und, schon mal da, mit einer schwarzen Plastiktüte rumgewedelt, damit Sie aus dem Sattel fliegen.»

«Da ist tatsächlich noch etwas, das hat aber nichts mit der Story zu tun. Ich spreche jetzt als die Besitzerin eines Pferdes mit zu vielen Beulen. Wie ich hörte, sind Sie eine große Zauberfee. Haben Sie noch etwas von dem Zeug, das Sie, wie Flip sagte, an jenem Vormittag Josane brachten? Das soll jedenfalls irgendein Wundermittel gegen Beulen gewesen sein.»

Ich hörte, wie sie tief Luft holte. «Flip ist ein verdammter Lügner. Ich habe nichts für Josanes Stute angerührt, nichts bei Josane abgegeben. Wenn da was war, dann hat er es hingebracht. Er betreibt doch das Geschäft mit Produkten aller Art, die für Pferde bestimmt sind, nicht ich. Ich weiß überhaupt nicht, wovon Sie reden. Ich muß aufhören, ein Kunde ist reingekommen.»

Klick. Sie mußte mit Rob verwandt sein.

Es wurde ja immer schlimmer. Alle logen, daß sich die Balken bogen. Ich würde eine ganze Wanne voll Natriumpentathol, der Wahrheitsdroge, brauchen, um dieser Geschichte auf den Grund zu kommen.

38

Aus dem stillen Abendessen mit Henry im Ashby Inn, dem romantischsten Lokal diesseits von Paris, und allem, was danach hätte folgen sollen, wurde natürlich wieder nichts.

Wo verbrachte ich statt dessen nun schon die zweite Nacht weit weg von einem Bett? Eingewickelt in eine schmutzige Pferdedecke auf einem Liegestuhl vor Brendas Box! Das ist der schlechte Teil. Der gute: Henry saß neben mir.

Brenda wollte nicht saufen, und das mußte sie. Ich hatte Rob versprochen, erst zu gehen, wenn das geschehen wäre, aber auch ohne dieses Versprechen hätte ich das Pferd kaum ruhigen Gewissens allein lassen können. Eine Acht-Stunden-Fahrt in einem Pferdetransporter bei großer Kälte schreit förmlich nach einer Kolik, und wenn ein Pferd nicht säuft, dann ist das so, als bäte man regelrecht um eine.

Obwohl es Brenda gut zu gehen schien. Sie kaute auf Heu herum und tat ihr Bestes, mich und Henry zu ignorieren.

«Vielleicht hat sie ja einfach keinen Durst», sagte Henry.

«Vielleicht. Es ist sogar wahrscheinlich. Aber vielleicht säuft sie auch aus anderen Gründen nicht, zum Beispiel weil sie Bauchweh hat. Ich weiß, es ist großer Mist, hier in einem kalten Stall rumzuhocken, aber ich möchte kein Risiko eingehen. Warum fährst du nicht zurück?»

In gewisser Weise meinte ich, was ich sagte. Warum sollte Henry die Nacht im Stall verbringen? Es war ja nicht sein Pferd.

«Ich bleibe», sagte er. «Wart nur ab, wenn ich erst den Jungs von meiner Nacht bei den Pferden erzähle. Das werden sie mal spannend finden.» Die Jungs, daß ich nicht lache! Er hatte doch bloß Angst, daß der geheimnisvolle Plastiktütenwedler auch zur Paper Chase Farm gewedelt kommen könnte. Es war ihm anzusehen, aber wir sprachen es beide nicht aus.

Trotz all der Pferdewärme war es recht kalt im Stall, was auch eine gute Seite hatte. Henry und ich rückten eng zusammen und redeten uns durch die Nacht. Ganz ohne Streit!

Ich erzählte ihm von meinem Besuch des Juweliergeschäfts in Middleburg. Endlich hatte da mal jemand die Wahrheit gesagt. Der Goldschmied hatte mir bestätigt, daß er eine genaue Kopie von Josanes Halsbandanhänger hergestellt hatte, und mir sogar den Preis verraten. 2500 Dollar. Das war ungefähr so viel, wie Lannie aus der Ladenkasse entwendet hatte. Kein Wunder, daß sie auf die Frage, ob sie das Halsband gestohlen hätte, so empfindlich reagierte, denn praktisch hatte sie ja.

«Sie war durchdrungen von dem Wunsch, sich genauso zu kleiden wie Josane», sagte ich. «Und das umfaßte, wie es aussieht, alles, auch den Schmuck. Der Juwelier sagte, er habe ihr angeboten, statt des Diamanten Zirkon zu nehmen und auch ein weniger teures Metall, aber sie habe auf einer genauen Kopie bestanden.»

«Sie erscheint mir geistig verwirrt», meinte Henry. «Aber auch verwirrt genug, um Josane umzubringen, nachdem diese sie zurückgewiesen hatte?»

«Möglicherweise», antwortete ich. «Es ist zu schade, daß sie und Flip sich nicht ausstehen können. Die beiden könnten zusammen ins Abendrot gehen und fortan glücklich an Josane leiden. Gut, Henry, ich kann jetzt einfach nicht mehr an das alles denken. Alle meine Entwirrungsversuche haben bisher nur dazu geführt, daß ich hinterher noch verwirrter war als vorher. Paß kurz auf Brenda auf, ich will noch mal bei Larry anrufen. Der kann doch jetzt nicht mehr in seinem Flugzeug sitzen.»

Ich versuchte es bei seiner Kanzlei – keine Antwort. Ich versuchte es bei ihm zu Hause – auch da nichts. Ich hinterließ meine Tod-oder-Leben-Nachricht auf dem Anrufbeantworter und rief sein Funktelefon an. Ein weiterer Anrufbeantworter.

«Larry, Larry, Nattie hier,» sprach ich auf das Band. «Wo, zum Teufel, steckst du? Ruf mich an! Das Tod-oder-Leben-Gerede ist kein Scherz! Es geht um Peterson Scott. Es könnte sein, daß er deine Dienste zu was anderem braucht, als sich die Aufsichtsbehörden vom Hals zu schaffen. Vielleicht auch das FBI. Ich glaube, er hat was mit einer Verrückten zu tun, die Tabakleute massakriert. Es gibt schon zwei Leichen, und sie hätte fast John Osborne erwischt! Erinnerst du dich noch an ihn? An meinen alten Freund? RUF MICH AN!!!»

Ich war noch nicht wieder bei der Box, als der Münzfernsprecher klingelte.

«Larry?» sagte ich.

«Woher weißt du das mit Scott?» fragte er sofort. Kein Hallo, wie geht's, wie steht's. Aber mein Bruder hatte noch nie die allerbesten Telefonmanieren gehabt.

Ich erzählte ihm alles – von der Liste und der Lunge, von Hinton Allard und Jim Benson, von dem süßen Nikotin auf Johns Kartoffeln und von Duncans mieser Rolle bei dem ganzen Scheißspiel.

«Nattie, du steckst da bis zum Hals drin, mach, daß du rauskommst. Diese Burschen meinen es ernst und werden nicht zulassen, daß sich ihnen irgend jemand in den Weg stellt.»

«Vergiß es, Larry, ich bleibe dran. Wir sind keine Kinder mehr, und du kannst mich hier nicht rumkommandieren. Also vergiß es einfach und sag mir lieber, wo er ist.»

Schweigen.

«Du bist bei ihm, nicht wahr? Das war dein heutiges Flugziel, oder nicht? Bist du in Richmond? Wahrscheinlich sitzt Scott jetzt neben dir. Frag ihn, wo Susan Hancock steckt. Sag ihm, daß sie dabei ist, total durchzudrehen. Sie muß gestoppt werden, ehe sie noch einen umbringt. Oder sich selbst. Ich weiß, daß sie irgendwo in der Gegend ist. Frag ihn, wo. Bitte, Larry.»

Er deckte die Muschel ab. Ich hörte eine leise Unterredung.

«Ich sage es dir, weil Scott meint, daß sie dir nichts tun wird. Und weil er sich große Sorgen um Susan macht. Ich kann uns nicht hinfliegen, denn sie haben in Richmond Eisregen gemeldet, und hinzufahren würde zu lange dauern. Susan hat kurz vor meinem Eintreffen hier angerufen. Scott sagt, sie habe sich verzweifelt angehört, und du hättest recht, sie stehe vor dem totalen Zusammenbruch, und jemand müsse sich ihrer annehmen. Er habe versucht, ihr ihren Rachefeldzug auszureden, aber dieser Bekloppte, den der Stiefvater deiner Freundin angeheuert habe, sei ein zweiter Svengali gewesen. Er habe sie in diese Morde getrieben und ihr bei einem Einbruch in seinem, Scotts, Labor geholfen, wo sie ein paar seiner Nikotinexperimente entwendet hätte. Als der Blödmann sich dann in die Luft gesprengt habe, sei sie zu der Überzeugung gekommen, daß er von dem, was sie das Tabakkartell nenne, ermordet worden sei. Scott ist der einzige, mit dem sie noch spricht, was ihn rechtlich, wie du dir vorstellen kannst, in eine recht bedenkliche Lage bringt.»

«Larry», sagte ich, «wo ist sie?»

«Wie weit bist du von Warrenton entfernt?»

«Fünfzehn Minuten, höchstens zwanzig.»

«Die Rip Van Winkle Motor Lodge, Zimmer vier. Ruf mich an, wenn du dort angekommen bist. Nattie, ich bitte dich nicht, sondern fordere dich auf, mich anzurufen, sobald du dort bist. Laß sie mit Scott sprechen.»

Ich legte grußlos auf, und rannte zu Brendas Box zurück.

«Hat sie was gesoffen?» fragte ich.

«Ich habe so schlürfende Geräusche gehört», sagte Henry.

Ich sah in den Wassereimern nach. Der eine war zu einem Viertel geleert. Aber das Beste war ein dampfender Haufen grünlicher Pferdeäpfel. Ich wäre vor Freude am liebsten um ihn herumgetanzt – Reitersleute sind nun mal verrückte Typen.

Ich packte Henrys Hand. «Los, auf, ich habe sie gefunden.»

Innerhalb von zwei Tagen fuhr ich jetzt schon zum dritten Mal nach Warrenton.

«Da», rief ich, «da rechts. Dieser große Rip aus bunten Neonröhren! Sie hat die Nummer vier. Ah, das muß ihr Auto sein, der blaue Taurus mit dem Nummernschild aus North Carolina.»

Kein Zeifel war möglich – an der hinteren Scheibe klebte eine Parkerlaubnis des Moses Cone Hospital.

Wir sprangen aus dem Auto und klopften an die Tür von Nummer vier. Ich konnte hören, daß im Zimmer der Fernseher lief.

«Mrs. Hancock», rief ich, «hier ist Nattie Gold. Peterson Scott hat mich hergeschickt, er macht sich große Sorgen um Sie.»

Ich klopfte noch einmal. Nichts rührte sich.

«Mrs. Hancock, bitte. Wir sind gekommen, um Ihnen zu helfen. Machen Sie auf!»

Henry drehte am Türknauf. Die Tür war abgeschlossen. Ich zog meine Plastikkarte von Harris Teeter aus der Tasche.

«Was willst du denn damit?» fragte Henry.

«Die Tür aufmachen, was sonst? Ich habe das schon tausendmal im Fernsehen gesehen.»

Henry fing an, Bedenken aller Art vorzutragen.

«Henry, sie hat zwei Menschen umgebracht», hielt ich dagegen. «Laß uns jetzt nicht über Moral debattieren.»

Ich zwängte die Karte zwischen Schloß und Türblatt und schob sie abwärts. Das Schloß ging nicht auf. Ich wiederholte die Operation, hatte aber auch diesmal keinen Erfolg.

«Dies zum erzieherischen Wert des Fernsehens. Gehen wir also zum Nachtportier und versuchen wir es mit unseren Überredungskünsten.»

Es dauerte seine Zeit, aber wir schafften es – die Dame im Büro des Motels kam mit und öffnete uns die Tür. Ich hatte sie dazu bewegen können, weil ich damit angab, wie Henry die betrügerische PTL-Sekte von Tim Bakker überführt hatte – die Motelmanagerin war selbst Mitglied gewesen und hatte ihre halbe Alterssicherung an die Gauner verloren.

«Ich sollte das wirklich nicht tun», meinte sie. «Aber wenn Sie sagen, daß sie in echten Schwierigkeiten steckt ...»

Wir versicherten ihr, daß dem so sei. Und wie!

Die Frau machte uns die Tür auf. Als erstes nahm ich den Geruch wahr. Susan Hancock lag mit dem Gesicht nach oben in einer Pfütze von Erbrochenem. Ihr ganzer Körper zuckte, wie nur ein Körper zuckt, dem es nicht gutgeht. Gar nicht gut.

«Rufen Sie einen Krankenwagen», trug Henry der Managerin auf und lief dann zum Bett. Susan Hancock bewegte sich jetzt nicht mehr. Henry legte zwei Finger an ihren Hals.

«Der Puls ist noch da, aber schwach und unregelmäßig. Sie atmet nicht mehr. Schnell, Nattie, ein Handtuch.»

Ich brachte eins herbei, während Henry in Susans Mund faßte und mehr Erbrochenes herausholte. Ich wischte ihr das Gesicht ab, dann beugte sich Henry über sie und blies ihr Luft in den Mund. Ich fand derweil die Flasche – ein bernsteinfarbenes Pillenfläschchen, das neben dem Bett auf dem Fußboden lag.

«Elavil», sagte ich zu Henry. «Nach dem Etikett hat sie davon dreißig Tabletten verschrieben bekommen.»

Henry beatmete sie weiter, bis der Krankenwagen da war.

Déja vu? «Haben wir uns nicht gerade erst gestern abend gesehen?» fragte mich einer der Sanitäter.

Ich bejahte seine Frage und übergab ihm das Fläschchen. Er warf einen Blick erst auf das Etikett und dann auf die Frau. «Ich fürchte, sie wird nicht so viel Glück haben.»

Sie verfrachteten Susan Hancock mit größter Schnelligkeit in den Krankenwagen. «... wird schnell schwächer», hörte ich noch einen der Sanitäter dem Fahrer zurufen.

Da die Managerin noch nicht zurückgekehrt war, durchsuchten wir kurz das Zimmer. Henry fand den Zettel in der Gideon-Bibel.

Herr, nimm mich zu Dir. Ich habe es versucht, Du weißt es. Ich verdiene das Leben nicht – Thomas sollte der sein, der lebt.

Ich habe Dir aber ein bißchen Arbeit abgenommen, oder nicht? Ein paar Feinde erledigt? Ich dachte, mich dadurch des Lebens würdiger zu erweisen, aber ich kann nicht mehr. Es ist zu grausam, jeden Morgen neu erwachen zu müssen. Der Herr hat's gegeben, der Herr hat's genommen. Ich bin eine pflichtbewußte Soldatin gewesen, denke ich, aber jetzt wird es Zeit, daß Du mich heimholst und ich meinen Thomas wiedersehe. Laß mich meinen Jungen wiedersehen, Herr, ich bitte dich.

«O Gott», sagte ich, «die arme Frau. Ich hoffe, jemand ist ihrer Seele gnädig.»

Henry legte mir den Arm um die Schulter, und wir standen eine kleine Weile da und schwiegen.

39

Susan Hancock starb, bevor der Krankenwagen das Fauquier Hospital erreicht hatte. Und ich glaube, das Schicksal hätte ihr gar nicht gnädiger sein können. Sollte ich mal wieder etwas mehr Zeit haben, dann will ich wirklich über das Thema Freude und Leid meditieren. Wenn ich so an Susan Hancock, Reenie Ashmore, Christine Motley und meine Mutter denke, dann will es mir scheinen, als gäbe es weit mehr vom letzteren als von der ersteren.

Henry und ich warteten im Krankenhaus, bis mein Bruder und Peterson Scott dort eingetroffen waren. An Scotts Augen konnte ich sehen, daß er geweint hatte. Larry versuchte als sein Anwalt, ihn daran zu hindern, aber Scott wollte reden, und es war ihm egal, daß ihm zwei Reporter dabei zuhörten. Und so kam alles ans Licht der Öffentlichkeit, seine Tabak-DNS-Basteleien eingeschlossen. Ja, er habe eine süchtig machende Zigarette und ein bonbonsüßes Nikotin entwickelt. Man könne mit dem Zeug unglaublich viel machen. Er habe auch schon ein mit zeitlicher Verzögerung wirkendes Nikotin zusammengebraut, aber daran seien die Zigerattenfirmen nicht interessiert gewesen. Sie wollten nur haben, was durchschlagend und schnell wirke, so daß der Raucher schon nach der nächsten Zigarette greife, wenn die angefangene noch gar nicht zu Ende geraucht sei.

Mir fielen dabei immer wieder die Augen zu. Es war zwei Uhr nachts, und ich mußte in sechs Stunden auf der Paper Chase Farm sein. Wenn ich nicht noch ein bißchen Schlaf kriegte, würde ich von Brenda runterfallen. Henry mußte sich wegen seiner Story noch etwas länger mit Scott unterhalten, denn Outerbridge Duncan würde sie ihm ganz bestimmt nicht vor Zeugen in die Feder diktieren. Er gab mir deshalb seine Autoschlüssel, damit ich schon zu Annie zurückfahren konnte.

Und in welches Bett kroch ich? In das große kuschelige! Henry würde es wohl, wie ich vermutete, nicht mehr aufsuchen, und wenn doch, dann um so besser.

Der Wecker riß mich aus einem Traum, der zu verschlungen war, um ihn zu erinnern. Mist, ich hatte recht gehabt – Henry war noch immer bei Scott. Zögernd kroch ich aus meinem Kokon und machte mich so normal zurecht, wie es einem schlampigen Menschen eben möglich ist – für mein Rendezvous mit George Morris, dem Reiter meiner Träume – und Alpträume.

40

«Sie sehen normal aus», sagte Rob. «Brenda auch.»

Normal! Ich hatte eine Stunde gebraucht, um sie in diesen Zustand zu versetzen. Für mich heißt normal im Winter bei einem Pferd dicker Pelz, Schmutz und festgetrockneter Schlamm, für Rob dagegen: Fertig zum Einritt in den Madison Square Garden.

Als ich noch damit beschäftigt war, Brenda entsprechend herzurichten, trat eine Frau in die Box. Sie kam mir irgendwie bekannt vor, aber ich konnte das Gesicht nicht unterbringen.

«Nattie?» sagte sie. «Ich bin Diane.»

Dianc, Dianc. Ich suchte fieberhaft in meinem Gedächtnis, konnte aber weder Namen noch Gesicht finden.

«Die Schwester von Candace», setzte sie erläuternd hinzu.

Ah, deshalb war sie mir so bekannt vorgekommen. Sie sah ihrer Schwester nämlich unglücklicherweise einigermaßen ähnlich. Wir gaben uns die Hand.

«Ich bin die, die ihre Assistenzzeit in Charlotte absolvieren will. Candy sagte mir, daß Sie hier sind, und da dachte ich, das sei eine gute Gelegenheit, Sie endlich mal kennenzulernen. Und ich hätte auch nichts dagegen, George Morris beim Unterricht zuzuschauen. Ich habe sein Buch schon dreimal gelesen. Meine Anwesenheit ist Ihnen hoffentlich recht.»

Sie kommandierte mich nicht herum! Vielleicht hatten ihre Eltern doch menschliche Wesen produziert, und ihre Schwester war nur ein genetischer Ausrutscher.

«Aber ja doch», sagte ich. «Bleiben Sie nur da. Und essen Sie mit uns zu Mittag. Ich würde gern hören, wie eine Psychiaterin die vormittäglichen Ereignisse interpretiert.»

Ich führte Brenda in die Reithalle, die jetzt mit einem Parcours vollgestopft war. Ich sah zu dem großen häßlichen Oxer in der Mitte hin und zuckte zusammen. Aber es war dies vielleicht eine gute Gelegenheit, endlich mal meine Oxerphobie zu überwinden. Ich stieg in den Sattel, und wir machten uns ans Abreiten. Innerhalb weniger Minuten war Brenda völlig durchlässig und so geschmeidig wie eine zehnjährige rumänische Sportgymnastin.

Während wir in Schritt, Trab und Galopp unsere Runden drehten, füllte sich die Halle mit anderen Reitern. Neben mir galoppierte plötzlich ein Fliegenschimmel. Ich sah zweimal hin. Konnte es wirklich die sein, die ich unter dem Helm erkannt zu haben meinte?

Ich brachte Brenda auf die andere Seite des Schimmels, reckte den Hals und schaute genau hin. Sie war es.

«Lannie?» sagte ich.

Sie wandte mir das Gesicht zu. «Was machen Sie denn hier?»

«Dasselbe wie Sie», antwortete ich. «Am Kurs teilnehmen.»

Sie versuchte, von mir und Brenda wegzukommen, ritt aber zu dicht an der Wand. Deshalb trieb sie ihr Pferd vorwärts und riß es dann zur Seite, so daß Brenda plötzlich den Hintersteven des Schimmels im Gesicht hatte. Brenda ist ein sehr gutmütiges Pferd, aber auch ihre Gutmütigkeit hat Grenzen. Die sind erreicht, wenn sie das Hinterteil eines anderen Pferdes ins Gesicht bekommt. Prompt biß sie den Schimmel, der daraufhin kurz bockte und ausschlug. Brenda bekam einen Huf vor die Brust und Lannie flog aus dem Sattel.

Sie landete glatt auf ihrem Allerwertesten. Ich wollte mich schon entschuldigen, obwohl ich eigentlich nicht so recht wußte, wofür, aber Lannie ließ mich gar nicht erst dazu kommen.

«Halten Sie bloß den Mund und lassen Sie mich in Ruhe», sagte sie barsch. «Und bleiben Sie mir vom Leib. Ich beantworte sowieso keine Ihrer blöden Fragen mehr. Schreiben Sie doch, was Sie wollen, das tun Sie ja sowieso.»

Was für ein vielversprechender Kursbeginn! Ich manövrierte Brenda von Lannie weg und auf die andere Seite der Halle. Von dort aus sah ich mir die anderen Reiter an und suchte nach Topping, die ich aber nirgends entdecken konnte. Dafür erblickte ich George Morris, der die Halle betrat, als gehörte sie ihm. Er trug enge schwarze Reitstiefel, eine enge blaue Reithose, ein noch engeres blaues Baumwollhemd und nicht ein Gramm Fett am Leib. Der Mann ging auf die Sechzig zu oder hatte sie schon erreicht, wirkte jedoch sehr viel jünger. Die meisten Reitersleute sehen auf Grund der vielen Stunden in der Sonne schon mit fünfzig wie ein Paar alte Stiefel aus, nicht jedoch George. Sein Gesicht zeigte durchaus Spuren des Alterns, aber das tat meins schließlich auch, und ich hätte seine Tochter sein können.

«Bitte alle in die Mitte, Gesicht zu mir. Und keine Unterhaltungen!» Nach dieser Einleitung begann er mit der Darlegung der Morrisschen Theorie der Reitkunst und erklärte uns, was auf dem Kursprogramm stand.

Ich besah mir wieder meine «Mitschüler». Die meisten waren groß und schlank. Aber es gab auch ein paar rundliche, unter ihnen Lannie und eine Frau, bei der «rundlich» als Euphemismus gewertet werden konnte. Ich war auf das Schlimmste gefaßt, denn George Morris war berühmt für seine einfühlsamen Hinweise auf Gewichtsprobleme. Aber zunächst sah ich aus dem Augenwinkel jemanden auf einem großen Fuchs in die Halle gesprengt kommen.

«Tut mir leid, George. Karen konnte Paladin nicht rechtzeitig fertigkriegen.»

Es war Topping. George Morris wandte sich ihr zu und sagte: «Topping Mundell, wenn Sie an diesem Kurs teilnehmen möchten, dann seien Sie pünktlich. Also, was sagte ich eben? Richtig, wenn Sie im Trab reiten, wie weit sollten Sie dann nach vorn gebeugt sein? In Grad?»

Er rief mich auf. Gott sei Dank hatte ich zugehört, als er es uns gesagt hatte! «Fünf», rief ich.

«Richtig. Und jetzt wollen wir reiten. Verteilen Sie sich etwas. Sie da auf dem kleinen Braunen, Ihre Beine sind genau da, wo sie sein sollen. Die anderen: Sehen Sie sich mal ihre Beinhaltung an. Herrrvorrragend!»

Zu meiner Überraschung handelte es sich bei der Frau auf dem Braunen um die schwergewichtige Dame – ich hatte fest damit gerechnet, daß George über sie herziehen würde.

Fünfunddreißig Minuten ritten wir im Schritt, im Trab und im Galopp, im Kreis herum und in Achten – und standen. George prägte sich derweil unsere Namen ein und rief uns, wenn wir bei ihm vorbeikamen, in umwerfend höflicher Form seine jeweiligen Kommentare zu.

«Nattie, die Knie! Nicht klammern. Strecken Sie die Beine. Ja, strrreeecken! Sehr schön.»

«Topping, die Hände höher. Gehen Sie mit dem Kopf des Pferdes mit. Mit dem Kopf des Pferdes. Ja, so. Lannie, reiten Sie ihn in die Ecken. In die Ecken.»

Das soll nun nicht heißen, daß er zu allen immer nett gewesen wäre. Auf eine Reiterin hatte er es besonders abgesehen – auf eine Vierzehnjährige namens Kelly, die offensichtlich Konzentrationsschwierigkeiten hatte.

«Das fehlt eurer Generation, ihr habt keine Disziplin! Keine Disziplin. Kelly, hör zu, wenn ich mit dir rede. Ich habe dir schon fünfmal gesagt, du sollst seinen Kopf loslassen! Laß den Kopf los. Amy, den Rücken nicht vergessen. Nattie, die Knie. Topping, die Hände. Kelly, Disziplin, Disziplin, Disziplin!»

Die kleine Kelly mochte ja keine Disziplin haben, aber sie hatte Stehvermögen und eiserne Nerven. Ihr schien nichts etwas anhaben zu können, nicht einmal George Morris.

Als der große George sie mal wieder am Wickel hatte und abgelenkt war, bemerkte ich, wie Lannie und Topping ein paar Worte wechselten. Den beiden entging jedoch, daß ich an ihnen vorbeitrabte.

«... macht dir so zu schaffen?» hörte ich Topping sagen. «Was hat Sie deiner Meinung nach rausgef ...»

Topping hob den Kopf und sah mich. «Oh, hallo, Nattie», sagte sie. «Lannie meint, George habe es auf sie abgesehen. Dabei finde ich, daß er in einer bemerkenswert wohlwollenden Stimmung ist. Bisher jedenfalls.»

Hinter uns donnerte George: «Meine Damen, wenn Sie schwatzen wollen, dann tun Sie es. Aber nicht hier. Ich schlage vor, daß Sie dazu ins Büro gehen.»

Wenig später kamen wir zum Springen und fingen bei einem nicht allzu hohen Buschoxer an. Wie sich zeigte, war der kleine Braune eher ein kleiner Spinner. Er sprang über ein Hindernis und verweigerte beim nächsten. Seine Reiterin war bald den Tränen nahe. Ich erwartete schon, daß sich George Morris jetzt abfällig über ihr Gewicht äußern würde, aber nichts dergleichen! «Sie sind eine sehr gute Reiterin, versuchen Sie's nur immer wieder. Dieses Pferd ist ein Schwindler, und wir werden ihm die Schwindelei schon noch austreiben.»

Und das tat er. Innerhalb von fünf Minuten gehorchte der kleine Braune seiner Besitzerin auf mustergültige Weise.

Brenda hätte gar nicht besser sein können, und es fiel schwer, sie nicht zu lieben. Selbst George Morris äußerte sich anerkennend: «Sehen Sie sich nur mal an, wie das Pferd geht!» sagte er. «Die Haltung von Kopf und Hals – wunderschön!»

Topping hatte keinen so guten Tag erwischt. Immer, wenn ein Handwechsel fällig wurde, benahm sich Paladin schweinisch. Paladin war das Pferd, das Charlie von einem verzweifelten Kunden zurückgekauft hatte, weil der den Gaul auch zu keinem Handwechsel hatte bewegen können. Ich wußte zwar nicht, warum Topping ausgerechnet auf ihn verfallen war, aber fest stand für mich, daß sie ein hübsches Sümmchen dafür hingeblättert hatte.

«George, ich krieg dieses verdammte Pferd nicht auf die rechte Hand», meuterte sie.

Er ging zu ihr, sagte etwas, aber so leise, daß es keiner hören konnte, und kehrte in die Mitte der Halle zurück.

«Jetzt die zweifache Kombination», rief er. «Erst der Steilsprung, dann der Oxer.»

Ich stöhnte auf. Mit Oxer war der häßliche gemeint! Es geht doch nichts über ein direktes Angehen von Schreckgespenstern.

Die Frau mit dem kleinen Braunen war als erste dran. Perfekt! Der Hengst setzte über die Hindernisse wie ein Kaninchen, und die Reiterin hatte ihn zum Absprung gebracht, als wäre sie Anne Kursinski, die so viel olympisches Gold eingesammelt hat, daß man damit die Zähne aller Kursteilnehmer hätte füllen können.

«Sehr gut», sagte George. «Amy, haben Sie ihre Körperhaltung gesehen? Wo bleibt das Gesäß? Sie sind zwar eine Blondine, aber vielleicht wissen Sie's trotzdem.»

Amy warf ihm einen bösen Blick zu. «Nah am Sattel.»

«Für eine Blondine beachtlich. Los, nichts wie rüber.»

Amy überwand die Hindernisse in untadeliger Manier – eins zu Null für die Blondinen!

Als nächste war ich an der Reihe. Mein Herz klopfte heftig. «Nun hör schon auf», sagte ich zu mir selbst. «Setz über die Hindernisse und hab deinen Spaß dabei! Deshalb bist du ja schließlich hier. Das Geld wurde für dein Vergnügen berappt.»

Ich trieb Brenda mit leichter Schenkelhilfe in den Galopp. Sie streckte sich und brachte mich zum Hindernis, als ritte ich eine Wolke. Ich sah den Punkt fünf Galoppsprünge vor mir. Wir kamen genau hin und segelten über den Steilsprung. Dann Landung, ein Galoppsprung und wieder hoch in die Luft. Diesmal höher und weiter, rüber über den häßlichen Oxer.

«Sehr schön, Nattie. Gut gemacht. Topping, Sie sind dran.»

Topping trieb das Pferd zu heftig vorwärts, und es galoppierte auf der falschen Hand los. Ich weiß nicht, warum sie die Hürde trotzdem ansteuerte, aber sie tat es, und selbst wenn sie es gewollt hätte, hätte sie nicht schlechter zur Absprungposition kommen können. Das Pferd schob einen halben Galoppsprung ein und versuchte dann hinüberzukommen. Topping warf sich dabei nach vorn auf den Hals des

Pferdes und riß es gleichzeitig mit dem Zügel im Maul. Die Folge war, daß es auf den Knien landete, sich wieder hochrappelte und dann vor dem häßlichen Oxer den erforderlichen Galoppsprung noch «einzupassen» versuchte. Aber Topping hing am Zügel, zerrte daran herum, und das arme Tier konnte gar nicht mehr anders, als zu Boden zu gehen.

George Morris lief zu dem auf der Seite liegenden Pferd und seiner Reiterin. Beide standen wieder auf, zwar schwer erschüttert, aber unversehrt. «Alles in Ordnung?»

Topping nickte.

«Das ist genau das, was passiert, wenn Sie den Kopf des Pferdes nicht freigeben», sagte George. «Immer daran denken, daß das Pferd Kopf- und Halsfreiheit braucht. Wissen Sie nicht mehr, wie man das erreicht? Ihre Hände schieben sich am Hals hoch. Das gibt Zügelfreiheit. Am Hals hoch, damit das Pferd seinen Job tun kann. Im Notfall halten Sie sich an der Mähne fest, klar? Wenn Sie auch weiterhin diese Schwierigkeiten haben, dann sollten Sie mal darüber nachdenken, ob Sie morgen nicht doch besser in der Achtzig-Zentimeter-Gruppe reiten.»

Toppings Gesicht lief rot an. «Die Anfänger-Gruppe? Ist das Ihr Ernst? Ich reite schon mein ganzes Leben lang und soll zu den Anfängern? Ohne mich. Dieser Gaul macht mir schon den ganzen Tag Schwierigkeiten, und was haben Sie dagegen unternommen außer mir zu sagen, ich solle damit fertig werden oder in einer anderen Gruppe reiten? Sie sind doch der große George Morris, los, steigen Sie in den Sattel und bringen ihn da rüber! Bringen Sie ihn dazu, daß er die Hand wechselt. Es ist mir Wurscht, daß Sie mal die ganze Olympiamannschaft trainiert haben. Das war vor hundert Jahren. Was machen Sie denn heute? Schreiben monatlich ein Artikelchen für den *Practical Horseman.* Hier, nehmen Sie das Pferd, na los, nehmen Sie's.»

Und damit warf ihm Topping die Zügel zu und stürmte aus der Reithalle. Wir waren alle wie vor den Kopf geschlagen – bis auf George, der nur zu gut weiß, daß die Schau weitergehen muß.

«Jan», rief er, «kannst du mal bitte das Pferd übernehmen? Jetzt lassen Sie uns noch mal zur Kopf- und Halsfreiheit kommen. Also, nicht am Zügel hängen, sondern die Hände ...»

Es war unglaublich! Dieser Mann war einfach nicht aus der Ruhe zu bringen. Wenn Topping mich so attackiert hätte, dann hätte ich ausgeholt und ihr eine gescheuert. Nicht so George. Wir setzten den Unterricht fort, als wenn nichts gewesen wäre. Brenda absolvierte die Kombination noch dreimal, und ich glaube, ich hatte am Ende meine Oxerphobie endgültig überwunden.

Unmittelbar vor meinem letzten Versuch kamen zu meiner großen Überraschung Henry und seine Jungen herein. Ich wußte zwar, daß sie an diesem Vormittag bei ihm waren, hatte aber gedacht, er würde mit ihnen zum Schlachtfeld von Manassas fahren. Henry winkte mir zu, und die Jungen fingen an umherzulaufen. Das trug dem Vater einen vernichtenden Blick von George Morris ein, weshalb er seine Mannen schleunigst zurückpfiff und am Halskragen festhielt.

Ich richtete Brenda gerade, ritt an – und wieder stimmte alles. Ich hörte zwei hohe Stimmen jubeln und sah George Morris lächeln. Er bat nun die Teilnehmer in die Mitte der Halle, wo er den Unterrichtsstoff noch einmal kurz durchging. Er lobte alle, bedankte sich und sagte: «Dann bis morgen. Gleiche Zeit.»

Ich führte Brenda zu ihrer Box und traf dort mit Henry und seinen umherhüpfenden Knaben zusammen.

«Daddy, ich möchte reiten lernen, bitte, bitte. Darf ich?» Das war Chet.

«Wenn er reiten darf, dann bekomm ich ein Computerspiel», rief Hank.

«Ich auch.»

«Kriegst du nicht!»

«Krieg ich wohl!»

Und schon kugelte ein aus zwei Buben bestehendes Knäuel auf dem Asphalt des Ganges herum.

«Chet! Hank!»

Henry trennte die beiden und drohte ihnen schwerwiegende Konsequenzen an: Eine Woche ohne Computer! Das wirkte.

«Henry», sagte ich, «ich brauche noch eine Viertelstunde für Brenda. Beine bandagieren, Wassereimer saubermachen und so. Warum zeigst du den Jungen nicht derweil den Stall und gehst mit ihnen dann in die Snackbar?»

Die Erwähnung eines Snacks ließ die Knaben aufhorchen. Ehe Henry ging, legte er noch den Arm um mich und flüsterte mir ins Ohr: «Gehen wir heute abend essen? Es ist der letzte, den die Jungen bei ihrer Mutter sind.»

«Ha, sieh dir Daddy an, er schmust mit Nattie!»

«Okay, Jungs, genug», sagte Henry und ging mit ihnen davon. Er sah von hinten wie ein Pferdepfleger aus, der zwei störrische Fohlen führt.

Ich brachte Brenda in die Box, weil ich noch mit Lannie sprechen wollte, bevor sie ging. Ich konnte sie ja mal fragen, was ihr so zu schaffen machte. Was konnte sie mir schon tun? Da fiel es mir wieder ein! Aber gut, sie würde mich schon nicht vor den Augen von George Morris umbringen.

Ich lief auf der Farm umher und suchte nach einem Fliegenschimmel und der dazugehörigen Reiterin. Sie mußte sich davongebeamt haben, denn ich konnte sie nirgends finden.

Es sah so aus, als müßte ich als nächstes Gary Stockwell, den Chef vom Dienst des *Appeal*, anrufen. Ich war mit meiner Story noch kein Stück weitergekommen. Was hatte ich in der Hand? Alles. Und gar nichts. Ein totes Mädchen, das nach Zigarettenrauch gerochen hatte. Einen eifersüchtigen, Frauen schlagenden Freund mit tödlich wirkenden Riesenpatschen, der den Weg zu Buddha gefunden hatte. Eine besessene Freundin, neben der Selenas Killer normal aussah. Und eine Busenfreundin, ein verzogenes Reicheleutekind mit heißestem Blut, bei dem mit Ausnahme seines Namens alles Lüge war. Wenn nicht der auch.

Wie schon gesagt – alles und gar nichts.

Ich begab mich widerstrebend zum Telefon und tippte die kostenfreie Nummer des *Appeal*, das heißt, ich stahl der Konzernzentrale in Miami wieder fünfzig Cent vom Gewinn.

«Gary, Nattie hier. Ich würde mir lieber alle Löcher in meinen Zähnen füllen lassen, als Sie um dies bitten, aber ...»

Ich skizzierte meine mißliche Lage und er seine.

«Ich verstehe Sie ja, Nattie, aber Candace hat die Story schon für die Seite eins am Sonntag fest zugesagt. Sie rastet aus, wenn ich ihr sage, daß da nichts draus wird. Ich weiß nicht, ich weiß einfach nicht ... Lassen Sie mich mal darüber nachdenken. Geben Sie mir die Nummer, unter der Sie augenblicklich zu erreichen sind, ich rufe zurück.»

Kein gutes Zeichen. Gary fürchtete Candace und ihren Zorn. Es stimmte wohl, was man über sie sagte, nämlich daß sie von allen in der Redaktion die dicksten Eier habe.

Ein weiterer Punktabzug bei der Beurteilung war mir sicher, aber auch gleichgültig. Ich hatte bei George Morris reiten dürfen und dabei mehr gelernt, als mir menschenmöglich erschienen war, und er hatte mein Pferd gemocht! Das Leben war gut zu mir.

Diane stand in Brendas Box und rieb ihr den Kopf ab. «Das ist wirklich ein phantastisches Pferd», meinte sie.

«Wem sagen Sie das», stimmte ich ihr zu. «Ich muß in meinem vorigen Leben mindestens eine gute Tat getan haben, um sie mir zu verdienen. Was sagen Sie zu George? Er war erstaunlich zahm, oder nicht? Selbst nach einer solchen Provokation.»

«Das war irgendwie Schau», antwortete Diane.

«Man konnte das wegen dem Helm nicht sehen», sagte ich, «aber sie ist ein Rotschopf. Da ich auch einer bin, kann ich aus eigener Erfahrung bestätigen, was man über uns und Fuchsstuten sagt: Wir sind Hitzköpfe.»

«Das Mädchen ist möglicherweise einer dieser Grenzfälle und total verrückt. Die roten Haare sind vielleicht nur Zufall.»

«Also, Diane, nach drei Tagen in dieser Gegend hier halte ich alles für möglich», sagte ich. «Ein Grenzfall? Zwischen Neurose und Psychose? Manchmal steht das bei mir auch auf der Kippe. Nichts für ungut, aber Ihre Schwester ist dabei, mich in den Wahnsinn zu treiben.»

«Sie ist ein Hammer, was?» bemerkte Diane. «Ich glaube, ich bin nur Psychiaterin geworden, weil ich sie verstehen wollte. Dabei habe ich erfahren müssen, daß sich manche Menschen jedem Verstehen entziehen.»

Ich kam auf der Stelle zu dem Schluß, daß Diane eine Bereicherung für meinen Stall sein würde. Vielleicht konnte sie ja sogar mal Rob analysieren und dazu bringen, mit mir zu sprechen. «Mein Stall ist die February Farm», sagte ich. «Der Laden ist dabei, sich einen Namen zu machen, die Reitwege sind unglaublich schön, und die Versorgung der Pferde könnte nicht besser sein. Okay, wie war ihr Spitzname?»

Diane sah mich verwirrt an. «O ja, ich weiß schon wieder», sagte sie dann. «Ich habe versprochen, Ihnen Candaces Spitznamen zu verraten. Sie wird mich umbringen, aber was soll's? Wir haben sie ‹Heulsuse› genannt, weil sie immer gleich losgeflennt hat, wenn etwas nicht nach ihrem Willen ging.»

Candace «Heulsuse» Fitzgerald! Hm, wann und wo konnte man davon Gebrauch machen?

«Ich besorge uns ein paar Sandwiches, okay?» schlug Diane vor. «Wir treffen uns in der Snackbar.»

Das Blut pochte mir in den Schenkeln, die ich in meine – vor zehn Pfund – maßgeschneiderte Reithose gezwängt hatte. Ich ergriff Stiefelknecht, Turnschuhe und einen roten Rollkragenpullover und lief zum Waschraum, um mich umzuziehen.

Zu meiner Überraschung traf ich dort Topping an – mit Schlamm bedeckt und ebenfalls dabei, die Kleider zu wechseln.

«He, Topping», sagte ich und schälte mich aus meinem geschmackvollen Polohemd in langweiligem Beige – eine der drei Farben, die Rob akzeptiert.

Sie sagte «Hallo», aber obwohl der Raum geheizt war, herrschte darin doch eine frostige Kälte. Ich nahm an, sie sei noch wegen ihrer Meinungsverschiedenheit mit George in Rage.

«Alles in Ordnung?» erkundigte ich mich. «Ich habe ein vergleichbares Temperament und weiß deshalb, wie das ist, wenn es mit einem durchgeht. Aber ich weiß ein ideales Mittel dagegen, nämlich dieses homöopathische prämenstruelle Zeug mit Namen ‹Natürliche Phasen›. Das wirkt Wunder. Wenn ich drauf und dran bin, jemanden umzubringen, dann lasse ich ein paar Pillchen im Mund zergehen und stelle nach wenigen Stunden fest, daß meine Hände nicht mehr zu Fäusten geballt sind, ich nicht mehr den Tod meiner Chefin plane. Ich glaube, ich habe ein paar dabei.»

Topping hatte die Hände tatsächlich zu Fäusten geballt. «Nein, danke», sagte sie. «Sie können Ihre Pillen behalten.»

Auweia, was nun? Ich mag nicht, wenn Leute sauer auf mich sind (meine Arbeitgeber ausgenommen). Dann winsele ich rum und bin nur noch das kleine Hündchen, das gestreichelt werden will.

«Topping, ich weiß ja nicht, was Sie jetzt vorhaben, aber warum gehen Sie nicht mit uns zum Mittagessen? Ich glaube, Sie ...»

«Ich hatte etwas vor. Ich wollte mit Henry zum Essen gehen. Aber Ihnen und Ihrer Schmuseschau hab ich's zu verdanken, daß daraus nichts wird. War das auch der Grund, warum er gestern abend so früh nach Hause mußte und nicht mal bis zum Kuchen bleiben konnte? Mehr Schmuseeinheiten?»

Sie hatte Henry und mich beobachtet. Das brachte mich total durcheinander, und ich stotterte: «T-topping, hö-hören Sie, ich ... äh ... w-weiß gar nicht, wa-was ich sagen soll ...»

«Dann sagen Sie auch nichts», antwortete sie. Sie hob die Arme und zog ihren Rollkragenpullover über den Kopf, der kurz im Kragen stecken blieb. Und so starrte ich für einen Augenblick auf einen prallgefüllten weißen BH und ein Goldkettchen, das sich in das Y ihres Brustansatzes schmiegte. Als sie die Arme wieder senkte, senkte sich auch ihre Brust, so daß das, was an dem Kettchen hing, aufwärts rutschte – zwei goldene, zu einem Herzen zusammengefügte Hufeisen mit einem großen Diamanten in der Mitte.

In diesem Moment kam Amy Benjamin herein. Topping nicht erkennend, sagte sie voller Begeisterung: «Was für ein Vormittag! Einfach toll. Und was sagen Sie zu dieser Reiterin, die sich das alles verscherzt hat? So eine dumme Ziege.»

Topping zog sich eine blaue Seidenbluse über und drehte

sich dann zu Amy um. Diese fing an, sich wortreich zu entschuldigen, und auch ich versuchte lange vergeblich, etwas zu sagen. Schließlich unterbrach ich sie rüde und stellte Topping die Frage: «Wo haben Sie dieses Halsband her?»

«Hat mir Daddy geschenkt. Wollen Sie's etwa auch haben?»

Sie stürmte aus dem Waschraum und schlug die Tür hinter sich zu.

Amy sah verdutzt drein. «Was war denn da los?» fragte sie.

«Vielleicht mehr, als es den Anschein hat», antwortete ich und warf mich in meine Klamotten, weil ich Topping unbedingt noch erwischen wollte, bevor sie von der Farm verschwand.

«Du lieber Himmel, die ist ja anstaltsreif», meinte Amy. «Erst geht sie auf George Morris los und dann auf die Frau mit diesem häßlichen Fliegenschimmel.»

«Hatte die etwa meine Größe?» fragte ich.

«Ja. Die beiden sind vorhin da draußen übereinander hergefallen wie zwei Kater. Jemand hätte ihnen einen Eimer Wasser über den Kopf schütten müssen. Ich bin ja eigentlich keine Lauscherin an der Wand, aber das war echt spannend.»

«Konnten Sie hören, worum es bei dem Streit ging?»

«Nur halb. Die kleinere sagte irgendwas, daß Topping sie ausgetrickst hätte. Topping nannte sie daraufhin ein armes Schwein, weil sie wie alle anderen von Josephine oder so ähnlich ausgenutzt worden sei. Dann kreischten sie wieder rum, vor allem Topping, die versuchte, die andere zu verjagen und am Rumschreien zu hindern, weil sie offensichtlich fürchtete, jemand könnte was mitkriegen. Sie sagte aber nicht, was. Die andre geriet ziemlich aus der Fassung und schrie was wie: ‹Du hast mich dazu angestiftet. Es ist deine

Schuld!› Und dann stieß sie Topping so hart an, daß die in den Dreck fiel. Ist doch nicht zu fassen!»

Ich wußte in diesem Augenblick nicht, was ich nun glauben sollte und was nicht. Ich wußte nur, daß ich Topping finden mußte. Und zwar schnell.

«Amy», sagte ich deshalb, «ich muß weg. Pinnen Sie Ihre Nummer an die Tür meiner Box, ich rufe Sie heute abend an. Wenn stimmt, was ich vermute, werden Sie's erst recht nicht fassen können.»

Ich lief hinaus und direkt in George Morris hinein.

«Ah, Miss Gold», sagte er. «Ich würde mich gern mal mit Ihnen über Ihr Pferd und auch über diese Story unterhalten, die Sie über Wally Hempstead geschrieben haben. Er war eine Schande für unseren Berufsstand, und ich denke ...»

Unglückseligerweise dachte er eine ganze Menge. Ich stand da, nickte, lächelte, sagte danke und wünschte, er käme endlich zum Ende, damit ich Topping suchen konnte. Ich war zwiegespalten – sollte ich unhöflich werden und ihn mitten im Satz unterbrechen, oder sollte ich weiterlächeln?

Ich entschied mich für das letztere, und es dauerte fast zehn Minuten, bis endlich ein paar andere Kursteilnehmer erschienen, um George zu befragen. Das war meine Chance. Ich nutzte sie und rannte zu Brendas Box, um mich zu vergewissern, daß dies keine Wiederholungsvorstellung meiner letzten Mörderjagd war. Die Leute können ja noch so verrückt sein, meine emotionale Achillesferse, nämlich Brenda, entgeht ihnen nie!

Ich riß die Tür der Box auf und erwartete, eine sabbernde Topping mit einer Brechstange in der Hand vor mir zu sehen. Aber Brenda war allein und genoß seelenruhig ihr Heu.

Ich irrte also suchend auf dem Stallgelände umher und verfluchte seine Größe – obwohl ich dabei keine Kraftausdrücke benutzte, nicht einmal in Gedanken. Versprochen ist versprochen.

Ich weiß nicht, wie lange ich nach Topping suchte. Am Ende gab ich auf und ging in die Snackbar, wo ja Diane auf mich wartete.

«Gegrillter Käse, Sie sind doch Vegetarierin, nicht wahr? Tut mir leid, alles ist kalt geworden», sagte sie.

«Vergessen Sie das Essen, Diane. Sagen Sie, wie war das mit dem Grenzfall? Mich erinnerte das vorhin ein bißchen an Glenn Close in *Verhängnisvolle Affäre.*»

«Ja, genau ...», hob Diane an, aber im gleichen Augenblick kamen ein lächelnder Henry und sein Sohn Hank herein.

«Hallo, Süße», flötete Henry, so gut es gehen wollte. Er war unverkennbar bester Laune – wo er doch den Vorabend mit dem überaus gesprächigen Peterson Scott verbracht hatte, also mit diesem verrückten Botaniker, der vor Zeugen die größte Industrie der Carolinas verbrecherischer Umtriebe beschuldigt hatte.

«Diane Fitzgerald, das sind Henry Goode und seine Jungen, Hank und ...» Ich sah mich um.

«Chet? Chet! Henry, wo ist der Dichter?» fragte ich.

«Der Glückliche», sagte Henry noch immer süß flötend. «Der liebe Kleine, er hat eine Runde auf einem Pony gewonnen und wird von einem wunderhübschen Cowgirl begleitet. Ich wette, er singt ihr gerade ein paar Sonette vor. Das würde ich liebend gern auch tun, wenn ich nicht ganz weg von dir wäre.»

«Ach, Henry, kannst du nicht mal ernst sein? Was ist mit Chet? Hier gibt es doch gar keine Ponyritte für Kinder. Wer könnte Chet vorgegaukelt haben, er dürfe auf einem Pony reiten?»

Da meldete sich Hank zu Wort. «Ich hab ihm gesagt, er

soll nicht mitgehen, aber er wollte nicht auf mich hören. Niemand hört auf mich, bloß weil ich der Jüngste bin. Aber ich hab ihm gesagt, er soll nicht mit ihr gehen. Ich mochte die Frau nicht und hab das Chet auch gesagt. Aber Daddy sagte, ich soll ruhig sein, sonst würde er mir den Computer sperren.»

Ich beugte mich zu Hank hinab, was für mich nicht allzu tief war. «Was für eine Frau, Hank? Ich höre.»

«Die Frau, deren Haar so eine Farbe hat wie deins. Aber sie ist nicht so lustig wie du. Auch nicht so nett.»

Ich drehte mich zu Henry um. «Hat Topping Chet mitgenommen? Hast du sie ihn mitnehmen lassen?»

«Ja, warum? Was ist denn? Sie sagte, sie wolle Chet zum Stall mitnehmen, wo das therapeutische Reiten stattfindet. Da könne er auch mal reiten. Von Marthas Eltern aus sind es etwa zwei Kilometer bis zu diesem Stall, deshalb dachte ich, ich könnte ihn nach einer Stunde oder so dort abholen, wenn ich die Jungs wieder zurückbringe.»

«O nein, auch das noch! Topping ist durchgedreht, total.»

Henry warf mir einen komischen Blick zu. «Wir wollen jetzt nicht wieder damit anfangen, bitte. Ich habe dir doch gesagt, daß ich nicht an ihr interessiert bin. Also, Nattie, was braucht es noch, um dich zu überzeugen?»

Hank mischte sich erneut ein. «Ich hab Daddy gesagt, er soll ihn nicht weglassen. Aber er hört ja nie auf mich. Nie.»

Henry drückte Hank an sich und sagte: «Ist schon gut. Laß uns damit aufhören, Nattie, das macht ihm nur angst.»

Ich zog Henry ein paar Schritte beiseite. «Kann ich dich mal kurz unter vier Augen sprechen?»

«Hank, hier hast du einen Dollar», sagte Henry. «Hol dir was zu trinken. Aber kein Coca-Cola!»

«Ja, ja, ja», rief der Junge. «Ich weiß, kein Koffein.»

«Hör mal, Henry. Das hier hat überhaupt nichts mit

Eifersucht zu tun», sagte ich, skizzierte dann meine Grenzfall-Topping-hat-Josane-umgebracht-Theorie und berichtete von dem Halsband mit Anhänger. «Sie ist der höllische Inbegriff von Daddys Darling. Sieh es mal mit Toppings Augen, und frag dich dann, ob nicht alles auf eine irre, krankhafte Weise schlüssig ist. Daddy hat immer nur ihr gehört, seit sich vor Jahren der Kühlschrank von Mama aus ihrer beider Leben rausbibberte. Seitdem leben nur noch Topping und Daddy in dem großen Haus mit den komischen Fußböden. Auftritt Josane. Die hübsche, gesellige, sexy Josane. Plötzlich sind Daddys Gedanken auch noch bei einer anderen, bei einer, die so jung und schön ist wie sie selbst. Josane hat ihr Daddy vor ihren Augen weggenommen. Als ob das nicht schon unerträglich genug wäre, verleibt Josane ihrer Sammlung einen weiteren von Toppings Männern ein. Denn da ist ja auch noch ihr Ex-Verlobter, der sich von ihr getrennt hatte, weil sie ihm zu besitzergreifend gewesen war. Reicht das noch nicht? Dann denk an ihr Temperament. Ich habe gesehen, wie sie ihre Katze durch die Küche geschleudert hat, bloß weil der Geburtstagskuchen für Daddy zusammengefallen war. Und du hättest heute den Wutanfall miterleben sollen, den sie aus Ärger über George bekam.»

Henry kaufte mir meine Theorie nicht ab. Noch nicht.

«Der Halsbandanhänger. Als ich den sah, da wußte ich es. Lannie trägt das speziell für Josane angefertigte Halsband. Wie du ja weißt, habe ich selbst mit dem Juwelier gesprochen. Er schwor, nur zwei davon hergestellt und die Gußformen dann vernichtet zu haben. Lannie kaufte das eine und Santee Mundell das andere, in das er Josanes Initialen eingravieren ließ. Ebendiesen Halsbandanhänger habe ich vor einer Viertelstunde auf Toppings beachtlichen Busen herabbaumeln gesehen. Als ich sie danach fragte, sagte sie: ‹Hat mir Daddy geschenkt.› Quatsch mit Soße. Sie kann ihn sich nur von der toten oder fast toten Josane geholt haben. Frag Diane. Sie ist Seelenklempnerin und hat miterlebt, wie Topping heute explodiert ist. Sie hat das Mädchen – zunächst noch im Scherz – als Grenzfall bezeichnet. Was uns dann an Glenn Close in *Verhängnisvolle Affäre* erinnerte. Weißt du noch, was sie im Film macht, nachdem sie das Haustier-Kaninchen gekocht hat? Sie haut mit dem Kind ab.»

Ich sah, wie Henry den Prozeß des Nachsinnens erheblich beschleunigte – es ging ja um die Sicherheit seines Kindes!

Hank kam mit seinem Getränk, einem Becher Sprite, zurück. «Du», sagte Henry zu ihm, «wir fahren jetzt zu dem Stall und holen Chet ab, ja? Du wirst sehen, daß ihm nichts passiert ist, du dir also auch keine Sorgen mehr machen mußt.»

«Ich hab dir ja gesagt, er hätte nicht mit ihr gehen sollen. Sie ist eine böse Tante, oder nicht, Nattie?»

Ich sah erst Henry und dann Hank an. «Ich weiß nicht, ob sie böse ist, Hank», sagte ich. «Ich weiß überhaupt noch nichts so richtig, außer daß Chet großen Spaß beim Reiten hat. Warum fahren wir nicht hin und schauen mal?»

Diane erbot sich, Brendas Beine zu bandagieren, was ich dankbar annahm. Wenn das Pferd über Nacht mit uneingewickelten Beinen im Stall stand, würde Rob es mir wegnehmen.

Als wir zu Henrys Auto gingen, rannten wir – unglücklicherweise buchstäblich – in Lannie hinein. Hank, der rückwärts vor uns hertänzelte, stieß heftig mit ihr zusammen.

«Paß doch auf!» fuhr sie ihn an. Dann sah sie mich.

«Bleiben Sie mir bloß vom Leib», sagte sie. Ihre Augen waren feuerrot.

«Henry, Hank, geht schon zum Auto», sagte ich. «Ich komme gleich nach.»

Henry sah mich an. «Beeil dich, Nattie, bitte.»

«Dauert nicht lange,» sagte ich zu ihm, sah aber Lannie an.

«Okay, Lannie, Schluß mit den Scherzen. Ich weiß, daß Topping Josane umgebracht hat, aber was fehlt, sind Sie. Wozu hat sie Sie beschwatzt? Wozu Sie veranlaßt? Und worum ging es bei Ihrem Streit mit Topping?»

Lannie wollte einfach davongehen. Ich packte sie deshalb an der Schulter und drehte sie wieder zu mir herum.

«Hören Sie», sagte ich, «es ist mir Wurscht, ob Sie mich, meinen Beruf oder meine Mutter hassen. Sie erzählen mir jetzt alles, und das ganz schnell. Diese Verrückte hat gerade Henrys Jungen in ihre Gewalt gebracht, und wenn sie ihm auch nur ein Härchen krümmt, dann mache ich Ihnen die Hölle heiß. Sie glauben, Topping habe Temperament? Da kennen Sie mich nicht!»

Es war, als hätte jemand die Luft oder das bißchen Leben, das noch da war, aus ihr herausgelassen.

«Henry?» fragte sie. «Henry Goode, der andere Reporter vom *Appeal*? Toppings neuer Freund?»

«Hat sie Ihnen das erzählt?» sagte ich. «Sie ist verrückt. Ich meine, echt verrückt. Mörderisch verrückt. Aber das wissen Sie ja bereits, nicht wahr? Lannie, wozu hat sie Sie überredet? Es hat doch etwas mit Josanes Tod zu tun, oder nicht?»

Lannie schüttelte den Kopf, und die Tränen strömten wieder. Dafür hatte ich jedoch keine Zeit. Ich packte sie erneut an der Schulter und schüttelte sie. «Los, Lannie, zu was hat Topping Sie beschwatzt? Dazu, Josane zu töten, weil sie selber es nicht konnte, das Mädchen aber tot sehen wollte? Ist es das?»

Lannie war weit, weit weg und beantwortete ihre eigenen Fragen. «Heute morgen hat mir Topping gesagt, sie könne veranlassen, daß Sie mich nicht länger behelligen. Weil ihr neuer Freund mit Ihnen zusammenarbeite und Ihnen sagen würde, daß Sie Ihre Nachforschungen einstellen sollen. Niemand würde je etwas erfahren. Das versprach sie mir. Und das nächste, was ich hörte, war, daß sie mich anschrie, mir die Schuld an allem gab und sagte, mir werde niemand glauben, alle nur ihr.»

«Lannie, mir fehlt die Zeit, tausend Fragen zu stellen. Jetzt reden Sie schon.»

«Sie versprach mir, daß nichts Unrechtes geschehen würde. Ich weiß, Sie werden das nicht schreiben, aber es ist die Wahrheit. Sie sagte, es würde Josane nicht weh tun. Ihr würde nur ein bißchen übel werden, und ich könnte am Abend zu ihr gehen und sie ins Krankenhaus bringen. Wie so 'ne Art Rettungsaktion. Und ich würde die sein, die sie rettet, und dann würde sie mich wieder mögen. Es würde zwischen uns alles wieder so sein wie früher, bevor ich das Geld nahm.»

«Lannie», sagte ich, «wovon reden Sie?»

«Ich wußte nicht, daß Topping ihren Tod wollte, ich schwör's. Ich wußte nichts von Toppings Vater und Josane. An jenem Abend ging ich zu ihr in die Wohnung und wartete wie geplant auf sie. Aber Josane kam nicht. Das war gar nicht ihre Art, und ich fing an, mir Sorgen zu machen. Ich wußte nicht, was ich tun sollte. Ich wartete drei oder vier Stunden und ging schließlich nach Hause. Am nächsten Tag sagte mir Topping, es hätte einen Reitunfall gegeben. Das war, als ich es sah. Das Halsband mit Anhänger. Bei ihr. Unser Halsband, Josanes und meins. Das sagte ich ihr. Da lachte sie mir ins Gesicht. Stellen Sie sich das vor, ihre beste Freundin war noch keinen Tag tot, und sie lachte mir ins Gesicht. Da wußte ich, daß die Geschichte mit dem Reitunfall, die sie mir erzählt hatte, nicht stimmte. Wo sie Josane zusammen mit all den vielen anderen gefunden hatte, wie hätte sie da das Halsband nehmen können, ohne daß es einer sah? Als ich sie fragte, lachte sie noch mehr und nannte mich eine dumme Nuß. Dann fing sie plötzlich ganz irre an davon zu reden, daß Josane den Tod verdient hätte, weil sie ihr den Vater weggenommen hätte. Ich versuchte, ihr das Halsband abzunehmen, weil ich es Josanes Mutter schicken wollte, aber da drehte Topping völlig durch. Sie schrie, das sei ihr Halsband, sie habe es in der Kommode ihres Vaters entdeckt und gedacht, es solle eine Geburtstagsüberraschung für sie sein. Aber eine Woche später habe sie es dann an Josanes Hals gesehen. Jetzt gehöre es wieder ihr. Niemand dürfe es ihr wegnehmen, weil sie sich soviel Mühe gemacht habe, es zu kriegen. Als ich sie fragte, wie sie das Halsband an sich gebracht habe, wo da doch so viele Leute dabei gewesen seien, nannte sie mich wieder eine Dumpfbacke und erzählte mir, sie habe Josane Stunden vor allen anderen gefunden, sie hätte auf der Erde gelegen, sterbend wegen mir. Wegen mir. Ich hab Josane geliebt und wollte die Polizei rufen, ihr alles erzählen. Aber Topping wurde noch wilder und sagte, es sei alles so arrangiert, daß es aussähe, als habe ich Josane in voller Absicht getötet. Und sie sagte, wenn ich den Mund hielte, dann hätte ich nichts zu befürchten, denn sie habe alles so gemacht, daß es wie ein Reitunfall aussehe, wer würde ihr das bei dem irren Pferd nicht glauben. Sie sagte, sie habe Josane den Helm abgenommen und ihren Kopf auf einen Stein gelegt, damit alle dächten, sie sei da draufgefallen. Ich wollte nicht mitmachen, ich wußte nicht, daß ihr so was zustoßen sollte, ich schwör's. Topping hatte mir versichert, ihr würde von dem Zeug nur ein bißchen schlecht, und ich könnte sie ins Krankenhaus bringen. Dann wäre alles wieder so wie früher.»

Ich schüttelte sie. «Das Mittel für Rita, meinen Sie das?»

Sie ließ den Kopf sinken und nickte. «Ich wußte nicht, daß das Beulenmittel sie umbringen würde. Wirklich nicht.»

«Was war da drin?»

«Das weiß ich nicht genau», antwortete Lannie. «Sie gab mir ein Fläschchen von was, und ich sollte DMSO reinmixen. Es war irgendwas aus dem Labor ihres Vaters, was ganz langsam wirkt.»

O Mann, wie konnte ich nur so blöde sein! Natürlich – Peterson Scotts mit Verzögerung wirkendes Nikotin! Er arbeitete ja für Mundell Industries. Topping hatte wahrscheinlich ein Fläschchen von dem Gift an sich genommen und Lannie dann gesagt, sie solle es mit Dimethylsulfoxid versetzen. Das Zeug läßt alles, was man reinmischt, blitzartig in die Blutbahn gelangen. Das erklärte, warum Josane nach Zigaretten gerochen hatte und dann erst später da draußen auf dem Reitweg gestorben war.

Lannie schluchzte wieder. «Ich hab nicht gedacht, daß es sie umbringen würde. Nein, ganz bestimmt nicht.»

«Sie beten jetzt besser, daß dem Jungen nichts passiert ist», sagte ich und lief zu Henrys Auto.

Die nun folgende Fahrt wurde zur längsten meines Lebens. Die Umgehungsstraße half gar nichts, weil sie an sämtlichen Einkaufszentren vorbeiführte, wir nur im Schrittempo vorankamen. Ich hätte am liebsten laut geschrien, zwang mich aber zu vorgetäuschter Ruhe – um Hanks willen, der immer wieder «Ich hab ihnen gesagt, sie sollten es nicht tun» vor sich hin murmelte.

Wir gelangten endlich zum Rock Creek Parkway und rasten nun auf der kurvenreichen Straße dahin. Ich wußte nicht, was Henry dachte, denn er sprach die ganze Zeit beruhigend auf Hank ein. Endlich sah ich das Schild, das auf die Zentrale des Mid-Atlantic Therapeutic Riding

Program hinwies. Henry stoppte direkt vor dem hüttenartigen Gebäude – er suchte sich nicht erst eine Parklücke und stellte auch nicht sicher, daß er genau zwischen den gelben Linien stand.

«Hank, bleib im Auto sitzen. Ich schließe auch ab und …»

«Ich will aber nicht im Auto bleiben. Nicht allein.»

Henry wußte, daß er bei dieser Auseinandersetzung nicht obsiegen würde, selbst wenn er Hank noch so viele Computertage strich. «Wenn ich dich mitnehmen soll, mußt du aber tun, was ich dir sage. Ohne Widerworte. Abgemacht?»

Hank nickte, und wir gingen ganz ruhig zur Reitbahn.

«Ich bin sicher, er ist dort drin und grinst wie ein Honigkuchenpferd», meinte Henry.

«Sie kam mir so zappelig vor, Dad. Irgendwie zappelig und unheimlich», sagte Hank.

Als wir die Reitbahn erreicht hatten, atmete ich erleichtert auf. Da saßen zehn oder zwölf Kinder auf Pferden, die am Zügel umhergeführt wurden. Da mir jedoch das Elternradar fehlt, mußte ich mir die Kinder alle einzeln anschauen, während Henry schon nach wenigen Sekunden mit einer Stimme, die verriet, daß er der Panik nahe war, sagte: «Er ist nicht da, Nattie. Laß uns ins Büro gehen.»

Das Büro befand sich im Stallgebäude. Hinter dem Tresen saß eine junge Frau und las in einem Roman von Dick Francis.

«Kennen Sie Topping Mundell?» verlangte Henry zu wissen.

«Klar doch», antwortete das Mädchen.

«Haben Sie sie gesehen? Und war ein Junge bei ihr, etwa eins fünfzig groß?»

«Klar doch», sagte die Gefragte und blätterte um.

Da beugte sich Henry über den Tresen und entriß ihr das Buch. «Es ist wichtig», sagte er mit übertriebener Deutlichkeit, so als hätte er es mit einer Schwerhörigen zu tun. «Wann haben Sie sie gesehen? Und wo ist sie mit dem Jungen hin?»

«Mein Himmel, deshalb muß man sich doch nicht gleich so pestig aufführen. Sie hat für den Jungen Hazel Nut und selbst Blaze genommen. Sie sind Richtung Denkmalsfriedhof geritten.»

«Denkmalsfriedhof? Was soll das denn sein?» fragte Henry.

Die junge Frau warf ihm einen gelangweilten Blick zu. «Da, wo sie Stücke von alten Denkmälern, Statuen, Säulen und so'n Müll hinschmeißen. Da liegt haufenweise so ein Zeug rum. Ich weiß auch nicht, wozu sie das alles aufheben.»

Sie wandte sich wieder Dick Francis zu. Henry beugte sich erneut über den Tresen und schob sein Gesicht ganz nah an das ihre heran. «Und wie finde ich ihn?»

«Mal sachte, ja? Meine Fresse, Sie sind genauso verrückt wie Topping. Was gibt's? Haben Sie beide Streit, oder was?»

«Sagen Sie mir schlicht und einfach, wie ich dorthin komme», erwiderte Henry.

Die Frau zögerte kurz, begleitete uns dann aber zur Tür. «Sehen Sie den Weg dort rechts? Folgen Sie ihm bis zu einer Gabel und nehmen Sie den Weg rechts. Den immer entlang, bis Sie auf Körperteile aus Beton stoßen, die aus dem Boden ragen.»

Wir versuchten zu laufen, aber der Boden war mit Eis überzogen. Deshalb gingen wir so schnell, wie es möglich war, ohne auf dem Allerwertesten zu landen. Ich wußte, daß es nicht die Zeit war, sich der schönen Szenerie zu erfreuen, tat es aber trotzdem. Wir gingen ziemlich weit in den Park hinein, aber von Chet und Topping war nichts zu sehen. Hank fing an zu weinen, und Henry bemühte sich, weiterzugehen und den Jungen zu trösten.

Wir erreichten schließlich eine Biegung, und ich sah vor uns etwas Helles sich bewegen.

«Dort hinten!» rief ich. «Siehst du es? Es könnte aber auch ein Reh sein.»

«Chet!» brüllte Henry durch den Park. «Chet, bist du das?»

Wir rannten trotz des Glatteises los und fielen abwechselnd immer wieder auf die Nase. Als wir näher kamen, konnten wir alles deutlicher sehen. Es war kein Reh, was sich da bewegte, sondern Chet auf einem kastanienbraunen Pony, dessen Mähne und Schweif flachsfarben waren. Topping hielt die Zügel.

Sie trieb jetzt ihr eigenes Pferd schneller vorwärts.

«Topping, warte», rief Henry ihr zu.

«Auf was? Auf das Mittagessen? Dazu ist es ein bißchen spät, nicht wahr? Ich dachte, du wolltest mich und nicht sie. Mich. Hörst du, was ich sage?»

«Daddy», rief jetzt Chet, «sie ist so komisch. Und viel zu schnell. Sag ihr, sie soll stehenbleiben.»

«Topping, laß Chet los», sagte Henry. «Er hat dir doch nichts getan. Ich bin's, dem du böse bist.»

«Dir nicht, ihr! Sie ist genau wie Josane, nur nicht so hübsch. Konnte es gar nicht abwarten, dich und alle Männer, auf die ihr Auge fiel, in die Fänge zu kriegen. Ich habe doch gesehen, wie sie Daddys Porträt angeglotzt hat. Und Snowdon. Glaubt bloß nicht, ich wüßte nicht davon. Josane hat auch nicht geglaubt, daß ich über sie und Daddy und dann Snowdon Bescheid wußte. Glaubt ja nicht, ich hätte nichts davon gewußt. Na los, Chet, jetzt wollen wir mal wieder etwas galoppieren.»

Sie trat ihr Pferd, das sich in Bewegung setzte und die arme Hazel Nut hinter sich herzog.

«Daddy, Hilfe!» schrie Chet.

Wir sahen mit Entsetzen, wie die Pferde im Galopp davonpreschten. Ich lief los, und Henry folgte mit Hank. Ich weiß auch nicht, was mich auf den Beinen hielt – wahrscheinlich mein Schutzengel.

«Daddy!» Wir hörten Chet und sahen, wie Hazel Nut auf dem glatten Boden ausrutschte und stürzte. Sie landete auf ihrer Seite. Und auf Chet.

«Chet!» schrie Henry so laut, wie ein Mensch nur schreien kann, und rannte mit einer Geschwindigkeit los, daß ich nur noch einen Schatten sah. Als Hank und ich bei Henry anlangten, kniete er am Boden und hielt Chet in den Armen, weinte und wiegte ihn. Ich dachte, der Junge sei tot.

Dann hörte ich ein leises Stimmchen. «He, du hältst mich ja so fest, daß ich gar keine Luft mehr kriege.»

«Gott sei Dank, du lebst!» schluchzte Henry.

Ich sah mich um und wußte bald, warum. Wunderbarerweise war das Pferd in eine große Schneewehe gefallen, die den Sturz auf Chet abgemildert hatte. Wo es allerdings danach abgeblieben war, ließ sich nur vermuten.

«Bring Chet zurück und laß nachsehen, ob er was gebrochen oder eine Gehirnerschütterung hat», sagte ich. «Es ist nicht zu fassen, daß diese Idiotin ihn ohne Helm hat reiten lassen. Ich muß Hazel Nut suchen. Vielleicht hat sie sich verletzt.»

Henry wollte Einwände erheben, aber ich war rasend vor Wut. Ha, das Polnyakoffsche Temperament! Eigentlich wollte ich gar nicht so sehr Hazel Nut, sondern eher Topping finden. Umbringen würde sie mich ja wohl kaum, denn offensichtlich fehlte ihr der Mumm, die Dreckarbeit selbst zu erledigen. Dafür mußte sie Lannie einspannen.

Ich lief los. Da ich weder von dem Mädchen noch von dem Pferd etwas sah oder hörte, mußte ich mich mühsam immer weiter vorankämpfen. Bis ich das Pferd endlich fand.

Sein Zügel war an den Gliedmaßen eines Betonheroen hängengeblieben. Ich ging um die Überreste des Unbekannten herum und befreite das Tier.

Hazel Nut schnaubte und zitterte. «Ruhig, ganz ruhig», sagte ich und haßte Topping noch mehr, weil sie nicht nur den Jungen, sondern auch dieses arme sprachlose Geschöpf in Angst und Schrecken versetzt hatte. «Ruhig, ganz ruhig, ist ja gut!»

Ich hob den Zügel über Hazel Nuts Kopf, saß auf und ließ meinen Blick noch einmal über den Denkmalsfriedhof hingehen.

«Verdammtes Dreckstück!»

Das hatte nicht ich gesagt, denn ich fluchte ja nicht mehr.

Ich drehte mich mit Hazel Nut. «Topping», sagte ich, «wie haben Sie's gemacht? Sind Sie Josane ins Gelände gefolgt und haben ihr, als sie endlich tot war, den Schädel eingeschlagen, damit es nach einem Sturz aussah? War's so?»

Sie gab keine Antwort, was ich aber auch nicht erwartet hatte. Statt dessen trieb sie ihr Pferd direkt auf Hazel Nut zu und schlug ihr mit der Reitpeitsche kräftig auf die Kruppe. Hazel Nut sah das wie jedes Pferd als Aufforderung an loszugaloppieren – einmal mehr. Um die Denkmalstrümmer herum und über sie hinweg. Und Topping dicht hinter uns. Ich versuchte, mein Pferd vor etwas zurückzureißen, was plötzlich einen halben Galoppsprung vor uns auftauchte. Ich weiß nicht, wessen Nase das war, aber sie war riesig. Eine große Nase ragte aus der Erde.

Ich hörte in meinem Kopf die Stimme von George Morris. «... geben Sie Kopf- und Halsfreiheit. Und wenn Sie sich unsicher fühlen, dann greifen Sie in die Mähne ...» Unsicher fühlen und greifen trafen es nicht ganz – ich packte die Mähne so fest, daß meine Finger eins mit ihr wurden. Mit kräftigster Schenkelhilfe trieb ich Hazel Nut vorwärts, und sie setzte über wessen Nase auch immer hinweg. Da meine Hände an ihr festgekrallt waren, flog ich nicht sonstwohin, sondern mit ihr mit.

Topping dagegen ging auf die Reise. Sie versuchte der Nase auszuweichen, war aber wie üblich zu weit vor der Bewegung. Gleichzeitig riß sie am Zügel und damit das Pferd im Maul, was dieselbe Wirkung hatte wie schon im Kurs von George Morris. Der Hengst ging zu Boden, und Topping landete mit der Schulter auf einer großen Sandsteinplatte. Ich hörte es knacken, krachen und splittern – nicht den Stein, sondern den Knochen. Wahrscheinlich war es derselbe, den sie sich beim Sturz von Rox-Dene gebrochen hatte.

«Auuuua!» schrie sie.

Ich sah auf Topping hinunter, wie sie sich auf dem großen Brocken amerikanischer Geschichte krümmte und wand. Für alle, die vielleicht meinen, derjenige, der für die Geschicke hier unten verantwortlich ist, habe keinen Sinn für Humor, sei angefügt, auf was Topping da lag und sich quälte – und ich schwöre, daß es wahr ist: In die Sandsteinplatte waren in Großbuchstaben die Worte FÜR RECHT UND ORDNUNG eingemeißelt.

Ich trieb Hazel Nut noch ein Stück näher an Topping heran und sagte: «Kopf- und Halsfreiheit, Topping. Sie hätten auf George Morris hören sollen. Aber Sie waren ja schon immer eine lausige Reiterin.»

41

Candace bekam ihre Story für die Seite eins, und ich überschritt den Termin nur um fünfundvierzig Minuten. Ich hielt das angesichts der gegebenen Umstände für ziemlich gut, «Heulsuse» jedoch nicht. Sie sagte mir, es werde Eingang in meine Beurteilung finden, daß ich Termine rücksichtslos mißachte. Ein Absinken auf der guten alten Eins-bis-zehn-Skala sei abzusehen.

Was den romantischen Abend betraf, so sollte der nicht sein. Henry verbrachte die Nacht sternhagelvoll in seinem Marshmallow-Bett, während ich bis zum Verblassen der Sterne auf meinem Laptop herumhackte, um Candace glücklich zu machen, was ja, wie ich inzwischen weiß, ein Ding der Unmöglichkeit ist.

Als ich aus Middleburg abgereist war, hatte mein alter Freund John noch fünf Krankenhaustage vor sich. Jedesmal, wenn ich bei ihm anrief, meldete sich Sarah Carpenter, die freundliche Schwester. Er mußte mir deshalb schwören, daß er bei ihr, wenn überhaupt, nur etwas Ordentliches anstellte, jedenfalls keinen Der-Kick-ist-weg-Blödsinn machte. Er sagte mir, die Ärzte hätten ihm versichert, alles sei bestens, solange er keine Zigaretten rauche, weder aktiv noch passiv. Als ich zum letzten Mal mit ihm telefonierte, rang er noch immer mit seiner Zukunft. Nach der Fahrt in seinem Lexus wüßte ich, ehrlich gesagt, auch nicht, was ich täte, wenn ich in seinen sauteuren Schuhen steckte.

Chet war, wie sich ergab, nichts passiert. Bei der Angst, die er ausgestanden hatte, würde ihm wohl mit einiger Wahrscheinlichkkeit eine lebenslange Angst vor Pferden bleiben. Sonst ging es ihm aber gut. Was die Staatsanwaltschaft mit Lannie zu tun gedenkt, weiß ich nicht. Sie hatte den Polizisten ihr Herz ausgeschüttet und gestanden, daß sie Josane das mit Toppings verzögert wirkendem Nikotin versetzte DMSO gegeben hatte. Ich bat Tony, meinen Freund bei der Polizei, sich mal mit seinen Spezis in Middleburg in Verbindung zu setzen und zu sehen, ob man Lannie irgendwie behilflich sein konnte.

Topping wurde ins Krankenhaus und dort in den OP geschafft. Ehe das letztere geschah, bat ich Sarah Carpenter um einen weiteren Gefallen, nämlich mir das Halsband zu beschaffen, damit ich es Josanes Mutter geben konnte. Was das Rice-Krispies-Geräusch anging, so hatte ich recht gehabt – Toppings Schulter war in viele kleine Stücke zerbrochen, und es bedurfte einer ganzen Wagenladung an Nadeln, Bolzen und Schrauben, um alles wieder zusammenzufügen. Wenn sich Daddys kleiner Liebling erholt haben wird, geht es ab ins Gefängnis. Meine Freunde sind zwar alle überzeugt, daß Daddy sie freikaufen wird, aber sie haben sich auch schon mal geirrt, nämlich bei George Lindemann. Das war dieser reiche Scheißer gewesen, der sein Pferd massakriert hatte, weil er nicht zugeben wollte, daß er es nicht reiten konnte. Er hatte von Richter George Marovich die Höchststrafe (knapp drei Jahre Gefängnis und eine Geldstrafe von 750 000 Dollar) aufgebrummt und davon nichts erlassen bekommen.

Schade nur, daß Topping nicht vor dasselbe Gericht in Chicago gestellt und von Marovich abgeurteilt werden würde.

Was den weiteren Verlauf des Schulungskurses bei George Morris anging, so verlief der zweite Tag noch besser als der erste. Dies, weil wir zwei Teilnehmerinnen weniger waren (Topping und Lanny fehlten ja jetzt), vor allem aber auch, weil George einfach brillant war – ich werde mein erstes Kind nach ihm nennen, sollte eine zwischenmenschliche Beziehung je so weit gedeihen, daß sich eine derartige Möglichkeit abzeichnet.

Ach ja, das erinnert mich an Henry. An den süßen Henry. Man beachte, daß ich nicht von dem irritierenden, unangenehmen, kleinlichen Henry spreche. Seit er seinen Jungen aus der Schneewehe geborgen hat, haben wir uns kein einziges Mal mehr gestritten. Ich will nicht behaupten, daß das so bleiben muß. Aber wenn ein Mensch um ein Haar verliert, was ihm am meisten bedeutet, so führt das oftmals sehr schnell dazu, daß er seine Prioritäten neu ordnet. Und Henry ist, glaube ich, zu dem Schluß gekommen, daß ich wohl irgendwie zu ihnen gehören muß.

Aber auch ich habe mich verändert. Dem Vorschlag von Flips Guru folgend, habe ich über die Freude-Leid-Frage meditiert. Ich habe zwar noch keine endgültige Antwort gefunden, aber doch schon Einblicke erhalten. Bei Ritten durch den Wald. Beim Anblick Henrys und seiner Jungs. Beim Schreiben der vollkommenen Story. Bei meiner Mutter, als ich sie wieder lachen hörte.

Ich weiß, daß sich am Ende alles klären wird. Das hatte mir ja Nana Greenburg in jenem seltsamen Traum gesagt, in dem sie mir nach Art einer Schönheitskönigin zugewinkt und in einer fremden Sprache, die ich plötzlich verstehen konnte, gesungen hatte. Und ich hatte, ohne es zu bemerken, in den Refrain eingestimmt: «There will be an answer, let it be, let it be.»

Und das tue ich im Augenblick. Oder wie Flips für das Nirwana zuständiger Reiseleiter sagt: Ich lasse das Sein Sein sein.

Ich wünschte, das könnte auch der Vater des toten Mädchens. Wie mir Charlie Laconte berichtete, traf er ihn mal draußen auf jenen Feldern, über die seine Kleine mit ihrem Pony geritten war – tief in seine Erinnerungen versunken und in Tränen aufgelöst.

Um Reenie Ashmore steht es ein wenig besser. Ein wenig. Sie spricht nach wie vor von Josane in der Gegenwartsform, hat mir aber auch gesagt, daß sie jetzt regelmäßig an den Treffen von Christines Gruppe teilnehmen und dort über die Tochter, die sie verloren hat, reden wolle.

Ach, all diese Tränen! Manchmal war es, als flösse dort draußen ein ganzer Tränenstrom, wobei sein Wasser zur Hälfte von mir stammte. Kaum dachte ich, jetzt hätte ich genug geweint, da heulte ich schon wieder los. Aber das waren dann wenigstens Freudentränen.

An dem Abend, an dem wir nach Charlotte zurückkamen, standen nämlich Gail und Torkesquist wartend vor meiner Tür.

«Gold», sagte Torkesquist, «ich muß dir jetzt das Herz brechen, aber es sieht so aus, als müßtest du dir fortan die Löcher von einem anderen in den Teppich brennen lassen. Gail und ich wollen nämlich morgen heiraten. Sie sagt allerdings, sie macht es nicht, wenn du nicht dabei bist.»

Gail fing an zu weinen, schlang die Arme um mich, und so blieben wir stehen – wir hielten uns fest umschlungen und vergossen Tränen des Glücks.

Lou hörte den Tumult und kam vor die Tür. Als Gail ihm die Neuigkeit mitteilte, lief er in meine Wohnung zurück und holte dem glücklichen Paar ein Geschenk herbei – zwei zueinander passende, superstarke Magneten zur Synchronisierung ihrer Energiefelder.

Die Hochzeit wurde auf Tork's Turf gefeiert, und zugegen waren ich, Henry, Rob und Lou, dazu Allie und Hap, auf denen Gail und Torkesquist zum Fest geritten kamen. Als Modeberichterstatterin sollte ich, wie ich meine, die Kleidung der Braut wenigstens kurz erwähnen: Gail trug ein erlesenes antikblaues und brokatgemustertes Damensatteloutfit, bestehend aus einem langen, fließenden Rock und einem kurzen Jäckchen.

«Warte», rief ich ihr zu, als sie gerade aufsitzen wollte, «dir fehlt noch etwas.» Ich zog Dorothys Eheglücksbringer, das Halsband, hervor, dessen Blau genau zu ihrem Kleid paßte.

«Es heißt, wenn Torkesquist dies an deinem Hals sieht, wird er nie wieder eine andere Frau anschauen. Aber warum sollte er eigentlich? Er hat doch dich, Gail, und du siehst phantastisch aus.»

Wir umarmten uns und heulten erneut los.

Die Zeremonie war erfreulich kurz, und als sich die Brautleute küßten, jubelten und applaudierten alle. Das mußte Hap auf die empfindlichen Ohren gegangen sein, denn in dem Augenblick, in dem Torkesquist die Lippen auf den Mund seiner jungen Frau drückte, schlug das Pferd die Zähne in sein Bein.

«Ahhh!» schrie er.

Lou trat zu dem Pferd und streichelte es mit kreisenden Bewegungen am Kopf. «Kein Wunder», sagte er, «sein Chi ist ja völlig blockiert. Das ist alles.»

Dann stocherte er mit dem Finger an Haps Hals herum und steckte ihn schließlich tief in das Pferdeohr. Ich sperrte Mund und Nase auf. Es war unfaßbar, daß der Gaul nicht nach ihm trat und den braunen Reis aus ihm herauskeilte. Die meisten Pferde lassen einen nämlich nicht an die Ohren ran, schon gar nicht mit dem Finger eindringen. Aber Hap ließ sich das nicht nur gefallen, sondern drängte sich förmlich an Lou heran – so wie ich mich an jenem Abend auf Duncans Couch an Henry gedrängt hatte. Endlich hatte mein Vater eine verwandte Seele gefunden!

Den ganzen restlichen Nachmittag wich Hap nicht mehr von seiner Seite, auch nicht, als er zu meinem Auto ging, um die Kanne mit dem speziellen Festtagssaft zu holen, den er am Morgen unter ohrenbetäubendem Lärm mit der alten elektrischen Saftpresse produziert hatte. Ohrenbetäubend war der Lärm allerdings nur für mich gewesen, denn er hatte sein Hörgerät herausgenommen und hatte folglich gar nichts gehört.

Hap dicht hinter sich, kam Lou mit der Kanne zurück und schenkte uns allen davon ein.

«Auf eine gute Zukunft», sagte er, woraufhin wir die Gläser mit dem rubinroten Saft erhoben, anstießen und auf das Wohl des frischvermählten Paars tranken.

Danksagung

Da dies ein zweites Buch ist, fühle ich mich nicht mehr gedrängt, allen menschlichen Lebewesen zu danken, die in den vergangenen dreiundvierzig Jahren meinen Weg gekreuzt haben. Trotzdem gibt es da noch ein paar, denen ich für ihre Hilfe und Unterstützung Dank abstatten möchte.

Zunächst denke ich an meinen Agenten Rafe Sagalyn, den Paten Nattie Golds – herzlichen Dank für alles, vor allem aber auch für die über das normale Maß hinausgehende Betreuung meiner Bücher. Und ich danke Jenny Bent von der Agentur Sagalyn für ihren aufopfernden Einsatz und dafür, daß sie immer bereit war, meine vielen Fragen zu beantworten.

Ich danke einmal mehr meiner Lektorin Barbara Dicks für ihre sanfte und kluge Manuskriptbearbeitung, und ihrer Assistentin Jennifer Scott, die auch weiterhin über meine Witze lacht und die stets da war, um mir zu helfen. Ferner danke ich Joe Blades, dessen Freundlichkeit und Begeisterung ich sehr zu schätzen wußte, und meiner großartigen Verlegerin Rachel Tarlow Gul, die, davon bin ich überzeugt, eines Tages die Chefin von Random House werden wird.

Einmal mehr danke ich Peter Foley für sein scharfäugiges Korrekturlesen, seinen Rat, seine Freundschaft, sein allgemeines Händchenhalten bei Reitturnieren und seinen Humor, mit dem er all diese Leistungen vollbracht hat. Natürlich geht auch an meine «Schreibgruppe» ein Dank, das heißt an Vickie Baily, Abby Bardi, Len Kruger und Rachel Carpenter.

Anne Sagalyn bin ich für ihre medizinische und psychiatrische Beratung zu großem Dank verpflichtet. Und wie das Glück es will, ist sie nicht nur eine begabte Ärztin, sondern auch eine außerordentlich großzügige Freundin. Herzlichen Dank!

Meinen Krimischwestern (sowohl den wirklichen wie jenen von AOL) danke ich für ihre Unterstützung, und Raph Levien, Margot Williams und Arnoud Galactus Engelfriet für ihre cybernautische Beratung.

Als ich mit der Arbeit an diesem Buch begann, verstand ich noch nichts von Pathologie – jetzt verstehe ich ein bißchen davon, was ich den folgenden Ärzten und Ärztinnen verdanke: Major Joseph Pulcini vom U.S. Army Medical Corps, Angelica Oviedo vom University of Washington Medical Center und Jeffrey Winters.

Auch von Jack-Russell-Terriern verstand ich herzlich wenig. Hier hat Betsy Branscome, Hundezüchterin und beim *Fauquier Times Democrat* für alles Reiterliche zuständig, Abhilfe geschaffen. Ferner danke ich Ronnie Klaskin für ihre Jack-Russell-Geschichten und Erin Harty (der für *The Chronicle of the Horse* über den Pferdemordprozeß von Chicago berichtet hat) dafür, daß er so nett war, die Fakten zu überprüfen.

Gerri Pencola danke ich für die frühe Lektüre dieses Buches und dafür, daß meine Mutter nichts daran auszusetzen hatte, desgleichen Jasper Jensen, der mich an seinen fundierten Kenntnissen der asiatischen Kampfsportarten teilhaben ließ und dafür Sorge trug, daß mein Vater nichts an dem Werk zu bemängeln hatte.

Jim Liles danke ich dafür, daß er mir half, den richtigen literarischen Sprengstoff zusammenzumischen, meinem Freund Tom Scheve dafür, daß er mir mit seinem Wissen und seiner Anleitung den richtigen Weg finden half, und Tom Hardy dafür, daß er mir vom tragischen Tod seiner Kusine Shelly Malone berichtete. *Todesritt* ist ein rein fiktives Werk und vermag dir keine Antwort zu geben, aber ich hoffe und bete, daß du eines Tages eine solche für dich finden wirst.

Ein Dank geht an Marge Kolb, Sekretärin des Anhörungsausschusses der American Horse Show Association, die mir bezüglich des Drogenmißbrauchs bei Pferden und der entsprechenden Strafen wertvolle Hinweise gab. Ebenfalls danke ich der American Lung Association und Joe Cherner von Smoke Free Educational Services für ihre informativen Auskünfte.

Alan Dynerman danke ich für seine architektonische Hilfe und ganz allgemein für seinen Esprit.

Schließlich hat sich meine Familie rauschenden Beifall verdient – nicht nur, weil sie bereit war, den Drucker mit mir zu teilen, sondern auch, weil sie in der Endphase mich und viel zu viele Mahlzeiten aus dem Boston Market und dem Thai Room ertrug. Meinem Mann Charlie Shepard danke ich dafür, daß er meine Schriftstellerei stets respektiert hat – auch in Zeiten, als sie in fünf Jahren nicht mehr als acht Dollar einbrachte. Und schließlich danke ich den beiden menschlichen Wesen, die nach wie vor immer alles in die richtige Perspektive rücken, nämlich meinen wunderbaren Jungen Ben und Sam.

Vor allem aber sei auch den Lesern dieses Buches Dank gesagt. Ich danke ihnen dafür, daß sie sich die Zeit dafür genommen und Nattie Gold Zutritt zu ihrem Leben gewährt haben.

WUNDERLICH TASCHENBUCH

26128-6

26132-4

26175-8

Bestseller zu attraktiven Preisen.
Jeden Monat neu als Wunderlich Taschenbuch.

Wir wünschen gute Unterhaltung!